Claire Deya

Eine Welt nur für uns

Roman

Aus dem Französischen
von Elisabeth Liebl

Insel Verlag

Die Originalausgabe erschien 2024 unter dem Titel
Un monde à refaire bei Éditions de l'Observatoire, Paris.

Dieses Buch erscheint im Rahmen des Förderprogramms
des französischen Außenministeriums,
vertreten durch die Kulturabteilung der französischen
Botschaft in Berlin.

Erste Auflage 2025
Deutsche Erstausgabe

Umschlaggestaltung: Lübbeke Naumann Thoben, Köln
Umschlagabbildung: Poster von Tom Morel de Tanguy,
Die Côte d'Azur, Fédération des Syndicats d'initiative, 1920,
Foto: Vintage Travel and Advertising Archive/Alamy/
mauritius images, Mittenwald
Satz: Greiner & Reichel, Köln
Druck: GGP Media GmbH, Pößneck
Printed in Germany
ISBN 978-3-458-64490-3

Insel Verlag Anton Kippenberg GmbH & Co. KG
Torstraße 44, 10119 Berlin
info@insel-verlag.de
www.insel-verlag.de

Eine Welt nur für uns

Für Aurélie und Guillaume
Für Dich – ohne Dich wäre nichts je möglich gewesen
Für Euch, mein Sternbild

Sollte er Ariane je wiedersehen, würde er es nicht wagen, zärtlich über ihre Haut zu streichen. Seine Hände waren mittlerweile so derb, dass er sie selbst nicht wiedererkannte. Grob, mit dicken Fingerkuppen, die Haut zerfurcht und ausgetrocknet. Seine Hände hatten eine Verwandlung durchlaufen. Die Haut zeigte so tiefe Risse, dass sie auch dann nicht weicher wurde, wenn er sie ausgiebig und gründlich wusch. Es blieb immer dieses Netz aus schwarzen Adern, tief eingegraben in seine Handteller und die Glieder seiner Finger. Die Erde hatte ihm ihre unauslöschliche Tätowierung in die Haut gebrannt, sich in all die Risse und Schrunden geschmiegt, die ihm zwei Winter in Deutschland beschert hatten.

Vor dem Krieg tanzten seine Hände, wenn er sprach. Ariane amüsierte sich immer darüber und ahmte ihn oft nach. Er sah sie vor sich, an diesem Strand der Riviera, der jetzt vor ihm lag. Als sie das erste Mal hier gebadet hatten, hatte die Sonne noch kaum über den Horizont gelugt. Sie waren immer noch wie benommen von ihrer ersten gemeinsamen Nacht. Ariane musste bald zurück nach Hause, damit niemand merkte, dass sie fort gewesen war. Sie schlenderten den Strand entlang, als sie das unwiderstehliche Verlangen überkam, ihre Nacht im Meer zu verlängern. Die Sonne ließ die goldenen Inseln von Hyères erstrahlen. Vincent erinnerte sich noch an den Badeanzug, den sie sich mit kühner Geste selbst geknotet hatte, indem sie ihren Schal um die Brüste schlang.

Ihre spitzen Schreie, als sie ins Meer glitt, die Art, wie sie ihren Körper an den seinen schmiegte, elektrisiert vom kalten Wasser und der aufsteigenden Sonne ... Dieser salzduftende Körper, dieses rauschende Begehren, während die feuchte Seide an ihrer Haut klebte. Er hätte alles getan, um nur ein einziges Mal noch diese Unbekümmertheit zu erleben, von Neuem tief einzutauchen in diese Liebe.

Er zog den Schal, den er ihr damals heimlich entwendet hatte, fester um seinen Hals.

Er war einzig und allein deshalb ausgebrochen, um Ariane wiederzufinden. Sie war verschwunden. Seit zwei Jahren hatte niemand mehr von ihr gehört, er aber würde sie überall suchen. Er konnte einfach nicht glauben, dass sie tot sein sollte. Das war unmöglich. Das hätte sie ihm niemals angetan. Außerdem hatte er, als er noch in Gefangenschaft war, diese rätselhaften Briefe erhalten ...

Jetzt, nachdem der Süden von den Deutschen befreit war, war alles einfacher. Sie hatten noch nicht kapituliert, aber es hieß, dass sie nicht mehr lange durchhalten würden.

Und Vincent hatte schon eine Idee, wie er Ariane aufspüren konnte. Als ihm der Einfall kam, hielt er ihn mit aller Kraft fest, um sich selbst ein wenig Sicherheit zu schenken. In Wahrheit jedoch klammerte er sich an eine mehr als vage Chance, um nicht vollkommen in der Verzweiflung zu versinken. Er war allein, mittellos, und auch der Revolver, den er wie einen Talisman mit sich trug, würde daran nichts ändern.

Während sich die Stadt auf das erste große Fest seit Beginn des Krieges vorbereitete, bot der Strand weiter unten ein Bild der Verwüstung. Schützengräben und Stacheldrahtverhaue versperrten den Zugang zum Meer. Große Schilder untersagten jeglichen Zutritt und warnten vor der extremen Gefahr. Einer tödlichen Gefahr: Sämtliche Strände an der Côte d'Azur waren vermint.

Aus der Ferne drangen die Klänge eines übenden Amateurorchesters an Vincents Ohr. Es versuchte sogar ein paar lässige Ausflüge Richtung Jazz. Das Wetter war großartig. Die Menschen, die an ihm vorbeidrifteten, lächelten. Sie fühlten den anbrechenden Sommer. Der Krieg war fast vorüber, ihn aber quälte immer noch die Hölle der Einsamkeit.

Auf der anderen Seite der Brüstung, von der aus Vincent die Szene beobachtete, verteilten sich etwa ein Dutzend Männer über den Strand und rückten, einer neben dem anderen, langsam und schweigend vor. Ihre einzige Ausrüstung war ein einfaches Bajonett, mit dessen eiserner Spitze sie durch den Sand fuhren, um die Minen aufzuspüren, die die Deutschen zurückgelassen hatten. Fabien war der Anführer. Er schritt vorsichtig und konzentriert aus, und jeder der Männer an seiner Seite richtete seinen Schritt nach dem seinen aus.

Fabien war noch keine dreißig Jahre alt, aber er war ganz selbstverständlich zum Anführer des Trupps geworden. Seine natürliche Autorität, seine Ausbildung zum Ingenieur, sein Kampf, zuerst beim Maquis, dann in der Résistance … Er hatte unzählige Züge in die Luft gejagt und galt seitdem als unangefochtener Sprengstoffspezialist. Der Beamte im Rekrutierungsbüro hatte den jungen Mann sofort seinem Vorgesetzten gemeldet, dem bekannten Résistancekämpfer Raymond Aubrac.

Die Minenräumung war eine unumgängliche Voraussetzung für den Wiederaufbau Frankreichs, aber die Soldaten an der Ardennenfront und in Deutschland waren durch die provisorische Regierung von dieser Mission freigestellt worden. Wer aber konnte diese Aufgabe übernehmen? Schließlich war das Minenräumen kein Beruf. Niemand hatte Erfahrung mit dieser Art der Gefahr. Es gab nur wenige Freiwillige … Selbst wenn Fabien nie mehr getan hätte, als vom Deck eines Schiffs aus drei Feuerwerkskörper in die Luft zu schießen, hätte man ihn hierfür zum Engel erklärt.

Es lief das Gerücht um, dass die Minenräumer alle Verlorene waren, Gesetzlose aus den Gefängnissen, die sich eine Strafmilderung erkaufen wollten. Schlimmer noch, angeblich steckten unter ihnen auch Kollaborateure, die ihre finstere Vergangenheit reinzuwaschen suchten. Wenn Raymond Aubrac im Ministerium oder anderswo hörte, wie Leute verächtlich oder herablassend über seine Minenräumer sprachen, hielt er ihnen stets Fabien als Beispiel vor: Er war die personifizierte Perfektion.

Und das in einem Maße, dass niemand verstand, warum er sich überhaupt zum Minenräumen gemeldet hatte. Fabien wusste, was über ihn geredet wurde: Hatte er zuvor all diese Züge sabotiert, sabotiere er nun sich selbst. Die Behörden gingen davon aus, dass er aus Verzweiflung handelte. Seine Männer dachten, er habe etwas zu verbergen. Doch alle bewunderten seinen Mut. Und den brauchte es auch, neben einer ordentlichen Prise Opferbereitschaft, um selbst jetzt noch sein Leben aufs Spiel zu setzen, statt es endlich einfach nur zu genießen.

Das Ministerium für den Wiederaufbau warb die Leute für einen jeweils dreimonatigen Einsatz an. Aber das würde nicht reichen: Die Armee schätzte die Zahl der auf französischem Staatsgebiet vergrabenen Minen auf mindestens dreizehn Millionen. Dreizehn Millionen ... Und so redete man den Männern gut zu, sich trotz Anstrengung und Erschöpfung zu einem erneuten Einsatz zu melden, kaum dass sie den vorigen beendet hatten.

Seit 1942 hatten die Besatzer den sogenannten Mittelmeerwall verstärkt. Die deutschen Minen sollten die Landung der Alliierten verhindern, die Minen der Alliierten den Rückzug der Deutschen. Mit dem Ergebnis, dass die Franzosen zwischen zwei Lagern eingekeilt waren. Die Opfer waren vor allem Kinder.

Die Strände von Hyères, Saint-Tropez, Ramatuelle, Pampelonne und Cavalaire waren sämtlich vermint. Kein *dolce vita* mehr an der Côte d'Azur. Niemand durfte sich mehr an den Strand wagen. Der Hafen von Saint-Tropez war mit Dynamit vermint, auch sämtliche Gebäude an der Uferpromenade. Die Schwebefähre im Hafen von Marseille war gesprengt worden, ebenso das Viertel Saint-Jean.

Im Hinterland fanden sich die verborgenen Höllenmaschinen unter Straßen und Eisenbahnlinien, in Fabriken und Verwaltungsgebäuden. Bei jedem Schritt konnte man in die Luft fliegen. Die Politik der verbrannten Erde war auf brutalste Weise perfektioniert worden.

Um angesichts dieser schwindelerregenden Zahlen nicht den Mut zu verlieren, konzentrierte Fabien sich stets ganz exakt auf die unmittelbar bevorstehende Aufgabe. Ruhig vorgehen, nicht fluchen, weil es an Freiwilligen, an deren Ausbildung und an Ausrüstung fehlte und weil man, was am schlimmsten war, keinen Verlegeplan der Minen hatte: Sie tasteten sich mehr oder weniger blind voran.

Plötzlich hob, wenige Meter neben Fabien, Manu, ein junger und nervös wirkender Beau, die Hand: »Mine!« Sein Bajonett war auf einen verdächtigen Widerstand gestoßen. Alle zogen sich instinktiv mit zusammengebissenen Zähnen zurück. Daran würden sie sich wohl nie gewöhnen. Mit einer einzigen Kopfbewegung beorderte Fabien die Männer weiter zurück als die üblichen fünfundzwanzig Meter. Ein Blick forderte Manu auf, die Stelle genauer zu untersuchen: Im Liegen musste er vorsichtig den Boden abtasten, um die Ausmaße des Objekts zu erkunden. Manu strich den Sand mit den Händen weg und brachte einen Zylinder aus schwarzem Metall zum Vorschein: eine leichte Panzermine, bekannt unter der Abkürzung l.Pz.Mi.

Dreißig Zentimeter Durchmesser. Zwölf Zentimeter Höhe. Zweieinhalb Kilo TNT. Eine rundum tödliche Waffe, die einen Panzer von mehreren Tonnen pulverisieren konnte und natürlich auch jeden Menschen, der so unvorsichtig war, mehr als sieben Kilo zu wiegen.

Diese Mine musste von einem Mann mit Erfahrung entschärft oder gesprengt werden. In der Nähe waren sicher noch weitere Minen vergraben. Es war besser, diese hier zu entschärfen, auch wenn das schwieriger war. Minen waren dafür gemacht, in die Luft zu gehen, nicht dafür, gezähmt zu werden. Das musste mit bloßen Händen erledigt werden. Fabien übernahm. Er wusste, wie es ging … eigentlich, aber man konnte sich nie völlig sicher sein, es gab einfach zu viele verschiedene Modelle. Aber damit würde er sein Ansehen bei den Männern weiter stärken. Wenn er ganz ehrlich war, wenn er den Blick tief nach innen richtete, hatte er noch einen anderen Grund, warum er sich Tag für Tag in Gefahr begab, obwohl er das Leben so sehr liebte und sein Opfer ebenso schnell in Vergessenheit geraten würde wie das all der Toten, die er an seiner Seite hatte fallen sehen. Aber Fabien war nicht bereit, so weit in sein Innerstes hinabzusteigen, jedenfalls nicht heute: Er musste sich auf die Mine konzentrieren. Ein einziger Fehler, sei er noch so klein, und sie würde ihn zerreißen.

Atmen. Nicht zittern. Keinen nutzlosen Gedanken verschwenden. Keine unvermittelte Bewegung machen. Der Angst keinen Millimeter nachgeben. Die Mine. An nichts anderes denken … Wie oft hatte er das seinen Männern eingeschärft, auch wenn diese Warnungen letztlich Placebos waren?

Um die l.Pz.Mi zu sichern, musste man sich zuerst um den Druckzünder kümmern: die Schutzkappe in der Mitte der Untertasse entfernen und die Sicherungsspindel so weit hineindrehen, dass der Bajonettverschluss greift. So war die Mine gesichert. Dann hob man die Tretmine waagrecht aus der Erde und stellte sie auf den Rand. Bloß nicht flach auf die Erde legen! Die fünf Schraubenmuttern lösen, die die Zündhütchen hielten und diese mit ruhiger Hand entfernen.

Wie sollte er dabei locker bleiben? Sein ganzer Körper spannte sich an, bereit zur Flucht. Wie sollte er Luft holen, wenn ihm der Atem in der Kehle stockte? Wie sich konzentrieren, wenn ihm Fragen, Schuldgefühle, Gewissensbisse wie Geschosse durch den Kopf rasten?

Unmöglich: In der Ferne vernahm er die Akkorde ausgerechnet jenes Liedes, zu dem er zuletzt mit seiner Frau Odette getanzt hatte. Sie brachen ihm das Herz.

Fabien hielt einen Augenblick inne, um zuzuhören. Täuschte er sich auch nicht? Nein, es war ebendieses Lied. *Mademoiselle Swing*. Damals hatte er sich noch darüber lustig gemacht. Odette sagte ihm, es bringe Glück. Und war es in seiner schwungvollen, leichtfüßigen Art nicht die vollkommene Kampfansage an die Schwerfälligkeit der Nazis? Seit Odette nicht mehr da war, machte Fabien sich nicht mehr darüber lustig: Die beschwingten Akkorde erschütterten ihn tief.

Es hieß ja immer, kurz vor dem Tod liefe das eigene Leben noch einmal vor dem inneren Auge ab. Fabien aber sah immer nur Odette. Odette, die tanzte, glücklich, frei. Odette, wie sie ihm zulächelte. Odette mit den braunen Locken, dem Raubkatzenkörper und der unbekümmerten Eleganz der Feliden. Odette, bevor sie von den Deutschen verhaftet worden war.

Wie hypnotisiert bewegte Fabien sich keinen Millimeter. Seinen Männern war das nicht entgangen. Er spürte, wie ihre Blicke auf ihm lasteten, und fasste sich ein Herz.

Da er nicht sein früheres Leben vor sich sah, sondern die tanzende Odette, würde er wohl nicht sterben.

Nach dem Sichern wurde die Mine entschärft. Zuerst mit der Oberseite flach auf die Erde legen. Dann die Muttern auf der Unterseite herausschrauben. Das Klebeband entfernen, das die beiden Teile zusammenhält, und sie auseinandernehmen. Jetzt die Sprengladung aus dem Oberdeckel holen. Die Halterung für den Zünder aufschrauben und die Zündvorrichtung herausnehmen.

Bei den letzten Akkorden von *Mademoiselle Swing* hatte Fabien die Mine gezähmt. Odette hatte recht behalten: Das Lied hatte ihm Glück gebracht. Oder es war Odette, die ihm über den Tod hinaus Glück schenkte, wo auch immer sie sein mochte. Hier am Meer, hier vor den goldenen Inseln, an diesem Strand, den er so sehr liebte, sagte er sich, dass er den besten Teil seines Lebens schon hinter sich hatte. Eine Frau, die man im Angesicht der Gefahr immer noch liebt, ist unersetzlich. Odette würde für ihn auf ewig die Einzige sein.

In den Pausen fiel von allen immer einen Moment lang der Druck ab. In der Ferne hörte man das Amateurorchester üben, und so hatte der Trupp kein anderes Gesprächsthema mehr als das große Fest, das in einer Woche stattfinden würde. Alle würden zum Ball gehen und ihre schreckliche Aufgabe vergessen, würden aufleben, strahlen, sich unter die Optimisten mischen, die Begeisterten, die ungeduldig die neue Welt herbeisehnten. Für einen Abend konnten sie sein wie alle anderen. Sie würden sich nicht in Reihen vortasten wie Zwangsarbeiter, die in den Minenfeldern ihr Leben riskierten wie beim russischen Roulette. Nein, sie würden sich wiegen im Tanz und felsenfest an ein neues Leben, eine neue Zeit glauben.

Fabien würde nicht hingehen. Unmöglich, mit einer anderen als Odette zu tanzen. Auch er träumte von einem neuen Leben, aber das würde nicht mit einer neuen Liebe kommen. Seine Gedanken wanderten in jeder Pause zu ihr, verfingen sich in Traumbildern, in denen sie ihm erschien wie am ersten Tag – keck und eigensinnig. Oder wie an jenem Abend, als er mit beiden Händen ihre Taille umfasste, sie hochhob und ihren geschmeidigen nackten Körper bewunderte. Ohnehin war dies eines der großen Missverständnisse, was Fabien anging: Alle hielten ihn für einen Mann, der zupackte, dabei wünschte er sich nur eines: sich an irgendeinem sonnenbeschienenen Ort niederzulassen, um zu träumen.

Doch der Tag war noch nicht vorüber, und Fabien begann zu überlegen, wie er seine Leute noch mehr zusammenschweißen könnte. Immer wieder sagte er, welche Ehre es sei, Frankreich von diesen Mordmaschinen zu befreien, die die Nazis ihnen hinterlassen hatten. Minen zu räumen hieß, Widerstand zu leisten.

Fabien gab ihren Einsätzen einen tieferen Sinn. Indem sie das Land von diesen Todesfallen befreiten, konnten sie sich selbst retten, ihre Würde wiederherstellen, ihre Schuldgefühle ablegen. Denn sie alle fühlten sich schuldig: verraten, gelogen, gestohlen, verlassen zu haben; Fehler gemacht und sich nicht – oder erst spät – der Résistance angeschlossen zu haben; einen oder mehrere Menschen getötet zu haben; und überlebt zu haben, während so viele Freunde gefallen waren. Jeder Mensch trug diese Schuld in sich, die in solch unruhigen Zeiten erdrückend war. Und jeder musste, um weitermachen zu können, mit ihr wenigstens zurechtkommen, wenn er sich davon schon nicht lösen konnte. Fabien gelang es, seine Männer zu überzeugen, dass das Minenräumkommando ihnen ebenjene Erlösung bringen würde, auf die sie – ohne sich das einzugestehen – längst nicht mehr zu hoffen wagten.

Und seine Männer stimmten ihm zu, tief getroffen. Nur wenige verstellten sich. Seine Worte zeigten ihnen eine Möglichkeit auf, die Risiken, die sie – jetzt, in jungen Jahren – eingingen, nicht zu bereuen und ihr Schicksal anzunehmen.

Fabien bemerkte, dass der Mann mit dem Schal, der sie seit einer Stunde von der Ufermauer herab beobachtet hatte, plötzlich auf sie zukam.

»Bonjour, ich wollte nur fragen, ob Sie noch Leute brauchen?«

Fabien musterte ihn einen Augenblick lang. Im Maquis hatte er sich eine Intuition angeeignet, die ihn nur selten im Stich ließ. Er wusste einfach, wenn ein Mann etwas zu verbergen hatte.

»Ich vermute mal, Sie wissen nicht, wie man Minen entschärft.«

»Nun, lernen Sie die Leute nicht an?«

»Eigentlich verlangen wir nur, dass Sie kein Kollaborateur waren.«

»Keine Sorge!«

Trotz Vincents aufrichtigem Blick fühlte sich Fabien durch dessen knappe Antworten in seinem ersten Eindruck bestätigt: Dieser Mann wollte so wenig wie möglich von sich preisgeben.

Vincent deutete auf die Gefangenen, die von zwei Wachen begleitet wurden und sich vom Rest der Gruppe fernhielten.

»Stört euch das nicht, mit den Boches zu arbeiten?«

»Wir holen sie aus dem Kriegsgefangenenlager. Sie tun, was sie zu tun haben. Dann kommen sie ins Lager zurück. Da gibt es keine Nachsicht. Sie werden mitmachen, bis wir alles geräumt haben.«

Während Fabien sprach, ließ er seinen Blick über die Deutschen wandern. Sie machten mehr als die Hälfte des Trupps aus. Da sich nicht genug Freiwillige zum Minenräumdienst meldeten, war man beim Militär auf die Idee gekommen, Kriegsgefangene einzusetzen. Über seine französischen Helfer und ihre Leben wusste Fabien Bescheid. Mit den Boches jedoch wollte er nicht reden. Er hasste sie so sehr, dass es ihm Angst machte. Und er wollte sich auf keinen Fall davon abbringen lassen. Nichtsdestotrotz … Er hätte sich nie vorstellen können, einmal Seite an Seite mit dem Erzfeind zu arbeiten. Schlimmer noch: Stieß man auf eine Mine, hing das Leben aller von allen ab. Die absolute Gefahr. Was für eine erschreckende Ironie.

Für Lukas, der klammheimlich versuchte, die Pause in die Länge zu ziehen, indem er sich eine Zigarette anzündete, hatte schon lange nichts mehr Sinn. Er hatte es schrecklich gefunden, dass sein Land im Wahnsinn versank: Selbst seine Familie hatte auf den Diktator vertraut, der ihre Demokratie außer Kraft gesetzt hatte. Und er, der Frankreich liebte und das Werk Baudelaires und der Surrealisten beinahe auswendig kannte, wurde von den Franzosen wie ein Ungeheuer behandelt, so als hätten alle Deutschen ihre Seele an Hitler verkauft. In der Buchhandlung, in der er vor dem Krieg angestellt gewesen war, hatte er unermüdlich auf die Auswüchse des Nationalsozialismus hingewiesen. Und nun verfaulte er seit neun Monaten in einem Kriegsgefangenenlager, das im Winter eisig klirrte, im Sommer vor Hitze zu verglühen schien, ohne Decke, ohne Schuhe, die diesen Namen verdienten, und ohne jede Vorstellung, wann er wieder freikommen würde. Seine Familie verübelte ihm seine Einstellung noch immer – vermutlich auch deswegen, weil sie ihm den klaren Blick verübelten, der ihnen selbst gefehlt hatte. Nicht einmal vor dem endgültigen Ausbleiben der Post, die seit Monaten nicht mehr verteilt worden war, hatten ihm seine Angehörigen Kleidung oder auch nur Nachrichten zukommen lassen, um ihm zu zeigen, dass er nicht allein war. Er war sich nicht einmal sicher, ob seine Eltern ihn überhaupt aufnehmen würden, falls er eines Tages in sein Land zurückkehren könnte. Auch egal. Deutschland stand kurz vor der Kapitulation – so hieß es –, aber das musste nicht bedeuten, dass man die Kriegsgefangenen freilassen würde.

Lukas hatte das Gespräch zwischen Vincent und Fabien mitangehört. Niemand wäre auf die Idee gekommen, dass er Französisch verstand. In Uniform hatte man ihn gefürchtet. Als Gefangener war er unsichtbar. Zu gerne hätte er mit ihnen geredet, von einem vernunftbegabten Menschen zum anderen. Aber wer war das jetzt noch? Hätten sie ihm zugehört, wenn er ihnen sagen würde, dass er nicht verstand, wieso Frankreich, das Land der Menschenrechte, der ganzen Welt Moralpredigten hielt, während es doch ganz offensichtlich gegen das Genfer Abkommen über die Behandlung von Kriegsgefangenen verstieß? Es war verboten, Gefangene für gefährliche und erniedrigende Aufgaben einzusetzen. Doch das war eine Frage der Formulierung. Die Gefangenen mussten die Minen schließlich nicht *räumen*, sondern nur *aufspüren*. Als würde eine explodierende Mine diesen feinen Unterschied beachten und nur den Minenräumer in die Luft jagen, während sie alle anderen verschonte …

Die Franzosen argumentierten weiter, dass das Genfer Abkommen das Räumen von Minen nicht ausdrücklich als gefährliche Tätigkeit nannte. Das war unsinnig, aber wer hätte 1929, als es beschlossen wurde, schon ahnen können, dass die Minen in kriegerischen Konflikten einmal eine so zentrale Rolle spielen würden?

Es waren die Deutschen gewesen, die illegal und im Geheimen Millionen dieser Sprengkörper herstellten und die Alliierten, die nicht mit so etwas gerechnet hatten, damit völlig unvorbereitet trafen. Und das war noch keineswegs das schlimmste der Massenvernichtungsprojekte. Denn mittlerweile fingen alle an zu verstehen, was dieser Krieg eigentlich war. Das Unsagbare. Undenkbare. Das Nicht-Wiedergutzumachende.

Also sagte sich Lukas zu guter Letzt: Sollten ihm die

Franzosen eine Zigarette anbieten und mit ihm darüber reden wollen, welche Seite die Verantwortung für was trüge, dann würde er ihnen in allem recht geben. Er gehörte zum Lager der Besiegten und Verdammten. Er hätte es nicht ertragen, zu den Siegern zu gehören.

Er war im Süden gefangen genommen worden, von den Kämpfern der *Forces françaises de l'intérieur*, wenige Tage, bevor die Alliierten im August 44 in der Provence landeten. Jetzt schrieb man den April 45, neun Monate später. Neun Monate des Eingesperrtseins, die ihn verrückt machten. Weil er dem Minenräumkommando angehörte, war es ihm wenigstens möglich, aus dem Lager herauszukommen, den Stacheldraht zu vergessen, der den Horizont versperrte, das Leid der mit dem Tod Ringenden, die Krankheiten, die Verletzungen und den schrecklichen Hunger, der zur Besessenheit wurde. Es war nicht viel, aber die Minensucher erhielten immerhin besseres Essen. Damit sie während der Arbeit nicht umfielen.

In Deutschland nahmen die Alliierten derzeit Hunderttausende Soldaten gefangen. Sie überstellten ganze Verbände an die Franzosen oder an die Russen. Seit einigen Tagen beobachtete Lukas, wie alle möglichen Leute hierhergebracht wurden, fanatische Anhänger des Dritten Reichs, Versprengte, Invaliden und Soldaten, die wie er zwangsweise eingezogen worden waren, um einen Krieg zu führen, den sie nicht wollten.

Was er nicht erwartet hatte, waren die Kinder. Sie schwammen förmlich in den zu großen Uniformhemden. Sie kannten nichts anderes als diesen Krieg, der ihnen Angst machte, genauso wie die älteren Gefangenen und die Lügen, die man ihnen über die Franzosen erzählt hatte: dass sie sie töten wollten und grässlicher Verbrechen fähig waren. Sie fürchteten sich vor all den Soldaten um sie herum, vor dem Herumgeschobenwerden von einem Lager zum anderen, vor den Zugfahrten unter schlimmsten Bedingungen. Sie waren in den letzten Monaten des Krieges auf Befehl Hitlers eingezogen worden, mit achtzehn oder sechzehn Jahren. Manche waren gerade erst vierzehn geworden.

Wen hätte man bitten sollen, für sie etwas zu tun? Die »Deutschen« gab es nicht mehr. Sie waren die Boches, die Fritzen, die Chleus, die Frisés, die Teutonen geworden.

Ob die Franzosen verstehen konnten, dass es auch Deutsche gab, die die Nazis hassten?

Der Krieg hatte ihm fünf Jahre seines Lebens geraubt. Und nun würde ihm die Niederlage ganz sicher auch noch den Rest nehmen. Mit dem Versprechen, sie früher freizulassen, wenn sie sich als besonders mutig erwiesen, hatte man versucht, die Gefangenen für die Minenräumkommandos zu gewinnen. Lukas machte sich in dieser Hinsicht keine Illusionen.

Die französischen Minenräumer glaubten sich frei. Er aber beneidete sie nicht. Alle logen sich selbst in die Tasche. Sie fielen auf die ganzen bombastischen Worte herein, an denen sie sich berauschten. *Das große Frankreich, die letzte Schlacht gegen die deutschen Barbaren. Für Franzosen ist das Minenräumen eine Ehre, für die Deutschen eine Strafe*. Die französischen Minenräumer waren überzeugt, dass sie anders waren als die Kriegsgefangenen, dabei waren sie alle gleich. Sie saßen in der Falle, versklavt, bereit, für das Glück der anderen zu sterben. Für sie, die schon ungeduldig mit den Füßen scharrten, weil der Strand noch den ganzen Sommer lang, der sich doch schon ankündigte, verbotenes Terrain sein würde. Aber dann, nächsten Sommer, da würden sie alle hier am Strand ihr Leben wieder aufnehmen, ihre Liebeleien, baden, die Sonne und das

Meer genießen. Sie würden schnell vergessen, welche Opfer der glühend heiße Sand gefordert hatte.

Wer aber würde einen deutschen Kriegsgefangenen lieben? Wer einen Minenräumer, selbst wenn er Franzose war? Nach all den Jahren des Krieges hatte niemand mehr Lust auf die Nähe zum Tod. Lukas' große Liebe, so lebendig für ihn, würde vielleicht seine letzte sein, sollte es ihm nicht gelingen zu fliehen. Sie aber, diese Verrückten, die sich freiwillig gemeldet hatten, merkten nicht, dass man sie schlimmstenfalls mit Verachtung betrachtete, bestenfalls mit Mitleid. Und auf Mitleid lässt sich keine Liebe bauen.

Die Minenräumer konnten auf dem Ball oder wo auch immer noch so großtun und den Mund noch so voll nehmen, dass sie keine Angst hätten, dass sie unter einem guten Stern stünden und Helden seien. Niemand hielt sie für Helden. Sie hatten einfach nur einen Grundsatz vergessen, der seit Menschengedenken galt: Freie Männer verlangen immer nach Sklaven.

Vincent lehnte an der Wand gegenüber dem Rekrutierungsbüro. Er zögerte. Dabei wusste er nicht, worauf er eigentlich wartete: auf ein Zeichen, ein Wunder, eine Begegnung, die alles verändern würde? Es war immer noch so heiß wie am Vortag. So heiß, wie es auch morgen sein würde. Ein junges Mädchen ging vorüber und warf ihm ein Lächeln zu. Höchstens zwanzig. Sie trug Ohrringe, die aussahen wie Margeritenblüten. Ein Baumwollkleid in zartem, beinahe weißem Gelb umhüllte ihren zierlichen Körper. Aber es waren die Ohrringe, die ihm besonders auffielen.

Das ärmellose Kleid ließ ihre gebräunten Arme sehen. Vermutlich wäre sie gern bis ans Ende der Welt gereist, wie sie da so durch die Straße hüpfte mit ihren Riemchensandalen, aus denen die Zehen hervorlugten. Eine winzige Schultertasche schwang auf Höhe der Taille hin und her. Sie trug ein Buch von Albert Camus in der Hand: Sie hätte ihm gefallen können. Dann wäre er ihr gefolgt. Stattdessen betrat er das Büro.

Vincent musste nicht warten. Der Rekrutierungsbeamte bat ihn, Platz zu nehmen, und spulte sein Programm ab. Seiner Ansicht nach war die Rekrutierung der wichtigste Schritt bei der Aufnahme zu den Minenräumern. Daher müsse er Vincents Vergangenheit unter die Lupe nehmen, seine Beweggründe und seine psychische Eignung.

Wie Fabien gesagt hatte, würde Vincent sofort von den Räumarbeiten ausgeschlossen, gäbe es auch nur den geringsten Nachweis für einen Kontakt mit dem Feind. Also tat Vincent peinlich berührt.

»Kontakt mit dem Feind? Ja, das könnte man so sagen.«

Der Beamte erstarrte zur Salzsäule.

»Ich war als Kriegsgefangener in Deutschland. Also habe ich die Deutschen durchaus kennengelernt. Mehr als mir lieb war …«, fügte Vincent lächelnd hinzu.

Der Mann hinter dem Schreibtisch entspannte sich sichtlich. Diese Form der »Kollaboration« gefiel ihm. Und um zeigen, dass er Vincents Scherz verstanden hatte, zwinkerte er ihm zu.

Nachdem er ihm vorschriftsgemäß die Risiken geschildert hatte, wollte er von Vincent wissen, was ihn zu diesem Schritt bewog. Ein Meisterstück an bürokratischem Sadismus, der hinter dieser simplen Frage eine Wahrheit verbarg, die brutaler nicht hätte sein können: dass diese anstrengende, undankbare Arbeit obendrein noch extrem gefährlich war. Kein Mensch wird je mit Ihnen tauschen wollen, aber erzählen Sie uns doch bitte, inwieweit diese Hölle das ist, was Sie sich erträumen. Vincent ließ sich auf das Spielchen ein.

»Meine Motivation ist recht einfach: Kein Kind darf mehr wegen einer Mine sterben, die uns die Deutschen hinterlassen haben. Sonst haben sie am Ende doch noch gewonnen.«

Mit lauter Stimme vorgetragen schien seine Antwort ihm fast zu feierlich. Dem Beamten offensichtlich nicht. Nahtlos ging er zum dritten Teil des Gesprächs über.

»Nun, wollen Sie mir mal erklären, was mit ›psychischer Eignung für die Minenräumung‹ gemeint sein könnte?«

Vincent musste gar nichts sagen, der Mann redete einfach weiter.

»Das müssen Sie sich mal vorstellen. Wir haben nicht den geringsten Hinweis bekommen. Nicht einmal ein Formular zum Ausfüllen. Einfach gar nichts! Aber ich habe selbst einen Fragebogen entwickelt. Sie werden gleich sehen.«

Wieder das Zwinkern. Es genügte ihm wohl nicht, die Papiere umständlich über den Tisch zu schieben. Nein, er hatte auch zu jeder Frage einen Kommentar parat. Man wusste ja nie. Vielleicht hatte Vincent ja Schwierigkeiten, die Frage zu verstehen.

»Wie reagieren Sie, wenn Sie ein unerwartetes Geräusch hören? Zucken Sie zusammen? Bleiben Sie ganz ruhig? Denn wenn Sie nicht die Nerven bewahren können, wird es schwierig mit dem Minenräumen.«

Offenbar hatte der Rekrutierungsbeamte vergessen, dass Vincent im Krieg gewesen war. Er hielt ihn weiter auf, überglücklich, ein Publikum zu haben, dem er seine Fragen erläutern konnte, die er so großartig ausgeklügelt hatte. Und doch konnte er nicht die Augen davor verschließen, dass die Bewerber ohnehin ausgewählt wurden: Es meldeten sich einfach viel zu wenig Freiwillige.

Als Nächstes ging er auf die finanziellen Bedingungen ein, die für diese mageren Zeiten außergewöhnlich waren – »Das doppelte Gehalt eines einfachen Handlangers!« Und all die Prämien, die Verpflegung, die er Vincent im Einzelnen schilderte, als wäre das eine unfassbar gute Entlohnung für eine vollkommen überbewertete Tätigkeit. »Sie haben wirklich Glück!« Und dann noch der sichere Arbeitsplatz. Er zog das Vergnügen – das ganz bei ihm lag – weiter in die Länge. Vincent aber hatte langsam das Gefühl, dass es genug war. Der Ekel stieg ihm bis an die Lippen. Sollte er sich für diese großartige Chance vielleicht auch noch bedanken? Vincent zog sich die Jacke über, der Beamte ließ ihn aber noch nicht gehen.

»Warten Sie. Ich brauche noch Ihre Papiere und eine Unterschrift.«

»Die Papiere bringe ich morgen vorbei. Die Unterschrift, das lässt sich gleich machen.«

Der Mann schob ihm den Vertrag zum Unterzeichnen hin. Und schon war die Sache erledigt. Vincent gehörte nun zu den Minenräumern. Er hätte bei der Unterschrift zittern müssen, aber er setzte sie mit sicherem Schwung unter das Dokument. Er hatte sie schließlich geübt. Und der Rekrutierungsbeamte hegte keinerlei Zweifel. Zufrieden verließ Vincent sein Büro. Er hatte einen Pakt mit dem Teufel unterschrieben – jedoch mit einem falschen Namen.

Je schneller Vincent Ariane finden würde, desto eher könnte er sein altes Leben wiederaufnehmen. Er würde es genauso machen wie bei seiner Flucht. Einen Plan machen und methodisch und entschlossen umsetzen. Darauf verstand er sich. Er hatte es erprobt. Sein erster Fluchtversuch war schiefgegangen, weil man ihn verraten hatte. Den zweiten zog er alleine durch. Das war die Lektion, die er gelernt hatte. Alles alleine zu machen.

Kaum in Frankreich zurück, war das Nasenbluten gekommen. Es blutete nicht stark, doch es hörte nicht mehr auf. Und auf einmal schienen all seine Kräfte geschwunden, davongeflossen mit diesem winzigen Faden Blut. Er hatte sich bei Freunden ausruhen müssen, war bettlägerig, anämisch und kaum fähig, sich zu bewegen. Zu lange hatte er die unmenschlichen Zustände im Kriegsgefangenenlager durchgehalten. Sein Körper gab nun einfach nach. Sobald es einigermaßen ging, brachten seine Freunde ihn in das Krankenhaus in Val-de-Grâce.

Seine Heilung war ein wahres Wunder, aber alles, was er fühlte, war das Bedauern, dass er diese Zeit nicht mit Ariane hatte verbringen können.

In dem kleinen Lebensmittelgeschäft auf dem Platz, wo er mit seinem Rad stehen blieb, fragte er, ob jemand wüsste, wo er ein Zimmer mieten könnte. Aber man wusste sogar etwas viel Besseres für ihn: das kleine Fischerhaus am Strand.

Mathilde, eine Frau von etwa fünfzig Jahren mit einem feingemeißelten Gesicht wie eine Statue, war gerade dabei, die Fensterläden blaugrau zu streichen. Das hier war das alte Atelier ihres Mannes, der gleich zu Beginn des Krieges gefallen war. Vincent stellte keine Fragen. Mathilde gab ihm dazu auch gar keine Gelegenheit. Sie war nicht der Typ Frau, der dem Erstbesten gleich ihre ganze Lebensgeschichte erzählt.

Weiß gekalkte Mauern, kleine geflochtene Rundteppiche aus der Provence, wie sie in den Bädern zu sehen waren, die Bonnard so häufig gemalt hatte. Als er das Atelier zum ersten Mal betrat, schoss es Vincent durch den Kopf, dass Mathildes Mann sie wohl gerne nackt in der großen Kupferbadewanne gemalt hatte, die gleich neben einem der Teppiche stand. Sie war eine jener Frauen, von denen man sagte, dass sie früher einmal sehr schön gewesen sein musste, obwohl sie das eigentlich immer noch war.

Das Atelier war zeitlos, wie es alle bescheidenen Unterkünfte sind, sobald man ihre Kargheit und ihre Einfachheit akzeptiert hatte. Eine Katze hatte sich durch das Fenster hereingeschlichen und lag nun wie hingegossen auf dem Tisch. Vincent strich ihr über das Fell. Für ihn war dies ein Zeichen. Ariane hatte Katzen immer geliebt. Dieses Haus würde sie zurückbringen.

Und so verliebte Vincent sich auf der Stelle in die nackten Wände, die spärlichen Möbel aus grobem Holz und die Bodenfliesen, der einzige kupfrige Farbtupfer in seiner neuen Unterkunft. Sie würden sich kühl und sanft an seine Sohlen schmiegen. Das Haus hatte zwei Stockwerke, war aber trotzdem klein. Doch die weißen Wände und die blau gestrichenen Fenster verlängerten den Raum in den Himmel hinein. Tief gerührt entdeckte er hinter einem Paravent ein unter einem Tuch schlafendes Klavier.

Er öffnete den Klavierdeckel und schlug ein paar Tasten an. Bach – das war sein erster Einfall. Aber seine Gefühle drohten ihn zu überwältigen. Er hörte sofort auf.

»Wenn Sie möchten, kann ich Ihnen meinen Cousin schicken. Er kann es stimmen.«

Er verfluchte seine gebrochenen Finger, die so steif geworden waren. Würde er sie je wieder über die Tasten laufen lassen können?

»Es ist schon einige Zeit her, dass ich zuletzt gespielt habe … aber wenn das möglich wäre, gerne.«

»Na, dann lassen Sie uns jetzt mal das Geschäftliche erledigen. Ich vertraue Leuten, die Katzen und Klaviere mögen.«

Mathilde lächelte. Offensichtlich war sie froh, nicht weiter nach einem Mieter suchen zu müssen. Vielleicht hatte sie ja anderes zu tun.

»Ich wohne gleich gegenüber. Wenn Sie spielen, lassen Sie doch bitte das Fenster offen. Ich würde mich freuen.«

Sobald er allein war, kontrollierte er, ob die Tür auch wirklich verschlossen war. Dann stieg er in den ersten Stock hinauf und brachte dort seine Sachen unter. Letztlich waren es nur Bücher, die ein Freund für ihn aufbewahrt hatte. Einige davon waren gebunden. Recht viel mehr besaß er eigentlich nicht: nur einen Kamm, ein Rasiermesser, ein Hemd, zwei weiße – genauer gesagt, zwei verschmutzte weiße – Unterhemden und eine Hose zum Wechseln. Er packte seine Sachen in die Kommode, legte ein Buch auf den Tisch und ordnete den Rest auf einem Regal an. Aber wo sollte er seine Waffe verstecken?

Er nahm das Zimmer genau in Augenschein. Kahl wie eine Mönchszelle. Nachdem er es gründlich untersucht hatte, wickelte er den Revolver in eines seiner Unterhemden und versteckte das Päckchen hinter einem der inneren Fensterläden. Er würde sie ohnehin nicht zumachen, er schlief nicht gern im Dunkeln. Dort würde bestimmt niemand nach der Waffe suchen, zumindest dachte er das.

Dann machte er sich an eine schwierigere Aufgabe. Er setzte sich an den kleinen Tisch in der Ecke, der nicht breiter war als eine Schulbank, und schlug das Buch auf, in dem sein Ausweis steckte. Es tat ihm weh, dieses Foto zu betrachten. Diese Sorglosigkeit, diese Offenheit. Sein Blick war mittlerweile ein anderer geworden. Er hatte sich verändert, es war nicht zu übersehen. Die Veränderung schien ihm unumkehrbar. Nur Ariane konnte die Zeit noch zurückdrehen und ihn daran erinnern, wer er wirklich war: Hadrien Darcourt, der nichts weiter wollte, als von ihr geliebt zu werden. Er war nur ganz er selbst, wenn ihr Blick auf ihm lag.

Im Bucheinband steckte ein weiterer Ausweis. Vom Foto blickte ihm ein schmächtiger junger Mann mit blonden Haaren und sehr hellen Augen entgegen. Seine Haut war beinahe durchscheinend. Ein Gesicht, das fast schon dazu bestimmt schien zu erlöschen. Und so bog Hadrien mit der Klinge seines Rasiermessers die goldfarbenen Klammern rund um das Bild auf, ohne sie zu beschädigen. Dann ersetzte er das Foto durch das seine.

Seit seiner Flucht gab Hadrien den Namen auf diesem Ausweis als den seinen an: Vincent Devailly. Ob nun in Hyères, Ramatuelle oder Saint-Tropez, überall, wo es zum Minenräumen ging, war das einfach. Er kannte dort niemanden. Aber es war trotzdem ein seltsames Gefühl, sich Vincent Devailly zu nennen: Hadrien hasste diesen Mann, der ihn bei seinem ersten Fluchtversuch verraten hatte.

Der Gedanke gefiel ihm, dass ausgerechnet dieser Name ihm nun die nahezu grenzenlose Freiheit gab, das zu tun, was er wollte. Wie weit er gehen würde, um Ariane zu finden, um die Leute, die sich weigerten, zum Sprechen zu bringen, oder sich an denen zu rächen, die ihr vielleicht etwas angetan hatten, wusste er noch nicht. Aber er wollte sich keine Zurückhaltung auferlegen müssen. Von nun an würde der verhasste Vincent Devailly für Hadrien dessen dunkelste Seiten ausleben.

Als die Minenräumer am Abend zusammenpackten, sah Fabien Vincent und lächelte, weil er so bald zurückkam. Am Morgen hatte er so seine Zweifel, ob er ihn wiedersehen würde. Viele Männer lockte die gute Bezahlung, die Prämien und Bezugsscheine für Benzin, Wein, Zigaretten und Brot. Aber wenn sie dann aus dem Büro des Rekrutierungsbeamten kamen, hörten sie vielleicht, wie in der Ferne eine Mine explodierte. Und die neuen Kameraden wurden schnell gesprächig, erzählten eine schreckliche Geschichte von einem Mann, den es ratzfatz weggeputzt hatte, dessen Körper zerstückelt über ein ganzes Feld verstreut wurde, und schon hungerten sie lieber.

»Hat dir der Rekrutierungsbeamte gesagt, dass du eine gewisse Bedenkzeit hast, um dir alles noch mal zu überlegen?«

»Wozu? Das wäre doch nur eine weitere amtliche Augenwischerei.«

»Stimmt schon. Sie wollen ja nur, dass du weißt, dass du die Wahl hast. Aber hier trifft das nicht auf viele Männer zu.«

Im Frühling fiel das Ende der Schicht nicht mit dem Ende des Tages zusammen. Die Sonne stand immer noch hoch, und das war für alle wie eine Befreiung. Die Männer streckten sich lang aus und glitten wieder zurück ins Leben. Ihre angespannten Gesichter glätteten sich. Nun zeichnete sich ein anderes Leben vor ihnen ab, eines, in dem sie den Kopf hochtragen konnten, mit einem Lächeln die weißen Zähne in dem schmutzigen, sonnverbrannten

Gesicht leuchten lassen und Männern und Frauen gerade ins Gesicht schauen.

Um Vincent gleich in seinem Trupp willkommen zu heißen, lud Fabien ihn ein, mitzukommen und ein Glas mit ihnen zu trinken. Max, ein Energiebündel, in dessen Zügen immer etwas Spöttisches lag, erbot sich, sie alle mit seinem Jeep zu fahren. Er hatte ihn wer weiß woher und sein ganzes Geld ausgegeben, um ihn voller Begeisterung instand zu setzen. Wegen dieses Jeeps wurde es jedes Mal ein Fest, wenn sie ihren Einsatzort wieder verließen.

Fabien stieg vorne ein, und seine drei besten Freunde – Enzo, Georges und Manu – teilten sich den Platz auf der Rückbank mit Vincent. Es war ein bisschen eng.

Vincent fürchtete schon, er werde von sich erzählen müssen, aber eine Einladung ins Café konnte er schlecht ausschlagen. Außerdem kannte er das Geheimnis all derer, die etwas zu verbergen haben: Man lässt den anderen reden. Und damit rannte er überall offene Türen ein.

Was die Minen anging, kannte Enzo sich am besten aus. Georges ergänzte das ein oder andere Detail, damit Vincent auch wirklich über alles Bescheid wusste.

»Die Liste ist lang. Es gibt Anti-Personenminen und Anti-Panzerminen. Springminen wie die S.Mi.35 oder die S.Mi.40 und die Schü-Mine 42 mit zweieinhalb Kilo Auslöselast. Die A200 hat einen chemischen Zünder.«

Die Bezeichnungen schwirrten um Vincent herum: die Stockmine, die Tellermine, die Holzmine, die Panzer-Schnellmine, die Riegelmine, die Topfmine … und noch viele mehr, die der Straßenlärm schluckte oder Max' Hupe. Es gab so ungeheuer viele …

»Nachdem ihnen das Metall für die Produktion ausgegangen ist, haben sie Holz genommen.«

»Und zuletzt Beton, Keramik und Glas.«

»Einfach und billig. Nicht aufzuspüren. Wie Plastik.«

»Und als sie wirklich gar nichts mehr hatten, haben sie Pappe genommen.«

»Kurz, sie haben aus allem, was du dir nur vorstellen kannst, Minen gebaut. Hauptsache, sie explodierten!

Der Vertrag von Versailles hatte den Deutschen jede Wiederbewaffnung verboten. Und trotzdem haben sie all diese Minen erfunden, sie millionenfach hergestellt und sie Jahr für Jahr verbessert. Die Vorgabe dabei war: Sie sollten nicht aufgespürt und entschärft werden können. Außerdem sollten ihre Sprengkraft und ihre Reichweite erhöht werden sowie die Leichtigkeit, mit der sie explodierten. Was Minen angeht, ist die Perfektion einfach zu definieren: Es ist der Tod.«

»Es heißt ja immer, man könne den Fortschritt nicht aufhalten, aber in diesem Fall hält der Fortschritt uns auf«, merkte Max an.

Sie hatten die Stadtgrenze noch nicht erreicht, als Fabien zu Max sagte, er solle langsamer fahren. Ein paar Männer und Kinder waren gerade dabei, mit Holzpflöcken notdürftig ein Stück des Weges abzusperren. Max hielt an und Fabien stieg aus. Er hatte richtig gesehen: Die Kinder hatten ein merkwürdiges Ding aus Blech entdeckt, das aus der Erde ragte und drei Metallantennen hatte. Vermutlich hatte der jüngste Regen das Ding ausgewaschen.

Die drei abstehenden Antennen sowie der kleine Metallzylinder von höchstens zehn Zentimeter Durchmesser ließen keinerlei Zweifel: Es war eine Schrapnellmine vom Typ S.Mi.35. Eine der gefürchtetsten. Wird sie ausgelöst, springt der Minenkörper mannshoch in die Luft und lässt in einem Umkreis von fünfundzwanzig Metern niemandem eine Chance. Bis zu einem Umkreis von einhundertfünfzig Metern erlitten die Menschen Verletzungen, von denen sie sich nie wieder erholten. Manche meinten sogar, die Splitter würden noch in einem Umkreis von zweihundert Metern Schäden anrichten. Zwei Zünder wurden durch Zug ausgelöst, der zentrale Zünder aber reagierte auf ein Gewicht von nur drei Kilo.

Fabien hasste diese Mine. Aber er hatte keine Wahl. Er würde sie mit den Mitteln entschärfen, die er im Moment zur Hand hatte. Zuerst forderte er alle Anwesenden auf, den Ort zu verlassen. Er holte sein Werkzeug aus dem Kofferraum von Max' Wagen sowie eine Rolle dünnen Draht. Wegen der drei extrem empfindlichen Zünder ließ die Mine sich nicht einfach so entschärfen. Man würde sie zum Detonieren bringen müssen. Max setzte den Wagen zurück, um die Straße zu blockieren. Seine Kollegen sperrten die Straße weiter vorne ab. Vincent zog instinktiv die Kinder mit sich.

Nun war Fabien mit der Mine allein.

Er befestigte einen dünnen Draht am Zugzünder, rollte dann vorsichtig dreihundert Meter ab, wobei er sich millimeterweise zurückbewegte wie ein Seiltänzer. Als er schließlich bei seinen Freunden angekommen war, atmete er auf.

Mit einem Blick versicherte er sich, dass er die Mine ungestört zünden konnte. Dann streckte er den Arm in die Höhe, als wollte er das Startsignal für ein Autorennen geben, und ließ ihn wieder fallen, wobei er heftig am Draht zog, um die Mine zum Explodieren zu bringen.

In viereinhalb Sekunden hob sich die S.Mi.35 in die Luft und zerbarst mit der Kraft eines Geysirs. Dabei verteilte sie funkelnde Stahlsplitter in einem Umkreis von 360 Grad wie ein Feuerwehrhydrant, und das mit der Zielsicherheit eines Scharfschützen auf Methamphetaminen.

Die Springmine begann ihr Vernichtungswerk in einer Höhe von dreißig Zentimetern über dem Erdboden und stieg bis zu einer Höhe von 1,40 Meter auf. Es überlebte nur, wer sich augenblicklich auf die Erde warf und bewegungslos gegen den Boden presste. Doch in diesen viereinhalb Sekunden, in denen man ja erst einmal begreifen musste, was passiert war, gelang es für gewöhnlich so gut wie niemandem, sich in Sicherheit zu bringen.

Sie aus der Ferne zu beobachten war ebenso faszinierend wie erschreckend, als wäre man Zeuge, wie ein Teufel aus seinem Versteck springt. Die Explosion hatte alles, was Kinder für gewöhnlich so fasziniert: die Raffinesse eines Zaubertricks, das Kuriose eines seltenen Automaten und dahinter die Drohung eines gewaltsamen Todes.

Vincent hörte, wie hinter ihm jemand murmelte: »Bouncing Betty.« So nannten die Amerikaner die S.Mi.35. Wie Betty Boop. Um sich den Krieg ein wenig aufzusexen – oder um sich zu trösten –, klebten sie sich Pin-ups in ihre Flugzeuge und gaben den tödlichsten Waffen den Namen von Frauen. Vincent hatte schon mehrfach beobachten können, wie Männer sich in Kriegsmaschinen verwandelten. Nun würde er lernen, Minen beim Vornamen zu nennen. Denn mittlerweile gehörten alle, Männer, Frauen und Minen, zur selben Gattung: dem Menschengeschlecht.

Als sie schließlich im Café ankamen, war schon fast in Vergessenheit geraten, dass Vincent ein Neuer war. Bouncing Betty war seine Feuertaufe gewesen. Einen besseren Einstieg in die Materie gab es nicht.

Vincent blieb bei seiner Strategie und stellte einen Haufen Fragen, damit niemand auf die Idee kam, sich über sein Leben zu erkundigen. Und so verlief der Abend genau so, wie er sich das vorgestellt hatte: Jeden der Männer verlangte es ebenso heftig nach Pastis wie danach, von sich zu erzählen.

Die meisten waren ungebunden und stammten aus unterschiedlichen Milieus. Man hatte sie in den Südosten Frankreichs geschickt, weil man dort Leute brauchte, aber sie kamen aus dem Norden oder der Mitte des Landes, manche sogar aus entfernteren Regionen wie Spanien oder Italien. Und die sozialen und politischen Unterschiede?

Max war Kommunist. Er hatte vor dem Krieg in einer Autowerkstatt gearbeitet.

»Ich bin kein Intellektueller, aber du findest keinen besseren Mechaniker als mich!«

Fabien widersprach: Max habe durchaus Ahnung von Politik. Das sei für ein Parteimitglied auch ganz normal. Viele Résistancekämpfer waren Kommunisten. Das hielt sie aber nicht davon ab, Max wegen der Haltung der Kommunistischen Partei zu Beginn des Krieges und wegen des Paktes zwischen Sowjetrussland und den Deutschen aufzuziehen. Manu, der Jüngste von ihnen und von einer selbstvergessenen Schönheit, verzehrte sich förmlich nach Wissen und Kultur. Er hatte sein Studium aufgeben müssen und bedauerte dies jeden Tag. Er war noch nie Mitglied einer Partei gewesen, hatte aber vor dem Krieg für den Frieden demonstriert.

»Ich habe mich geirrt ...«

Seitdem hörte er lieber zu, als dass er redete. Das war sicherer. Neben ihm saß Hubert, von seiner ganzen Art her traditionell. Er war schmächtig, aber durchtrainiert. Und obwohl er der Älteste von ihnen war – beinahe vierzig –, schaffte er viel Arbeit weg, ohne auch nur einen Anflug von Müdigkeit. Es gab Vermutungen, dass er ein Vermögen für eine Frau ausgegeben hatte. Wenn er nicht dem Feind zugearbeitet hatte? Aber es war vergebliche Liebesmüh, ihn zum Sprechen bringen zu wollen. Er ließ alle peinlichen Fragen an sich abperlen, indem er auf eine der Maximen von La Rochefoucauld, meist dieselbe, verwies.

»Wer am lautesten nach Moral schreit, ist gewöhnlich der, der am wenigsten davon hat.«

Dieser Satz war zum Motto der Minenräumer geworden, aber auch zum Bollwerk gegenüber allen verächtlichen Kommentaren, sozusagen ihre ultimative Waffe. Vor allem für Jean, den man »den Knastologen« nannte, aber auch den Dicken. Dabei war er eher stämmig als fett. Ex-Gangster und früherer Ringer, mittlerweile Geläuterter. Auch er bediente sich der Gedankengänge des berühmten Moralisten.

»Ich habe vielleicht Scheiße gebaut, aber ich habe meine Ehre bewahrt. Und es haben nicht alle Ganoven mit den Deutschen zusammengearbeitet, nur damit ihr es wisst.«

»Aber du hast immer noch nicht erzählt, warum du gesessen hast ...«

»Weil ich das Recht habe zu vergessen. Tut mir leid, aber ich habe meine Schuld an der Gesellschaft abbezahlt.«

»In welcher Währung?«

»Mit Knastjahren, die nicht gerade schön waren.«

»Ja, aber du warst während dieser Zeit wenigstens nicht im Krieg.«

»Jetzt reicht es aber! Der Krieg hat schließlich nicht so lange gedauert, die aktiven Kämpfe meine ich.«

»Ja, aber nur für die, die nicht im Widerstand waren!«

Und dann war da noch Georges, der aus dem Südwesten stammte. Auch dort waren die Strände vermint. Die ganze Atlantikküste entlang. Aber er war trotzdem in den Südosten gegangen. Wovor er wohl weglief? Vor seiner Familie, vor bösen Erinnerungen oder noch Schlimmerem?

Was Enzo anging, der alle Minen mit Namen kannte: Er war verheiratet und betete seine Frau an. Er redete von nichts anderem. Er war bei den FTP-MOI, den *Francs-tireurs et partisans – Main-d'œuvre immigrée*, in die Résistance gegangen. Was er dort getan hatte? Er lachte und meinte, er könne nichts Besonderes. Fabien würde ihn nicht verraten und erzählen, warum er sich in Wahrheit der Résistance angeschlossen hatte. Enzo war mit fünf Jahren aus Italien nach Frankreich gekommen. Er hatte mitangesehen, wie Kinder seinem Vater und seiner Mutter Steine hinterherwarfen. Er war in einem Viertel von Marseille aufgewachsen, das man »Klein-Neapel« nannte. Als Italien mit Deutschland den Stahlpakt geschlossen hatte, wurden alle Italiener verdächtigt, mit dem Feind zusammenzuarbeiten. Nachdem die Deutschen in die freie Zone von Vichy-Frankreich einmarschiert waren, trieben sie dennoch mithilfe der französischen Polizei alle Italiener zusammen, die in Marseille lebten, steckten sie ins Lager in Fréjus und zerstörten ihre Wohnungen. Enzos Familie gehörte zu denen, die man nun »die Evakuierten« nannte. Sie hatten nicht gewagt, gegen diese Behandlung zu protestieren …

Enzo wünschte sich eine schöne Zukunft für seine drei Töchter. Und er wurde nie müde, Frankreich seine Loyalität zu beweisen. Zur FTP gehört zu haben genügte ihm nicht. Er verpflichtete sich weiter bei der Minenräumung. Italiener waren ja häufig gute Feuerwerker. Neben Fabien war Enzo der Einzige, der eine Mine korrekt entschärfen konnte. Außerdem besaß er – was selten war – ein beinahe enzyklopädisches Wissen über die Vielzahl der Zünder, die die Minen hochgehen ließen. Aber Fabien schätzte ihn nicht nur wegen seiner technischen Fähigkeiten. Die beiden verband das Engagement in der Résistance, dasselbe Ehrgefühl. Und doch begegneten sie den anderen mit ungebrochener Nachsicht.

Seitdem er bei der Minenräumung arbeitete, hatte Fabien die unterschiedlichsten Arten Mensch kennengelernt: De-Gaulle-Anhänger, Anti-De-Gaulle-Aktivisten, Résistancekämpfer, Zauderer, Sicherheitsbewusste, Katholiken, Atheisten, Kommunisten, Anti-Kommunisten, einen Aristokraten, Abgehängte, drei Italiener, zwei spanische Flüchtlinge und Menschen, die von nirgendwo kamen. In diesem Haufen von Versprengten, die sich eigentlich hassen oder ignorieren hätten müssen, herrschte eine erstaunliche Brüderlichkeit. Niemand außer den Mitgliedern dieses Trupps würde je begreifen, was sie Tag für Tag erlebten. Die Gefahr, der sie sich aussetzten, schweißte sie fest zusammen. Selbst mit ihren Toten.

Vincent war verblüfft von der Fröhlichkeit, die hier herrschte. Niemand an diesem Tisch versuchte, seinem Schicksal zu entkommen. Sie freuten sich, dass sie lebten, Spaß haben, miteinander essen und zusammen sein konnten. Sie sahen den Mädchen nach, die auf der Straße vorübergingen, und die Zukunft schien ihnen, wie allen anderen, ein Horizont voller Versprechen zu sein.

Minen zu entschärfen hieß, dass man nicht gerade eine gute Partie war. Aber das hielt sie nicht davon ab, alles zu versuchen, um möglichst gut anzukommen. Das Begehren kennt keine Regeln, nur ein paar Konstanten. Ihre Körper, ihre stolze Haltung waren diese geheimnisvollen Elemente, die die Funken fliegen ließen. Und was den Rest anging: Da war diese Gleichgültigkeit gegenüber der Gefahr, die Lässigkeit, sich nie zu beklagen, das Mysterium, das sie umgab, als wären sie keine gewöhnlichen Sterblichen, die sich auf einen ungleichen Kampf mit dem Tod einließen. Vielleicht hatten sie ja ein Geheimnis, eine besondere innere Kraft. Wie jene Indigenen, die an Amerikas Wolkenkratzern bauten und denen man nachsagte, vollkommen schwindelfrei zu sein, weil sie in mehreren Hundert Metern Höhe im leeren Raum schwebten. Dieser Tanz mit der Gefahr, am Rande des Abgrunds, das Wippen über den Grenzen der Hölle machte sie unwiderstehlich.

Sodass Léna, die Besitzerin des Cafés, ihnen sofort brachte, was immer sie bestellten. Und sie erhoben ihre Gläser auf jede Schönheit, die vorüberging. Und diese schauten auf ihre muskelbepackten, sonnengebräunten Arme und lächelten ihnen zu. Schließlich war hier, im Süden, der Krieg vorbei. Man konnte jeden Menschen anlächeln.

Léna aber merkte sofort, dass Vincent neu war.

»Fabien hat es geschafft, Sie anzuheuern?«

»Ich musste ihn nicht drängen, was glaubst du denn? Er ist von ganz allein gekommen, wie ein richtig Großer«, antwortete Fabien an Vincents Stelle.

»Ich glaube ja, dass du sie verhext. Sie würden dir überall hin folgen …«

»Ich dachte, du bist die Spezialistin für diese Art Zauber …«

Lächelnd wandte Léna sich ab, um weitere Getränke zu holen.

Es war Vincent nicht entgangen, dass sie schön war und dieses gewisse Etwas hatte, das sofort Aufmerksamkeit erregte. Aber sein einziges Ziel war ja, das Gespräch auf die Deutschen zu lenken. Und so warf er so lässig wie nur möglich ein:

»Und die Deutschen? Holen die jetzt den ganzen Dreck aus der Erde, den sie uns hinterlassen haben? Sind sie immer noch überzeugt, dass ›Arbeit frei macht‹?«

An ihrem Lachen erkannte Vincent, dass die Minenräumer ihn akzeptierten. Doch die Antwort war nicht die, die er sich erhofft hatte.

»Ja, aber mach dir keine Sorgen, was die Deutschen angeht. Die bleiben nicht mehr lange.«

Was Vincent, der sich keineswegs Sorgen gemacht hatte, regelrecht niederschmetterte.

»Wir haben jetzt Ende April. Ich wette mit dir, dass Deutschland spätestens im Mai kapituliert. Und am Ende des Krieges kehren normalerweise ja alle nach Hause zurück. Mit den Bomben, die sie im Moment abbekommen, werden die ziemlich Augen machen, wenn sie nach Hause kommen!«

Vincent ließ sich seine Erregung nicht anmerken und wandte sich an Fabien.

»Was denkst du denn?«

»Ich fasse zusammen: Dreizehn Millionen Minen. Dreitausend Freiwillige. Wenn du mitrechnest, heißt das, dass wir fünfzigtausend Gefangene brauchen würden.«

»Also werden sie noch hierbleiben?«

»Aubrac hätte sogar gerne die doppelte Menge. Aber ob das was wird, weiß im Moment keiner. Das hängt alles von der Konferenz in San Francisco ab. Man müsste fünfzig Länder überzeugen, internationales Recht zu brechen.«

»Na ja, die Boches wird ja keiner so recht bedauern …«

»Ah ja! Natürlich ist alle Welt dafür, dass die Deutschen Widergutmachung leisten! Auf Knien. Oder sogar mit der Prügelstrafe! Und nicht nur bei uns. Also warum nicht auch bei der Minenräumung? Nur dass unsere lieben Diplomaten nicht möchten, dass das publik wird. Sie wollen es unter den Teppich kehren. Aubrac ist dagegen. Und er hat recht: Man wird es ohnehin schnell merken. Kriegsgefangene an Stränden oder Straßen arbeiten zu lassen ist ja nicht gerade unauffällig …«

»Aber die Deutschen entschärfen die Minen doch längst?«

»Nein, sie spüren sie nur auf«, korrigierte ihn Fabien. »Die Konferenz ist gerade losgegangen – wir nutzen sozusagen die noch bestehende Unklarheit.«

Léna brachte die übrigen Bestellungen.

»Mir wäre es lieber, wenn nur die Deutschen ihr Leben riskierten.«

»Keine Sorge, Léna. Wir kalkulieren die Risiken schon.«

»Aber Risiken lassen sich nicht kalkulieren. Das ist ja gerade ihre Natur!«

»Léna, wir sind hier, um uns zu entspannen! Und du weißt doch, dass wir unter einem guten Stern stehen …«

Natürlich. Sie würde nichts daran ändern können: Die Minensucher glaubten nicht, dass sie bei ihrer Arbeit ums Leben kommen würden. Die Regierung ging davon aus, dass man die Minen auch ohne Mitarbeit der Deutschen beseitigen konnte. Und diejenigen, die davon profitierten, dass andere sich opferten, dachten, dass sich die Minen schon von selbst erledigen würden.

Léna goss Vincent noch mal Weißwein nach und musterte kurz sein Gesicht. Vielleicht war er ja weniger sorglos als die anderen? Vielleicht würde sie ja wenigstens ihn retten können?

»Ganz ehrlich, ich verstehe nicht, warum ihr das tut. Habt ihr nichts Besseres zu tun, als Minen zu räumen?«

»Und wer würde es machen, wenn nicht wir?«

Auf diese Entgegnung Vincents hin erhoben alle ihr Glas. Als wäre das ihre Devise, ein Glaubensbekenntnis, der Schwur der Musketiere.

Léna hatte sich getäuscht. Er war wie die anderen. Er klammerte sich an seine Illusionen. Niemand konnte mehr leben, ohne Tatsachen zu verdrängen, das war die einzige universelle Religion geworden.

Zwei Tage zuvor war Vincent oben an der Freitreppe vor dem Saint-Charles-Bahnhof Audrey begegnet. Marseille war beherrscht von Lebensfreude und unbändigem Stolz, weil man gegen die Deutschen einen großartigen Sieg errungen hatte. Das war die Rache für die Massenverhaftungen im Januar 1943 und die Sprengung von eintausendfünfhundert Häusern im Viertel um den Alten Hafen. Die Deutschen hatten den Befehl dazu gegeben, aber ausgeführt hatten ihn Franzosen. Diese Verbrechen hatten ein tiefes Trauma verursacht, da René Bousquet, der oberste Polizeibeamte des Vichy-Regimes, aus freien Stücken deutlich weiter gegangen war, als die Besatzer sich erhofft hatten. So wie er das schon bei den massenhaften Verhaftungen von Juden gemacht hatte, die man im Vélodrome d'Hiver in Paris zusammengetrieben hatte.

Die Marseiller hatten nicht gewartet, dass man sie befreien würde. Wie in Paris hatten sich die Leute unmittelbar vor Eintreffen der französischen Truppen und der Alliierten gegen die Besatzer erhoben, und das Hochgefühl über die erfolgreiche Revolte, die unwiderstehliche und entscheidende Entschlossenheit der Aufständischen lag noch in der Luft und belebte die lächelnden Gesichter der Menschen.

Audrey strahlte. Wortgewandt berichtete sie von dem Elan, der die phokäische Metropole plötzlich ergriffen hatte: Die lärmende Menge auf den Straßen, die Frauen und Kinder, die Menschenmassen, wütend und glücklich zugleich, waren sich ihres Sieges sicher. Die Auflehnung hatte sich Bahn gebrochen in der betäubten Stadt mit den leeren Straßen und den vor Angst eingeschüchterten Bewohnern.

Das war nun die Befreiung: Mit ihrem Feuer hatten die Aufständischen den schuldhaften Zynismus der Kollaborateure hinweggefegt und mit ihm die kranke Mentalität der Nazis.

Audrey schwärmte von dem neuen Leben, das sich ankündigte.

»Dieses Mal wird alles anders. Der Beweis dafür? Schon morgen gehe ich in die Stadtverwaltung zum Wählen! Kannst du dir das vorstellen? Die Stimmen der Frauen werden zählen. Es wurde auch langsam Zeit, oder?«

Natürlich fand auch Vincent das aufregend und nahm es sich ein wenig übel, dass der Jubel ihn nicht auf die gleiche Weise ergriff wie sie. Aber nachdem er sich ihre so enthusiastisch vorgetragenen Überzeugungen angehört hatte, wurde es ihm unmöglich, nicht nach Ariane zu fragen.

»Weißt du denn etwas von ihr?«

Er sah noch besser aus, als sie ihn in Erinnerung hatte. Sein scharfer, glühender Blick, der leider nicht für sie brannte, war noch intensiver und fiebriger geworden. Seine Augen, die aus der Ferne schwarz, aus der Nähe jedoch dunkelgrün schienen und Funken sprühten, würden sich nicht von ihr lösen, bis sie diese Frage beantwortet hätte, bevor sie ihm nicht alles gesagt hätte, was sie wusste, bevor sie nicht ausgespuckt hätte, was er hören wollte.

Doch was wusste sie denn schon groß? Bei Ariane wusste man ja nie, was los war. Man ahnte etwas oder man täuschte sich. Und er, Vincent, wollte er wirklich hören, was sie hätte sagen können, was sie erfahren hatte? Audrey atmete tief durch. Sie würde sich ganz vorsichtig auf dieses Gespräch einlassen, Raum gewinnen, und dann konnte man weitersehen.

»Zum letzten Mal habe ich sie gesehen, als sie mich besucht hat.«

»Wann?«

»Das ist fast eineinhalb Jahre her ... im Juni, Juni 43.«

»Da haben auch ihre Eltern zum letzten Mal von ihr gehört.«

»Bist du da sicher?«

»Das haben sie mir gesagt. Sie hat ihren Hof verlassen, und sie haben sie nicht wiedergesehen.«

»Dabei wollten sie doch, dass sie ihr Leben wieder aufnimmt. Ihrer Mutter ging es wieder besser. Sie brauchten Arianes Hilfe nicht mehr.«

Das stellte Vincent vor ein Rätsel: Ariane hatte ihm immer geschrieben, dass sie ihre Doktorarbeit in Medizin aufschieben würde, solange sie ihre Eltern unterstützen musste. Ihre Mutter war krank, und der junge Hilfsarbeiter auf dem Hof war schon zu Beginn der Kämpfe umgekommen. Der zweite hatte zum Arbeitsdienst einrücken müssen. Ganz alleine wären ihre Eltern nie zurechtgekommen, vor allem nicht, da die Deutschen ja ständig Lebensmittel requirierten.

Audrey merkte schnell, dass Vincent verwirrt war, aber die wenigen vagen Informationen, die sie ihm geben konnte, beruhigten ihn selbst nach einigem Überlegen nicht.

»Ich bin vielleicht nicht die beste Quelle, was Nachrichten von Ariane angeht. Vielleicht weiß Irène ja mehr. Schließlich sind die beiden Kindheitsfreundinnen, und Ariane hat ihr immer alles erzählt.«

»Irène bemüht sich darum, unsere Kriegsgefangenen nach Hause zu bringen. Im Moment ist sie vermutlich irgendwo tief im deutschen oder polnischen Gebiet.«

Audrey hätte zu gerne gewusst, wie es Vincent in den Kriegsgefangenenlagern ergangen war, aber sie wollte ihm nicht zu nahe treten.

Vincent konnte ihre stummen Fragen regelrecht hören,

aber es schien ihm nicht der passende Moment, an diesem Tag strahlender Freude von den finsteren Stunden der Gefangenschaft in den schäbigen Baracken zu sprechen, von den Tagen im Schlamm. Von der Angst, der Gewalt und den Demütigungen. Und von der Kälte, die sich in Haut und Knochen fraß, als wäre es all diese Jahre nur Winter gewesen. Wer erinnert sich schon im Frühling gerne an den Winter? Natürlich umgab ihn das mit einer geheimnisvollen Aura, die er nicht wollte, aber daran war nun mal nichts zu ändern.

Vincent spürte Audreys Blick auf sich ruhen. Es war ihm schon peinlich genug, dass er vor ihr seine Gefühle offenbaren musste. Er war ihr gleichwohl dankbar, dass sie nichts dazu sagte, wie ungewöhnlich seine Frage war. Denn letztlich war es nicht an ihm, Fragen über Ariane zu stellen. Audrey hätte es sicher eher verstanden, wenn die Frage, warum Ariane wie vom Erdboden verschluckt schien, der Mann gestellt hätte, mit dem sie verheiratet war, als Vincent sie kennenlernte. Niemand wusste, dass Ariane ihn wegen Vincent verlassen hatte. Und er würde niemals zugeben, dass sie sich im Geheimen geliebt hatten.

Die Feierlaune am Hafen, das Knarzen der Takelage und die fröhlichen Flügelschläge der Segel erinnerten Vincent an sein Studentenleben, das sich zum Großteil auf den Terrassen der Cafés abgespielt hatte. Aber um Vertraulichkeiten auszutauschen, musste er mit Audrey allein sein, in einem geschlossenen Raum, wo die Emotionen nicht vom Wind davongetragen wurden.

Daher tat er so, als fühlte er sich in der Menge nicht wohl, sei nicht mehr daran gewöhnt. Außerdem hatte der Hafen sich so sehr verändert, seit die Deutschen die gigantische Schwebefähre gesprengt hatten. Das technische Geschick hinter diesem gewaltigen Spinnennetz aus Stahlstreben, die Modernität der gesamten Konstruktion waren der ganze Stolz der Marseiller gewesen und hatten auch die Bewunderung der Bauhaus-Architekten gefunden. Ihre Abwesenheit schrie zum Himmel, gerade so, als hätte man Paris den Eiffelturm genommen. Und all die Ruinen gegenüber des Forts, all die Straßen und Häuser des Viertels Saint-Jean ... Es würde eine Ewigkeit dauern, sie wiederaufzubauen. Und die dazu notwendigen Anstrengungen würde das Vergessen verhindern. Das konnte sie doch sicher verstehen? Er hatte nur ein bisschen geflunkert, und Audrey zeigte sich bereits ehrlich erschüttert.

»Willst du irgendwo reingehen?«

»Könnten wir nicht zu dir?«

Früher wäre Audrey von diesem Vorschlag begeistert gewesen, aber ausgerechnet jetzt ... Sie war sich nicht sicher gewesen, was die Verbindung zwischen Vincent und Ariane anging, aber mittlerweile hatte sie erraten, dass er mit ihr nur über Ariane reden wollte.

Sie nahm ihn mit in die kleine Wohnung, die sie von ihrer Mutter geerbt hatte. Ganz oben unter dem Dach öffneten sich ihre Räume auf eine winzige Terrasse, die von selbst gesammelten Wildpflanzen überwuchert war. Sie servierte ihm einen mittelmäßigen Kaffee, aber zumindest hatte sie welchen.

»Ariane ist drei Wochen bei mir geblieben. Und dann ist sie abgereist.«

»Wohin?«

»Ich weiß nicht! Ich dachte, sie würde ins Krankenhaus zurückgehen. Ich hätte ihr auch geholfen. Im Moment arbeite ich im Hôpital de la Timone. Dort hätte man sie genommen. Aber das wollte sie nicht.«

»Und seitdem hast du von ihr nichts gehört?«

»Vielleicht ist es für sie schwierig. Eines Abends hat sie davon gesprochen, über Spanien nach Marokko zu fliehen und dann weiter nach Afrika. Sie kannte auch Leute, die einen von Saint-Tropez aus nach Algerien schmuggeln konnten. Sie hasste es, sich so gefangen zu fühlen.«

Audrey glaubte, was Vincent am ehesten beruhigen würde, sei die Tatsache, dass Ariane sich ihr Leben nicht vorschreiben lassen wollte. Sie wollte jetzt leben. Mangels anderer Erklärungen war es vielleicht das Beste, sich an ihre Leidenschaft für das Glück zu erinnern. Der Gedanke, dass es das schon gewesen sein sollte, dass sie vor ihrem Tod nie andere Länder sehen würde, erschreckte sie tatsächlich zutiefst. Sicher erinnerte er sich noch an ihren geradezu zwanghaften Wunsch, die Pyramiden sehen zu wollen. Sie überlegte sogar, ob sie nicht alles aufgeben sollte, um aufzubrechen und das Grab von Kleopatra zu suchen. Vielleicht hatte sie ja einfach ein Schiff bestiegen, um endlich jene Orte zu sehen, von denen sie immer geträumt hatte?

»Möglich, aber ich kann mir nicht vorstellen, dass Ariane ihren Eltern nichts gesagt hätte.«

Vincent stieß immer wieder auf diese Lücke, in der Ariane bei Audrey untergeschlüpft war und niemandem davon erzählt hatte.

Es war ihm wohler damit, das Gespräch auf ihre Eltern zu lenken. Es wäre unmöglich und anmaßend zu sagen: »Sie hätte auf mich gewartet. Sie hätte mich nie verlassen, nicht einmal für die Paläste von Tausendundeiner Nacht, die schmalen Gassen eines Souk oder all das Gold Babylons.« Aber genau das dachte er.

In diesem Moment fiel Vincents Blick auf eine Holzskulptur, die auf einem Regal stand. Audrey hatte darauf in bezaubernder Unordnung all ihren Schmuck drapiert. Zwischen allerlei originellen Glasperlenstücken schimmerte die goldene Kette hervor, die er Ariane einmal geschenkt hatte. Er hätte sie unter Tausenden wiedererkannt: Es war die Kette, mit der sein Großvater seine Uhr an der Weste befestigt hatte. Sie war lang genug, um daraus eine Halskette zu machen, und Ariane hatte sie immer doppelt um ihren Hals geschlungen, sodass das Gold auf ihrem Schlüsselbein schimmerte. Manchmal trug sie sie auch einfach, und dann reichte der goldene Faden fast bis zu ihrem Nabel. Wie die Schönen der verrückten Zwanziger sie trugen, um zu signalisieren: Ich habe einen Schoß, wisst ihr, und er ist lebendig, fröhlich und kann sogar tanzen …

Wie magnetisch angezogen trat er auf die Skulptur zu und nahm die Kette in die Hand.

»Sie hat dir die geschenkt?!«

»Sie hat sie vergessen. Ich habe sie zwischen den Laken gefunden, mit denen ich für sie das Sofa überzogen habe.«

Vincent schloss seine Faust um die Kette. Er wollte nicht weiter drängen. Audrey war wirklich nicht sehr hilfreich.

»Hast du noch Fotos von Ariane auf dem Bauernhof?«

»Ich habe die Negative, habe sie aber nie entwickelt. Mir fehlten einfach die dazu notwendigen Sachen.«

»Und die Deutschen, die auf dem Hof Beschlagnahmungen durchgeführt haben?«

»Ich war dort nicht so oft, weißt du.«

»Aber du hast noch Fotos?«

»Ja, nicht viele, aber …«

Audrey verstand endlich, worauf er hinauswollte.

»Du glaubst, dass die Deutschen, die auf den Hof kamen, der Grund für Arianes Flucht sind.«

»Wenn das der Fall ist, sollten wir es herausfinden.«

Nun begriff Audrey, dass er auf einer endlosen Suche war, auf der er sicher keine Antworten finden würde.

»Wie willst du das in Erfahrung bringen? Entweder sind sie tot oder sie sind Kriegsgefangene. Es gibt ein Lager in Marseille und eines in Aubagne, glaube ich. Und noch ein paar kleinere da und dort, aber niemand hat da Zutritt.«

»Ich weiß.«

»Woher?«

»Ich stelle mir das so vor. Aber ich werde es schaffen.«

»Es würde mich sehr erstaunen, wenn sie dich hineinließen. Es heißt ja, dass die Lebensbedingungen schlimm sind. Man hat einfach nie mit so vielen Gefangenen gerechnet. Wir wissen jedenfalls nichts darüber. Die Gefangenen werden vor Ort medizinisch versorgt.«

Vincent konnte seinen Unmut nur schwer verbergen. Audrey aber wechselte das Thema.

»Stell dir mal vor, du könntest eine Ausbildung machen. Was würdest du tun?«

»Und du?«

Audrey sah ihn misstrauisch an.

»Ariane hat immer zu mir gesagt: Wenn jemand auf deine Frage mit einer Gegenfrage antwortet, musst du dich auf das Schlimmste gefasst machen.«

Vincent zuckte mit den Schultern und strahlte sie an.

»Das Schlimmste? Da hat sie mich überschätzt. Ich bin ganz im Gegenteil viel zu vernünftig. Mach dir keine Sorgen.«

In dem Bus, der ihn von Marseille zurückbrachte, ließ Vincent die lange Uhrkette, die er Ariane geschenkt hatte, durch seine Finger gleiten. Der Altar, den er für Ariane errichtet hatte, konnte nun geschmückt werden mit ihrem Schal, ihrer Kette und bald auch mit Fotos.

Eben fuhr der Bus am Château des Eyguières vorbei, wo die Deutschen ihre Kommandantur eingerichtet hatten. Er erblickte das Gebäude, das sich in der Ferne an einen Hügel schmiegte und teils von hohen Strand-Kiefern verdeckt wurde. Nachdem er sich am Vorabend von Arianes Eltern verabschiedet hatte, hatte er einen kurzen Abstecher zum Schloss unternommen, als würde er dort die Antwort auf all die Fragen finden, die er sich stellte. Aber er hatte draußen bleiben müssen, denn große Schilder verboten den Zutritt: Die Deutschen hatten vor ihrer Flucht ihr altes Hauptquartier noch vermint.

Auf dem Fenstersitz ihm gegenüber saß ein Mädchen und ließ ihren Blick über die Landschaft schweifen. Ihr zartes Profil, das sich vor der Scheibe abzeichnete, der sanfte Schwung ihres Nackens, das Haar, das ihr über die Schultern fiel, ihre ganze entwaffnende Einfachheit zogen seine Aufmerksamkeit an.

Dem Kontrolleur hatte sie gesagt, sie komme aus Paris. Und als er nachfragte, wohin sie wolle, sagte sie, sie sei unterwegs nach Hause. Sie hatte kaum Gepäck, was Vincent erstaunte. Er hatte ihren Vornamen mitbekommen, da der Kontrolleur sich ihn laut wiederholen ließ. Saskia … diesen Namen hatte er noch nie gehört. Da drehte sie sich plötzlich zu ihm um.

Sie war nicht weiter auffällig, nur ihre Augen waren sehr hell.

Ein bleiches Grau, das ihr feines Gesicht beherrschte. Das junge Mädchen hatte wohl bemerkt, dass er sie unverwandt ansah. Vincent war das peinlich, und trotzdem konnte er nicht gleich die Augen von ihr wenden, so sehr wollte er das Rätsel ihres Blicks entschlüsseln. So jung und so verletzlich, so zerbrechlich und doch entschlossen, unruhig, dann wieder verloren. In ihren Augen spiegelte sich ein Kaleidoskop von Emotionen.

Sie schien sich an den Sonnenstrahlen zu wärmen, die durch die Scheibe fielen und den Geruch der Kunstledersitze noch beißender machten. Offensichtlich freute sie sich nicht darüber, dass sie nach Hause zurückkehrte. Das fühlte Vincent. Wie alt sie wohl war? Schwer zu sagen.

Als sie am Busbahnhof ankamen, wollte Vincent ihr beim Aussteigen helfen. Ihre Hand zuckte so schnell zurück, als wäre er ein Verbrecher.

Von der Heftigkeit ihrer Reaktion überrascht, entschuldigte er sich. Er habe ihr keine Angst machen wollen. Und er wollte sie keinesfalls noch mehr erschrecken. Dabei hätte er ihr gerne gesagt, dass er sie verstand, dass auch für ihn der Krieg noch nicht vorbei war, weil man das so beschlossen hatte. Dass der Sieg über die Deutschen nichts bedeutete angesichts der Verletzungen und der Toten, die man mit sich trug und deren Zeichen es zu lesen galt, damit sie wussten, dass man sie achtete, dass man sie immer noch liebte und dass sie im Sterben keineswegs verschwunden waren. Auch er misstraute den Lebenden.

Es war Saskia peinlich, dass sie unwillkürlich so seltsam reagiert hatte. Sie zog den Kopf ein und murmelte, fast unhörbar, einige Worte der Entschuldigung, bevor sie den Bahnhofsvorplatz verließ. Sie bog in die breite Straße ein und von dort aus in eines der schmalen Gässchen, das sie als Gymnasiastin vor dem Krieg immer genommen hatte, wenn sie auf dem Heimweg war. Jedes Haus, jede Mauer, jede Bank hielt Erinnerungen für sie bereit. Wie sie mit ihrem Bruder und ihrer Schwester geplaudert hatte. Wo die Floristin war, bei der sie Blumen für die Mutter gekauft hatte. Und dann die Stelle, wo der Junge, in den sie verliebt war, sie zum ersten Mal angesprochen hatte. Er hieß Rodolphe, und sie hatten sich in die Hand versprochen, dass sie einmal heiraten würden.

Als Saskia vor dem Tor zu ihrem Haus ankam, stellte sie erleichtert fest, dass es noch ganz war. Die Villa aus den Dreißigerjahren, die ihr Vater noch selbst geplant hatte, verschwand fast unter den duftenden Glyzinienranken. In ihrer Abwesenheit hatte der Garten ein übermütiges Eigenleben entwickelt. Die schönsten und seltensten Clematis in Violett und Weiß, die vielleicht nur einmal im Jahr eine kostbare, kapriziöse Blüte hervorbrachten, hatten sich vermehrt. Der Weißdorn wucherte und hatte sich in einen duftenden rosarot-grünen Baldachin verwandelt. Überall herrschte die Harmonie der Natur. Das war die eigentliche Schönheit: Man sah die Blüten, aber nicht die Arbeit dahinter. Der Efeu hatte sich die Fassade hinaufgeschoben und umrahmte dunkelgrün die Fenster, sodass sich Natur und Architektur vereinten. Das Gras stand hoch und ließ zwischendrin Wildblumen leuchten, die ebenso schön waren wie ihre gezüchteten Freunde. Sogar die Frösche konnte man hören: Ihre Paarungszeit war längst angebrochen.

Saskia sah alles wieder vor sich. Vater und Mutter lasen zusammen im Garten. Ihre Mutter legte das Buch weg, um einen Jasminzweig zurechtzurücken, das Geißblatt aufzubinden oder Fliederzweige zu schneiden. Am Abend speiste man beim Schein der Kerzen und versuchte vergeblich, sich der Mücken zu erwehren – an diesen Sommerabenden, die ihr am liebsten waren.

Mit einem Mal bemerkte sie, dass sie allein war. Eines aber wusste sie sicher: Ihr Haus würde ihr helfen, sich wiederzufinden, in diesem Refugium, das ihre Eltern geschaffen hatten und das immer noch widerspiegelte, was ihre Familie gewesen war.

Sie musste nur den Schlüssel suchen, dort, wo ihre Mutter ihn versteckt hatte, nur … Der Garten war lebendig, und Saskia hatte Angst, dass das Haus es nicht mehr war.

Ein Passant musterte sie von der Seite. Sie entschied sich, gegen das Tor zu drücken. Dann plötzlich die Erscheinung: eine Frau von ungefähr vierzig Jahren, schön, energisch und tadellos gekleidet. Sie blickte ihr direkt in die Augen.

»Was machen Sie da?«

Saskia erstarrte zur Salzsäule. Sie brachte keinen Ton heraus. Sie hatte noch nicht mal den Eindruck, dass es diese Frau wirklich gab. Aber die Frau sagte noch einmal:

»Was wollen Sie?«

»Ich bin hier zu Hause.«

»Das würde mich wundern. Ich wohne hier mit meiner Familie.«

»Aber … seit wann?«

Vor Saskias Augen verschwamm alles. Sie konnte nicht mehr denken, sie hätte nicht einmal mehr sagen können, wann sie alle verhaftet worden waren, wann ihre Verzweiflung, ihr Elend begonnen hatten.

Die Frau trat mit drohender Miene auf sie zu.

»Sie sind hier in meinem Haus, und ich fordere Sie auf zu gehen.«

»Aber das ist mein Haus! Meine Eltern haben dieses Grundstück gekauft. Mein Vater hat das Haus entworfen«, flehte Saskia mit ersterbender Stimme.

»Können Sie das belegen?«

Saskia war fassungslos. Sie hätte nie gedacht, das einmal tun zu müssen. Die Frau eilte bereits die drei Treppen zur Haustüre hinauf. Sie hatte ihr den Rücken zugewandt, als Saskia all ihre Kräfte zusammennahm und sagte:

»Entschuldigen Sie, aber könnte ich wenigstens ein paar Sachen holen?«

»Hier ist nichts, was Ihnen gehört.«

»Wann haben Sie dieses Haus bezogen?«

»Hören Sie mal! Ich kenne Sie nicht. Und Verrückte gibt es gerade genug! Wenn Sie nicht verschwinden, rufe ich die Polizei!«

Die Frau schlug hinter sich die Tür zu, um das Gespräch zu beenden. Saskia wusste nicht wie, aber sie hatte es geschafft, nicht in Tränen auszubrechen.

Saskia hatte die Bücher ihrer Eltern holen wollen, um die kunstvoll geschwungene Schrift ihrer Mutter wiederzufinden, mit der sie in den Büchern Anmerkungen machte. Ihr Vater, Illan, tat das nie, für ihn waren Bücher heilig. Aber ihre Mutter Mila hinterließ darin auch kleine Zettel mit ihren Überlegungen oder Zitaten. Und Saskia wünschte sich innig, den Dialog mit ihr fortzusetzen. Was war ihr denn noch geblieben, um ihn aufrechtzuerhalten, wenn nicht diese Bücher, diese Worte?

Vor dem Krieg sagte sie alle Verabredungen mit Freunden ab, wenn sie einen Roman zu Ende lesen wollte. Sie verkroch sich mit der Taschenlampe unter der Bettdecke, um weiterzulesen, und kam morgens natürlich nicht aus den Federn. Das Lesen war für sie ein verbotenes Vergnügen gewesen. Im Lager hatte sich alles umgekehrt: Dort war es buchstäblich lebenswichtig, gelesen zu haben, sich an das Gelesene zu erinnern und es auswendig zu wissen. Sie war Mila dankbar und all ihren Literaturlehrern, die sie mitgenommen hatten in neue Welten, die weit über das Gelesene hinausgingen, Welten, die sie nie betreten hätte, hätte nicht jemand ihren Geist geschärft und für sie das Kraftfeld des Möglichen geöffnet.

In der Schule hatte sie die Verse, die Racine *Bérénice* in den Mund legte, nicht weiter beachtet. »Nie wieder. Oh, Herr, könnt ihr verstehen, wie entsetzlich dieses grausame Wort ist, wenn man liebt?« Saskia verstand erst jetzt, was sie damals gelesen hatte. Oder vielmehr erlebte sie nun deren tragische Initiation. Heute war sie nicht mehr so allein, weil Racine diese Worte geschrieben hatte: »Nie wieder.« Ihr tiefer Abgrund in zwei kurzen Worten.

Spät in der Nacht suchte sie einen Platz zum Schlafen und richtete den Blick zum Himmel. Sie sah die Sterne funkeln, die man nie richtig sehen konnte, außer es war eine finstere Neumondnacht. Sie würde kämpfen. Das schwor sie ihrer Familie, die irgendwann unter einem geheimen Stern wieder vereint sein würde, der aus Büchern, Theaterstücken und Gedichten hervorschimmerte.

Sicher gab es tausend verschiedene Möglichkeiten, Ariane wiederzufinden, und Vincent würde sich im Chaos des Kriegsendes vielleicht an alle wagen müssen. Von der einfachsten bis zur kompliziertesten.

Sein erster Schritt war es gewesen, in die kleine Zweizimmerwohnung an der Place Castellane zurückzukehren, die ihm seine Tante überlassen hatte. Dort, im obersten Stock eines schönen Hauses, hatte sich seine geheime Liebe mit Ariane abgespielt. Der Schlüssel war immer noch da, wo sie ihn immer versteckt hatten, aber er hatte Schwierigkeiten, die Tür aufzubekommen. Zu viel Post hatte sich auf der anderen Seite angesammelt.

Im Inneren hatte sich nichts verändert. Er hatte nach einer Nachricht von ihr gesucht, nach einem Tagebuch, das ihm erklärt hätte, was geschehen war. Aber natürlich gab es kein Tagebuch. Im richtigen Leben findet man nie eine Erklärung dafür, wenn jemand einfach verschwindet.

Stattdessen fand er all die Briefe, die er ihr aus dem Kriegsgefangenenlager geschrieben hatte. Er hatte sie nummeriert, sie ebenfalls, was ihn rührte. Ihre Briefe. Er hatte sie bei seiner Flucht zurücklassen müssen. Nun beschloss er, alles an Ort und Stelle zu lassen. Von einigen Büchern abgesehen brauchte er nichts. Er wollte, dass alles blieb, wie es war, für den Tag, an dem er Ariane wiederfinden würde.

Also klapperte er der Reihe nach all ihre alten Freunde ab und besuchte ihre Eltern. Selbst ihren Ehemann beobachtete er aus der Ferne. Ariane war sehr jung gewesen, als sie heiratete, aber Vincent war überzeugt, dass sie niemals einen völlig unsensiblen Mann genommen hätte. Als sie Vincent kennenlernte, hatte sie ihrem Mann gesagt, dass sie fortgehen würde. Er hatte nicht wissen wollen, wer sein Rivale war, und hatte auch nicht nach Einzelheiten gefragt. Er hatte sie nur um eines gebeten: sechs Monate zu warten, bevor sie ihre endgültige Entscheidung traf, und so lange niemandem auch nur ein Wort zu sagen. Wäre sie nach diesem halben Jahr immer noch von ihrem Vorhaben überzeugt, würde er ihr die Freiheit geben. Ariane hatte ihm das geschworen. Und sie hatte auch Vincent gebeten, ihr Geheimnis zu bewahren. Was er ihr seinerseits versprochen hatte. Und dann kam die Kriegserklärung.

Für Vincent war die Möglichkeit, Arianes Ehemann könnte etwas wissen, nicht einfach so von der Hand zu weisen. Er war ihm also bis ins Büro gefolgt, hatte sich erkundigt, und als er gehört hatte, dass der Mann sich ein neues Leben aufgebaut hatte, hatte er ein Treffen mit ihm vereinbart. Er tat so, als wäre er nur ein alter Freund von Ariane, der wissen wollte, wie es ihr ergangen sei.

Arianes Mann war nicht dumm. Er hatte sogar einige Tränen vergossen, die möglicherweise echt waren. Aber für ihn war dieses Kapitel abgeschlossen: Ariane, diese bewundernswerte Frau, die während des gesamten Krieges Tag und Nacht ihre Eltern unterstützt hatte, war gestorben, viel zu jung. Aber das Leben gehe nun mal weiter und es gelte, diese Bürde auf sich zu nehmen. Dann kam seine neue Gattin herein und unterbrach ihn in seinen sentimentalen Betrachtungen über Leben und Tod.

Vincent dagegen würde nicht weiterleben können, ohne Gewissheit zu haben.

Aus den Briefen, die er als Kriegsgefangener erhalten hatte, war herauszulesen, dass etwas nicht stimmte. Die Post war auf zwei Briefe pro Monat beschränkt. Daher hatte er genug Zeit, sie wieder und wieder zu lesen und darüber nachzudenken.

Der erste Brief kam von Irène. Sie machte sich Sorgen, weil Ariane sich von einem deutschen Offizier bedroht fühlte, der im Château von Eyguières einquartiert war. Er gehörte zu denen, die regelmäßig auf dem Hof ihrer Eltern auftauchten. Seine übergriffige, zudringliche Art und das ungebrochene Interesse an Ariane wurden allmählich gefährlich. Irène versuchte Ariane davon zu überzeugen, dass sie den Hof verlassen und nach Marseille zurückkehren müsse. Sie wollte, dass Vincent und all ihre Freunde ihr ebenfalls dazu rieten. Irène hatte ihre Worte sorgfältig gewählt, und es war ihr gelungen, sich verständlich zu machen, ohne dass die Zensur eingriff.

Ariane war stocksauer, dass Irène an Vincent geschrieben hatte. Um ihn wieder zu beruhigen, versicherte sie ihm, sie hätte Hilfe gefunden – bei einem deutschen Soldaten, der ebenfalls im Schloss Quartier hatte. Er passte auf sie auf, beschützte sie und würde sie an einen sicheren Ort bringen, wenn das wirklich nötig wäre. Im Grunde unfassbar, aber tatsächlich waren nicht alle Deutschen gleich. Um Vincent diese Botschaft zu vermitteln, hatte sie einen Ausspruch von Leibniz gewählt: *Keine zwei Grashalme sind gleich*.

Vincent fühlte sich dadurch keineswegs beruhigt: Wenn Ariane Schutz brauchte, dann hieß das, dass sie wirklich in Gefahr war, mehr als sie je zugeben würde. Und wenn sie sich dann obendrein einem Deutschen anvertraute, so war die Gefahr noch größer: Wie blind konnte sie sein, um an die Aufrichtigkeit eines feindlichen Soldaten zu glauben?

Dieser Brief Arianes hatte ihm die Kraft gegeben, einen neuen Ausbruchsversuch zu planen, nachdem der erste gescheitert war. Er musste unbedingt die beiden deutschen

Soldaten finden, deren Namen er nicht kannte. Den Offizier, der sie bedrängte, und den angeblichen Verbündeten.

Anders als er Audrey gesagt hatte, war Vincent längst informiert, wo die Deutschen interniert waren. Er hatte mit seinen Nachforschungen in Marseille begonnen, im Lager in Sainte-Marthe, das größte und überfüllteste: Mehrere Tausend Kriegsgefangene waren dort zusammengepfercht. Und es kamen jeden Tag mehr aus Deutschland. Dann hatte er das Lager von Aubagne aufgesucht. Dasselbe. Mehrere Tausend Leute. Selbst wenn man ihm Zutritt gewährt hätte, wie sollte er dort die beiden Soldaten finden, die er suchte? Und dann gab es noch Lager in Toulon, in Hyères, in Nizza und Avignon …

Dann hatte er in den Archiven einer Lokalzeitung nach Informationen über die Kommandantur gesucht, die das Schloss requiriert hatte. Die ganze dortige Garnison der Wehrmacht war 1944 von den *Forces françaises de l'intérieur* festgesetzt worden. Es gab Fotos der gefangen genommenen Soldaten und von dem langen Zug, der sich anschließend Richtung Rathaus in Bewegung setzte. Alle schauten zu Boden, alle wandten den Blick ab, als wollten sie vom Objektiv nicht erfasst werden. Das glatte Gegenteil zu ihren früheren Militärparaden und Aufmärschen in den Dörfern oder auf den Champs-Élysées. Sie versteckten sich hinter dem Schirm ihrer Mützen, die sie tief ins Gesicht gezogen hatten. Es war unmöglich, die Gesichter zu unterscheiden.

Und Vincent wusste ja immer noch nicht, in welches Lager man sie geschickt hatte.

Er hatte mit den marokkanischen Aufsehern gesprochen, die ihm die Namen der anderen Lager verrieten, die sich entlang der Küste verteilten. Aber Audrey hatte recht.

Auch dort war der Zutritt verboten. In diesen großen Gefängnissen unter freiem Himmel, diesseits des Stacheldrahtes, schlug die Lebensmittelknappheit noch härter zu als im Rest Frankreichs. Die Behörden wollten dafür keine Zeugen haben.

Doch Vincent ließ sich nicht entmutigen. Dank der Informationen, die er gesammelt hatte, konnte er schließlich das Lager ausfindig machen, in das man die Soldaten vom Château des Eyguières gebracht hatte. Er pickte sich einen der Aufseher heraus, studierte seine Gewohnheiten, beobachtete, in welches Café er gewöhnlich ging. Es gelang ihm, den Mann in ein harmloses Gespräch zu verwickeln. Wobei er dankbar war für seine Zigaretten. Man raucht nicht gemeinsam, ohne ein wenig zu plaudern. Wer eine Fluppe annahm, akzeptierte damit ein Gespräch. Nach der Zigarette bot er ihm ein Glas Wein an, dann noch eines.

Und die Geduld Vincents in diesem verrauchten Café wurde belohnt: Der Mann redete einfach gern.

»Frankreich hat zweihunderttausend Gefangene gemacht! Nicht so viele wie die Alliierten, aber trotzdem. Insgesamt sind es Millionen Deutsche, die jetzt in Gefangenschaft sind. Das ist nicht schlecht, denn die Russen wollen eine Million haben, die Engländer auch. Alle Welt will die Boches haben, damit sie Wiedergutmachung leisten. Aber so schnell geht das nicht. Für den Augenblick müssen sie noch abwarten.«

Schließlich entlockte er dem Aufseher noch genauere Informationen.

»Was ist eigentlich aus den Deutschen geworden, die im Château von Eyguières waren?«

»Alle gefangen gesetzt, auf einen Schlag. Dabei wollten sie gerade abhauen.«

»Und jetzt sind sie wo? In welchem Lager warten die?«

»In demselben, in dem ich arbeite!«

Vincent tat so, als würde ihn das erstaunen. Und er versuchte auch, ruhig zu bleiben, als er etwas noch Wichtigeres erfuhr.

»Aber die warten auf nichts mehr. Die arbeiten schon.«

Und dann erzählte ihm der Mann von den Minenräumern.

»Die haben hier doch alles vermint. Und jetzt müssen sie die ganzen Minen wieder aus dem Boden holen. Die haben uns die Küste von Hyères bis Saint-Tropez komplett versaut. Na, darüber können sie jetzt noch mal gründlich nachdenken ...«

Das schien Vincent nun ein unglaublicher Glücksfall zu sein. Er konnte zwar zu den Gefangenen nicht hinein, aber immerhin durften einige raus! Und der Aufseher erzählte weiter:

»Es ist gefährlich, aber damit muss man sofort anfangen. Solange die ganzen Minen noch da sind, kann man überhaupt nichts machen. Buchstäblich gar nichts. Man kann sie nicht auf die Felder schicken oder in die Fabrik, einfach nirgendwohin. Da gibt es die, die im Lager verfaulen, und andere, die Minen räumen. Und damit haben sie eine ganze Weile zu tun. Was haben sie sich nur dabei gedacht, uns diese ganzen Dinger zu hinterlassen?«

Und während der Aufseher ihm seine unsterblichen Einsichten über Gott und die Welt auseinandersetzte, spürte Vincent, dass er nun endlich etwas Konkretes in der Hand hatte, um Ariane zu finden. Von den tausend Möglichkeiten, die er sich überlegt hatte, war nun nur noch eine wirklich brauchbar, die allerverrückteste: sich bei dem Minenräumkommando zu melden, um mit den deutschen Gefangenen aus dem Château des Eyguières in Kontakt zu kommen. Er würde versuchen, mit ihnen ins Gespräch zu geraten, Schritt für Schritt. Ein paar ungezwungene Worte für den Anfang, und dann würde er sich langsam mit ihnen anfreunden. Ganz langsam. Auf Nummer sicher. Ihr Vertrauen und ihre Wertschätzung gewinnen, indem er auf Augenhöhe mit ihnen arbeitete. Dann würde er erfahren, was während der Besatzung aus Ariane geworden war, warum sie verschwunden war und vielleicht sogar, wo sie sich aufhielt. Wenn er viel Glück hatte, würde er unter den Minenräumern ebenjenen Verbündeten finden, von dem Ariane erzählt hatte. Oder den gefährlichen Offizier, über den Irène ihn informiert hatte.

Für Vincent war dies ein klares Zeichen, dass er auf dem richtigen Weg war. Möglicherweise war sie doch noch am Leben, und er würde sie finden. Diese Wendung schien ihm so unverhofft, dass er eines nicht sah: Diese Chance, die er sich so stark herbeigewünscht hatte, kam einem Selbstmordkommando gleich.

Das Gebrüll der Aufseher zerriss die Stille der Nacht. Die Gefangenen mussten unverzüglich aufstehen und aus den Baracken hervortreten: Zwei Gefangene waren entflohen. Sie wurden erwischt, und nun sollten alle dem Schauspiel beiwohnen.

Splitterfasernackt reckten die beiden Flüchtigen auf dem Appellplatz den rechten Arm in die Höhe und liefen im gleißenden Licht der Scheinwerfer ihre Runden, bis sie vor Erschöpfung zusammenbrachen. Die Aufseher waren sich sicher, dass dieses trostlose Spektakel die Gefangenen so einschüchtern würde, dass sie dem Beispiel der beiden nicht folgen würden.

Lukas verstand sehr gut, dass dieser Anblick abschreckend wirken konnte, aber er erfüllte eben auch das Bedürfnis nach Rache. Niemand ging daraus als besserer Mensch hervor. Alle Gefangenen hatten schon mal nackt mit erhobenem Arm an den Wärtern vorbeidefilieren müssen, zur Kontrolle, dass sie ihre Blutgruppe nicht in die Achselhöhle eintätowiert hatten, was ein untrügliches Zeichen für eine Mitgliedschaft in der SS war. Oder auf dem Bizeps, wie es bei der Waffen-SS üblich war. Doch sich tätowieren zu lassen war nicht verpflichtend gewesen, und so hatten nicht wenige es fertiggebracht, ihre Zugehörigkeit zu diesen verfluchten Einheiten zu verbergen.

Lukas näherte sich den jungen Gefangenen, die gerade erst im Lager angekommen waren. Einer von ihnen verbarg das Gesicht in seiner Matrosenbluse und weinte. Er war vollkommen erschöpft und glaubte, alle müssten jetzt diese Runden drehen.

In der lauen Nacht stieg einem der Geruch der so nahen Mithäftlinge beißend in die Nase: Im Lager waren viel zu viele von ihnen untergebracht, was bedeutete, dass sie höchstens einmal pro Woche duschen konnten. Lorenz, der Junge, der weinte, war erst vierzehn Jahre alt. Er legte nie die Uniform ab, Tag und Nacht. Und da war er nicht der Einzige. Der Stoff stand mittlerweile vor Dreck und Schweiß. Über dem verdrückten, farblosen Flanellhemd zeichnete sich sein Gesicht ab, die glatte Haut, rosig, aber von Schmutzstreifen durchzogen. Sein verschreckter Blick erschütterte Lukas.

Er versuchte, den Jungen zu beruhigen. Seiner Überzeugung nach würden die Kindersoldaten als Erste befreit werden. Sie waren noch minderjährig und hatten hier nichts verloren. Die Schützlinge von Lukas, denen er beibrachte, jene Literatur zu lieben, welche die Älteren verachteten, versammelten sich um ihn. Ohne Familie waren sie eine leichte Beute für die Aufseher oder auch die Häftlinge, die schon mehrere Monate lang keine Frau mehr zu Gesicht bekommen hatten. Und so bewegten sie sich nur in der Gruppe, als wären sie aneinandergeschweißt. Sie hörten Lukas aufmerksam zu, um ein wenig Wärme und Anleitung zu bekommen und sich nicht ganz zu verlieren.

Ab 1936 musste sich jeder Jugendliche der Hitlerjugend anschließen. Lukas hatte die erschreckenden Folgen dieser Gehirnwäsche mit eigenen Augen gesehen. Lange bevor jene Autoren auf dem Index landeten, die er am meisten liebte, waren diese indoktrinierten Jugendlichen durch die Buchhandlungen gezogen und hatten ebendiese Bücher aus den Regalen gerissen und draußen auf der Straße auf einen Haufen geworfen. Und es genügte ihnen nicht, die Bücher wie Christus zu kreuzigen. Sie verbrannten sie hinterher auch noch auf dem Scheiterhaufen. Aber was konnte Lorenz mit seinen vierzehn Jahren von diesen Verbrechen wissen? Welche Schäden hatte er von dieser ständigen Indoktrination zurückbehalten, die die deutsche Jugend über sich ergehen lassen musste? Lukas hatte ihm Bücher geliehen, die dem Jungen hier und jetzt, sobald er sie aufschlug, ein Entkommen ermöglichten. Die Macht der Literatur hatte Lukas immer wieder beeindruckt, und nun sah er, wie dieses traumatisierte Kind Seite um Seite verschlang. Kaum war er auf der letzten Seite angelangt, blätterte er wieder vor zur ersten, um sich in dieses Heiligtum aus Papier zu flüchten. Wer das Leben liebt, ist gerettet.

Die Aufseher hörten nicht auf zu brüllen, um die beiden Flüchtigen weiter anzutreiben. Die Gefangenen strauchelten und erhoben sich wieder unter den Schlägen der Aufseher. Sie taumelten. Ihre Körper gaben unter der Anstrengung nach. Als der Jüngere zusammenbrach, ließ sich auch der Ältere fallen. Weder Schreien noch Schläge konnten sie jetzt noch dazu bringen, wieder aufzustehen, ja nicht einmal die Drohung mit der Waffe. Sie hatten aufgegeben. Die Aufseher ließen sie nackt, wie sie waren, im Staub liegen.

Klaus, ein Häftling, stellte sich neben Lukas und flüsterte ihm zu: »Da siehst du mal, wie sie uns behandeln. Sie sind auch nicht besser …«

Er bezog sich auf die Wochenschau vom selben Nachmittag. Sie hatte die Befreiung der Konzentrationslager gezeigt. Viele von ihnen hatten gar nicht begriffen, was sie da sahen. Das war doch unmöglich. Lukas entgegnete sarkastisch:

»Warum? Hast du das Gefühl, in ein Vernichtungsprogramm geraten zu sein?«

»Nein, ich sage ja nur, dass auch wir …«

»Das kannst du nicht vergleichen. Oder gar relativieren.

Wenn du es relativierst, leugnest du es. Und das heißt, ein zweites Mal zu töten.«

Lukas wurde unterbrochen, weil die Aufseher die Häftlinge zurück in die Baracken trieben. Der gescheiterte Fluchtversuch gab ihnen Gelegenheit für eine ihrer liebsten Übungen: die Durchsuchung. Die Häftlinge besaßen mit der Zeit immer weniger persönliche Dinge, aber die Kontrollen hörten deswegen nicht auf. Um sie noch mehr zu demütigen, mussten die Gefangenen ihre Habseligkeiten nicht auf den Tischen ausbreiten, sondern auf dem Boden. Uhren, Fotoapparate, Armbänder, all das war längst verschwunden. Es blieben Eheringe, Briefe und Fotos. Manchmal ein Stück Obst oder Brot, das mitleidige Seelen über den Stacheldraht warfen.

Die Aufseher kontrollierten den spärlichen Besitz, indem sie ihn nachlässig mit den Füßen umdrehten. Lukas' Besitztümer beschränkten sich auf ein paar Briefe und einige wenige Bücher. Die Briefe hatten die Wärter längst gelesen. Mit der Spitze ihrer Latschen schlugen sie die Bücher auf. Alles Autoren, die in Deutschland längst auf dem Index standen, die Lukas aber durch einen unverdächtigen Einband retten konnte. Enttäuscht, weil sie nichts Interessantes gefunden hatten, traten sie die Bücher in den Schmutz. Die Seiten des letzten Buchs von Stefan Zweig, *Die Welt von Gestern. Erinnerungen eines Europäers*, trugen nun das Muster ihrer Schuhsohlen. Zweig hatte das Buch im Exil geschrieben und seinem Verleger geschickt, kurz bevor er sich mit der Frau, die er liebte, den Tod gab.

Als sie weg waren, hob Lukas sein Buch auf und strich jede Seite einzeln glatt. Und später beim Schlafen legte er es unter den Kopf, um auch bestimmt jeden Knick auszubügeln.

Am nächsten Morgen versammelten sich am Eingang

zum Lager wie auf dem Marktplatz alle möglichen Leute, die Kriegsgefangene als Arbeitshelfer einsetzen wollten. Auch die Fremdenlegion versuchte, Gefangene zu rekrutieren, und einige deutsche Offiziere ergriffen diese Gelegenheit beim Schopf. Alles, nur nicht länger eingesperrt sein. Außer ihnen waren es Industrielle, Händler, Fabrikdirektoren und Bauern, die nach Arbeitskräften suchten. Wenn sie niemanden fanden, kamen sie am nächsten Tag wieder, um zu sehen, ob sich nicht etwas geändert hatte. Oder ob man sich arrangieren konnte. In den weniger stark verminten Gebieten waren die Häftlinge schon beim Einsatz. Also? Während sie warteten, musterten sie die Gefangenen wie die Auslage im Schaufenster eines Warenhauses.

In diesem Moment fiel Lukas' Blick auf seine Schützlinge. Eben war die Entscheidung gefallen: Sie würden in ein anderes Lager kommen. Lukas hing an den Jungen. Mit ihnen hatte er das Gefühl, etwas zumindest ansatzweise Sinnvolles zu tun. Und das war ihm wichtig. Er gab Lorenz eines seiner Bücher, dann versuchte er in Erfahrung zu bringen, ob sie vielleicht nach Deutschland zurückgeschickt würden. Der Aufseher zuckte nur mit den Achseln. Vermutlich wusste ohnehin niemand Bescheid.

Für Lukas war der Moment zur Flucht gekommen.

Inmitten der durch Stacheldraht gesicherten und von breiten Panzergräben umgebenen Bunkern, die sich über den Sand verteilten wie die Ausscheidungen gigantischer Betonriesen, wirkte der neue Strandabschnitt, den sie zu räumen hatten, öd und feindselig. Das unbewegte graue Meer, das sich dahinter dehnte, glich einer gigantischen Pfütze. Der Wald aus mehr als hundertjährigen Bäumen war von den Deutschen niedergebrannt worden. Nur noch verkohlte Stämme ragten aus dem Boden: Schwarz war die vorherrschende Farbe.

Vor dem Krieg glänzte dieser Strand in atemberaubender Schönheit. Gewaltige Strand-Kiefern, heller Sand und türkisfarbenes Wasser. Der Anblick, den er nun bot, konnte einem die Tränen in die Augen treiben. Verbrannte Erde, verminter Sand. Wer wäre je auf die Idee gekommen, dass sich in den Dreißigerjahren reiche Amerikaner, versprengte Dichter, Dandys und bildschöne Debütantinnen an der französischen Riviera die Klinke in die Hand gaben?

Die Côte d'Azur war verwüstet und ihre Strände gefährlicher als der siebte Kreis der Hölle. Nur Fabien konnte diesen Orten ihr Leben zurückgeben, weil er sie schon seit Kindertagen kannte. Außerdem war es ein schöner Tag. Man musste sich an die Sonne halten, deren Kraft nicht nachließ.

Vincent war keineswegs der einzige Neue in der Gruppe. Außer ihm stießen noch ein junger, schüchterner Mann namens Thomas und ein Deutscher zu ihnen. Er kam für einen anderen Kriegsgefangenen, der sich abgemeldet hatte. Offiziell war der Mann krank. In Wirklichkeit aber hatte der Übersetzer Fabien anvertraut, dass er vor Angst beinahe gestorben wäre, was im gesamten Trupp für Heiterkeit sorgte. Als hätte außer ihm niemand Angst.

Bereits am Vorabend im Café hatte Vincent einen Großteil des Trupps kennengelernt. Bis auf Miguel Ángel und Henri, die nicht mitgekommen waren. Fabien machte ihn mit den beiden bekannt.

Miguel Ángel war vor den Franquisten geflohen und hatte mit seiner Familie die spanische Grenze in einer Winternacht überquert. Dann kam er mit seinem älteren Bruder zunächst ins Lager in Argelès-sur-Mer, wo sie auf dem Sand schliefen und sich ein paar notdürftige Unterkünfte bastelten. Während des Krieges hatten sie für die Befreiung Afrikas gekämpft. Und sie waren bei den Ersten gewesen, die mit der La Nueve, der neunten Kompanie in der zweiten freien französischen Panzerdivision in Paris einmarschierten. Nach der Befreiung von Paris zog die Kompanie weiter nach Deutschland, wo man Hitlers »Adlernest« in Berchtesgaden einnahm. Miguel Ángel aber war in den Süden zurückgekehrt, um näher bei seiner Familie zu sein. Als überzeugte Antifaschisten hatten er und sein Bruder und alle spanischen Exilanten mit ganzem Herzen gekämpft. Und nun wünschten sie sich nichts mehr als die Hilfe der Alliierten gegen Franco, damit die Demokratie in Spanien wiederhergestellt werden konnte. Miguel glaubte fest daran. Fabien hoffte es zumindest.

Henri seinerseits redete nicht viel. Er war vor den Bergwerken weggelaufen, in denen Kohle abgebaut wurde. Alles war ihm lieber, als sich oben im Norden unter Tage eine Staublunge zu holen wie sein Vater und seine Onkel. Er wollte den Himmel sehen. Nachdem sich die beiden vorgestellt hatten, wandte Fabien sich dem zweiten Neuling zu, der neben Vincent stand.

»Du bist Major?«

»Ja.«

»Mit einundzwanzig Jahren? Tatsächlich? Danach siehst du mir aber nicht aus.«

»Willst du meinen Ausweis sehen?«

»Man hat dich jedenfalls eingestellt. Ich vermute mal, dass deine Papiere zumindest gute Fälschungen sind.«

»Aber der Rekrutierungsbeamte hat alles kontrolliert!«

»Ach, der. Der hat vor allem kontrolliert, ob du ihm auch zuhörst. Was den Rest angeht, überprüft er meistens gar nichts …«

Fabien hatte so etwas schon öfter erlebt. Man konnte diesen Leuten ja nicht vorwerfen, dass sie Hunger hatten, aber trotzdem … Er ließ den Blick über den Jungen wandern. Ganz schön jung, um sein Leben zu riskieren.

»Du weißt, dass es Kontrollen geben wird?«

Der junge Mann senkte den Kopf und gab keine Antwort, blieb aber stehen.

»Wie heißt du?«

»Thomas. Man nennt mich Tom.«

»Nun, Tom, ich wünsche dir, dass die Kontrollen so bald wie möglich erfolgen. Glaub mir, wenn dein Ausweis falsch ist, finden sie das heraus.«

Vincent zuckte nicht mit der Wimper.

Was den Deutschen anging, der zum ersten Mal dabei war, so fragte niemand nach seinem Vornamen.

Fabien händigte Vincent und Tom je ein Bajonett und einen Hanfsack aus, der sämtliche Utensilien enthielt, die sie für die Arbeit mit den Minen brauchten: Bolzen, Nägel, einen Bolzenschneider und Kegel zum Markieren. Natürlich war ihm klar, dass das ungefähr genauso lächerlich war, als wollte man sich bei Gewitter mit einem Strohhut davor schützen, vom Blitz getroffen zu werden. Aber das

Wichtigste waren ja nicht die Werkzeuge, sondern die innere Einstellung.

Dann erinnerte er alle noch einmal daran, warum sie hier waren:

»Dieser Strand hier ist ein Sonderfall. Vielleicht finden wir in den Bunkern Verlegepläne. Dann wüssten wir wenigstens, wo sie welche Minen vergraben haben. Das würde mehr Zeit und natürlich mehr Sicherheit für uns bedeuten. Aber die Bunker sind im Inneren ebenfalls vermint. Ich mache euch keine Skizze, wir müssen einfach höllisch aufpassen. Sobald ihr unter der Bajonettspitze auch nur den geringsten Widerstand spürt, bleibt ihr sofort stehen und hebt die Hand. Dann werden Enzo oder ich uns um die Mine kümmern.«

Der Übersetzer erklärte den Kriegsgefangenen, was Fabien gerade gesagt hatte. Sie zeigten keine Reaktion. Niemand verzog eine Miene. Lieber sterben als eingestehen, dass sie alles dafür geben würden, um jetzt woanders zu sein. Sie trösteten sich mit dem Gedanken, dass man schließlich jederzeit sterben konnte, weil es an Gelegenheiten dazu nicht mangelte. Immerhin hatten sie den Krieg überlebt. Vielleicht würde ihr guter Stern sie auch weiterhin beschützen.

Fabien stellte sich zwischen Tom und Vincent, um ihnen zu zeigen, wie sie ihr Bajonett halten sollten, möglichst genau im 45-Grad-Winkel, um die Mine nicht zum Detonieren zu bringen. Wie sie es alle zehn Zentimeter in den Boden stecken und mit den anderen im Gleichschritt gehen sollten, um dann das bereits geprüfte Gelände abzustecken. Am Ende sah es gar nicht so schwierig aus. Sie würden den Sand mit perfekt aufeinander abgestimmten Bewegungen methodisch durchkämmen, wobei jeder ein Quadrat von fünfzig mal fünfzig Zentimetern übernahm.

Gleichzeitig ließen sie ihren Blick konzentriert über den Boden wandern, ob vielleicht irgendwo Drähte hervorstanden. Wenn ja, gingen sie auf die Knie und tasteten den Sand mit den Fingerspitzen ab. Sobald sie die Mine lokalisiert hatten, riefen sie Fabien. Wenn alles gutging, sperrten sie die bereits geprüften Bereiche mit Schnur ab, bis ihr Strandabschnitt sich in ein Stück Stoff mit Würfelmuster verwandelt hatte, in ein Schachbrett. Erst dann gingen sie weiter.

Fabien hatte Vincent vorgewarnt, das Schwierigste sei, immer konzentriert zu bleiben. Und doch war Konzentration das Erste, was Vincent abhandenkam. Die Stille, die langsamen Schritte, die Monotonie ... Wie sollte der Geist sich da nicht aufmachen in die Welt der Träume, bei dieser langsamen Prozession und dieser sich wiederholenden, hypnotischen Tätigkeit?

Es würde Jahre dauern, bis man dem Strand seine einstige Schönheit zurückgeben konnte. Bis das Mittelmeer, diese mythische Wiege der Menschheit, dieses Paradies, das vom Krieg innerhalb kürzester Zeit verwüstet worden war, seine Unbekümmertheit zurückerlangen würde. Es war sinnlos, diese Tatsache zu beweinen. Mit all den Minen würde der Krieg niemals enden.

Doch für Vincent war dies nicht das Schlimmste. Jetzt, wo er vor Ort war, musste er feststellen, dass es gar nicht so leicht sein würde, Kontakt mit den Deutschen aufzunehmen. Minenräumer und Häftlinge hielten sich streng getrennt. Andererseits war der Tag ja noch lang. Er durfte die Hoffnung nicht verlieren.

Plötzlich schlug Max Alarm. Er hatte etwas an der Spitze seines Bajonetts gespürt. Er hätte geschworen, diesen speziellen Klangfunken zu vernehmen, der entsteht, wenn Metall auf Metall trifft. Ein Klirren, das der Sand verschluckte, in seinem Schädel aber laut widerhallte wie die Totenglocke bei einer Beerdigung.

Wie ein Mann blieb der Trupp stehen. Das Geplauder erstarb. Wenn die Gefahr sich zeigte, taten manche von ihnen so, als hätten sie keine Angst. Sie grinsten oder gaben sich sonst wie unbeeindruckt. Die anderen hingegen blieben weiter hochkonzentriert. Einige konnten nicht verhindern, dass der Schweiß ihnen in großen Tropfen auf die Stirn trat, schoben das aber später auf die Sonne. Andere wiederum bekreuzigten sich verstohlen. Manche waren ohnehin gläubig, andere fanden im Augenblick der Wahrheit den Glauben wieder, den sie verloren hatten.

Und es gab viele Männer, bei denen man einfach nicht wusste, was in ihnen vorging. Fabien, der entschlossenen Schrittes auf Max zuging. Max, der der Mine am nächsten war und versuchte, Ruhe und Würde zu bewahren, obwohl seine Hände im Sand eine Sprengladung von einer Art spürten, die er nicht kannte: eine glatte Oberfläche, die nicht zu enden schien, sodass der Zündkopf nicht auszumachen war. Was zum Teufel war das?

Auf Fabiens Zeichen hin gingen alle gleichzeitig die regulären fünfundzwanzig Schritte zurück. Fabien blieb mit Max allein zurück, der ebenfalls ein paar lächerliche Schritte zurück tat. Wenn die Mine explodierte, würde sie ihn wegpusten, genau wie Fabien, ob er nun zwei oder drei Meter weiter weg stand oder nicht. Er rechtfertigte sich:

»Nicht gerade das Übliche.«

Fabien blieb ruhig, bedeutete Vincent näher zu kommen und erklärte ihm:

»Zunächst einmal geht es darum, die ganze Mine zu sehen, sie freizulegen. Dann müssen wir verstehen, wie sie ausgelöst wird. Das muss sehr vorsichtig geschehen, am besten mit der Hand …«

Mit bloßen Fingern strich Fabien den Sand von dem massiven Apparat, der sich schwarz und glänzend immer deutlicher aus dem feuchten Sand hob, unbeweglich, der programmierte Tod.

Die Minenräumer mochten noch so viele Minen gesehen haben, wann immer eine neue aus der Erde ragte, waren sie beeindruckt. Als hätte jede von ihnen ihre eigene Psychologie und eine neue Strategie, um sie alle zu töten. Diese hier war ungewöhnlich groß. Sehr viel imposanter als alle, die sie bereits entschärft hatten.

Je mehr von der Mine freigelegt wurde, umso drückender wurde das Schweigen. Max war besonders nervös. Weil er es war, der sie gefunden hatte. Weil er wenige Minuten davor noch mit Manu geplaudert hatte. Was wiederum hieß, dass er unachtsam war, dass seine Konzentration nachgelassen hatte und er deshalb in die Luft fliegen hätte können. Und mit ihm der ganze Trupp. Wie die meisten von ihnen erzählte auch er sich die Geschichte vom guten Stern. An diesem Tag war er nicht über die Mine gestolpert, aber sein guter Stern erschien ihm plötzlich als das, was er war: eine absolute Illusion.

Fabien war nun schon seit mehr als einer halben Stunde damit beschäftigt, den Sprengkörper freizulegen, und er war immer noch nicht fertig damit. Nur ihm war klar, mit welchem Feind sie es hier zu tun hatten. Er murmelte Vincent zu: »Ein Sarkophag!« Der Name passte: Die Mine hatte die düstere Form eines Sarges und auch dessen äußere Abmessungen.

Sie hatten also am Strand eines dieser gigantischen, schreckenerregenden Dinger entdeckt, die die Minenräumer als Sarkophage bezeichneten: Auch sie versprachen eine sichere Ankunft im Jenseits, nur waren diejenigen, die von der Mine dorthin befördert wurden, nicht so gut erhalten wie die ägyptischen Pharaonen.

Diese Monster aus mehr als eintausendvierhundert Kilogramm Stahl und Sprengstoff lagen im Sand wie mechanische Seelöwen, die es sich gerade gemütlich gemacht haben. Sie anzuheben war nicht möglich. Mochten die Deutschen auch weg sein, die Sarkophage hatten nun durch die Beharrungskraft der Trägheit deren Platz eingenommen und drohten mit sicherer Vernichtung.

Sobald das explosionsbereite Tier in all seiner tödlichen Arroganz bloßlag, musste man tief hinuntergraben und den richtigen Winkel finden, um sie zu entschärfen. Aber diese letzte Etappe überließ Fabien Sprengmeistern, die mehr Erfahrung hatten als er. Er würde das Militär um Unterstützung bitten, war aber nicht sicher, ob er sie bekommen würde.

Fabien erhob sich und erklärte dem Übersetzer, was er vorhatte. Sobald das dicke Ungeheuer neutralisiert wäre, würde man es mit Hanfgurten umwickeln, die sich abrollen ließen wie die Binden der Mumien. Um den Koloss aus dem Boden zu holen, würde es mehrere Männer brauchen. Um ihn anzuheben, bräuchte man einen Flaschenzug auf einem stabilen Holzgestell, das die Deutschen bauen sollten.

Während all dies geschah, durchsuchten die Minenräumer den Rest des Strandes. Fabien ging davon aus, dass die

Deutschen, von dem Punkt aus, wo sie sich im Moment befanden, den Strand in einem exakten Quadratmuster vermint hatten. Die Deutschen folgten immer einem festen Schema, wo Engländer oder Amerikaner da oder dort ein paar Abweichungen eingebaut hätten, die den Räumvorgang erschweren würden.

Sie mussten also das ganze Gelände abstecken für die Sprengmeister, die – wie Fabien hoffte – das Militär ihnen schicken würde. Es war gefährlich. Sie mussten mehr denn je konzentriert bleiben, um unbeschadet an den großen Haien vorbeizukommen.

Am Abend hatten sie drei weitere dieser Ungeheuer lokalisiert. Sie waren immer noch weit entfernt von den Bunkern, die sie zu verspotten schienen. Und doch mussten sie mit aller Vorsicht durchsucht werden, um sich vor den Gefahren zu schützen, die darin lauern mochten.

Vincent beobachtete die Deutschen, die aus Balken ein Gestell zusammenbauten.

Wie sollte er mit ihnen reden? Er musste einen von ihnen ansprechen, aber sie blieben immer in der Gruppe. Ob überhaupt einer dabei sein würde, mit dem er sich unterhalten konnte? Vincent war klar, dass die anderen Minenräumer es nicht verstünden, wenn er sich den Deutschen näherte.

Und war das nicht völlig normal? Auch Vincent hasste sie, all diese ehemaligen Soldaten, die sich jetzt betont unauffällig gaben. Seine Abscheu war unumstößlich, ohne jede Ausnahme, ohne jeden Kompromiss. Sie hielten sich tatsächlich für eine überlegene Rasse, eine Rasse, die sich über alle anderen erheben durfte. Eine unmenschliche Rasse, zu allem fähig. Und doch musste er einen Deutschen finden, der ihm vertrauen würde und ihm helfen konnte. Sein ganzes Leben hing davon ab.

Er musste einfach nur Geduld haben und ein Auge für eine gute Gelegenheit.

Als er noch im Kriegsgefangenenlager war, hatte er davon geträumt, was er tun würde, wenn er endlich wieder frei wäre, von seinen ersten Stunden und den ersten Nächten vor allem. Und nun konnte er wieder nicht handeln, lieben, frei sein.

Aber Vincent bedauerte nicht, jetzt hier zu sein: Er hätte nicht anders gekonnt. Er hatte nur einen winzigen Teil des Strands gesäubert, vielleicht ein paar Quadratmeter, aber er konnte seine Hände in den Sand stecken und die Finger spreizen. Nichts blieb daran hängen. Der Sand war sauber, zumindest hier. Auf diesen wenigen Quadratmetern herrschte keine Gefahr mehr.

Er hätte sich gewünscht, sein Leben, seine Entscheidungen ähnlich säubern zu können, sodass die langen Fäden seiner Erinnerungen durch seine Finger glitten wie eine einfache und köstliche Zärtlichkeit. Wäre es doch nur möglich, die Vergangenheit zu reinigen, jeden Fallstrick zu beseitigen und alle Ladungen zu entschärfen, die immer noch explodieren konnten.

Vincent spürte, dass das Minenräumen ihn ganz in Beschlag nehmen, ihm eine Richtung geben würde, während er auf die Antworten wartete, die wohl noch einige Zeit brauchen würden. Er würde genauso vorgehen wie hier: Schritt für Schritt, Quadratmeter um Quadratmeter. Und jeder nicht verminte Quadratmeter trüge einen seidenen Faden zur Markierung. Vielleicht würde er hier sogar zu einer gewissen Gelassenheit zurückfinden. In dieser Minute war das alles, was er sich wünschte, um nicht verrückt zu werden.

Manchmal bedankte man sich bei ihnen. Ganz spontan und sogar voller Herzlichkeit. An jenem Tag packten die Männer gerade ihre Sachen zusammen, als eine junge Frau und ihr Ehemann kamen und ihnen ein Korb mit Brot, Wein und Olivenöl schenkten. Vor vierzehn Tagen hatten Fabien und sein Trupp eine Straße geräumt, sodass sie jetzt wieder auf ihren Bauernhof zurückkehren konnten. Gerührt von dieser Geste der Dankbarkeit nahm Fabien den Korb entgegen und versprach, den Inhalt mit seinen Kameraden zu teilen. Bis auf die Flasche Wein. Er scherzte:

»Alkohol ist bei uns verboten. Wir müssen nüchtern bleiben!«

»Sogar am Abend?«

»Im Prinzip schon. Gut, abends kommt niemand, um das zu kontrollieren, aber tagsüber müssen wir unsere fünf Sinne beisammenhaben.«

Da gesellte sich noch jemand zu ihnen. Der Mann wirkte nervös, linkisch. Offensichtlich wollte er Fabien etwas fragen, wusste aber nicht, wie er das anstellen sollte.

»Ich habe auch einen Hof, gar nicht weit weg von dem der beiden …«

Er verstummte in der Hoffnung, dass Fabien ihn schon verstehen würde. Der andere Bauer kam ihm zu Hilfe.

»Was Raoul sagen will, ist, dass sein Feld total vermint ist. Er kann dort überhaupt nichts machen. Er hat schon eine Kuh verloren und seinen Hund. Er möchte wissen, ob ihr das Feld auch räumen könntet.«

Anfragen wie diese kamen mehrmals pro Woche.

»Ich verstehe, aber die Vorschriften verbieten uns das.«

»Warum? Ihr seid doch hier zum Minenräumen?«

»Sicher. Aber wo, das entscheiden nicht wir. Es gibt da genaue Vorgaben vom Ministerium.«

»Aber die im Ministerium sind doch nicht vor Ort. Die wissen ja nicht, was hier los ist.«

»Das ist ein groß angelegter Plan. Man fängt mit den Anlagen an, die der Allgemeinheit dienen. Straßen, Brücken, Häfen, Strände, strategisch wichtige Gebäude ...«

»Und am Sonntag?«

»Ah, am Sonntag müssen wir uns auch mal schonen. Nicht nur den Körper, sondern auch die Nerven.«

»Aber wir arbeiten auch sieben Tage die Woche. Was glaubt ihr denn? Unsere Tiere ruhen sich am Sonntag doch nicht aus.«

»Ich weiß, dass es schwierig ist, aber man muss einfach Geduld haben. Am Ende wird alles geräumt.«

»Und das ist wann, dieses Ende?«

Der Bauer trat näher und flüsterte Fabien zu:

»Ich könnte euch bezahlen. Es würde ja nur ein oder zwei Leute brauchen.«

»Unmöglich!«, gab Fabien, jetzt schon schärfer, zurück. »Nur zwei Leute, das ist gefährlich. Und wir würden unseren Platz in der Truppe verlieren, wenn wir das täten. Von unserem Leben gar nicht zu sprechen. Gehen Sie«, fügte er hinzu und legte dem Mann seine Hand auf die Schulter. »Wir werden kommen, wenn wir den Rest geräumt haben ...«

Fabien hasste es, Nein sagen zu müssen. Er wusste, wie es den Bauern ging, die ihr Land nicht mehr bearbeiten konnten. Aber er konnte auch nicht alles und jeden überwachen. Er hatte gesehen, wie Hubert und Manu bei dem Ansinnen des Landwirts die Ohren gespitzt hatten. Fabien wusste, dass manche es eilig hatten. Als gäbe es kein Morgen, zogen es viele vor, gegen die Regeln zu verstoßen. Häufig hatten sie ihr ganzes Leben so verbracht. Während der drei oder sechs Monate, die sie sich verpflichtet hatten, räumten sie Mine um Mine, jeden Tag und jeden Abend. Um einen Notgroschen anzusparen, sich ein anderes Leben zu ermöglichen, ein schöneres, ein verdientes. Ein ungewisses.

Der Bauer ging nicht fort. Er war mit Freunden gekommen, die sicher alle denselben Wunsch hatten. Um ihrem Unmut Luft zu machen, spuckten sie die Deutschen an. Dann warfen sie mit Steinen nach ihnen. Niemand hinderte sie daran. Nach den Jahren des Terrors waren alle der Meinung, dass dies nur gerecht war. Als würde es je einen gerechten Krieg geben.

Saskia drückte sich eng in die Mauernische einer nicht mehr benutzten Tür des Hauses, das ihrem gegenüberlag. Sie wartete, bis dort alle Lichter erloschen waren. Sie besaß keine Uhr mehr, aber sie konnte die vergehende Zeit einigermaßen einschätzen und gab noch gut eine Stunde zu. Bis diese verdammte Familie endlich schlief. Sie würden sie nicht hören.

Die Gartenmauer war ihr immer noch vertraut. Sie hatte sie als Jugendliche so oft überstiegen, dass sie jeden Griff auswendig wusste. Sie erinnerte sich an jeden Mauervorsprung, den sie greifen konnte, jeden lockeren Stein, den sie vermeiden musste. Und sie wusste genau, wo der Efeu sie am besten trug, wo der Stamm stark genug war, um sich daran festzuhalten, bevor sie sich auf die andere Seite fallen ließ. Das hier war ihre Mauer, und sie würde ihr beistehen.

Alles lief wie gewünscht. Überall herrschte Dunkelheit, der Neumond ließ nur eine schimmernde Klammer am Himmel zurück, die den Garten nicht zu erhellen vermochte. Saskia hätte den Weg mit geschlossenen Augen gefunden. Schnell war sie bei dem Granatapfelstrauch. Dort würde sie suchen müssen.

Sie grub mit bloßen Händen, später nahm sie einen Stein zu Hilfe. Ihre Mutter hatte hier einige Tage vor ihrer Verhaftung ein Köfferchen vergraben. Sie hatte der ganzen Familie gezeigt wo. Ihr Vater hatte ihr deswegen Vorwürfe gemacht. Sie solle doch den Kindern keine Angst machen. Sie lebten über die ganze Stadt verteilt, wer würde sie schon finden? Aber Mila hatte darauf bestanden.

Im Zug, der sie ins Lager von Milles brachte, in der Nähe von Aix-en-Provence, war Saskia aufgefallen, wie viele Menschen ihren Schmuck und ihre schönen Kleider eingepackt hatten. Beides hatte man ihnen gleich nach der Ankunft dreist einfach weggenommen. Hatte ihre Mutter das geahnt?

Mila hatte an alles gedacht. Die meisten hätten die Schatulle wohl unter dem Kastanienbaum versteckt oder unter dem Judasbaum. Aber Mila gehörte eben nicht zu den meisten. Niemand würde auf die Idee kommen, einen Schatz unter den Granatäpfeln zu vergraben. Das war ja noch nicht einmal ein Baum, sondern nur ein Strauch. Üppig zwar, aber nur ein paar unordentliche Zweige, kaum größer als ein Erwachsener. Ihre Mutter schätzte nun einmal die Bescheidenheit und bewunderte jede Zurückhaltung. Dann sagte sie zu ihren Töchtern:

»Eva hat im Paradies nicht in einen Apfel gebissen. Es gab dort gar keine Äpfel. Sie hätten auch gar nichts genutzt. In Wirklichkeit wird in den ältesten Schriften die verbotene Frucht, die Eva in Versuchung geführt hatte, gar nicht erwähnt. Ich aber kenne sie: Es war ein Granatapfel.«

Saskia wusste, dass ihre Mutter recht hatte. Die sinnliche, geheimnisvolle Frucht des Verlangens, die ihre Schätze nicht so einfach preisgab, die sie unter einer harten Schale verbarg und die spritzte, wenn man sie aufschnitt; die Frucht, die zugleich satt machte und den Durst löschte, war der Granatapfel. Die Farbe der Sünde war niemals das blasse Strohgelb des Apfels, sondern das tiefe Rot, das Purpurrot, das fast schon blaue Rot der Leidenschaft, rotviolett wie das Blut, das Rot, das aus Wunden quillt.

Und dort, unter dem Busch, spürte Saskia unter einem Stein nun das Metall: die Schmuckschatulle ihrer Mutter.

Sie scharrte die Erde mit den Händen fort, um sie nicht zu beschädigen.

In diesem Moment hörte sie den Hund bellen. Das Geräusch kam vom Haus her. In einem Zimmer ging das Licht an. Saskia spürte, wie ihr Herz zu rasen anfing. Vergeblich zerrte sie an dem trockenen Boden, der sich ihr widersetzte. Die Wurzeln hielten die Schatulle fest umklammert. Als das Licht im Erdgeschoss anging, hatte sie die Schatulle immer noch nicht frei bekommen. Die Tür ging auf, der Hund rannte in den Garten. Saskia löste sich vom Granatapfelstrauch, rannte zur Mauer und kletterte hinüber, auf die andere Seite.

Immer noch verstört und mit klopfendem Herzen sprang sie auf die Straße. Ein helles Licht blendete sie. Sie versuchte wegzulaufen, aber das Fahrrad war schneller und hielt mit quietschenden Bremsen neben ihr. Sie spürte, wie eine Hand ihren Arm ergriff. Sie schützte ihr Gesicht mit dem freien Arm.

Das Fahrradlicht blendete sie noch immer, daher brauchte sie eine Weile, um die Züge des Mannes auszumachen, der sie festhielt. Sie erkannte ihn sofort wieder. Es war der Mann aus dem Bus. Der versucht hatte, ihr beim Aussteigen zu helfen.

»Ich habe nichts getan! Wollen Sie mich anzeigen?«

»Das ist nicht meine Art. Los, steigen Sie auf!«

Vincent wartete, bis sie auf dem Gepäckträger saß, und trat dann kräftig in die Pedale, um sie möglichst schnell vom Haus wegzubringen. Dort hatte jemand das große Portal geöffnet und den Hund hinausgelassen, der nun hinter ihnen herbellte.

Sobald sie sich ein gutes Stück entfernt hatten, fuhr Vincent langsamer, und Saskia hatte Gelegenheit, sich zu verteidigen.

»Ich bin keine Diebin.«

»Sie können gerne machen, was auch immer Sie wollen.«

»Aber es ist wahr! Das ist mein Haus!«

»Na dann.«

»Sie glauben mir nicht?«

»Doch. Wenn ich mein Haus verlasse, rennt mir auch ein bellender Hund hinterher. Zumindest würde ich das so machen, wenn ich denn einen Hund hätte. Einfach die Tür hinter sich zuzumachen, das ist doch viel zu einfach.«

»Ich mache keine Witze. Das ist mein Haus. Diese Leute sind dort eingezogen, während wir … fort waren.«

»Und was wollen Sie jetzt tun?«

Saskia zögerte. Sie kannte den Mann nicht. Konnte sie ihm vertrauen? Immerhin hatte er ihr vertraut und sie aus einer brenzligen Situation gerettet. Was hatte sie schon zu verlieren?

»Ich habe nichts mehr. Und meine Mutter hat in unserem Garten ihren Schmuck versteckt. Ich war gerade dabei, die Schatulle auszugraben, bin aber nicht fertig geworden, weil der Hund kam.«

Vincent stieg sofort auf die Bremse und wendete das Rad.

»Warum haben Sie das nicht früher gesagt?«

»Weil der Hund da war …«

»Aber wenn die jetzt die Schatulle finden?«

»Und wenn sie uns sehen?«

»Die glauben sicher nicht, dass Sie noch mal zurückkommen.«

»Und wenn doch?«

»Dann lassen wir uns was einfallen.«

Zurück im Garten, während Saskia ihre Schatulle ausgrub und Vincent den Hund beruhigte, fragte sie sich, warum er ihr wohl half. Aber sie hatte keine Wahl. Alles, was sie jetzt noch besaß, befand sich in diesem Köfferchen, das sehr viel mehr enthielt als nur Schmuck. Mila hatte mit einer Voraussicht gehandelt, die in ihrer Familie nur sie besessen hatte, in der verrückten Hoffnung, dass nichts je ganz verloren sei und dass sie, selbst wenn sie sterben musste, zumindest den Überlebenden helfen konnte. Saskia musste sich dieses Geschenks würdig erweisen, dieser starken Botschaft, die den Tod überdauert hatte. Ihre Mutter hatte mit ganzer Seele, mit all ihrer Liebe gewünscht, dass sie am Leben bliebe, dass sie davonkam. Und so presste Saskia mit aller Macht den Schatz an sich, den sie unter dem Baum des verlorenen Paradieses gefunden hatte.

Vincent brachte Saskia auf dem Fahrrad zu sich nach Hause. Ganz selbstverständlich, ohne auch nur ein Wort der Erklärung, öffnete er das verfallene Holztor und ließ sie vorbei. Saskia erstarrte.

»Ich glaube nicht, dass …«

»Haben Sie einen Platz zum Schlafen?«

Die letzten Nächte hatte sie unter den Treppen verbracht, die zum Strand führten. Sie hatte gedacht, das sei der sicherste Ort, um niemandem zu begegnen. Wer hätte sich schon dort verstecken sollen? Tagsüber hatte sie den Minenräumern bei der Arbeit zugesehen. Sie hatte genau aufgepasst, wo sie unterwegs waren, und sich zu überzeugen versucht, dass sie in diesem winzigen Raum unter der Treppe nichts zu fürchten hatte. Doch in der Nacht konnte sie keinen Schlaf finden. Sie musste an ihre ermordete Familie denken – ihren Bruder, ihre Schwester, an ihr zerrissenes Leben, ihr gestohlenes Hab und Gut, an das, was sie mit ihnen erlebt hatte, was sie von ihnen gelernt hatte und an all die Liebe, die sie sich bis zum Schluss gegeben hatten. Als Kinder hatten sie sich geschworen, dass sie immer füreinander da sein würden. Und nun, unter dieser Treppe, unter der die Brandung und der Wind sie bis zum Morgengrauen wachhielten, hatte sie einmal mehr, wie in all den Nächten davor und in all jenen, die noch kommen würden, brennend gespürt, dass unwiderruflich nun alles vorbei war. Dieser Schmerz war nicht zu heilen.

Vincent hatte das Gefühl, sie aufzuwecken, als er seine Einladung wiederholte.

»Also? Wissen Sie wohin?«

»Ich möchte nicht, dass Sie denken ...«

»Ich denke nicht. Aber ich habe ein winziges Zimmer frei, das ich nicht brauche. Wenn Sie sich hier heute Nacht ein wenig erholen, können Sie sich morgen etwas überlegen.«

Eine Nacht schlafen ... Ja, und nicht mehr denken müssen.

Drinnen im Atelier fühlte sie sich sofort wohl. Diese glückverheißende Einfachheit, die Reinheit der weißen Wände. Vincent bot ihr etwas zu essen an, sie schüttelte nur den Kopf: Essen war keine Selbstverständlichkeit mehr. Es konnte ihr schlecht bekommen. Trotzdem stellte er zwei Teller auf den Tisch, zwei Gläser und Brot. Eine Flasche Olivenöl und etwas Ziegenkäse, den Mathilde für ihn dagelassen hatte. Er brach das Brot und ließ über jedes Stück einen dünnen Faden des goldenen Öls laufen. Dann hielt er ihr ihren Teil hin. Sie essen zu sehen entlockte ihm ein Lächeln, auch wenn sie damit Schwierigkeiten zu haben schien und nur winzige Bissen abbrach.

»Jetzt, wo wir Komplizen sind, können Sie mir alles erzählen, wenn Sie wollen.«

»Es ist ... kompliziert.«

»Sie können mich auch zum Teufel schicken und schlafen gehen. Und sicher wollen Sie die Schatulle öffnen und sehen, was sie an Erinnerungen für Sie bereithält.«

Wieder erstarrte Saskia. Und wenn er sie nur deshalb bei sich aufgenommen hatte, um ihr den Inhalt der Schatulle abzunehmen? Als sie verhaftet worden waren, trug Saskia ein Goldkettchen um den Arm. Wunderbarerweise hatte sie es bis nach Birkenau sicher verwahren können. Sie hatte es in ihren Schuhen versteckt oder im Mund. Und dann eines Tages, hatte sie ihr Geheimnis jemandem verraten. Nachdem ihre Schwester und ihre Mutter tot waren. Sie brauchte eine Freundin, und eine Freundschaft besiegelt man nun einmal mit einem Geheimnis. In derselben Nacht war ihre Goldkette verschwunden.

Es konnte ja alles passieren, wenn man schlief. Die Nacht war gefährlich. Im Lager zogen die Mädchen manchmal die Aufmerksamkeit der SS-Leute auf sich, zumindest von denen, die sich nicht zu gut dazu waren, eine Jüdin zu vergewaltigen. Davor musste man sich schützen. Instinktiv krümmte sie sich und zog die Flügel ihrer Weste zusammen, um möglichst viel von ihrem Körper zu bedecken.

Vincent spürte ihre Bedrängnis.

»Am besten legen Sie sich jetzt hin. Sie haben von mir nichts zu befürchten. Ich liebe eine andere Frau. Von ganzem Herzen.«

Saskia würde zwar trotzdem auf der Hut sein, fühlte sich aber dennoch erleichtert.

»Sie hat nichts dagegen, dass ich hier schlafe?«

»Ich glaube nicht.«

Mehr traute Saskia sich nicht zu fragen.

Im Zimmer fiel ihr Blick auf eine Matratze, die auf der Erde lag, und ein Leintuch. Eine gute Matratze aus Pferdehaar. Fest und einladend. Als sie sich draufsetzte, spürte sie, wie aller Widerstand von ihr abfiel. Sie würde allein schlafen, ohne sich an andere Leiber drücken zu müssen, ohne diese störende Nähe, die sie gehasst hatte. Auf einer Matratze, die sauber schien und sie an ihr früheres Leben erinnerte.

Sie verbarrikadierte die Tür mit dem einzigen Möbelstück, das sich im Zimmer befand: einem Tisch. Den könnte man zwar leicht beiseiteschieben, wenn man es darauf anlegte, aber immerhin. Sie fand einen Stapel alter Zeitungen. Sie zerriss ein paar und faltete aus dem Papier einen kleinen Keil, den sie zwischen Fußboden und Tür klemmte. So würde es ein, zwei Minuten dauern, bis man die Tür aufbekäme, gerade genug Zeit, um zu sich zu kommen und durch das Fenster zu fliehen, auch wenn sie davor Angst hatte. Sie warf noch einmal einen Blick zum Fenster hinaus: Es ging auf die Dächer. Dann schob sie noch die Matratze vor den Tisch. So würde sie es sofort bemerken, wenn jemand sich an der Tür zu schaffen machte. Es war lächerlich, aber noch schlimmer wäre es gewesen, gar nichts zu tun.

Dieser Gedanke beruhigte sie ein wenig, und so öffnete sie die Schatulle ihrer Mutter. Vorsichtig nahm sie die Schmuckstücke heraus, zarte Colliers, Ringe, die Milas Mutter gehört hatten, kostbare Armbänder, die sie unbedingt hatte tragen wollen, als sie ins Gymnasium kam. Sie bettelte ihre Mutter an, dann ihren Vater, dass er Mila überreden sollte. Vergeblich. Heute sehnte sie sich danach, die Stimme ihrer Mutter zu hören, die ihr verbot, die Armbänder zu tragen, um keinen Neid zu erregen. Aber wer würde sie heute schon noch beneiden, selbst wenn sie die Armbänder tragen würde?

Sie legte sämtliche Schmuckstücke an. Alle, eines über dem anderen. Sie bekam fast keine Luft mehr, aber sie musste es tun. Wenn man sie eines Tages wieder einmal bedrohen würde, dann würde sie genau das tun. Sie würde nicht warten. Sie würde in der Nacht mit allen Schmuckstücken fliehen. Mit denen ihrer Mutter, ihrer Schwester und ihren eigenen. Mit dem Siegelring ihres Vaters; mit dem Panzerarmband, auf dem der Tag der Geburt ihres Bruders eingraviert war und sein Name. Im Grunde waren dies ganz einfache Stücke, aber für sie hatten sie einen unschätzbaren Wert. Es war eine leise Berührung der Menschen, die sie liebte, was sie da bei sich trug, auf der Haut, sodass ihr Puls am Handgelenk dagegen pochte und das Gold der Ketten sich in ihrer Halsbeuge erwärmte. Ja, es war wie Lamartine schrieb: Unbelebte Dinge hatten eine Seele. Eindeutig. Und sie brachten unsere Seele dazu, ebenfalls zu lieben. Wie konnte man daran zweifeln? Damals, als sie ihn im Gymnasium gelesen hatte, hatte sie das noch nicht gewusst. Nie wäre sie auf die Idee gekommen, dass seine Verse für sie einmal einen greifbaren Sinn bekommen würden, außer in ihren Träumen. Nun aber war sie vollkommen überzeugt, die Ausstrahlung des filigranen Goldes zu fühlen, eines Medaillons, eines winzigen Saphirs. Und der Siegelring verband sie mit ihrem Vater wie durch einen Zauber, und so hoffte sie, dass er, wo immer er auch sein mochte, beglückt spürte, dass sie ihn trug. Natürlich war ihr der Ring viel zu groß und tanzte um ihren mageren Finger, aber sie schloss die Faust, sodass sich der Ring nicht mehr rührte. Wie hatte ihre Mutter nur denken können, sie würde diese geliebten Stücke jemals verkaufen, um ihren Lebensunterhalt zu sichern? Niemals würde sie sich davon trennen. Sie würde andere Wege finden.

Sie hatte sich so sehr gewünscht, dass ihre Mutter zu den Schmuckstücken einen Brief gelegt hätte, mit Worten, an denen Saskia sich festhalten könnte, wie an denen, die sie in Büchern fand. Worte, die sie führen und alles erklären würden. Worte, die sie getröstet hätten. Aber Mila hatte keinen Brief beigelegt. Im Lager hatte sie mit ihren Töchtern geredet, jeden Tag bis zum allerletzten Atemzug. Aber es schien Saskia, als hätte ihre Mutter ihr noch sehr viel mehr beibringen können, stark zu sein zum Beispiel und ihrer würdig. Ihre Worte, ihre Gedanken, die Weitergabe all dessen, was sie wusste, all ihrer Liebe, wie sollte sie je ohne das auskommen? In dem Moment, in dem man ein geliebtes Wesen verliert, brechen zweierlei Dinge übermächtig über einen herein: der Schmerz, es nicht lange genug gekannt zu haben, und die Gewissheit, dass diese Lücke niemals mehr zu füllen sein wird.

Als Vincent am Morgen erwachte, hörte er erstaunt, wie eine Tür sich öffnete – Saskia – und das Geräusch ihrer nackten Füße auf den Bodenfliesen. Was ihm wiederum das sommerliche Geräusch ins Gedächtnis rief, das andere Füße auf den Terrakottafliesen machten. Dieses elastisch klingende Geräusch der Fußsohle, das im Winter leicht in Vergessenheit gerät und danach wieder zurückkehrt, um uns zu erinnern, dass der Körper im Sommer alles Einengende abwirft.

Vor dem Krieg genoss er das Glück, neben Ariane aufzuwachen, sie zu umarmen, während die Sonne das Bett umfing. Diesen kurzen Moment der Unschlüssigkeit, in dem sie ihr noch verknautschtes Gesicht aus dem Leinenbezug hob. Die unsicheren Gesten, das Denken, das nur langsam in Gang kam, und die Freude auf den kommenden Tag. Mehr als alles auf der Welt sehnte er sich nach diesen Morgenstunden zurück. Im Lager hatte er den Morgen immer gehasst, weil er den Tag hasste, der sich ankündigte. Er fand erst im Herzen der Nacht zur Ruhe, wenn alles schlief.

Saskia kam in die Küche, genauso zerbrechlich und schüchtern wie am Vorabend. Er machte gerade Kaffee aus dem Kaffeeersatz, den er im Schrank gefunden hatte. Auf dem Tisch standen wieder zwei Teller und zwei Gläser. Und Brot und Olivenöl, denn etwas anderes gab es nicht.

»Hm, eine Frühaufsteherin! Haben Sie gut geschlafen?«

»Ich stehe immer früh auf«, antwortete sie, obwohl sie die ganze Nacht über nicht geschlafen hatte.

Ohne sich zu setzen, stürzte Vincent die Tasse mit Zichorienkaffee hinunter.

»Wenn Sie wollen, können Sie hier wohnen, bis Sie Ihr Haus zurückhaben. Das stört mich nicht. Ich bin ohnehin nicht oft da.«

»Danke, aber ... was werden die Leute denken?«

»Von nun an kümmern wir uns nicht mehr darum, was die Leute denken.«

Wäre sie nicht so müde gewesen, hätte sie sich dasselbe gesagt. Aber sie wollte vor allem wissen, was er dachte. Aber nachdem er sie eingeladen hatte zu bleiben, durfte sie zumindest für den Moment annehmen, dass er es gut meinte. Sie nahm die Einladung mit einem Lächeln an. Seit langer Zeit das erste auf ihrem Gesicht. Es überraschte sie, dass es ihr noch gelang, ohne groß nachzudenken. Und Vincent schien, dass sie sich besser an die Unebenheiten der Gartenmauer erinnerte als daran, wie man sich ohne Worte bei einem anderen Menschen bedankt.

»Darf ich Ihnen eine Frage stellen?«

Vincent nickte kurz, während er sich eine zweite Tasse Muckefuck eingoss.

»Ich habe Sie am Strand gesehen. Sie gehören zu den Minenräumern ... Warum riskieren Sie Ihr Leben? Hat der Krieg Ihnen nicht gereicht?«

Vincent zuckte mit den Schultern, als hätte das überhaupt keine Bedeutung.

»Weiß Ihre Frau davon?«

Daran hatte Vincent nicht gedacht, und die Frage verärgerte ihn. Er wich aus.

»Ich werde der Hausbesitzerin sagen, dass Sie einige Zeit hierbleiben.«

Saskia aber blieb eisern.

»Glauben Sie nicht, dass sie Ihnen böse wäre, wenn Sie das erführe?«

Er war noch nicht so weit, daran zu denken. Dann tat er so, als hätte er ihren Namen nicht schon im Bus gehört.

»Ich weiß gar nicht, wie Sie mit Vornamen heißen?«

»Saskia.«

»Saskia?«

»Das war der Vorname von Rembrandts Frau. Meine Mutter hat den Maler geliebt.«

»Ein sehr schöner Name. Warten Sie heute Abend nicht auf mich. Ich werde spät nach Hause kommen. Ich lasse Ihnen den Schlüssel hier.«

Vor der Tür maunzte die Katze. Er ließ sie herein und ging dann ohne ein weiteres Wort. Draußen stand Mathilde, die versuchte, einer Glyzinie Einhalt zu gebieten, die sich übers Trottoir ausbreiten wollte. Die Menschen mochten sich zurückgezogen haben, die Pflanzen aber eroberten, ohne menschliche Eingriffe, ihre Freiheit zurück. Er ging zu ihr hinüber.

Während er ihr von der neuen Situation berichtete, begann Mathilde zu nicken. Vincent kannte sie nicht gut, er wusste noch nicht, was dieses halbe Lächeln bedeutete.

»Nun, das passt doch! Danke, dass Sie mir Bescheid gegeben haben.«

Mathilde war wirklich ein erstaunliches Geschöpf. Verblüfft, dass sie ihm nicht mehr Fragen stellte, wandte er sich zum Gehen, aber sie war noch nicht fertig.

»Das ist gut. Sich um die Lebenden zu kümmern, meine ich.«

Diese freimütige Bemerkung machte ihn sprachlos. Er hatte Saskia aufgenommen, ohne groß darüber nachzudenken. Genauer gesagt hatte er getan, was Ariane ganz selbstverständlich gemacht hätte. Und er vermutlich auch, denn Ariane und er waren immer einer Meinung gewesen. Und vor dem Krieg war er genauso lebendig gewesen wie sie.

Mathilde fuhr mit dem gleichen Eifer fort.

»Nun sind wir ja alle gleich, zumindest im Prinzip. Wir haben unsere Toten. Wir möchten die Welt von früher zurück und müssen doch lernen, jetzt zu leben …«

Vincent ließ sie reden, dann verabschiedete er sich. Und doch hatten ihre Worte sich heimtückisch in seine Gedanken geschlichen. Ja, vielleicht waren sie nun alle gleich. Saskia, Mathilde, Fabien und alle, die er beim Minenräumen noch kennenlernen würde. Jeder hatte seine Toten, die er schätzte, anflehte, liebte und für die er betete. Er aber war anders. Er lebte nicht für die Toten, sondern für Ariane. Er musste nicht lernen zu leben. Wozu auch? Solange er nicht wusste, wo sie war, interessierte ihn gar nichts, nicht heute, nicht vor dem Krieg und schon gar nicht danach.

Mit dem Vorschuss auf sein Gehalt, den Fabien ihm verschafft hatte, besorgte Vincent sich die nötigen Utensilien, die er zum Entwickeln von Fotos brauchte. Während Audrey in ihrer kleinen Wohnung das Hydrochinonbad für die Entwicklung der Negative ansetzte, bemerkte Vincent, dass die Filme von Agfa stammten ... Der Marke der Deutschen ...

»Wo hast du die denn her?«

Sie versuchte, sich der Antwort auf die Frage mit einem Schmollmund zu entziehen. Vincent aber bohrte weiter.

»Hast du sie von den Deutschen bekommen?«

»Natürlich nicht. Ich habe sie auf dem Schwarzmarkt gekauft. Das ist alles.«

Vincent riss sich zusammen. Mittlerweile erschien ihm alles verdächtig. Er musste sich wirklich beruhigen.

Audrey hatte das Fotolabor in einer Ecke ihres Zimmers aufgebaut. Gemeinsam deckten sie die Fenster ab, sodass kein Licht hereindrang. Diese aufeinander abgestimmten Gesten, um die Nacht einzuladen, wie man es mit einem Geliebten machen würde, quälten sie. Sofort ließ sie die Negative in das Entwicklerbad gleiten.

Vincent musste so tun, als interessiere er sich tatsächlich für das willkürliche Aneinander wildfremder Männer und Frauen, die auf den simpel strukturierten Aufnahmen sichtbar wurden. Und doch fingen sie auf besondere Weise den Blick der Menschen ein, einen angespannten, schweren Blick, den sie nie hätten haben dürfen. Und der einem auf Fotos aus Kriegszeiten doch ständig wiederbegegnete.

Und plötzlich erschien vor einem weißen Rechteck das Gesicht Arianes.

Langsam stieg es aus der Flüssigkeit empor, beinahe übernatürlich wie eine verschwimmende Ophelia unter Wasser. Als ihre Züge deutlicher hervortraten, ihre Haut matter wirkte und ihr Blick schwärzer, wurde Vincent sich des Undenkbaren gewahr: Ariane trug ihre Haare kurz geschnitten.

Eine weitere Aufnahme, die in derselben Schale lag, offenbarte ihren bloßen Nacken in all seiner Vollkommenheit.

Der sich verjüngende Haarschnitt gab ihr etwas, das Vincent nicht kannte, etwas schwer Fassbares, eine seltsame Aufmachung. Sie hatte ihr Leben also weitergeführt, ohne ihn, während er nur noch für sie gelebt hatte.

Je mehr Fotos Audrey entwickelte, umso mehr nahm Vincents Verwirrung zu. Dieser freche Nacken quälte ihn. Er erzählte von etwas, das er unbedingt entschlüsseln musste, um das Rätsel zu lösen, in das sich die geliebte Frau immer mehr verwandelte.

Jetzt kamen Fotos von Soldaten, die auf dem Hof von Arianes Eltern Lebensmittel requiriert hatten, und sie ließen seine heimlichen Fragen verstummen. Audreys Objektiv hatte die Deutschen in einem Moment der Entspannung festgehalten. Sie waren zu Besuch in ihrer Kolonie und beehrten die örtliche Bevölkerung mit ihrer Gegenwart. Vincent spürte den Ekel aufsteigen. Glaubten die Deutschen tatsächlich, dass die Franzosen sie sympathisch fanden?

Audrey erzählte ihm von dem gefährlichen Spiel, auf das sich Ariane gezwungenermaßen eingelassen und das sie bis zum Schluss durchgehalten hatte, denn einige der Deutschen waren nicht dumm. Anfangs war sie noch empört und hatte sich anmerken lassen, dass sie sie nicht gerne bediente. Andererseits durfte sie das auch nicht allzu deutlich zeigen, wollte sie die Situation, die sich durch die Beschlagnahme ergeben hatte, nicht noch verschlimmern. Das war, was sie tatsächlich empfand. Doch mehr und mehr stellte sie sich so, als würde sie die Soldaten eigentlich ganz in Ordnung finden. Und die Deutschen glaubten ihr das allmählich. Später dann konnte sie ihnen zulächeln oder sogar über ihre Witze lachen, ohne dass sie auch nur ahnten, wie sehr sie sie verabscheute. Sie waren ja so überzeugt davon, lebende Götter zu sein!

»Ich kenne das Spiel ...«

Auch Vincent hatte es spielen müssen. Er beherrschte die Regeln besser als jeder andere. Und er würde sie bei den deutschen Kriegsgefangenen anwenden.

Audrey klammerte die Fotos der Deutschen zum Trocknen an eine Schnur. Vincent hoffte, auf den Bildern jemanden zu erkennen, der zum Minenräumkommando gehörte. War das überhaupt möglich? Die Gefangenen, mit denen er in Hyères arbeitete, hatten längst nicht mehr diesen präzisen Haarschnitt und schon gar nicht die lockere Haltung. Ihre von Erschöpfung gezeichneten Gesichter hatten nichts mehr gemein mit den strahlenden Mienen auf Audreys Bildern, mit der frohgemuten Gewissheit, das Recht auf ihrer Seite zu haben und über eine Welt nach ihrem Plan zu herrschen.

Ohne ihre Uniform, ohne ihre Macht waren die Deutschen geschrumpft. Unter der Sonne nahm die Haut der Minenräumer einen triumphierenden Ton an, die der Gefangenen aber welkte, verbrannte und schälte sich. Ihre Gesichter alterten mit einer schwindelerregenden Schnelligkeit, ihre Augen wurden stumpf und glanzlos. Selbst die Natur schien sich feindselig an ihnen rächen zu wollen. Die Sonne, der Wind, die Meeresluft verbündeten sich, um eilends jene zunichtezumachen, die die Welt dauerhaft verwüstet hatten.

»Ich kann mich kaum noch an ihre Vornamen erinnern. Der hieß, glaube ich, Klaus. Der da Kurt. Es tut mir leid, ich habe es vergessen oder ich verwechsle sie einfach …«

»Gab es da einen, dem Ariane besonders misstraute?«

Die Fotos ließen Audreys Erinnerung zurückkehren.

»Einige haben sich sehr respektvoll verhalten, weißt du. Andere wiederum …«

»Wer zum Beispiel?«

»Nun, als alle schon hungerten, habe ich mitbekommen, wie einer auf dem Hof die ganze Butter beschlagnahmte. Und dann hat er damit die Achse seines Wagens geschmiert! Kannst du dir das vorstellen? Ein anderer hat auf einen Schlag zehn Eier ausgetrunken, einfach so, während die Leute ihm zuschauten. Aber die habe ich natürlich nicht fotografiert.

»Audrey, das meinte ich nicht! Ich will wissen, ob sie einer verführen wollte und sie so sehr bedrängt hat, dass sie Angst bekam.«

Audrey zögerte, dann erzählte sie, dass alle darauf warteten, dass sie sie anlächelte oder sich mit ihr verabreden wollten. Dann schlug sie nicht die Augen nieder, sondern blendete die Männer einfach aus. Sie tat so, als wäre sie in Eile, und legte die Hand auf das Kreuz aus kleinen Perlen, das sie über der bis zum Hals zugeknöpften Bluse trug. Selbst wenn die Deutschen vor gar nichts Respekt hatten, wollte sie zumindest den Eindruck erwecken, sie wäre fromm und langweilig.

»Audrey, hat sie dir wirklich nie gesagt, ob sie vor einem von denen mehr Angst hatte als vor allen anderen?«

»Du kennst sie ja. Sie wollte einfach niemanden beunruhigen.«

Ariane musste also all diese Soldaten bedienen und stand dabei in vorderster Linie. Es erschütterte Vincent zutiefst, wie wenig Sicherheit ihre kleinen Tricks boten, um sich selbst und alle anderen zu schützen. Er versuchte es anders.

»Mit wem kam Ariane denn am besten aus?«

Audrey zeigte ihm das Foto eines jungen Mannes von schmaler Gestalt, mit feinen Zügen und ruhigem Blick. Dass dieser junge Kerl eine Uniform trug, schien völlig widersinnig.

»Mit ihm. Vor dem Krieg war er Musiker. Eines Tages hatte er Ariane überrascht. Er kam mit einer Geige auf den Hof, ein völlig aus der Zeit und aus dem Krieg gefallenes Erlebnis. Mit einem Mal kehrte die Schönheit zurück in unser Leben, und wir spürten seinen lebendigen Pulsschlag. Aber er wurde von den anderen schlecht behandelt. Es war schlimm.«

Vincent betrachtete das Foto. Der Mann sah wie ein Jugendlicher aus. Das konnte nicht der Verbündete sein, von dem Ariane geschrieben hatte, der, der sie vor Gefahren schützte.

»Du weißt wirklich nicht, auf wen sie sich hätte verlassen können? Wer auf sie hätte aufpassen können?«

»Außer ihm wüsste ich da niemanden.«

So kam Vincent einfach nicht weiter. Er wollte raus aus den finsteren Jahren und sich wieder dem belebenden, salzigen Wind im Hafen von Marseille aussetzen. Das Foto von Ariane mit dem frechen Bubikopf nahm er mit, auch die Fotos der Deutschen und unendlich viele Fragen.

Audrey begleitete ihn. Als sie die Treppe des kleinen Hauses hinunterstiegen, kam ihnen eine Frau mit vielen Koffern entgegen. Sie grüßte Audrey und bedachte Vincent mit einem wohlwollenden Blick: Offensichtlich hielt sie ihn für ihren Geliebten. Doch Audrey stellte gleich klar:

»Das ist ein Freund. Vor dem Krieg gehörten wir zur selben Gruppe. Mit Irène, Ariane und ein paar anderen.«

Als Arianes Name fiel, legte sich ein Schatten über das Gesicht der Frau.

»Ach, Ariane …«

Vincent reagierte sofort.

»Sie kannten sie?«

»Sie kam zu meinem Mann. Er war Arzt.«

»Wissen Sie, warum?«

Sie zögerte, allem Anschein nach tat es ihr leid, was sie gesagt hatte.

»Sie hatte ihn um etwas gebeten und … er musste ablehnen.«

Vincent richtete einen fragenden Blick auf Audrey, aber die schien aus allen Wolken zu fallen.

»Worum ging es denn da?«

Die Frau des Arztes wollte augenscheinlich eine schmerzliche Erinnerung abschütteln.

»Ich hätte das nicht sagen sollen … Wir sind unseren Patienten gegenüber schließlich zum Schweigen verpflichtet. Und ich bin es meinem Mann schuldig, auch wenn er nicht mehr ist.«

»Das tut mir leid.«

Vincent hatte keine Zeit für Beileidsbezeugungen. Für ihn war diese Unterhaltung das reine Martyrium. Hatte diese Frau eine sadistische Ader oder war sie einfach nur ahnungslos? Audrey beschloss, sie bei ihren Gefühlen zu packen.

»Ich verstehe ja, dass Sie das Arztgeheimnis wahren und Ihren Mann nicht verraten wollen, aber Ariane ist verschwunden … Und wir sind verzweifelt.«

»Wer sagt Ihnen denn, dass Sie nicht noch verzweifelter sind, wenn Sie Bescheid wissen?«

Vincent war am Ende. Und das spürte die Dame. Und auch Audrey. Daher nahm sie einen neuen Anlauf:

»Das Schlimmste ist doch, wenn man nichts weiß.«

»Ich habe sie ja gewarnt ... Sie wollte, dass mein Mann ihr Digitalin besorgt. Aber er ist nicht darauf hereingefallen.«

Vincents Angst stieg.

»Hereingefallen? Worauf? Dass sie ein Problem mit dem Herzen hatte!?«

»Aber warum wollte sie dann nicht, dass mein Mann sie untersucht?«

»Ariane hat die Facharztprüfung abgeschlossen! Sie hätte die Diagnose selbst stellen können und ...«

»... und eine Dosis verlangen, die sie ebenso gut hätte töten können? Sie wissen vielleicht nicht, dass ein und dieselbe Dosis Digitalin sowohl heilen wie töten kann.«

Natürlich wusste er das. Aber er konnte nichts darauf erwidern, während ihm tausend Fragen durch den Kopf schossen. Und die Arztgattin, die vorher nicht reden wollte, konnte nun gar nicht mehr aufhören.

»Sie war seltsam, furchtbar aufgeregt und hat wirres Zeug geredet. Sie ist mehrmals bei uns gewesen. Einmal schlich sie sich ins Sprechzimmer, als alle Patienten schon gegangen waren, und hat versucht, es zu stehlen.«

Audrey versuchte, die Frau auf den Teppich zurückzuholen, aber sie sprudelte einfach weiter.

»Sie wollte jemanden umbringen. Ganz sicher. Vielleicht wollte sie sich ja selbst das Leben nehmen!«

Ariane und sterben wollen? Von all den Theorien, die Vincent bisher aufgestellt hatte, kam diese in seinen Augen überhaupt nicht in Betracht.

Audrey machte dem Gespräch und den Hirngespinsten der Nachbarin ein Ende, indem sie Vincent mit sich nach draußen zog.

Er war bleich und brachte kein Wort heraus. Sein Verstand suchte fieberhaft nach anderen Erklärungen. Man sollte das Digitalin nicht verteufeln. Der Stoff, den man aus dem Fingerhut gewann, wirkte Wunder für das Herz. Vielleicht hatte Ariane ja jemanden behandeln wollen, der keine Möglichkeit hatte, zu einem Arzt zu gehen. Der sich verstecken musste. Und sollte tatsächlich sie selbst krank gewesen sein, hätte sie sich bestimmt nicht umgebracht. Sie hätte gekämpft.

Und wenn sie nun wirklich jemanden ermorden wollte? … Ja, das war durchaus vorstellbar. Den Soldaten, der ihr Angst machte. Oder jemand anderen. Ariane war immer schon mutig gewesen. Und von einer Unbekümmertheit, die man für diese Art Mut brauchte. Sicher hatte sie einen der Nazi-Besatzer umbringen wollen. Er musste das berücksichtigen. Hatte sie ihr Vorhaben vielleicht mit dem Leben bezahlt? Nein, unmöglich. Sie hätte alles einkalkuliert, um am Leben zu bleiben.

Jedes Mal, wenn seine Theorie sich für die Möglichkeit zu öffnen schien, dass Ariane tot sein könnte, verwarf er sie auf der Stelle und so schnell wie möglich. Denn wenn auch nur die winzigste Chance bestand, dass Ariane noch lebte, musste Vincent nicht verzweifeln, nicht jetzt jedenfalls. Er konnte weitersuchen. Das war er ihr schuldig. Und ihrer unterbrochenen geheimen und wunderbaren Liebe, die sie beide gekannt hatten. Diesem Glücksfall, diesem Privileg.

Und doch legte sich ein Schatten schwer über seine Gedanken. Niemals hätten sie sich die Herausforderungen vorstellen können, denen sie beide einmal ausgesetzt sein würden, als sie damals in ihrer Bucht, ihrem heimlichen Treffpunkt, gebadet hatten. Was wusste er schon von der Frau, zu der sie geworden war?

Am Strand wusste Vincent nicht mehr, was er tat. Wie ein Boxer, der erst mehrere Stunden nach dem entscheidenden Treffer k.o. geht: Der den Ring noch auf eigenen Beinen verlässt, aber am Abend bei der Feier, die zu seinen Ehren gegeben wird, zusammenbricht.

Die Vorstellung, dass Ariane sich umgebracht haben könnte, ließ ihm keine Ruhe mehr. Am Vorabend hatte er sie noch rundweg von sich gewiesen, dann aber hatte ein Albtraum ihn mitten in der Nacht geweckt. Und seitdem wälzte er diesen Gedanken hin und her. Am nächsten Morgen suchte er nicht mehr den Deutschen, der ihm helfen sollte, sie zu finden. Er suchte den Deutschen, den er töten würde.

Hatte er im Lager noch darauf gebrannt, Ariane wiederzufinden, so loderte sein ganzer Körper nun vor Rachedurst. Er konnte nicht leben in einer Welt, in der man Ariane verletzt, übel zugerichtet, ermordet oder in den Selbstmord getrieben hatte, wie es ihm nun seine Fantasie vorgaukelte. Das Leben durfte nicht einfach so weitergehen, als wäre nichts geschehen. Alle, die sagten, dass die Gerichte entscheiden und nicht einzelne Menschen Selbstjustiz üben sollten, wussten sehr gut: »Gerechtigkeit« ist nichts weiter als die heuchlerische, zivilisierte Form der Rache im Urzustand. Von den Justizirrtümern einmal ganz abgesehen. Warum also delegieren?

Vor dem Krieg hätte er nie so gedacht. Jetzt aber schien es ihm kristallklar zu sein. Rache zu nehmen hieß, sich nicht zufriedenzugeben. Er würde die Verantwortung für seine Taten übernehmen und alle damit verbundenen Risiken, um ihre Liebe entsprechend zu würdigen. Das war eine Kriegserklärung an das Schicksal. Er würde sich auf die Seite jener schlagen, die handeln, statt einer von denen zu sein, die immer nur abwarteten.

Fabien beobachtete Vincent. Seine ruckartigen Bewegungen, sein abwesender Blick ... beides hätte man komisch finden können, wäre es nicht um Leben und Tod gegangen. Er sah Vincent schwanken, ein Mal, zwei Mal. Beim dritten Mal beschloss Fabien, die Mittagspause vorzuziehen. Seine Männer staunten, aber sie freuten sich. Wie Kinder in der Schule, wenn es zur Pause läutet.

Noch vor dem Essgeschirr holten sie die Gitanes heraus, und Fabien nahm Vincent beiseite.

»Hör mal, Vincent, du kannst ruhig mit mir reden. Wenn ich etwas für dich tun kann ...«

»Es geht schon. Ich habe nur schlecht geschlafen.«

»Aber du bringst die ganze Gruppe in Gefahr.«

»Ich krieg mich schon in den Griff.«

»Nein, du nimmst dir heute einen Tag frei. Wir sagen einfach, dass du krank bist.«

»Hör zu, Fabien. Ich brauche diese Arbeit. Wirklich.«

Fabien überlegte kurz. Er konnte nicht die ganze Zeit auf Vincent aufpassen. Ein Team ist wie eine Familie, mochte jeder Einzelne noch so abgebrüht sein. Jeder hat Anspruch auf die gleiche Aufmerksamkeit.

»Wir werden sehen, wie es nach dem Mittagessen läuft. Wenn es nicht besser wird, gehst du nach Hause.«

Die Stadtverwaltung hatte ihnen für die Mahlzeiten ein paar Böcke und dazu eine lange Tafel als Tisch überlassen. Fabien und Vincent setzten sich zu den anderen, die bereits laut lachten und miteinander redeten. Fabien zählte auf seine Leute, auf das Wir-Gefühl, damit Vincent wieder zu sich fand.

Nach ein paar Minuten war von den Minenräumern die Anspannung abgefallen, die auf ihren Schultern lastete. Sie standen auf und prosteten einem Kollegen am anderen Ende der Tafel zu. Manchmal stimmten sie sogar ein Lied an. Am beeindruckendsten von allen sang Enzo. Sie waren sich einig: Er hatte eine großartige Stimme. Und er hatte Talent. Mit seinem wohlklingenden Tenor ließ er *Una furtiva lagrima* lebendig werden, und alle hatten Tränen in den Augen. Natürlich fielen sie lachend in den Refrain ein. Selbst Enzo musste lächeln, als er bei *Cielo! Si può morir!* ankam. Seine Kumpels sangen wirklich derart schlecht, vor allem, weil sie aus dem Gelächter nicht herauskamen.

Vielleicht würden sie all diese Erfahrungen bald wieder vergessen, im Augenblick aber zählte jede Minute, jeder Bissen Brot war ein Fest, jeder Blickwechsel ein Moment der Brüderlichkeit. Das hatte sie der Krieg gelehrt. Sie durften keinen Alkohol trinken, aber die frische Luft genügte auch. Und das Singen. Und Reden.

Während der Besatzungszeit waren es hauptsächlich die Deutschen gewesen, die in der Öffentlichkeit das Wort ergriffen hatten. Sie erteilten Befehle, brüllten herum, drängten sich auf. Die Franzosen sagten dazu nichts: Sie antworteten, wenn man sie verhörte, aber sie konnten nicht mehr argumentieren, protestieren, aufschreien, fordern. Das Wort war nicht mehr frei. Man musste aufpassen, was man sagte, vor den Deutschen, aber auch vor den Franzosen. Die Sprache konnte sie verraten, konnte sie denunzieren. Sie hatte jede Freude eingebüßt.

Nun konnte man wieder sagen, was man wollte, vor wem man wollte. Sie hatten nichts mehr zu befürchten. Sie lachten über die Deutschen, und wer so richtig in Stimmung war, lachte auch über sich selbst. Nun machte das Reden wieder glücklich. Plaudern zu können war ein Genuss, in jedem Moment. Beim Essen, beim Trinken mit Freunden zu schwatzen, das war doch letztlich das Salz des Lebens.

Auf der anderen Seite des Strandes, dort, wo sie das Holzgestell aufbauten, saßen die Deutschen und aßen schweigend. Sie verrichteten die gleiche Arbeit, aber das war ihre Art, mit der Scham umzugehen, sie senkten den Kopf und verstummten.

Gerade an diesem Tag zogen sie es vor zu schweigen. Der Gefangene, über den alle gelacht hatten – auch die Deutschen –, weil er nicht mehr zum Minenräumen erschienen war, hatte sich in der Nacht umgebracht. Völlig lautlos. Ohne jemanden zu stören. Die Aufseher und die anderen Gefangenen hatten es erst am frühen Morgen bemerkt. Alle hatten sich über seinen Mangel an Mut lustig gemacht, aber er hatte immerhin so viel besessen, sich für den Tod zu entscheiden. Und keiner der anderen Minenräumer redete über die Sache. Vermutlich wussten sie nicht einmal davon. Dabei war es nicht das erste Mal, dass ein Gefangener sich das Leben nahm. Aber welche Rolle spielte das hier schon?

Für Lukas war dies das deutliche Zeichen, dass er ausbrechen musste. Auch er hatte schon oft an Selbstmord gedacht. Aber irgendwo lebte ein Kind von ihm, und er würde alles tun, um es aufzuspüren. Der Sohn, der nichts von diesem Krieg wusste, würde ihn vielleicht lieben können wie einen normalen Vater, der nie Deutscher gewesen war oder Kriegsgefangener.

Er konnte nicht mehr essen. Sein Blick wanderte über die Bunker. Wie Fabien hatte er es eilig, dorthin zu gelangen. Dort wurde sein persönlicher Gral verwahrt. Amerikanische Granaten, die die Deutschen den Widerstandskämpfern gestohlen hatten. Lukas setzte große Hoffnungen in sie. Waren sie erst entsichert, würden sie einen dichten weißen Nebel verbreiten, der blendete und in den Augen brannte. Ideal, um zu verschwinden. Niemand würde ihn in den dichten Schwaden der Tränengasgranaten verfolgen. Und Lukas wusste genau, wo sie gelagert waren. Damit er das entsprechende Vorwerk erreichen konnte, durfte Fabien ihm gegenüber kein Misstrauen fassen. Besser noch wäre es, wenn er sein Vertrauen gewinnen könnte. Und Lukas wusste, wie er das anstellen würde.

Am Abend, gerade als sie den Lastwagen zurück zum Lager bestiegen, wurden die Deutschen angegriffen. Wie so oft bespuckte und beschimpfte man sie. Diesmal aber nahm Fabien einen ungewöhnlichen Lärm wahr, auch wenn er nicht so recht wusste, woher er kam. Es hörte sich an wie ein Hahnenkampf, den man unter Gelächter anfeuerte. Zwischendrin klatschten die Umstehenden, auch die Minenräumer spornten jemanden an. Hinter dem Lastwagen hatte sich ein Kreis gebildet. Von den Gefangenen war niemand mehr zu sehen. Fabien eilte auf den Lastwagen zu, Vincent ebenfalls. Dort erkannten sie den Bauern, der erst kürzlich gewollt hatte, dass man sein Feld von Minen befreite. Jetzt stand er da und drosch auf die Deutschen ein.

Völlig unkontrolliert mit einem Gewehr, das, wenn es geladen war, jeden töten konnte, Deutsche wie Franzosen, Minenräumer, Gefangene, Passanten oder Bauern. Der Mann hatte getrunken, und Tränen liefen ihm über das Gesicht. Niemand ging dazwischen. Nicht nur aus Angst nicht, sondern weil er tat, was jeder hier schon immer am liebsten getan hätte. Die Deutschen lynchen, so wie die Deutschen gelyncht hatten, wie sie massakriert, aufgehängt, niedergeschossen, vergewaltigt, abgefackelt, exekutiert, terrorisiert und gefoltert hatten. Endlich! Es war an der Zeit, dass sie dafür bezahlten. Nein, niemand hier hatte Mitleid mit den Gefangenen, die gestern noch in ihren Uniformen herumstolziert waren. Alle Welt verabscheute sie, und das würde so bleiben bis ans Ende aller Tage.

Und doch taten die früheren Soldaten alles, was man von ihnen verlangte. Gut, manchmal versuchten sie auszubrechen oder nahmen sich das Leben. Aber sie lehnten sich nicht auf. Sie arbeiteten fleißig und gewissenhaft, ohne sich zu schonen. Jeder fand das normal. Es war schließlich das Mindeste, dass sie halfen, das wiederaufzubauen und zu reparieren, was sie zerstört hatten. Aber das reichte nicht. Die Menschenmenge, die sich um den Kreis schloss, hätte zu gerne mitangesehen, wie sie sich zu Tode schufteten, wie sie die schlimmsten Qualen erlitten und unausgesetzt um Verzeihung winselten. Und wie sie starben, ohne Ruhe und Frieden gefunden zu haben. Denn nicht einmal ihr Tod würde je genug sein. Niemals. Die Menge hätte sie am liebsten gesteinigt, sie fertiggemacht, unter Felsbrocken begraben, um gleich mehrere Generationen auszulöschen. Und wenn sie erst einmal tot wären, dann hätte die Masse verlangt, dass ihre Geister sich von Neuem erhöben, um weiter mit aller Kraft zu arbeiten, damit Frankreich wiederauferstehen könne.

Als die Leute diesen armen Bauern sahen – den viele von ihnen kannten, sie riefen ihn Raoul –, konnten sie gar nicht anders, als ihn spontan anzufeuern. Wenn er einen Deutschen tötete, dann war das nachträgliche Notwehr. Und es hätte nicht geschadet, ganz im Gegenteil. Wer hätte ihm das schon übel genommen?

Fabien hieß die Männer zurücktreten, einen nach dem anderen, um diese elektrisierte Menge zu vertreiben, die immer wieder versuchte, den Kreis um den Bauern und einen Deutschen zu schließen, der zu Boden gegangen war. Raoul prügelte immer noch auf ihn ein mit der ganzen Kraft seiner Verzweiflung und der anfeuernden Rufe der Menge. Der Gefangene verteidigte sich nicht, sondern krümmte sich nur. Fabien und Vincent sahen nur seinen Rücken, voller Blut, und seine schmutzig blonden Haare.

Eine schwierige Situation, auch des Gewehres wegen. Fabien versuchte, die Letzten zurückzudrängen, die den zornigen Bauern noch aufstachelten, aber das machte sie nur noch wütender.

Jetzt schob sich Vincent zwischen den Bauern und den Deutschen. Er erkannte Lukas, wusste aber seinen Namen nicht. Lukas war ohnehin ein häufiges Opfer – blond mit blauen Augen, hohen Wangenknochen, einer geraden Nase und einem kantigen Unterkiefer. Sein Körper erinnerte an eine Skulptur von Arno Breker, der arische Prototyp der Nazi-Propaganda. Natürlich sah er in seinen Fetzen, mit den durchgescheuerten Schuhen und so abgemagert, wie er war, nicht gerade aus wie ein Gott der Stadien. Aber bei ihm konnte man sich wenigstens nicht täuschen, was seine Staatsangehörigkeit anging.

Fabien nutzte das mutige – und unsinnige – Eingreifen Vincents, um den Bauern zu entwaffnen und wegzuführen.

Vincent streckte dem Deutschen die Hand hin, um ihm aufstehen zu helfen. Lukas war überrascht. Das war bestimmt das erste Mal, dass ein Franzose ihm in die Augen sah. Und mit ihm Deutsch sprach, ohne die Worte zu übertreiben oder mit den Händen zu fuchteln, wie es die Franzosen taten, die Deutsch mehr schlecht als recht in der Schule oder während der Besatzung gelernt hatten und sich nun darüber lustig machten, weil sie die Besatzer für Armleuchter hielten.

Lukas hätte Dankbarkeit empfinden sollen, aber – auch das war ein Erbe des Krieges – er blieb misstrauisch. Er konnte nicht glauben, dass der Franzose das uneigennützig getan hatte. Was hätte er sich aber andererseits von einem Gefangenen schon erhoffen können? Was konnte er, Lukas, ihm nützen?

Natürlich hätte er ihm auf Französisch antworten können, aber wenn er sein Geheimnis für sich behielt, fühlte er sich weniger nackt. Und das könnte bei seinem Ausbruchsplan nützlich sein.

Vincent hatte keine Gelegenheit, ein Gespräch anzufangen: Die Aufseher nutzten die plötzlich eingekehrte Ruhe, um Lukas an den Schultern zu packen und auf den Lastwagen zu stoßen. Sie waren ohnehin schon spät dran und wollten auch endlich nach Hause. Fabien ging zu Vincent zurück.

»Harter Tag. Kommst du mit, etwas trinken?«

Als sie an den Leuten vorbeigingen, denen Fabien gesagt hatte, sie sollten zurücktreten, legten sich bleischwere Blicke voller Unverständnis auf Vincent. Einem Deutschen zu helfen, das war fast schon ein Akt der Kollaboration. Dabei hatte er keinem Besatzer geholfen, sondern einem Gefangenen. Und das trug ihm rein gar nichts ein. Bis auf die verständnislosen Blicke der Umstehenden.

Im Café war es noch schlimmer. Kaum einer, Fabien einmal ausgenommen, schaute Vincent noch mit dem Wohlwollen an, das man ihm am ersten Tag entgegengebracht hatte. Und die Vorwürfe ließen nicht lange auf sich warten.

»Stört dich das nicht, wenn du einem Deutschen hilfst?«

»Es hätte mich gestört, wenn man ihn vor meinen Augen totgeschlagen hätte.«

Max, Thibault und Enzo nahmen ihre Gläser und setzten sich an den Nebentisch. Fabien erhob die Stimme, was selten vorkam, und rief alle zur Ordnung.

»Die Arbeit ist schon schwer genug. Wenn wir uns jetzt auch noch gegenseitig angehen, dann hilft das kein bisschen!«

»Ich dachte, wir seien uns einig, was die ...«

»Wir sind uns einig, dass wir Minen räumen wollen, weil wir das Land wieder in seinen ursprünglichen Zustand versetzen möchten. Und nicht um uns wie Verbrecher zu benehmen. Dann wären wir nicht besser als die Deutschen.«

»Ach, Unsinn. Er hätte ihn schon nicht umgebracht!«

»Wir sind nicht gerade viele, sogar, wenn man die Kriegsgefangenen mitzählt. Wenn sie morgen nicht mehr kommen, um uns zu helfen, werden wir nie fertig.«

»Es ist also kein Witz. Die Deutschen hauen vielleicht ab?«

Vincent hielt den Atem an. Offensichtlich besaß Fabien Informationen, die er noch nicht an sie weitergegeben hatte. Wie sollte er auch ahnen, wie wichtig diese Information für Vincent war.

»Von der Armee und Raymond Aubrac einmal abgesehen, will niemand von den Kriegsgefangenen etwas wissen. Weder Dautry, der Minister für den Wiederaufbau, noch Bidault, der für auswärtige Angelegenheiten zuständig ist.«

»Was wollen sie denn dann?«

»Dass wir in Rekordzeit alle Minen beseitigen, auch wenn wir dafür keine Männer haben.«

Georges war sauer.

»Uns dann auch noch die Gefangenen abzuziehen, das wäre ja wirklich das Höchste!«

»Wir haben ohnehin nicht das Recht, sie dafür einzusetzen«, rief Fabien ihm ins Gedächtnis.

»Ach ja? Aber es heißt doch, dass man sie in die Fabriken schicken wird! Und in die Kohleminen. Mir geht das echt auf den Geist. Die Herren bekommen kostenlose Arbeitskräfte, die brav Fronarbeit leisten müssen. Aber darüber redet keiner!«, schimpfte Max, der immer noch die Ansichten seiner Partei vertrat.

»Wenn sie nicht mehr da sind, wer wird dann die Straßen und Strände begehen, wenn wir mit der Arbeit fertig sind?«, fragte Manu.

Das Begehen war eine der gefährlichsten Aufgaben beim Minenräumen. Trotz aller Schutzmechanismen, aller nur möglichen und erdenklichen Vorsichtsmaßnahmen konnte man nie sicher sein, dass nach der Räumaktion nicht irgendwo noch eine Mine übrig war. Eigentlich wären hierzu Panzer nötig gewesen, doch die waren anderswo im Einsatz. Und natürlich würde auch kein Bauer seine Tiere dafür opfern. Also schickte man die Kriegsgefangenen los. Und dachte an etwas anderes, während man eine Zigarette rauchte. Denn auch wenn man sie leidenschaftlich hasste, war es doch nie schön, wenn ein Mensch von einer Mine zerrissen wurde. Auf diese Weise hatten sie viele Deutsche verloren. Das war ein heikles Thema. Aber in diesem Punkt waren sie sich einig, und Thibault sprach den Gedanken aus:

»Das ist deren Aufgabe! Ich jedenfalls weigere mich.«

Fabien musterte ihn mit einem ironischen Blick.

»Also, das verstehe ich jetzt nicht. Vor fünf Minuten hattest du nichts dagegen, dass man sie mit dem Gewehrkolben erschlägt, und jetzt wäre es dir nicht recht, falls sie nicht mehr da wären?«

Fabien baute sich vor dem Tisch auf, an den die Krawallbrüder sich geflüchtet hatten. Und er las ihnen die Leviten.

»Gut, wir mögen sie nicht. Aber wir sollten nicht vergessen, dass die, die wir hier haben, keineswegs die Schlimmsten sind. Die wirklichen Kriegsverbrecher, die hat man ausgesondert, um ihnen den Prozess zu machen …«

»Und du glaubst, dass sie alle Kriegsverbrecher erwischt haben? Dass sich nicht der ein oder andere unter den Gefangenen versteckt?«, widersprach Enzo.

»Außerdem sind alle Deutschen Kriegsverbrecher. Das ist meine Meinung«, warf Max dazwischen.

»Und ich möchte dich daran erinnern, dass es durchaus anständige Soldaten gab, die nicht hier sein wollten.«

»Und du willst bei der Résistance gewesen sein?«

»In der Résistance haben wir gegen die Deutschen gekämpft, aber auch gegen Vichy-Frankreich. So einfach ist das alles nicht.«

Fabien winkte dem Kellner, um die Bestellung aufzugeben, und beendete das Gespräch mit einer letzten Bemerkung.

»Ich sehe das so: Wir sind hier, um Minen zu räumen, damit alle wieder ihr Leben aufnehmen können, ohne bei jedem Schritt um ihre Haut fürchten zu müssen. Ihr seid mutig, aber ihr seid zu wenige. Wir brauchen die Deutschen. Also ist es besser, wir beruhigen uns. Die ganze Aufregung bringt uns nichts.«

Wie aufs Stichwort erschien der Kellner. Vincent war dankbar, dass nach Fabiens Standpauke das Gespräch sich nicht mehr um ihn drehte.

Als sie abends zusammen nach Hause gingen, bedankte er sich. Fabien meinte, er sei ganz froh gewesen, dass er endlich einmal ein paar Dinge klären konnte. Und er offenbarte ihm etwas, was er dem Rest der Truppe wohl niemals gesagt hätte.

»Ich verabscheue die Deutschen, aber manchmal verabscheue ich den Blick, den einige unserer Leute auf sie richten, noch mehr.«

»Andererseits kann man ihnen das auch nicht verübeln. Schließlich sind sie in gewisser Weise der Abschaum der Menschheit«, erklärte Vincent, eifrig bemüht, vergessen zu machen, dass er gegen ein ungeschriebenes Gesetz der Gruppe verstoßen hatte, indem er einem Deutschen die Hand reichte.

»Ja, schon ... Aber abgesehen von Enzo sind in unserem Trupp auch nicht nur tolle Kerle. Vielleicht hat der ein oder andere ja auch vom herrschenden Chaos profitiert, wer weiß? Wenn man genügend nachbohrt, findet man vermutlich auch Denunzianten und Antisemiten darunter. Das zeigt schon die Statistik. Sie halten sich eben nicht für Abschaum, aber du wirst mir zustimmen, dass wir es auch nicht gerade mit der Crème de la crème zu tun haben. Wir haben auch Leute dabei, denen alles egal war und die keinen Finger gerührt haben. Sie haben einfach gewartet, bis alles vorüber ist. Aber einfach abzuwarten heißt zulassen, dass es passiert.«

Für einen Moment herrschte Schweigen. Vincent schob sein Fahrrad, Fabien ging neben ihm her. Und das war gut. Der Abend wäre wunderbar gewesen, hätte man nicht am nächsten Tag wieder Minen räumen müssen.

Vincent fragte seinen Begleiter, weshalb er sich zum Minenräumen gemeldet habe. Fabien überlegte kurz, bevor er antwortete.

»Nachdem der Süden befreit war, besuchte de Gaulle die Résistancekämpfer der *Forces françaises de l'intérieur*. Er hat uns gebeten, uns an der Seite der Alliierten dem Kampf gegen die Deutschen anzuschließen. So könnten wir unseren Einsatz in der Résistance fortführen.«

»Er wollte vor allem, dass Frankreich seine eigenen Toten hatte, damit er gleichberechtigt an den Verhandlungen teilnehmen konnte.«

»Genau! Ich mag es nicht, wenn man mir vorschreibt, was ich zu tun habe. Ich will ja nichts sagen. Zum Glück war er zur Stelle, aber wenn ich schon sterben muss, dann in meiner Heimat. Also leiste ich hier Widerstand. Vor allem, weil man seit jenem Tag ja deutlich merkt, was er wirklich von uns hält. Da redet man immer von der Landung in der Normandie! Aber da war fast kein Franzose dabei. Von der Landung in der Provence hört man nur selten. Aber das waren wir. Wir haben für die Allliierten den Weg bereitet, die Verbindung hergestellt und die Städte befreit. Aber das war natürlich nicht die Landung von de Gaulle, daher wird er sie weiter totschweigen …«

Das war es, was Fabien enthüllte, aber da war noch mehr. Vincent spürte, dass er sich ihm anvertraute, aber eben nicht ganz. Dass es für ihn noch einen Grund gegeben hatte, sich bei den Minenräumern zu melden. Aber Vincent wollte ihn nicht drängen.

Sie kamen am Strand vorbei, der nachts ein wenig von

seiner alten Magie wiedererlangte. Schweigend betrachteten sie das Meer. Fabien war aufgefallen, dass Vincent nie versuchte, eines der Mädchen im Café anzubaggern. Er vermutete, dass es da eine Abwesende gab, wie bei ihm, die all seine Gedanken beherrschte. Und so erzählte er unvermittelt von Odette.

An der Fakultät in Aix, wo er sie kennengelernt hatte, hatte sie Kurse für Mathe, Physik und Chemie gehalten. Sie hatte ihn ohne Bedauern verlassen, um systematisch die Deutschen zu sabotieren, die in Marseille herumstolzierten.

Einmal war sie sogar verhaftet worden, doch die Deutschen hatten nichts bei ihr finden können und sie wieder laufen lassen. Von da an hatte sie ihr ruhiges Lächeln mit der Überzeugungskraft eines von den Deutschen ausgestellten Ausweises verstärkt. Und eines Tages war sie nicht mehr wiedergekommen.

Nachdem er drei Monate auf sie gewartet hatte, musste Fabien sich mit der unerträglichen Wahrheit abfinden: Er würde Odette nicht wiedersehen. Daraufhin hatte er sich dem Maquis angeschlossen. Die Brüderlichkeit in diesem Netzwerk war nun sein Fixstern und seine Stütze.

Nach Beendigung der Kämpfe ertrug er den Gedanken nicht, ohne Odette in ein normales Leben zurückzukehren. Er hatte das Gefühl, er würde sich darin auflösen. Beim Minenräumen spürte er die Adrenalinstöße seines früheren Lebens wieder. Wollte er Vincents Frage ehrlich beantworten, so musste er zugeben, dass er diese gefährliche Arbeit aus genau diesem Grund auf sich nahm. Alle hielten ihn für stark, aber eine der beiden Personen, die er am meisten liebte, hatte er nicht beschützen können. Das Minenräumen hielt ihn davon ab, darüber nachzudenken.

»Eine der beiden Personen« hatte er gesagt, von der anderen aber nichts erzählt. Fabien behielt seine Geheimnisse für sich. Und Vincent wusste das entschieden zu schätzen. Vincent bewunderte die Art, wie sein Begleiter sagte, was ihn verwundbar machte, und das, was er nicht offenbaren wollte, einfach für sich behielt. Und er wusste, welche Demut dazu nötig war und wie viel Vertrauen der andere ihm entgegenbrachte.

Als sie sich trennten, gab Fabien ihm einige Bezugsscheine im Voraus. Das sollte ihm helfen. Fabien nahm es Vincent nicht übel, dass er dem Deutschen die Hand hingehalten hatte. In dem Gespräch, das sich daraufhin entsponnen hatte, hatte er seinen Standpunkt klarmachen können. Natürlich würden ein paar Worte die Feindseligkeit zwischen den beiden Lagern nicht beseitigen, aber was seinen Trupp anging, wollte er nichts wissen von dem lodernden Hass, den man beinahe sehen konnte, gleich der Luft, die über dem Teer flirrte, wenn die Sonne hoch am Himmel stand. Der Punkt zumindest sollte sich erledigt haben.

Doch trotz aller guten Absichten riet Fabien seinem Begleiter, möglichst nicht mit den Gefangenen zu reden. Denn das sei einfach besser für ihre Mannschaft.

Wie die Gefangenen war Vincent zu früh am Strand. Er wollte nicht, dass Fabien ihn dabei sah, wie er Lukas eine Zigarette anbot.

Er nahm ihn beiseite und kam sofort auf sein Anliegen zu sprechen:

»Hör mal, du warst doch während des Krieges auf dem Château des Eyguières?«

Lukas wollte nicht zugeben, dass er im Hauptquartier der Wehrmacht untergebracht war. Gut, er war gegen seinen Willen eingezogen worden, aber wer machte schon so feine Unterschiede? Er fürchtete die Selbstjustiz im Frieden, die Schnellverfahren nach der Niederlage.

»Was ist das, dieses Château des Eyguières?«

»Das Schloss, in dem du einen Teil des Krieges zugebracht hast. Wieso lügst du?«

»Ach ja. Wir haben es anders genannt.«

Lukas merkte schnell, dass seine Erklärung nicht akzeptiert worden war. Aber Vincent zeigte sich versöhnlich.

»Ich verstehe ja, dass du mir nicht traust. Ihr werdet hier ja nicht immer gut behandelt.«

»Das ist normal. Wir sind nun mal Kriegsgefangene ...«, räumte Lukas ein.

Und so schob jeder seine Figuren vor auf diesem Schachbrett – mit einer Mischung aus Misstrauen, Höflichkeit und gezielter Empathie.

»Ich war auch Kriegsgefangener. Ich weiß, wie das ist.«

»Haben Sie da Deutsch gelernt?«

»Ich habe vor allem gelernt, wie allein man da ist. Vom eigenen Land verlassen. Frankreich mag euch verabscheuen, aber Deutschland hat euch einfach vergessen. Und für uns war das durchaus ähnlich.«

Lukas war verblüfft, dass Vincent so offen mit ihm redete.

»Ja. Wenn eine Regierung ständig das Vaterland beschwört, ist der unwürdige Vater meist nicht weit.«

Keinem Gefangenen wollte das einleuchten: Man hatte sie losgeschickt, um sich umbringen zu lassen, und nun nichts mehr, keine einzige Nachricht. Weder offiziell noch privat. Der Postweg war seit Monaten unterbrochen, und niemand regte sich darüber auf.

Vincent hätte diesen Deutschen zu gerne besser kennengelernt. Vielleicht würde er durch ihn etwas erfahren. Das war auf jeden Fall der sinnvollste Weg. Aber er sah von Weitem die Minenräumer kommen, und bald wäre auch Fabien da. Er hatte weder Zeit noch eine Wahl. Also packte er es anders an als ursprünglich geplant. Er kam sofort zur Sache.

»Kennst du den Bauernhof in der Nähe des Schlosses, der den Jourdans gehörte?«

»Ja.«

»Hast du auch die Bauern und Ariane, ihre Tochter, kennengelernt?«

Vincent spürte sofort, dass er auf der richtigen Spur war, als Lukas mit einem unmerklichen Zögern nickte. Aber was sollte das bedeuten? Lukas hatte den Atem angehalten. Vincent fiel wieder ein, dass für einen Gefangenen die Angst allgegenwärtig ist. Man wog jedes Wort ab, bevor man etwas sagte. Und so bohrte Vincent weiter.

»Sie ist verschwunden. Ich möchte nur wissen, was ihr passiert ist.«

»Woher soll ich das wissen?«

»Frag einfach. Euer ganzes Hauptquartier wurde doch

gefangen genommen und sitzt mit dir im Lager. Ich vertraue dir.«

»Und wenn niemand mit mir reden will?«

»Ihr seid Gefangene. Ihr unterhaltet euch doch miteinander. Was anderes hat man als Häftling sowieso nicht zu tun.«

Vincent merkte, dass die anderen Inhaftierten sie mit schrägen Blicken bedachten. Er musste sich zurückziehen. Vielleicht hatte er ohnehin schon zu viel und zu früh erzählt. Aber Lukas stellte ihm noch eine Frage:

»Haben Sie sich deshalb für mich eingesetzt?«

»Wie gesagt, ich war auch mal Kriegsgefangener.«

»Sie glauben, dass einer der Soldaten aus dem Schloss dafür verantwortlich ist, oder?«

»Zweifellos. Ich will wissen, wer.«

»Und wenn ich ihn finde, was machen Sie dann?«

»Ich weiß nicht.«

Aber Lukas ging noch einen Schritt weiter mit dieser seltsamen Verbindung, die zwischen ihnen zu entstehen begann.

»Diese Frau, Ariane? Ist das eine Frau, die Sie geliebt haben?«

»Sie ist eine Frau, die ich immer noch liebe.«

Warum hatte Vincent das gesagt? Einem Deutschen, den er nicht kannte? Zudem kam jetzt auch Fabien und ging auf sie zu. Er musste das Gespräch beenden. Aber Vincent hatte noch einen Joker, und den würde er jetzt ausspielen.

»Hör zu, ich schlage dir etwas vor …«

Zu spät. Fabien rief ihn:

»He. Ich weiß ja, dass dir egal ist, was die anderen denken, aber ich glaube, dass es für eine deutsch-französische Freundschaft noch ein bisschen zu früh ist.«

Vincent brach in Gelächter aus.

»Deutsch-französische Freundschaft? Was für ein Quatsch! Wir werden ganz sicher nicht schon morgen Versöhnung feiern!«

Er wusste selbst nicht, woher er die Kraft zum Lachen nahm, und hoffte nur, dass es nicht falsch klang. Denn Vincent war verzweifelt. Da Fabien zwischen ihn und Lukas trat, konnte Vincent seinen letzten Trumpf nicht ausspielen.

Konnte er diesem Deutschen denn trauen? Würde er wirklich seine Mithäftlinge ausfragen und auch noch hinter die letzten ihrer Mauern vordringen? Vincent hatte den Eindruck, dass Lukas nicht so war wie die anderen und er recht gehabt hatte, sich für ihn zu entscheiden. Letztlich hatten zumindest ein paar Kleinigkeiten dafürgesprochen: Lukas las in den Pausen. Und manchmal zeichnete er mit Bleistift an den Rand der Bücher.

Er bedauerte, dass er das Problem nicht hatte umschiffen können, es langsam angehen und zuerst über Alltäglichkeiten reden. Mit einer Zigarette hin und wieder sein Vertrauen gewinnen und ihn darauf ansprechen, wie ähnlich ihre Erfahrungen doch waren. Bis sich eine gewisse Vertrautheit zwischen ihnen einstellte. Aber nun wusste der Deutsche, dass Vincent ihn brauchte.

Kurz bevor Fabien den Trupp zusammenrief, um mit der Arbeit anzufangen, kam ein Mann angelaufen, der ihm ein Telegramm aushändigte. Fabien öffnete es und las es schweigend. Er wartete, bis der Telegrammbote wieder weg war, und sagte dann zu Vincent, dass er morgen Vormittag nicht da sein würde.

»Das passt mir gar nicht. Ausgerechnet an diesem Tag!«

Er hatte seine Leute gebeten, sich richtig reinzuhängen, damit sie es zum ersten Bunker schafften. Und jetzt würde er nicht einmal dabei sein ... Seine Leute nutzten seine Abwesenheit gewöhnlich aus und arbeiteten weniger.

Nur Enzo, der Perfektionist, tat genau das Gegenteil und nahm Risiken auf sich, die alle Welt in die Flucht schlagen würden.

Was die Sache noch komplizierter machte, war die Tatsache, dass ausgerechnet am nächsten Tag die angeforderte Verstärkung zu ihnen stoßen würde. Er hätte gerne gesehen, wie sie arbeiteten – da es keine Ausbildung zum Minenräumer gab, entwickelte jeder mehr oder weniger seine eigenen Methoden und Gewohnheiten. Mit seinen Anweisungen hätte er die Anstrengungen beider Trupps sinnvoll aufeinander abstimmen können.

Doch ihm blieb nichts anderes übrig: Raymond Aubrac zitierte ihn an, und zwar nach Lourmarin, wo Raoul Dautry residierte.

Fabien gab sich alle Mühe, mit klaren Anweisungen die für den nächsten Tag anstehenden Arbeiten zu regeln. Er schärfte Enzo ein, keinerlei Risiko einzugehen, auch wenn er ihm hundertprozentig vertraute. Aber sie mussten nun mal die Lage der Sarkophagminen abstecken. Selbst wenn sie andere, weniger gefährliche Minen aufspürten, sollten sie erst tags darauf entschärft werden, wenn Fabien wieder zurück war. Oder sie konnten das Feld den Soldaten überlassen, die sich um die Sargminen kümmern würden. Dieser Strandabschnitt war ausgesprochen gefährlich. Fabien würde seine Truppe keineswegs mit ruhigem Gewissen zurücklassen.

Vincent deutete auf das Telegramm.

»Weißt du, was die von dir wollen?«

»Ich hoffe sehr, sie teilen mir nicht mit, dass wir ohne die Deutschen auskommen müssen …«

Bei diesen Worten wurde Vincent klar, dass ihm vielleicht nicht mehr viel Zeit blieb. Und so beobachtete er Lukas den ganzen Tag über, um ihn irgendwo allein abzupassen. Diese Gelegenheit ergab sich erst am Abend, als Fabien seinen Blick mal für ein paar Sekunden abwandte. Vincent ging an Lukas vorbei und zischte ihm leise zu, was er den ganzen Tag überlegt hatte, während er seinen Plan ausheckte:

»Wenn du auch nur den geringsten Anhaltspunkt findest, was da passiert sein könnte ... wenn du herausfindest, wer Ariane etwas angetan hat oder wer sie besser kannte als die anderen, wenn du einen Namen hast ... sag mir Bescheid. Ich gebe dir mein Wort als ehemaliger Häftling: Ich werde dir helfen zu fliehen.«

Saskia wagte sich nicht aus dem Atelier heraus. Sie hatte sich in ihr Zimmer zurückgezogen, um nachzudenken. Und dabei war sie vom Schlaf übermannt worden. So tief hatte sie schon seit drei Jahren nicht mehr geschlafen. Als sie wieder erwachte, sah sie sich verwirrt um. Sie wusste nicht mehr, wo sie war. Doch bald hatte sie sich wieder gefasst, und das Erste, was sie an jenem Tag tat, war, alle Möglichkeiten durchzugehen, wie sie sich schützen konnte. Wie ein gehetztes Tier untersuchte sie jede Ecke des Ateliers, ob man sich dort vielleicht verstecken könnte. Nein, sich hier zu verstecken war wirklich die schlechteste Idee. Es würde keine zwei Minuten dauern, bis man sie gefunden hätte. Was sie eigentlich suchte, waren Möglichkeiten zur Flucht.

Aus dem Fenster ihres Zimmers kam man hinaus aufs Dach eines Anbaus. Die Ziegel wirkten stabil, und Saskia überlegte, dass sie, leicht wie sie war, vermutlich nicht einbrechen würde. Sie hatte Angst, aber sie musste es ausprobieren. War diese Lösung sicher, vorstellbar? Würde es Lärm machen, wenn sie übers Dach ging? Würde man sie sehen? Sie musste es ausprobieren. Es ging schließlich um Leben und Tod. Selbst wenn sie sich gut zuredete, half doch nichts gegen die Panik, die sie immer wieder überfiel. Sie hatte gehört, dass die Kämpfe rund um Saint-Nazaire und in Deutschland weitergingen. Der Feind hatte sich noch nicht geschlagen gegeben, es gab noch kein Friedensabkommen. Warum taten dann alle so, als gäbe es keine Zweifel, dass die Deutschen kurz vor der Kapitulation standen? Wer das sagte, kannte die Nazis nicht so gut wie sie.

Frankreich, ja ganz Europa machte sich Illusionen. Schließlich hatte auch niemand den Blitzkrieg vorhergesehen. Ihr Vater hatte gesagt, dass schon zu Beginn des 1. Weltkriegs Illusionen das Land beherrscht hatten. Mit blumengeschmückten Gewehren zogen die Soldaten aus, um den Deutschen eine Lektion zu erteilen. Der letzte große Krieg. Nur dass man den Deutschen keine Lektion erteilte. Eigentlich niemandem. Die einzige Lektion war, dass es den letzten großen Krieg nicht gab: Krieg zog immer Krieg nach sich.

Im Lager wusste sie nicht einmal, was in Frankreich geschah. Sie konnte sich das nicht vorstellen. Die Nazis waren die Reiter der Apokalypse. Saskia fragte sich, wie viel es von dem Frankreich, das sie kannte, überhaupt noch gab.

Falls sie jetzt zurückkommen sollten, musste sie eine Fluchtmöglichkeit haben. Als sie kamen, um sie zu holen, hatte ihre Mutter in einem verzweifelten Versuch, sie zu retten, behauptet, dass Saskia eine ihrer Schülerinnen sei, eine Katholikin namens Sophie. »Schauen Sie hier, die Initialen auf ihrem Taschentuch.« Ihr Ausweis würde das bestätigen.

Saskia war die Einzige, die einen gefälschten Ausweis hatte. Sie hätte ihn nur vorzeigen müssen. Aber in diesem Moment traf sie die Erkenntnis wie ein Blitzschlag: Ginge sie nicht mit ihrer Mutter, würde ihre Mutter sterben. Also warf sie den Ausweis weg und widersprach Mila: Sie sei ihre Tochter. Sie heiße Saskia, und sie würde mit ihnen kommen.

Heute hatte Saskia niemanden mehr, den sie beschützen konnte. Nun würde sie bereit sein. Sie wusste, auf welchem Weg sie flüchten konnte. Niemand würde ihr mehr wehtun können. Vorher würde sie weglaufen. Und selbst wenn das Land vollkommen zerstört wäre, vollkommen verwüstet, würde sie nicht aufhören zu gehen. Sie hatte auf einem Blatt Papier alle Etappen notiert, die sie bis nach Spanien führen würden und von Spanien nach Marokko. Sie würde die Juwelen in den Saum ihres Kleides einnähen. Sie hatte gehört, dass der König von Marokko sich geweigert hatte, seine jüdischen Untertanen auszuliefern. Dorthin würde sie gehen, in die Sonne, und sie würde Arbeit finden. Ihr Vater hatte Freunde in Mogador, die nie behelligt worden waren. Allein der Name ließ sie ins Träumen geraten. Mogador …

Doch um ihren Plan in die Tat umzusetzen, musste sie es schaffen, über dieses Dach zu gehen. Nachts konnte sie das nicht versuchen. Zu gefährlich. Sie hatte schon am Vorabend festgestellt, dass die Straße, auf die die Werkstatt hinausging, nicht beleuchtet war. Außerdem litt sie unter Höhenangst. Unter massiver Höhenangst. Dann drehte sich alles in ihrem Kopf, und das schnitt sie von ihrem Körper ab. Aber sie musste diesen Fluchtweg jetzt ausprobieren.

Aus dem Fenster zu steigen war der leichte Teil. Vor dem Krieg hatte sie das mal zusammen mit ihrem Bruder versucht, bei ihnen zu Hause. Er rauchte Zigaretten. Damals waren sie auf dem Fenstersims sitzen geblieben. Sie sah ihm zu, wie er rauchte. Es ging ihr gut. Sie liebte ihn so sehr. Er war der Inbegriff der natürlichen Anmut: Wenn er einen Raum betrat, zog er alle Blicke auf sich. Wenn sie mit ihm zusammen war, dort auf dem Fenstersims, fürchtete sie sich vor gar nichts und war über und über glücklich.

Nun wagte sie sich aufs Dach hinaus. Es war leicht geneigt. Die Ziegel unter ihren nackten Sohlen fühlten sich rau und fest an. Ihre Füße schlossen sich geschmeidig um deren Wölbung. Sie würde nicht ausrutschen. Und doch fühlte sie jetzt schon ein Taumeln in sich. Ihr Blick trübte sich, ihre Seele geriet ins Wanken. Die Erinnerung an ihren

Bruder lähmte sie, und sie kämpfte mit aller Kraft gegen den Sog der Leere, der über sie kam. Da erschien ihr ihre Mutter. Ihre zärtliche, verzeihende Mutter, ihre liebevolle Mutter, ihre Mutter, die über jedes Urteil erhaben war. Ihre lachende Mutter, die auf ihre schelmische Art alle zu mehr Bescheidenheit einlud. Und dann ihre gedemütigte Mutter, schon am Tag ihrer Ankunft im Lager, vor ihren Mädchen, als sie sich ausziehen musste.

Saskia hatte ihre Mutter noch nie nackt gesehen. An jenem Tag hasste sie die Deutschen so sehr, dass es von dort kein Zurück mehr gab. Sie musste dieses Bild loswerden. Sie wollte sich nicht umbringen, sondern nur, dass ihre Albträume endlich aufhörten. Albträume, die eigentlich keine waren: Es waren Erinnerungen, die sich fest eingebrannt hatten, unerträgliche Erinnerungen an die Jahre, die hinter ihr lagen, an das schreckliche Sterben, das sie überallhin mitnahm.

Sie konnte sich jetzt nicht ins Leere fallen lassen, sie hatte nicht das Recht dazu, und auch keine Lust, aber wie sollte sie die Lust am Leben wiederfinden, wenn die wichtigsten Menschen überhaupt fort waren? *Ein einziges Wesen fehlt und alle Welt ist leer*. Ein einziges Wesen ... Ginge es nur um diese Art von Trauer, hätte sie ja vielleicht mit jemandem darüber reden, sie teilen können. Aber bei allem, was darüber hinausging, verbot sich jede Poesie. Alles um sie herum war verwüstet, und die verhängnisvollen Kräfte, die sich auf dem Dach ihres Körpers und ihres Verstandes bemächtigten, ließen sich nicht zähmen. Es war stärker als sie. Sie konnte nicht mehr klar denken, sich beruhigen. Hin- und hergerissen zwischen dem Sog der Leere und ihrer Pflicht zu leben, erstarrte sie. Ihr Verstand war taub, ihr Körper steif. Sie kam nicht einen Schritt vorwärts. Ihre Beine zitterten. Die Wirklichkeit existierte nicht mehr. Sie war nicht mehr im Süden, unter seinem blauen, wolkenlosen Himmel. In ihr tobte die Angst und schob sie hinein in die grauen, wirbelnden Abgründe ihrer Erinnerung, weit weg von der weichen Frühlingsluft. Sie fror, ihr war eiskalt. Wie war sie nur hierhergekommen? Sie wusste doch, dass die Höhenangst sie fest in ihrer Gewalt hatte, und trotzdem war sie auf dieses Dach hinausgestiegen. Sie hatte überlebt, hatte Polen, Deutschland und Frankreich von Norden nach Süden durchquert, um endlich an dem Ort anzukommen, von dem sie schon seit drei Jahren träumte. Und jetzt stand sie hier, vier Meter über der nackten Leere, wo doch schon ein Sturz aus der halben Höhe genügen würde, um ihre spröden Knochen zu brechen. Warum der Gefahr entgegengehen? Um ihr zu entfliehen? Um sich zu strafen? Um wegzulaufen wovor? Vor der Wirklichkeit? Sie hatte oft genug gehört, dass man sich ihr stellen müsse. Sie akzeptieren. Aber die Wirklichkeit war es doch, die sich vor ihr schämen müsste. Die Wirklichkeit müsste ja vor ihr davonlaufen.

Es heißt immer, Schwindel sei die Angst vor der Leere. Saskia aber wusste, dass das nicht stimmte. Der Schwindel war nicht die Angst, ins Leere zu fallen, sondern die Angst, sich in deren Arme zu stürzen.

Das Gerücht machte schnell die Runde. In einigen Tagen würden die Deutschen vielleicht die Waffen strecken und die deutschen Kriegsgefangenen nicht mehr an der Minenräumung teilnehmen. Im Augenblick lief das Spiel der diplomatischen Verhandlungen in San Francisco nicht gerade zum Vorteil der Franzosen.

Um sich zu beruhigen, schlich Vincent um das Château des Eyguières herum, als könnte das Betrachten der alten Mauern ihm irgendwelche Hinweise geben, vielleicht sogar eine Eingebung.

Er trieb sich auch beim Kriegsgefangenenlager herum. Was erhoffte Vincent sich davon? Dass Lukas ihn von hinter dem Stacheldraht rufen würde, ihm von Weitem signalisieren, was damals geschehen war, und ihm einen Namen und einen Vornamen liefern würde?

Vincent war auf sich selbst wütend. Um den Deutschen für sich einzunehmen, hatte er ihm verraten müssen, dass er selbst einmal Kriegsgefangener war. Dabei war dies eine sengende Wunde, die er am liebsten vergessen würde. Eine verhängnisvolle Verkettung der Umstände, aufgrund derer er nun die ganze Welt verabscheute.

Und wofür letztlich?

Würde Lukas ihm nicht weiß der Teufel was erzählen, nur damit Vincent ihm zur Flucht verhalf?

Lukas sah er nirgends, als er um das Lager herumstrich, aber Mathilde. Sie steckte Essen und Kleidung für die Gefangenen durch das Geflecht des Stacheldrahts. Als sie Vincent sah, lächelte sie ihm zu. Als wäre es ganz normal, den Deutschen zu helfen.

Die Häftlinge stürzten sich förmlich auf alles, was sie mitgebracht hatte. Als Erstes waren die Schuhe weg. Und im Handumdrehen fiel Vincent alles wieder ein. Die extremen Entbehrungen, die einem jegliches Ehrgefühl raubten, die einen mit einem Schlag jeder Würde beraubten und erniedrigten. Er sah ihnen zu, wie sie sich um die Sachen stritten, die ihre Lumpen ersetzen konnten und die sie tragen würden, bis sie fadenscheinig und zu neuen Lumpen geworden waren. In dem Moment spürte er ein klein wenig Mitleid mit ihnen. Auch er hatte gestrahlt, als er einen viel zu großen Mantel bekommen hatte, viel zu warm, zerknittert und so alt, dass er einen merkwürdigen Geruch verströmte. Wonach hatte Vincent gar nicht wissen wollen, aber dieser Mantel hatte ihm im Winter das Leben gerettet. Schnell schob er den Gedanken daran beiseite. Die da waren Deutsche. Das konnte man nicht vergleichen.

Als er Mathilde begrüßte, kam sie seinen Fragen gleich zuvor.

»Ich weiß, was diese Soldaten hier angestellt haben. Aber ich weiß auch, was die Franzosen getan haben. Vor dem Krieg. Währenddessen und danach. Ich traue niemandem, aber in diesem Lager befinden sich Kinder. Und an die will ich glauben.«

Sie hatte recht, was die Kinder anging, aber Vincent durfte nicht nachlassen.

Und so spann er seine Ideen weiter, bis zu dem Moment, als er Saskia zu Gesicht bekam, die oben auf dem Dach gefährlich schwankte.

Vincent ließ das Fahrrad zu Boden fallen, rannte die Stufen hinauf und eilte auf das Fenster zu.

Steif vor Angst stand sie da, wie eine Marmorstatue. Vincents Stimme riss sie aus ihrer Erstarrung. Sie wandte ihm das Gesicht zu, wagte aber nicht einen Schritt. Und sie musste ihm auch nichts erklären: Er stürzte auf sie zu, überwand die Distanz, die sie von ihren Toten trennte, und holte sie ins Zimmer zurück.

Saskia staunte, wie gut ihr seine Hände taten, die sich um ihre Schultern legten. Sie merkte kaum, dass sie genauso rau waren wie die Ziegel unter ihren nackten Sohlen. Ihm war diese Derbheit peinlich, weil sie einfach nicht vergehen wollte. Er hatte gehofft, dass die Rückkehr in ein normales Leben – ja, stellte er erstaunt fest, er betrachtete das Minenräumen tatsächlich als normales Leben – seine Hände wieder so geschmeidig machen würde, wie sie einst gewesen waren. Aber nein. Doch bei aller Scham spürte er, dass seine Hände sich am liebsten um die Saskias gelegt hätten, als hätten sie einen eigenen Willen, ein ihnen eigenes Begehren, vollkommen unschuldig und spontan. Ohne dass er dies tatsächlich gewollt hätte.

Vincent hielt sich zurück. Reflexartig ließ er seine Hände sinken, damit Saskia nichts davon bemerkte. Aber sie spürte es. Im Lager hatte sie dauernd etwas verstecken müssen: ihr Armband, damit man es ihr nicht stahl, und – wie durch ein Wunder, das sie sich immer noch nicht erklären konnte – den Mantel für ihre Mutter, mitten in einem sehr kalten Winter. Vincents winzige Geste entging ihr nicht: Im Lager hatte sie gelernt, ihren Körper zu verstecken, selbst wenn er nackt war.

Natürlich konnte sie ihm nicht erzählen, warum sie auf dem Dach gewesen war. Normalerweise entschärfte Vincent peinliche Momente mit seinen schrägen Bemerkungen, wie an jenem Tag, als er sie vor ihrem Haus aufgegabelt hatte. Nun aber sah er sie nur unverwandt und wortlos an. Er fragte nicht und wollte doch alles wissen, weil er nicht wollte, dass sie starb.

Saskia hätte durchaus leugnen können, dass sie sich umbringen wollte, doch keines ihrer Worte hätte ihn überzeugen können. Sie überzeugten ja nicht einmal sie selbst. Sie wusste nichts mehr. Ohne Zweifel war sie sich selbst noch nie so fremd gewesen. Ihren Körper wollte sie gar nicht mehr sehen. Ihre Seele, sie würde sie nicht mehr erforschen. Und keine ihrer Entscheidungen schien ihr in irgendeiner Weise sinnvoll. Das Nachdenken fiel ihr schwer und vor allem führte es zu nichts.

»Steigen Sie nie wieder auf dieses Dach hinaus! Ich verbiete es Ihnen.«

»Und Sie? Gehen Sie nie wieder zum Minenräumen … Das verbiete ich Ihnen!«

»Das war kein Witz.«

Er schenkte ihr Wasser ein und wiederholte ernst und aufgewühlt:

»Riskieren Sie nicht Ihr Leben.«

»Hört sich merkwürdig an von einem Mann, der das seine jeden Tag riskiert.«

Jeder andere Häftling wäre über Vincents Vorschlag zutiefst erfreut gewesen. Nicht so Lukas. Natürlich wünschte er sich nichts mehr, als zu fliehen, aber er hatte seine eigene Strategie, und von der würde er nicht abgehen. Er konnte nicht auf einen Franzosen bauen oder mit dem Feuer spielen. Dessen Hilfe konnte wertvoll sein, aber auch seinen Untergang bedeuten. Warum hatte der Franzose sich ausgerechnet an ihn gewandt? Welche Zeichen hatte er dafür wohl gesehen?

Bis dahin hatte Lukas sich immer unauffällig verhalten. Die Aufseher hatten ihn nicht im Visier. Der Lagerleiter hatte ihn sogar zum Mittagessen eingeladen, nachdem er gehört hatte, dass Lukas in einer Buchhandlung in Berlin gearbeitet hatte. Sie hatten über Literatur gesprochen, über die Werke, die auf dem Index standen: Thomas und Heinrich Mann, Stefan Zweig. Der Leiter hatte ihm von dessen Selbstmord in Brasilien berichtet und ihm ein Exemplar von *Die Welt von Gestern* besorgt. Das literarische Testament von Stefan Zweig hatte ihn erschüttert. Und ebendieses Buch hatten die Aufseher in den Schmutz getreten, nicht wissend, woher es stammte.

Seine Flucht durfte nicht schiefgehen. Er hatte zu viel zu verlieren. Der Franzose konnte ihn schließlich auch im Stich lassen, sobald er von ihm die gewünschten Informationen bekommen hatte.

Doch Vincents Vorschlag ließ ihn seine geplante Taktik hinterfragen. Er weckte Zweifel. Lukas konnte nicht ausschließen, dass er Vincent brauchen würde. Und sei es nur, um auf der Flucht durchzuhalten. Damit man ihn nicht erwischte. Aber es kostete ihn Kraft, neue Faktoren in seinem Plan berücksichtigen zu müssen, zwischen zwei Lösungen hin- und herzuschwanken.

Seine Mithäftlinge bedrängten ihn mit Fragen. Sie wollten wissen, warum der Franzose mit ihm geredet hatte. Lukas wich ihren Vorstößen aus, was sie noch argwöhnischer machte. Sie bohrten nach. In den vielen Wochen, die sie bei der Minenräumung halfen, hatte noch nie ein Franzose einem Deutschen eine Zigarette angeboten. Hatte er etwa Dinge erfahren, die auch für sie von Bedeutung waren?

Die Rettung für Lukas kam durch das Eintreffen eines Vertreters der französischen Behörden. Man ließ die Häftlinge im Hof antreten: die, die schon länger hier waren; die, die nach Deutschland oder in andere Lager geschickt werden sollten. Man befahl ihnen zu schweigen.

Von oben war ein schmutziger Kuhhandel beschlossen worden: Man rekrutierte Häftlinge zum Minenräumen. Immer, wenn neue Häftlinge kamen, kam auch er. Hörte man ihn reden, hätte man meinen können, die Häftlinge würden die freie Wahl haben. Was nicht stimmte. Abgesehen davon, dass sich nicht genug Franzosen zum Minenräumen meldeten, belegte das auch die Tatsache, dass die meisten Opfer deutsche Kriegsgefangene waren. Und diese mussten ersetzt werden. Aber natürlich ließ der Rekrutierungsbeamte diesen Umstand unerwähnt. Lukas kannte diese Ansprache schon von seiner Rekrutierung: Der Mann erzählte nur, dass sie einen Straferlass oder zumindest eine deutliche Strafminderung bekommen würden.

Wer »guten Willen und mutiges Handeln« zeigte, durfte einen Antrag stellen, um früher nach Hause zu kommen. Und dieser Antrag würde wohlwollend geprüft. Seit Lukas beim Minenräumen half, war noch nicht ein einziger Gefangener nach Deutschland rückgeführt worden. Genauer gesagt: Die, die während einer solchen Mission schwer verletzt worden und zu nichts mehr zu gebrauchen waren, die schickte man nach Hause. So starben sie wenigstens, ohne die Statistiken über die Kriegsgefangenen der Achsenmächte übermäßig zu belasten.

Drei Kriegsgefangene steuerten auf Lukas zu.

Hans, der Größte unter ihnen, war ein so bulliger Typ, dass sich Lukas kaum vorstellen konnte, wie es jemand geschafft hatte, ihn gefangen zu nehmen. Sein Brustkorb glich einem plattgedrückten Fass, das niemand mit beiden Armen umspannen konnte. Er hatte sich die Streifen eines Betttuchs als eine Art Gewichthebergürtel umgebunden. Aus seinem starken, völlig unversehrt gebliebenen Körper zog er Tag für Tag das Vertrauen, den unsäglichen Haftbedingungen zum Trotz zu überleben. Und er war nicht nur ausdauernd. In München hatte er Rechtswissenschaften studiert. Er kannte die Rechte der Gefangenen und setzte sich dafür ein.

Dann war da Matthias, der Jüngste und Schmälste. Der Musiker, unter dessen durchscheinender Haut man mühelos die Adern verfolgen konnte. Der empfindsame junge Mann litt unter allerlei Ängsten. Und das seit gut fünf Jahren, seit er nicht mehr die Musik hatte, auf die er sich stützen konnte.

Dieter, der weder blond noch stolz war, ließ einfach alles über sich ergehen. Hier oder anderswo … Alle lauschten gespannt dem Übersetzer, der die Worte des Rekrutierungsbeamten wiedergab.

»Meine Herren, der Minister für den Wiederaufbau hat beschlossen, den Kriegsgefangenen die Chance zu geben, sich zu rehabilitieren und ihre Strafe zu verkürzen.«

»Schöne Chance …«, flüsterte Hans.

»So können sich vom heutigen Tag an alle Freiwilligen,

die das möchten, der großen Mission des Minenräumens anschließen.«

»Und wenn sie keine Freiwilligen finden, um sich in die Luft jagen zu lassen?«, merkte Dieter sarkastisch an.

»Dann werden sie uns weiter zwingen, Minen zu räumen, aber so tun, als wäre das eine andere Aufgabe«, erinnerte ihn Lukas.

»Sie haben gewonnen. Was wollen sie denn noch? Wann können wir endlich wieder nach Hause?«, versetzte Matthias ängstlich.

Neben den wenig verlockenden Aussichten missfiel den Häftlingen auch, wie der Franzose die Worte herausstieß, wie er sich aufplusterte und ihnen dabei direkt in die Augen sah, um ihnen trotz seiner wohlklingenden Worte seine Verachtung zu bekunden.

»Noch Fragen?«, rief der Beamte in die Menge.

»Wie lange muss man sich verpflichten, um eine Haftkürzung zu erhalten?«

»Das hängt ganz davon ab, wie viel Mut Sie beweisen.«

»Wozu brauchen wir denn Mut, wenn wir, wie Sie sagen, nur an der Minenräumung und nicht an der Entschärfung beteiligt sind?«

Ja, was sollte daran mutig sein, den Schutt wegzuräumen und die entschärften Minen fortzuschaffen, wie der Beamte ihnen die Aufgabe beschrieben hatte? Der Mann ging auf die Widersprüche, die in seinen Worten lagen, nicht ein. Er beschränkte sich darauf zu wiederholen, dass man ihre Haltung beurteilen würde. Schon kamen noch mehr Fragen auf.

»Wie viele Minenräumer haben denn eine Straferleichterung erhalten?«

»Wann werden die Anträge geprüft?«

»Wer kümmert sich denn darum?«

»Gibt es Quoten?«

Aber genaue Zahlen nannte der Mann nicht. Wenn die Minenräumung entsprechend fortgeschritten war, würde die Direktion auf dem ganzen Territorium zehn Deutsche pro Monat freilassen. Zehn von fünfzigtausend. Das hieß so viel wie: Die Chance, auf eine Mine zu treten, war größer als die, nach Hause zu kommen.

Während der Rekrutierungsbeamte weiter allen Fragen auswich, brachte Hans das letzte Argument vor:

»Wir sind keine Kriegsverbrecher, sondern einfache Soldaten. Und wir dürfen nicht für gefährliche Aufgaben eingesetzt werden. Wenn Sie uns zum Minenräumen schicken, bedeutet das nicht eine Verletzung des Genfer Abkommens über die Behandlung von Kriegsgefangenen? Speziell der Artikel 31 und 32.«

Natürlich war das keine Frage. Und sogleich wechselte der Beamte die Tonart, von dem väterlichen Sermon, mit dem er ihnen das Hohelied des Minenräumers gesungen hatte, zu einer schärferen Ansprache.

»Wir erweisen Ihnen einen immensen Gefallen, wenn wir Sie als Menschen betrachten, mit denen wir zusammenarbeiten können, und nicht als Ungeheuer. Überlegen Sie sich das.«

Matthias wandte sich zu den anderen um:

»Wir kommen nie nach Hause.«

Während sie auf das Abendessen warteten oder vielmehr auf das, was sich so nannte, nahmen Matthias, Hans und Dieter Lukas beiseite, um ihn auszufragen.

»Was machst du eigentlich beim Minenräumkommando? Wir wurden zwar an den meisten Modellen ausgebildet, aber keiner hat uns beigebracht, wie man sie entschärft.«

»Na ja, wir machen jetzt seit über fünf Jahren Dinge, die wir uns nie hätten träumen lassen, oder etwa nicht?«

»Ja, aber was tust du jetzt tatsächlich?«

»Ich passe mich an.«

Lukas beobachtete Matthias. Mit ihm wollte er ins Gespräch kommen. Er wusste, wer er war. Er hatte ihn schon von Weitem erkannt, als sie noch im Schloss waren. Andererseits war er hier im Lager eben erst angekommen, und Lukas hatte noch keine Gelegenheit gehabt, mit ihm zu sprechen.

Im Hauptquartier war die militärische Hierarchie streng beachtet worden, aber auch die sozialen Unterschiede. Im Lager hingegen flog alles auseinander. Lukas war nicht der Einzige, der seine früheren Offiziere jetzt genüsslich duzte. Hans, der während der Okkupation keinen Umgang mit Menschen pflegte, die er als unter sich stehend betrachtete, stellte Matthias jetzt mit echtem Interesse Fragen über sein Leben, ohne dass ihm bewusst geworden wäre, dass er ihm bereits im Schloss begegnet war.

»Was hast du eigentlich vor dem Krieg gemacht?«

Matthias hingegen erinnerte sich sehr gut an Hans. Er hatte ihn verabscheut, ließ sich das aber nicht anmerken.

»Ich war Musiker. Ich habe schon mit drei Jahren gelernt, Geige zu spielen.«

»Alle Achtung, dann haben wir ja ein Genie unter uns«, rief Hans begeistert aus.

»Ja, ich hatte sogar einen Ruf zu den Berliner Philharmonikern. Aber fünf Jahre ohne zu üben ... vielleicht habe ich mittlerweile alles vergessen.«

»Und es ist ja auch noch nicht vorbei. Was meint ihr? Wie lange werden sie uns festhalten? Ein Jahr, drei Jahre oder vielleicht sogar sechs?«, jammerte Dieter.

»Aber alle sagen doch, dass wir verloren haben. Mit der Kapitulation ist der Krieg vorüber. Dann schickt man uns nach Deutschland zurück«, meinte Matthias hoffnungsvoll.

»Nur dass man alle, die man in Deutschland festgenommen hat, zuerst hierherschickt«, warf Hans ein.

»Das machen alle. In San Francisco diskutieren sie jetzt darüber, wie man uns einsetzen kann. Wir sind die Besiegten, wir sind Gefangene, das ist nun mal so! Wenn wir hier herauswollen, müssen wir uns was einfallen lassen. Sonst riskieren wir, hier zu krepieren«, klärte Lukas die Lage.

»Wir schicken unseren Mozart zu den Minen?!«, protestierte Hans. »Das ist doch absurd!«

Unmerklich hatte sich das Gespräch in einen Schlagabtausch zwischen Lukas und Hans verwandelt.

»Es ist nun mal Krieg.«

»Aber das ist illegal!«

»Was sagen diese Artikel 31 und 32, von denen du gesprochen hast?«

»›Es ist verboten, Kriegsgefangene zur Herstellung oder zum Transport von Waffen und Munition einzusetzen‹, Artikel 31. ›Es ist verboten, Kriegsgefangene für gesundheitsschädliche oder gefährliche Tätigkeiten einzusetzen‹,

Artikel 32. Minen räumen widerspricht also dem Genfer Abkommen.«

»Und du glaubst, dass Hitler das Genfer Abkommen respektiert hat?«

»Wir sind doch nicht für alles verantwortlich. Schließlich ist der Krieg vorbei.«

»Nicht für uns.«

Lukas hatte recht, und alle wussten es. Niedergeschlagen schwiegen sie. Bis Dieter versuchte, die Moral wieder zu heben.

»Aber ihr habt doch den Rekrutierer gehört? Man kann eine Strafverkürzung bekommen, wenn man sich zum Minenräumen meldet.«

»Wenn man nicht vorher dabei draufgeht«, entgegnete Hans.

»Aber ihr habt ohnehin so gut wie keine Chance«, sagte Lukas voraus.

»Ich falle jedenfalls nicht auf diesen Schwindel herein!«

»Das wirst du schon sehen!«

»Ich habe diesen Krieg ja nicht beschlossen. Niemand wollte ihn. Erinnere dich doch an die Begeisterungsstürme nach den Münchner Verträgen. In Deutschland wollte man Frieden. Selbst Hitler wollte Frieden!«

»Nur dass der halt einfach gelogen hat«, merkte Lukas bissig an.

Hans sah ihn erstaunt an und widersprach ihm.

»Zumindest hat er am Anfang immer wieder gesagt, dass er den Frieden will.«

»Aber geschrieben hat er das Gegenteil.«

Lukas spielte auf dieses verfluchte Buch an, über das nun keiner mehr sprechen wollte. Selbst der Titel war nun tabu: *Mein Kampf*. Hans ging zum Gegenangriff über.

»Aber er hat selbst nicht daran geglaubt, als er das Buch

geschrieben hat. Er war jung, er saß im Gefängnis und war zornig.«

»Er hat ganz sicher daran geglaubt: Schließlich hat er alles, was drinsteht, buchstabengetreu umgesetzt.«

»Aber das konnten wir doch nicht wissen: Das hat doch niemand gelesen!«

»Niemand? 1933 wurde eine Million Exemplare verkauft und 1938 schon vier Millionen! Das gab es bis dahin nirgendwo!«

»Aber das waren doch gut siebenhundert Seiten. Kein Mensch kann so viel lesen.«

»Und die Auszüge? Die Faszikel, die Kurzfassungen? In der Buchhandlung, in der ich gearbeitet habe, standen die Leute Schlange, um es zu kaufen. Glaubst du wirklich, dass kein Mensch wusste, was drinsteht? Einige waren damit völlig einverstanden, andere taten nur so. Und wieder andere haben die Augen verschlossen und wollten nicht darüber nachdenken, aber jeder wusste, was Sache war. Hitler hatte alles schon geplant und es auch angekündigt. Nur hat niemand etwas dagegen unternommen. Und das ist die Wahrheit.«

Im Grunde wusste jeder, dass Lukas recht hatte, aber sie redeten nun mal nicht gerne darüber, schon gar nicht so. Sich ahnungslos zu stellen, war immer noch eine Überlebensstrategie. Lukas sagte nichts davon, dass man das Buch auch in Frankreich gelesen hatte. Hitler hatte zwar zu verhindern versucht, dass es hier erschien – schon aus Angst, demaskiert zu werden –, doch die *Ligue internationale contre le racisme et l'antisémitisme* hatte das Buch an Abgeordnete, Minister, Journalisten, mit einem Wort an alle verschickt, die entsprechende Maßnahmen hätten ergreifen können. Aber wie in Deutschland glaubte – von de Gaulle einmal abgesehen – niemand daran, dass dieses

Programm jemals umgesetzt würde. Man wollte nicht darüber nachdenken. Oder man nahm daran keinen Anstoß.

Später am Abend sprach Lukas Matthias an. Der Geiger wurde von Zweifeln hin- und hergerissen. Wenn er nicht bald nach Deutschland zurückkäme, konnte er die Musik vergessen. Aber wenn er sich zum Minenräumen meldete, wie hoch waren dann seine Chancen auf eine Rückkehr?

»Sie verlangen von uns, dass wir Mut beweisen. Aber was soll das heißen? Dass wir uns von einer Mine in die Luft sprengen lassen, damit Frankreich den Wiederaufbau schafft? Die ganze Sache ist doch sehr gefährlich.«

»Gefährlich ist es vor allem, wenn wir hierbleiben. Du siehst ja, dass sie selbst nicht genug haben, sodass wir nicht auf halbwegs anständige Haftbedingungen hoffen dürfen. Das einzige Mal, als das Rote Kreuz vorbeikam, hat man die Kranken versteckt.«

»Hans sagt, dass sie uns nicht hierbehalten können.«

»Als ob sie das interessieren würde.«

»Hast du denn keine Angst?«

Mittlerweile hatten sie den Hof durchquert, wo sie sich die Füße vertreten durften, bevor sie zurück in die Baracken mussten. Lukas senkte die Stimme.

»Natürlich habe ich Angst, aber ich mache das aus einem bestimmten Grund. Wenn du dich mit mir zum Minenräumen meldest, kommen wir hier raus. Und wir werden dafür nicht eine Mine entschärfen müssen.«

Matthias sah ihn verständnislos an.

»Was ich dir jetzt sage, darfst du auf keinen Fall weitererzählen …«

Matthias nickte schweigend, beeindruckt, weil Lukas ihm so viel Vertrauen schenkte. Ihm, den alle für den Schwächling schlechthin hielten, der zu gar nichts zu gebrauchen war.

»Am Strand werden wir Minen aus einem Bunker räumen. Dort lagern Waffen und Tränengasgranaten. Ich brauche ein paar davon zur Ablenkung. Willst du mit mir fliehen?«

»Wann denn?«

»Morgen oder nie!«

Fabien war früh aufgestanden. Max hatte ihm seinen Jeep geliehen, um nach Lourmarin zu kommen. Das waren drei Stunden Fahrt, und Aubrac hatte ihm signalisiert, dass Dautry als Minister die Morgenstunden schätzte.

Tatsächlich saß Raoul Dautry schon um fünf Uhr früh am Schreibtisch. Statt zu frühstücken, versah er alle Zeitungen mit Anmerkungen. Sein Gehirn war auf Höchstleistung programmiert, wenn er seine ersten Termine wahrnahm. Als Fachingenieur und Schöngeist besaß er eine Bibliothek mit mehreren Hundert Romanen, deren abgenutzte Rücken zeigten, dass er sie aufmerksam gelesen hatte.

Raymond Aubrac wusste, dass er den Erwartungen dieses Mannes gerecht werden musste. Dautry hatte alle Angebote des Vichy-Regimes immer rundweg ausgeschlagen. Erst als de Gaulle an ihn herangetreten war, hatte er seinen Dienst wieder aufgenommen. Die anderen Minister waren damit beschäftigt, die von de Gaulle gewünschten großen Reformen auszuarbeiten, die das Leben wieder in geregelte Bahnen lenken sollten – Frauenwahlrecht, Sozialversicherung, Anerkennung der Gewerkschaften und Betriebsräte. Raoul Dautry war die undankbarste Aufgabe zugefallen. Doch ohne die Minenräumkommandos war ein Wiederaufbau Frankreichs nicht vorstellbar.

Dautry war denkbar schlechter Laune, als Fabien sein Büro betrat. Mit lauter Stimme las er ihm die Zeitungspassagen vor, die er angestrichen hatte.

»… ›diese Minenräumer, bei denen man sich fragen müsste, woher sie kommen, wüsste man das nicht sehr genau. Ohne jede Erfahrung hatten sie nichts Eiligeres zu tun, als sich zum Dienst zu melden, damit wir ihr schändliches Verhalten während der Besatzung vergessen und sie sich eine weiße Weste erschwindeln können...‹«

Aubrac hatte den Unmut seines Chefs vorausgesehen, als er die Morgenzeitungen studiert hatte.

»Glücklicherweise haben wir im Normalfall ja eine gute Presse ... Denn da ...«

Da man ihn schließlich herbestellt hatte, erlaubte Fabien sich einen Einwurf.

»Wir müssen ja nur herausfinden, was der Schreiber während des Krieges getan hat.«

Er bemühte sogar ein Zitat, das Hubert immer wieder im Munde führte:

»Sie kennen ja die Maxime von La Rochefoucauld: ›Wer am lautesten nach Moral schreit, ist gewöhnlich der, der am wenigsten davon hat.‹«

»Ja, das stimmt ...«, bekräftigte Aubrac.

»Der Kerl hat noch nie auch nur einen Minenräumer getroffen. Er hat keine Ahnung und beleidigt sie doch allesamt!«, schimpfte Dautry.

»Das ist blanke Verleumdung«, fasste Fabien zusammen.

»Sollen wir verlangen, dass sie eine Richtigstellung drucken?«, schlug Aubrac vor.

»Wir schicken ihn einfach vor Ort«, entgegnete Dautry.

»Vermutlich ist er aber einer von der Sorte, die lieber hinter ihrem Schreibtisch hervorbellen«, meinte Fabien geringschätzig.

»Er wird keine Wahl haben, glauben Sie mir«, empörte Dautry sich weiter.

Raymond Aubrac und Fabien grinsten. Der Zorn Dautrys machte sie stolz. Er war kompromisslos und duldete keine Kritik an den Minenräumern. Der Journalist, der so unvorsichtig gewesen war zu schreiben, dass die Arbeiten zu langsam vorangingen, dass die Prioritäten falsch gesetzt würden und die Planung schlecht sei, dass es sich bei den Minenräumern um Ex-Häftlinge oder Kollaborateure handelte, würde vorgeladen werden. Dautry würde von ihm verlangen, seine Quellen zu nennen und für seine Behauptungen Belege beizubringen – die er sicher nicht hatte. Dann würde er ihm die Prinzipien auseinandersetzen, auf die General de Gaulle das ebenso umfangreiche wie gefährliche Unternehmen des Minenräumens gründete. Nach dem großen Krieg 1914–1918 war der Wiederaufbau Frankreichs privaten Unternehmen übertragen worden. Jeder konnte damals sehen, wie diese sich die Taschen füllten, während die Arbeiten mehr schlecht als recht erledigt wurden. General de Gaulle aber hatte andere Pläne für Frankreich, und die Voraussetzung dafür war, dass der Staat und niemand sonst den Wiederaufbau des Landes in Angriff nahm.

Und dann diese Unverfrorenheit! Die Minenräumkommandos verrichteten ihre Arbeit unter Lebensgefahr. Da konnte man von den Herren Journalisten wenigstens verlangen, dass sie sich für Recherchen vor Ort bequemten.

Fabien registrierte mit Genugtuung, dass der für sie verantwortliche Minister sich hinter sie stellte, wenn an der Ehre der Minenräumer gekratzt wurde. Aber er wollte auch wissen, was aus seiner Anfrage an Aubrac geworden war. Und da seine Zeit bei Dautry begrenzt war, brachte er das Thema sogleich zur Sprache.

»Was die Hilfe bei der Entschärfung der großen Minen, der Sarkophage und Kastenminen angeht, hatten Sie schon Zeit, darüber nachzudenken?«

»Wir haben die Anfrage an das militärische Oberkommando weitergegeben. Wir werden Sie auf dem Laufenden halten.«

»Und das Material zur elektromagnetischen Detektion?«

»Die Alliierten werden es baldmöglichst liefern. Und wir versuchen, die amerikanischen, russischen und englischen Prototypen nachzubauen. Für den Moment aber müssen wir weitermachen wie bisher.«

»Und der Status der Minenräumer? Werden sie als Kriegsopfer anerkannt, wenn ihnen etwas passiert?«

»Wir denken darüber nach. Aber das bringt gewisse Probleme mit den kämpfenden Einheiten mit sich. Sie verstehen?«

»Wir kämpfen genau wie sie. Wir riskieren unser Leben wie sie. Meine Arbeit bei den Minenräumkommandos ist die direkte Fortsetzung meines Engagements in der Résistance.«

»Fabien ... nicht jeder hat die gleichen Heldentaten vollbracht wie Sie.«

»Meine Leute sind gerade dabei, ihre Heldentaten zu vollbringen.«

Aubrac stand ganz auf Fabiens Seite. Auch er setzte sich leidenschaftlich dafür ein, dass die Minenräumer den Status bekamen, der ihnen zustand. Dann würden sie, sollten sie verwundet werden, eine Pension als Kriegsversehrte erhalten. Und im Todesfall konnten ihre Witwen mit dem Geld ihre Kinder anständig erziehen.

Aber es gab noch mehr Fragen, die Fabien beantwortet haben wollte.

»Und die Verlegepläne für die Minen?«

»Immer noch nichts.«

»Könnten Sie sich nicht bei der Armee dafür einsetzen? Wenn die Deutschen über ihre Kapitulation verhandeln, dann müssen sie uns die Pläne geben.«

»Das ist nicht einfach.«

»Das ist Minenräumen ohne Plan auch nicht.«

»Sie kennen ja die Militärs. Die lieben Geheimnisse. Die Verlegepläne unterliegen der militärischen Geheimhaltung, und wir wissen noch nicht, ob man sie veröffentlichen kann.«

»Das Problem ist doch, dass ja nicht nur die Deutschen Minen verlegt haben. Wir brauchen also auch die Pläne der Alliierten ... Aber ich habe gute Kontakte zu einigen Armeeangehörigen. Wenn es nicht offiziell sein muss, kann ich es unter der Hand machen. Aber das bleibt natürlich unter uns.«

»Und die deutschen Kriegsgefangenen?«

»Nun, da ich mittlerweile Bidault davon überzeugen konnte, sich auf der Konferenz in San Francisco für uns einzusetzen, sollte das kein Problem mehr sein!«, meinte Dautry.

Sie hatten schon häufig über diese kontroverse Frage diskutiert. Aubrac hatte sie unter politischen, moralischen, strategischen und pragmatischen Gesichtspunkten betrachtet und Dautry am Ende überzeugt. Es war ihm egal, ob die Diplomaten auf sie herabsahen. Für die Minenräumarbeiten mussten sie die Deutschen einfach behalten. Minen waren eine ganz neue Form der Kriegführung. Und die kriegführenden Parteien waren damit zum ersten Mal konfrontiert. Nun musste man dafür Grundsätze festschreiben, die garantierten, dass es auch das letzte Mal war. Wenn ein Staat, der ein Stück Land komplett vermint hatte, diese Minen nicht räumte, würde der Krieg nie aufhören. Daher war es so wichtig, den rechtlichen Rahmen einzuhalten.

»Trotzdem hat das Internationale Komitee des Roten Kreuzes sich dagegen ausgesprochen. Es fängt also nicht gerade gut an.«

Fabien wollte sich nicht entmutigen lassen und fügte noch eine letzte entscheidende Frage an.

»Wir bräuchten auch eine mobile Sanitätseinheit. Wenn eine Mine explodiert, sind wir meist weit weg von jedem Krankenhaus. Wenn wir jemanden bei uns hätten, der die medizinische Erstversorgung übernimmt, ließen sich so Leben retten …«

Peinlich berührt schwiegen Aubrac und Dautry. Männern, die jeden Tag ihr Leben für andere riskierten, zu sagen, dass es einem an Mitteln für sie fehlte, war nicht leicht.

Enttäuscht senkte Fabien die Stimme.

»Dann bemühen Sie sich wenigstens um die Verlegepläne.«

Das versprachen die beiden. Damit waren alle Fragen geklärt, aber Dautry erhob sich nicht, um das Gespräch zu beenden. Fabien fragte sich, warum er eigentlich hier war, wenn man zu allem und jedem Nein sagte … Aber Aubrac und Dautry musterten ihn mit einem merkwürdigen Blick.

Dautry bot ihm gar einen Kaffee an.

»Sie wissen ja, dass Aubrac ein sehr schmeichelhaftes Bild von Ihnen zeichnet.«

»Ich danke Ihnen.«

»Hätten wir nur lauter solche Männer wie Sie …«

»Die muss man nur ausbilden.«

»Daran arbeiten wir gerade. Wir werden eine entsprechende Ausbildung schon im Sommer anbieten können. Aber Sie sind zu bescheiden. Es geht ja nicht nur ums Handwerk, sondern auch um Ethik und Einsatz. Daher dachten wir, dass Sie hier bei uns gut aufgehoben wären, im Ministerium.«

»Pardon?«

»Ja, wir schlagen Ihnen hiermit vor, in Paris zu arbeiten, bei der Generaldirektion für die Minenräumung.«

Dautry fügte hinzu: »Natürlich müssen Sie auch vor Ort sein und das jeweilige Gelände begutachten. Wie Aubrac wären Sie drei Tage pro Woche unterwegs und hätten Kontakt zu den Leuten.«

Fabien hatte nichts dergleichen erwartet. Seine erste, instinktive Reaktion war, Odette Bescheid zu sagen. Dieser so lebendige Reflex überraschte ihn immer wieder.

In seinem Kopf schwirrten die Gedanken durcheinander. Er musste Aubrac und Dautry eine Antwort geben, sobald er die Kaffeetasse absetzte. Warum aber stimmte er nicht sofort rückhaltlos zu? Er schätzte Aubrac sehr. Der Mann sagte ihm zu. Er war jung, begeisterungsfähig, gründlich und integer. Als Ingenieur für Brücken- und Straßenbau besaß er alle Fähigkeiten, die er für seinen Posten brauchte. Aubrac war bescheiden geblieben, obwohl er in der geheimen Armee eine bedeutende Rolle gespielt hatte. An seiner Seite zu arbeiten wäre ganz sicher aufregend. Und was Dautry anging, so bewunderte Fabien dessen Vision und Arbeitskraft wirklich.

Fabien würde endlich eine Aufgabe haben, bei der er nicht jede Sekunde sein Leben riskierte, und er würde doch nützliche Arbeit leisten. Hatte er sich das nicht verdient? Woher also kam der Schatten, der plötzlich über ihm zu liegen schien?

Er dachte an seine Männer. Wie sollte er seine Entscheidung mitteilen, ohne ihnen das Gefühl zu geben, sie im Stich zu lassen? Gerade an diesem Tag nahm er es sich übel, nicht bei ihnen zu sein.

»Sie müssen uns nicht sofort eine Antwort geben.«

»Das ist eine große Ehre. Ich danke Ihnen. Doch bevor ich meine Entscheidung treffe, möchte ich noch gerne den Strand, an dem wir gerade arbeiten, entmint haben und auch alle Bunker.«

»Wunderbar. Dann erwarten wir Ihre Nachricht.«

Natürlich reizte ihn der Vorschlag mehr, als er sich eingestand. Als Dautry ihm die Adresse des Büros für Minenräumung nannte – 6, Rue de La Trémoille –, dachte er daran, dass er immer davon geträumt hatte, mit Odette in Paris zu leben, in der Stadt, die niemals schlief, und sie da zum Tanzen in die Jazzlokale auszuführen …

Saskia hatte es geschafft, das Atelier zu verlassen. Das war ihr nicht leichtgefallen. Einfach so durch die Straßen zu gehen, stellte sich als noch schlimmer heraus. Dabei hatte sie sich so sehr nach der Freiheit gesehnt, als sie ihr genommen worden war. Aber dieses schlichte Vergnügen war ihr immer noch verwehrt. Sie konnte die Angst nicht abschütteln.

Als ihre Eltern begriffen, dass ihnen vielleicht die Deportation drohte, hatte die ganze Familie bei befreundeten Familien Unterschlupf gesucht. Saskia durfte nicht mehr auf die Straße gehen. Nur einmal die Woche trafen sich alle Angehörigen im Haus. Bei einer dieser heimlichen Versammlungen waren sie dann festgenommen worden.

An jenem schicksalhaften Tag hatte Saskia das Gefühl beschlichen, dass ihr jemand folgte. Daher hatte sie sich lange Zeit gefragt, ob sie an allem schuld gewesen war. Schlimmer noch, insgeheim war sie davon überzeugt. Eine ihrer Freundinnen im Lager hatte zu ihr gesagt: »Nichts davon ist deine Schuld. Verantwortlich sind nur die Deutschen.« Und sie wusste sofort, dass sie sich ihr Leben lang an diesen Satz klammern musste, auch wenn seine Wahrheit sich ihr immer wieder entzog.

Jetzt ging sie von Neuem durch die Straßen und brachte doch das Gefühl der Sicherheit nicht auf, dass ihr nichts passieren würde. Natürlich riskierte sie jetzt nicht mehr das Leben ihrer Lieben, sondern ihr eigenes. Aber war das nicht gleichbedeutend damit, das Leben der Familie zu riskieren – als letzte Überlebende?

Und so tastete sie sich mit der Vorsicht all jener voran,

die allein in der Welt standen. Die Bedrohung war noch längst nicht vorbei. Wo waren sie denn jetzt, all die Leute, die sie beleidigt hatten und am liebsten tot sehen wollten? Die Handlanger der Französischen Volkspartei und des *Rassemblement national populaire*? Die Wutbürger der Milizen, die ganze Familien mit ihren Kindern aufgestöbert hatten, damit sie in die Lager verschickt wurden? Und all die versteckten Augen, die sie ausspioniert und dann verraten hatten? Die Denunzianten mussten noch am Leben sein, völlig unbehelligt. Nicht ein Schatten trübte deren Gedanken. Außer vielleicht die brennende Sehnsucht nach den Tagen, als man ihnen den Grund für ihren Hass auf einem Tablett serviert hatte. Wo waren sie jetzt alle hingekommen?

Vielleicht lief sie jetzt gerade einem von ihnen über den Weg. Der Mann vielleicht in seinem viel zu engen Anzug oder die Frau mit den hochgesteckten Haaren, die ihr einen fragenden Blick zuwarf ... Oder da, diese Leute, die sich lachend unterhielten. War unter ihnen vielleicht einer, der so nebenbei mal eine Familie denunzierte? Aus Eifersucht, aus Rache oder um sich ein Geschäft unter den Nagel zu reißen? Vielleicht sogar aus keinem besonderen Grund, nur aus Gewissenlosigkeit, aus Freude am Verrat, um sich endlich einmal allmächtig zu fühlen?

Plötzlich sah Saskia auf dem gegenüberliegenden Gehsteig keine gewissenlosen Feinde, sondern ... ihre Mutter! Ihre Mutter, von hinten, in ihrem rosafarbenen Viskosekleid, das mit ihren Schritten mittanzte. Dieses Kleid, das mit zerfließenden Rosen bedruckt war und einen breiten Gürtel hatte, der es in der Taille zusammenhielt und glockig über die Hüften fallen ließ. Mila hatte den Gürtel aus einem anderen Stoff genäht, weil sie nicht mehr genug vom Rosenstoff übrig hatte, aber es passte trotzdem alles perfekt zusammen. Saskia fing an zu laufen, um sie einzuholen.

Sie lief und lief und atmete tief die Verzauberung ein, hier, im Kielwasser ihrer Mutter. Vielleicht konnte Saskia ihre Arme um ihre Taille legen und sich an den zarten Körper schmiegen, wie sie es getan hatte, als sie noch klein war. Atemlos sog sie die Illusion in tiefen Atemzügen ein.

Bis die Passantin sich umdrehte.

Kaum hatte sie das Gesicht der jungen Frau gesehen, die ihr zulächelte, wurde Saskia aus dem Gestade ihrer Illusionen gerissen und hart auf das Trottoir geworfen.

Die Frau war noch jung. Erstaunt sah sie Saskia an, die sie, schwer atmend, eingeholt hatte und nun musterte.

»Kann ich Ihnen helfen?«

Saskia rang nach Luft und erzählte ihr, dass sie ein Kleid trug, das ihre Mutter genäht hatte. Und auch die Brosche auf Höhe der Schulter, da am Schlüsselbein, hatte ihrer Mutter gehört.

Die junge Frau war erschüttert. Sie nahm die Brosche ab und hielt sie Saskia hin.

»Es tut mir leid ... Das wusste ich nicht ...«

Woher hätte sie es auch wissen sollen? Aber Saskia spürte die Wut in sich aufsteigen. Ihr Haus wurde von Leuten bewohnt, die keinerlei Menschlichkeit besaßen. Die Sachen ihrer Familie waren beschlagnahmt worden, eine Unbekannte trug das Kleid ihrer Mutter ... Alles, was ihnen gehört hatte, war also in alle Winde verstreut? Und wenn sie nun mithilfe dieses Kleides herausfinden konnte, von wem sie damals denunziert worden waren? Wenn sie beweisen konnte, dass die Frau, die jetzt ihr Haus bewohnte, eine Lügnerin war? Denn sicher war sie es gewesen, die der jungen Frau das Kleid geschenkt, wenn nicht sogar verkauft hatte.

»Wo haben Sie es denn gefunden?«

»Ich habe es auf dem Markt gekauft. Eine ältere Frau hatte einen kleinen Koffer mit Kleidern und anderen Sachen. Ich fand das Kleid sehr schön. Ich wusste nicht, dass es gestohlen war.«

Die Kleider ihrer Mutter waren also heimlich in einem kleinen Koffer auf irgendeinem Markt verscheuert worden …

Die junge Frau fuhr fort:

»Wenn Sie mir sagen, wo Sie wohnen, kann ich Ihnen das Kleid zurückbringen.«

»Wo Sie wohnen …« – diese einfache, unvorhergesehene Frage jagte Saskia Angst ein. Sie brachte es nicht über sich, ihre Adresse anzugeben, die auch gar nicht die ihre war. Sie hatte Angst, dass man sie wieder denunzieren würde, als müsse sie für den Rest ihres Lebens versteckt bleiben. Besser, sie sagte nichts. Vor dem Krieg wäre ihr das verrückt vorgekommen, aber jetzt schien es ihr das Vernünftigste zu sein. Doch sosehr sie auch überlegte, ihr fiel einfach keine Lösung ein. Sie wollte das Kleid, sehnte sich mit aller Kraft danach – am liebsten hätte sie es sofort an sich genommen. Möglicherweise gab es ja einen diskreten Ort, an dem die junge Frau sich ausziehen und ihr das Kleid geben konnte. Aber sie würde keinesfalls sagen, wo sie wohnte.

»Können wir uns vielleicht am Place de la République treffen? Vor dem Café? Das wäre besser für mich.«

Die junge Frau nickte und schlug vor, sich dort in der kommenden Woche am Mittwochnachmittag zu treffen. Da hätte sie mehr Zeit. Dann trennten sich die beiden.

Saskia beneidete die andere. Sie hatte Dinge zu erledigen. Sie wusste, wohin sie wollte.

Immer noch wie benommen, verwirrt und zugleich tief bewegt von der Erinnerung an ihre Mutter, sah Saskia zu, wie das Kleid sich entfernte. Sie wusste nicht einmal, wo sie sich gerade befand. Da beschloss sie, dem Kleid aus der Entfernung zu folgen, um sich noch weiter an dem Anblick zu berauschen. Dabei stieß sie mit einem Mann zusammen, der in die Gegenrichtung unterwegs war. Instinktiv hob sie die Arme schützend vor ihr Gesicht.

»Oh, Verzeihung. Habe ich Sie erschreckt?«

Saskia hatte wirklich jede Gelassenheit verloren. Alles was sie an Selbstbeherrschung besessen hatte, hatte sie im Lager verbraucht. Zuerst kam die Angst. Dann analysierte sie die Situation. Der junge Mann war untröstlich. Doch schließlich musterte er sie lächelnd.

»Sie kommen nicht zufällig heute Abend auf das Fest?«

»Was für ein Fest?«

»Ja. Es wird einen Ball geben. Haben Sie nicht das Podest gesehen, auf dem Platz vor dem Café? Da wird ein Orchester spielen.«

»Das wusste ich nicht.«

»Kommen Sie doch! Ich werde da sein …«

Seine Begeisterung rührte Saskia. Sie versuchte ein Lächeln, dann ging sie weiter. Ein Fest. Musik. Ein Orchester. Tanzen … Unmöglich. Sie trug zu viel Trauer in sich. Außerdem lief sie so Gefahr, Rodolphe zu begegnen. Natürlich wünschte sie sich das einerseits, aber sie hatte Angst davor, ihn so wiederzusehen, so mager und müde, wie sie war. Zuerst musste ihr Gesicht wieder ein wenig Farbe bekommen. Andererseits würde ja vielleicht eine Stunde in der Sonne genügen, wie früher? Aber es fehlte ihr eben auch an Kraft. Sie musste erst einige Dinge regeln.

Da fiel ihr plötzlich ein, dass einer der Schüler ihrer Mutter noch vor dem Krieg eine Anstellung bei der Stadtverwaltung gefunden hatte. Vielleicht konnte er ihr ja helfen. Édouard … Édouard irgendwas …

Sie lag richtig. Édouard Maillan war immer noch Angestellter der Stadtverwaltung. Sie musste sogar warten, um ihn sehen zu können. Lange warten. Als sie endlich an der Reihe war, meinte die Sekretärin:

»Es tut mir leid. Wir schließen bald. Könnten Sie sich vielleicht beeilen?«

Édouard Maillan war mit einer Akte beschäftigt und hob nicht gleich den Blick, als sie eintrat.

»Aus welchem Grund sind Sie zu uns gekommen?«

»Bonjour, Édouard. Saskia …«

Er hatte sie nicht erkannt. Das letzte Mal, als er sie gesehen hatte, trugen ihre Züge noch das Siegel der Kindlichkeit.

»Oh. Saskia … Pardon. Du hast dich so verändert … Wie alt warst du noch gleich, als du abgereist bist?«

»Siebzehn.«

»Und … deine Mutter …?«

Saskia saß stocksteif auf ihrem Stuhl, während ihr die Tränen in die Augen traten. Doch sie wollte auf keinen Fall weinen und senkte leicht den Blick. Édouard wusste nicht, wie er reagieren sollte. Peinlich berührt schob er die Akten, die er gerade noch mit Anmerkungen versehen hatte, beiseite, als wollte er den Raum zwischen ihm und ihr frei machen. Dann brach er mit sanfter Stimme das Schweigen.

»Das tut mir leid. Ich habe deine Mutter sehr gemocht, wie du ja weißt. Ich verdanke ihr so viel. Ohne sie hätte ich meine Abschlussprüfung sicher nie geschafft.«

Da Saskia keine Antwort gab, versuchte er, sie aus ihren Gedanken herauszuholen. In munterem Ton fragte er:

»Du lebst also wieder hier?«

»Ja, schon, aber … Ich wollte in mein Haus zurückkehren, doch es ist besetzt. Am Briefkasten habe ich den Namen Bellanger gelesen.«

»Ah, die Bellangers … Ja, sie waren hier in der Verwaltung. Sie wirken ja ganz ordentlich.«

»Aber das ist mein Haus!«

»Natürlich! Warst du schon beim Notar?«

»Édouard, ich bin gerade erst angekommen. Ich habe noch niemanden kontaktiert oder irgendetwas unternommen. All meine Papiere befinden sich in diesem Haus, aber die Frau, die ich dort angetroffen habe, sagt, da sei nichts mehr, was uns gehört! … Ich dachte, du kannst mir vielleicht helfen.«

Das stürzte Édouard sichtlich in Verlegenheit.

»Natürlich, ich werde es versuchen, aber … Ihr habt das Haus gebaut, wenn ich mich recht erinnere.«

»Mein Vater hat die Pläne gezeichnet und die Arbeiten überwacht.«

»Das Problem ist nur, dass man vor dem Krieg keine Baugenehmigung brauchte.«

»Aber wir haben das Grundstück gekauft. Reicht das nicht?«

»Eben nicht. Das ist kompliziert. Aus diesem Grund hat die Vichy-Regierung vor zwei Jahren verfügt, dass man künftig eine Baugenehmigung braucht. Auch wenn, unter uns gesagt, das Gesetz nicht immer befolgt wird … Nun ja, mittlerweile sind es die Gemeinden, die eine Baugenehmigung verlangen. Ramatuelle, Saint-Tropez … So wird es einfacher, sich zurechtzufinden.«

»Aber was muss ich denn jetzt machen?«

Er seufzte und schob den Stapel Akten wieder vor sich hin.

»Du Ärmste. Und es ist gerade auch nicht die beste Zeit. Wir haben so unglaublich viel zu tun! Siehst du all das? Das sind lauter Anträge auf Ausgleichszahlungen.«

»Wofür?«

»Für die Kriegsschäden! Häuser wurden besetzt, zerstört, Anbauflächen verwüstet. Hier, in der Domaine de Charvil, wurden sechzehn Hektar Weinstöcke vernichtet. In der Domaine de Barjaval waren es achtzehn Hektar! Und das Haus wurde von den Leuten, die es in Besitz genommen hatten, vollkommen heruntergewohnt. Das muss ja jemand bezahlen.«

»Sie wollen also Schadensersatz … für den Krieg?«

»Ja! Und wir hinken sowieso schon hinterher.«

Er stand auf und öffnete einen Aktenschrank.

»Schau mal. Ich sage die Wahrheit! Verstehst du das Problem?«

Ja, sie begriff es. Diese großen Weingüter, diese vielen Hektar, das war wohl wichtiger als sie. Auf dem Briefkopf eines solchen Rückforderungsschreibens prangte das Bild eines riesigen Landguts. Die ausladende Schrift in dunkler Tinte verlief sich in ein helles Himmelblau. Der Brief trug das Datum des 16. August 1944, einen Tag nach der Landung der Alliierten an der Côte d'Azur. Die Eigentümer hatten keine Zeit verloren. Und sie forderten schwindelerregende Summen als Schadensersatz. Saskia kam sich mit einem Mal ganz klein vor.

»Glaubst du, du kannst da etwas machen?«

Édouard überlegte lange, dann zog er seine Schreibtischschublade auf. Gespannt verfolgte Saskia jede seiner Bewegungen, als hätten diese die Macht, ihr ihr altes Leben zurückzugeben. Édouard zog einige Blätter Papier heraus.

»Nimm. Wenn dir das hilft.«

Bezugsscheine.

Saskia hatte keine Familie mehr, kein Haus, und er bot ihr Bezugsscheine an? Betreten murmelte sie ein Dankeschön, fragte aber trotzdem:

»Wann kann ich wiederkommen?«

»Lass mir ein bisschen Zeit …«

Dann zog er die Schublade noch einmal auf und gab ihr noch einen Bezugsschein, als könnten diese sie trösten. Eine bizarre Gleichung: Bezugsscheine gegen ein Haus. Diesmal ging es um ein Paar Schuhe.

»Nimm. Und wenn du meinen Rat möchtest, mach keine Geschichten.«

Mach keine Geschichten ...

Diesen Satz hörte sie nicht zum ersten Mal. Sie kannte ihn in allen Tonlagen, vom Anschnauzer bis hin zum wohlmeinenden Rat. Seit der Befreiung der Lager, als zunächst die politischen Gefangenen freikamen – »zuerst die, die für Frankreich gekämpft haben, dann die anderen«, wie man ihnen grausam entgegenhielt und damit die Juden einmal mehr überging –, hatte Saskia sich nichts sehnlicher gewünscht, als endlich nach Hause zurückkehren zu können. Wie oft hatte man ihr vorgebetet: »Alle werden evakuiert. Machen Sie keine Geschichten.« Als sie und drei andere Deportierte es endlich geschafft hatten, auf der Ladefläche eines Lastwagens den ganzen Weg zurückzulegen, wollten sie erklären, erzählen. Doch man beschied ihnen höflich, aber bestimmt mit einem bedauernden Kopfschütteln: »Jetzt ist wirklich nicht die Zeit für Geschichten.«

Auch im Hotel *Lutétia*, bei ihrer Ankunft in Paris ... Ihre Weigerung, sich für eine medizinische Untersuchung auszuziehen? »Kommen Sie, keine Geschichten!« Als sie das DDT zur Abtötung der Läuse ablehnte: »Wollen Sie jetzt wirklich Geschichten machen?« Und als sie endlich dabei war, diesem Albtraum-Hotel zu entgehen, drückte man ihr Bezugsscheine in die Hand, als würde man ihr ein Vermögen schenken. Und wieder dieser grausame Satz: »Nehmen Sie. Und machen Sie keine Geschichten.«

Niemand wollte zuhören. Aber das, was sie zu erzählen hatte, waren eben keine Geschichten, sondern die GESCHICHTE – in Großbuchstaben, mit allem, was dazugehörte. Die GESCHICHTE von ihrer grausamsten Seite, die GESCHICHTE, die weder ein Fortschritt war, noch dem gehorchte, was man sich von der Menschheit erwartet hätte, die GESCHICHTE, die diese Hölle niemals hätte zulassen dürfen, jene GESCHICHTE, die man nie wieder vergessen durfte.

Als sie diese Aufforderung das erste Mal zu hören bekam, ahnte sie nicht, wie sehr diese sie verfolgen würde. Ihre Geschichte interessierte buchstäblich niemanden. Die Geschichte der Résistancekämpfer, die ja, aber nicht die ihre. Man wollte Helden, keine Opfer. Dabei hatte sie im Lager um sie herum nur Heldinnen gesehen. Die litten, die zweifelten, die schwach wurden, aber nichtsdestotrotz Heldinnen. Warum musste man die Deportierten gegen die Résistance ausspielen, die politischen Gefangenen gegen die Rassenhäftlinge, wie sie genannt wurden? Da die Nazis ihr ebenso erbarmungsloses wie monströses Massenvernichtungsprogramm haargenau umsetzten, war allein schon der Versuch zu überleben Widerstand mit allen erdenklichen und nicht erdenklichen Kräften.

Und um eine Vorstellung von dieser Kraft zu bekommen, einer Kraft, die man nicht mehr hatte, die keiner mehr hatte angesichts des Unüberwindlichen, braucht es Geschichten.

Es waren ja auch Geschichten, die sie gerettet hatten, und mit ihr noch andere – viel zu wenige – Frauen und Mädchen, die ihnen lauschten. Vor dem Krieg hatte sie diese Geschichten ihrem Bruder erzählt, solange der noch in ihrem Zimmer geschlafen hatte. Im Lager hatte sie damit weitergemacht. Das Geschick, mit dem sie das Auf und Ab der Erzählung immer weiter ausdehnte und die letzte Zeile der Geschichte immer weiter hinausschob, half ihr, ihre Kameradinnen mehrere Abende hintereinander zu unterhalten. Wobei sie immer Geschichten aussuchte, die gut endeten. Und wenn nicht, dichtete sie das Ende einfach um. Und schon konnte man wieder von vorne anfangen! Was sie Tag für Tag erlebten, war unerträglich genug, da musste man sich nicht auch noch mit traurigen Geschichten belasten. Und die Geschichten mussten so sein, dass sie sie glauben konnten. Sie sollten ihnen Leben und Freude geben. Selbst die Geschichten, die Saskia von Zola oder Maupassant übernahm, klangen nun fröhlich. Gervaise bekam einen Gatten, der dieser Bezeichnung würdig war, und zog in ein schönes Haus. Boule de Suif wurde von ihren Reisegefährtinnen gefeiert und ließ ihr Leben als Prostituierte hinter sich. Kafkas Käfer durchlief eine neue Verwandlung, nur umgekehrt. Wie der Frosch, der zum Prinzen wurde. Und natürlich fand er auch einen Sinn im Leben. Zusätzlich schmückte sie ihre Erzählungen mit anderen Geschichten aus, die vom selben oder auch von einem anderen Autor stammten. Oder sie verlängerte die Geschichte ins Leben des Dichters oder der Dichterin hinein: Kafka hatte eine lange und glückliche Liebesbeziehung mit Milena. Niemand ahnte, dass Milena in einem anderen Lager ums Leben kam. Und wer Zola oder Kafka gelesen hatte, widersprach nicht. Auch ihnen war Saskias Version lieber.

Jetzt, wo sie allein war und niemanden mehr hatte, mit dem sie sich austauschen konnte, blieben ihr die Schriftsteller und Schriftstellerinnen. Für Saskia waren sie wie eine Familie. Die Romane, die sie gelesen hatte, die ihr geholfen hatten zu überleben, schienen ihr nur für sie geschrieben worden zu sein, als hätten sie nur darauf gewartet, auf jemanden zu treffen, der sie wirklich verstand. Das war es, woran Saskia glaubte. An diese Wahlverwandtschaften, an dieses mystische Einvernehmen. Victor Hugo hatte literarisch mit seiner verstorbenen Tochter gesprochen und so vermocht, das Blatt zu wenden. Saskia aber war wie seine noch lebende Tochter, mit der er sich vom Totenreich aus unterhielt. Sie verspürte keinerlei Selbstvertrauen, doch diese Verbindung war tief in ihrem Inneren verwurzelt. Das hatte nichts mit Stolz oder Arroganz zu tun, sondern nur mit ihrem Glauben. Sie waren ihre Götter, die literarischen Inkarnationen eines Gottes, an den sie nicht glaubte.

Immer noch wütend trat sie aus dem Gebäude der Stadtverwaltung auf die Straße. Ohne es zu merken, führten ihre Schritte sie auf den Platz, wo das Podium für das Fest errichtet worden war.

Die freudige Erwartung der Handwerker, die Stände errichteten und Lampions aufhängten, die lächelnde Begeisterung der Vorübergehenden, waren mit Händen zu greifen. Jeder freute sich auf diesen Ball. Nur sie nicht.

Es war entschieden zu früh, um Rodolphe zu treffen. Aber sollte sie wirklich damit warten? Vielleicht hielt er sie ja für tot?

Sie schlenderte an der Parfümerie vorbei, die Rodolphes Eltern gehört hatte, und trat ein. Vielleicht hatte man ja dort Nachrichten von ihm. Eine Angestellte packte Kartons aus und ordnete die Flakons auf den Regalen an. Nicht allzu viele, aber immerhin. Saskia fragte sich, wie es möglich war, dass Gesichtscremes und andere Schönheitsmittel gekauft wurden, in dieser Zeit. Wie der Luxus mit all dem Elend um sie herum koexistieren konnte, als wäre nichts passiert, als wäre er die selbstverständliche Folge nach all den Entbehrungen, die so viele Menschen erduldet hatten.

Und dann sah sie es auf einem der Regale stehen, das Parfum, das Rodolphe ihr geschenkt hatte. Ein Blumenduft auf der Basis von Jasmin. Dieser Jasmin kam von den großen Blumenfeldern, die seine Familie auf den Hügeln von Grasse besaß. Der Flakon weckte in Saskia ein Gefühl der Rührung. Sie öffnete ihn vorsichtig und betupfte mit der Unterseite des blankpolierten Glasverschlusses kurz ihre Handgelenke. Und sofort war alles wieder da. Das erste Mal, als sie einen solchen Flakon geschenkt bekommen hatte, und wie sie diese weiten Blumenfelder bewundert hatte, die sich bis an den Horizont erstreckten. Deren Parfum, und diese weißen Sterne, die über die Nacht versprüht waren … Sofort schoss die Verkäuferin auf sie zu und nahm ihr den Flakon aus der Hand, vor lauter Angst, Saskia könnte ihn fallen lassen.

»Ich kann Ihnen den Duft gerne auftragen, wenn Sie das möchten.«

»Ja, gerne.«

Die Verkäuferin spürte ihren Blick. Vielleicht ahnte sie, welche Frage dahinterstand.

»Natürlich ist Parfum ein Luxus, aber für eine Französin ist es eben auch ein Stück Lebensart. Die Deutschen konnten uns nicht alles nehmen!«

Saskia bemühte sich, der Frau ein halbes Lächeln zu schenken. Diese Art von Raffinesse war ihr lange Zeit fremd gewesen. Aber auch wenn Luxus jetzt lächerlich schien, bei dem Parfum lag die Sache anders. Sie kannte seine Macht. Seine geheime Verbindung mit den Erinnerungen. Seine schützende Kraft. Als sie das Lager in Milles verlassen hatten, war es einem jungen Mädchen gelungen, ein Fläschchen Parfum mit sich zu schmuggeln. *Vol de Nuit* von Guerlain. In Birkenau war sie damit aufgeflogen. Eine Aufseherin hatte den Flakon entdeckt und verlangte, ihn ihr zu geben. Aber Amalia warf ihr nur einen trotzigen Blick zu, dann schraubte sie das Fläschchen auf und parfümierte sich vor den Augen der Frau. Danach gab sie es Saskia, die sich ebenfalls parfümierte und es dann an ein anderes Mädchen weitergab. So ging es reihum, bis der Flakon vollkommen leer war. Die Aufseherin schlug Amalia, aber die hässlichen, widerlich riechenden Lumpen, die man ihnen zum Anziehen gegeben hatte, dufteten noch wochenlang nach *Vol de Nuit*. Saskia hatte den Roman von Saint-Exupéry gelesen, nach dem der Duft benannt war, und so freundete sie sich mit Amalia an. Immer wenn die beiden aneinandergekuschelt schliefen, stieg ihr dieser Duft in die Nase.

Sie sonnte sich in der Erinnerung an diese Freundin, die heute nicht mehr die Kühnheit besaß, die Saskia nie gehabt hatte. Dann fragte sie die Verkäuferin, ob die Familie Delambre immer noch in der Stadt lebte. Sie zählte sämtliche Vornamen auf, vor allem der von Rodolphe war ihr natürlich wichtig. Die Verkäuferin änderte sofort ihre Haltung, als sie begriff, dass Saskia die Familie gekannt hatte. Sie erzählte ihr, dass sie während des Krieges in die Vereinigten Staaten gegangen seien. Monsieur Delambre sei dortgeblieben, Rodolphe und seine Mutter müssten aber in den kommenden Tagen eintreffen. Vielleicht waren sie sogar schon da. Saskia dankte ihr herzlich und spürte, wie das Leben in sie zurückkehrte.

Sie trat wieder auf die Straße hinaus. Die Neuigkeiten gaben ihr Kraft. Auf dem Podium übte das Orchester für den Auftritt am Abend. Seine Musik hüllte die Stadt in eine glückliche Melodie, *Le Sacre du Printemps*, die leuchtende Auferstehung des Frühlings.

Sie kam am Café *L'Envol* vorbei. Vor dem Krieg hatte ihre Mutter die Chefin, Léna, gut gekannt, aber Saskia wagte nicht, sie anzusprechen. Ein paar Minuten später begegnete sie dem jungen Mann noch einmal, der sie auf das Fest eingeladen hatte. Er winkte ihr zu und verriet ihr im Vorübergehen seinen Namen: Michael. Es tat wirklich gut, diese unbekannten Amerikaner zu sehen, die einfach über das ganze Gesicht strahlten.

Von der Terrasse ihres Cafés konnte Léna den Vorbereitungen für das Fest zusehen wie von einem Logenplatz. Zusammen mit Aurélien, ihrem Kellner, beobachtete sie die Musiker.

»Wenn du dir einen guten Moment aussuchst, lasse ich dich sogar tanzen gehen. Du darfst ja auch mal feiern.«

»Nur dass ich vor fünf Jahren zu jung war und jetzt bin ich vermutlich schon zu alt.«

»Ach was. Die Kriegsjahre zählen nicht, was das Alter angeht. Wir fangen wieder da an, wo wir aufgehört haben. Das wäre sonst ja ungerecht«, scherzte Léna.

»Ja, aber ich kann halt nicht tanzen! Ich muss euch erst einmal dabei zuschauen.«

»Ich werde jedenfalls die Leute bedienen. Das wird bestimmt das beste Geschäft seit Langem.«

»Aber wieso hast du dich dann geschminkt?«

»Damit du was zu fragen hast.«

Ihr Gespräch wurde unterbrochen von einer Frau, die mit ihrem Auto vor dem Café hielt. Etwa dreißig, gut aussehend, gekleidet wie ein Mann, aber nicht im Anzug, sondern eher in Arbeitskleidung. Sie zog alle Blicke auf sich. Anscheinend suchte sie jemanden, der ihr Auskunft geben konnte.

Léna ging auf sie zu. Da sie endlich jemanden gefunden hatte, der ihr weiterhelfen wollte, hielt ihr die Frau ein Foto hin.

»Bonjour, kennen Sie vielleicht diesen Mann? Er ist ein Freund von mir, und ich kann ihn nicht finden.«

Léna nahm die Aufnahme und betrachtete sie genauer.

Sie kniff die Augen zusammen, um besser zu sehen. Das Foto war nicht gerade groß. Ein junger Mann beim Tennis. Schlank, mit tadelloser Körperhaltung. Es war kein Porträt, sondern eine Ganzaufnahme. Das Gesicht im Gegenlicht: schwierig, da etwas zu erkennen. Und doch hatte Léna das Gefühl, ihn schon einmal gesehen zu haben.

»An irgendjemanden erinnert mich das ...«

»Das Foto wurde vor dem Krieg gemacht. Mittlerweile hat er sich bestimmt verändert. Er hat kastanienbraunes Haar, grüne Augen und eine sehr schöne Stimme.«

Léna hörte die Ratlosigkeit in der Stimme der jungen Frau. Sie wirkte erregt und gleichzeitig erschöpft, wie sie sich da auf den Kotflügel stützte.

»Geht es Ihnen gut? Möchten Sie sich vielleicht setzen?«

»Ich suche schon seit heute Morgen. Ich glaube, ich habe mittlerweile alle Cafés abgeklappert.«

»Ist das Ihr Verlobter?«

»Nein, aber ... ich kenne ihn sehr gut. Ich muss unbedingt mit ihm sprechen.«

»Und Sie glauben, dass er hier ist?«

»Wenn er noch lebt, dann ja. Er sucht eine Frau, die Ariane heißt. Ich muss ihm von ihr erzählen.«

Léna dachte angestrengt nach. Das Foto glich Vincent. Vielleicht als er noch jünger war und noch nicht vom Krieg gezeichnet. Aber sie erkannte ihn nicht wirklich wieder.

»Trotzdem ... dieses Gesicht. Grüne Augen, sagen Sie ... eine schöne Stimme ... Wie heißt er denn?«

»Hadrien. Hadrien Darcourt. Er ist Arzt.«

Als sie den Namen gehört hatte, war Léna sicher, dass sie ihn doch nicht kannte.

»Nein, ich kenne keinen Hadrien, und schon gar keinen Mediziner. Aber ich schreibe mir den Namen auf. Und Sie, wie heißen Sie«

»Irène. Ariane ist meine beste Freundin.«

Entmutigt, weil ihre Suche nichts gebracht hatte, erhob Irène sich, dankte Léna für ihre Hilfe und ging zu ihrem Wagen. Léna erwischte sie gerade noch, bevor sie einsteigen konnte.

»Heute Abend gibt es hier ein Fest. Da kommen bestimmt viele Leute. Wenn er hier in der Gegend ist, treffen Sie ihn sicher.«

Irène überlegte, zögerte, dann lächelte sie.

»Das ist eine gute Idee. Ich werde versuchen, meine Rückfahrt um einen Tag zu verschieben.«

Léna sah sie fragend an.

»Ich suche zusammen mit fünf anderen Frauen unsere Verwundeten in Polen.«

»Nur Frauen? Das ist doch gefährlich.«

»Aber wenn wir es nicht machen, wer dann?«

»Komisch, das habe ich irgendwo schon gehört ...«

Einer plötzlichen Eingebung gehorchend, deren Sinn sie noch nicht verstand, fragte Léna noch:

»Falls ich diesen Mann tatsächlich einmal sehen sollte, Sie aber nicht, kann ich ihm dann etwas ausrichten?«

Irène überlegte kurz. Vermutlich versuchte sie einzuschätzen, inwieweit sie Léna trauen konnte – im Lichte der letzten fünf Jahre, in denen die alltäglichste und wichtigste aller Fragen die war, wem man vertrauen durfte. Dann sagte sie:

»Sagen Sie ihm: Ariane will, dass man sie vergisst.«

Ohne Fabien lief es am Strand nicht so richtig. Auch wenn die Minenräumer seine Anweisungen auswendig kannten, fühlten sie sich doch alleingelassen. Der Hilfstrupp war eingetroffen. Sie hatten sich die Zeit genommen, mit den Neuen ein paar Zigaretten zu rauchen und den ein oder anderen Witz zu reißen, um sich kennenzulernen. Und sie hatten sich ja auch gegenseitig viel zu erzählen. Da sie ihren Marschbefehl erst spät am Vormittag erhielten, hatte der Tag einen ganz anderen Rhythmus als sonst.

Wie Fabien ganz richtig vorhergesehen hatte, arbeitete die Gruppe langsamer als gewöhnlich. Seltsamerweise sogar Enzo. Und da alle sich nach ihm richteten, kamen sie nur langsam vorwärts. Hubert war einfach nicht erschienen, ohne sich abzumelden. Die Pause wurde weit über das übliche Maß hinaus verlängert. Die Sonne brannte gnadenlos herab, und Max zog mit lauter Stimme vom Leder: Wie er ein Mädchen so weit bequatscht hatte, dass sie sich mit ihm für den Ball verabredete. Und dass er vorsichtshalber noch eine zweite angebaggert hatte, weil man ja immer einen Plan B haben sollte.

»Mit zwei Mädchen verabreden? Da riskierst du ganz schön was, mein Junge. Wenn die zwei das herausfinden, lassen sie dich dafür zahlen, darauf kannst du wetten.«

»Wem sagst du das! Vor allem, weil mein Plan B die Schwester von Plan A ist! Genau genommen habe ich gar keinen Plan für heute Abend. Das wird die totale Improvisation.«

Manu hatte ebenfalls ein Rendezvous, aber er ließ sich die Würmer einzeln aus der Nase ziehen, man war schließlich diskret. Sie hatte braunes Haar und grüne Augen. Wie er hatte sie vor dem Krieg studiert, dann aber abbrechen müssen. Natürlich wurde Manu aufgezogen. Eine Intellektuelle ... das würde nicht halten. Kurzum, es war niemand so richtig bei der Sache, wenn Fabien nicht da war.

Vincent hatte Lukas den ganzen Tag lang beobachtet. Der Deutsche hatte sicher mit seinen Mithäftlingen gesprochen. Er musste etwas über Ariane wissen. Welcher Kriegsgefangene würde nach fünf Jahren Krieg die Chance zur Flucht ausschlagen? Aber aus irgendeinem Grund kreuzten sich ihre Blicke nie, fast als würde Lukas ihn meiden. Aber Vincent erinnerte sich noch gut an seine Reaktion, als er den Namen »Ariane« erwähnte. So minimal, dass sie jedem anderen vermutlich entgangen wäre. Jedem anderen, der Ariane nicht gekannt hatte. Dieses winzige Signal sagte Vincent, dass Lukas ihm nicht alles gesagt hatte. Warum? Aus Angst? Weil er etwas Unsägliches wusste? Weil er verhandeln wollte? Ihn reinlegen? Oder weil er sich dann einbilden konnte, zumindest noch ein Fünkchen Macht zu besitzen, die elende Macht der Wissenden über die Unwissenden?

In Wirklichkeit versuchte Lukas gar nicht, mit Vincents Nerven zu spielen. Er wollte nicht an ihn denken, sich mit seinem Vorschlag auseinandersetzen, auf seine Gnade angewiesen sein. Seine ganze Aufmerksamkeit richtete sich auf die Bunker. Dort lag sein Traum, zum Greifen nahe. Und sie kamen einfach nicht vorwärts. Lukas verfluchte die häufigen Pausen, das nicht enden wollende Mittagessen, die Witze der Franzosen. So würden sie nie im Laufe des Tages zum Bunker kommen. Überhaupt lief heute nichts so wie geplant. Er sollte Fabiens Vertrauen gewinnen, aber Fabien war nicht da. Ob er seine Strategie bei Enzo versuchen sollte?

Er beobachtete Matthias, der ihm ständig unruhige Blicke zuwarf. Lukas hatte ihm versprochen, dass er nur einen einzigen Tag Minen räumen musste, und er war nicht sicher, ob er noch einen zweiten schaffen würde. Außerdem bemerkte er die extreme Anspannung bei Vincent, der Lukas nicht aus den Augen ließ, was diesem gar nicht passte.

Dumm gelaufen, aber er würde seinen Plan ausführen. Wenn sich eine Gelegenheit zur Flucht bieten sollte, dann heute. An diesem Abend sollte das Fest stattfinden, und die Minenräumer waren nicht so konzentriert wie sonst. Außerdem war sein Ziel, einen der Bunker zu erreichen. Und selbst wenn sie nicht so weit herankämen, wie sein Plan es vorsah, so kamen sie ihm doch immer näher. Und dass Fabien nicht da war, war vielleicht gar nicht so schlecht. Fabien konnte man nur schlecht täuschen. Er konnte Gedanken lesen.

Aller Anspannung zum Trotz war er nun überzeugt, dass alles zu seinen Gunsten lief. In der Pause ging er zu Enzo und ließ ihm durch den Übersetzer sagen, was er Fabien hatte sagen wollen.

»Bei der nächsten Mine möchte ich gerne lernen, wie man sie entschärft.«

Enzo sah ihn an, ohne zu reagieren. Lukas erklärte:

»Ich möchte auch einen Teil des Risikos übernehmen. Ich will mich nicht als Held aufspielen, aber man hat uns gesagt, wenn wir Mut beweisen, dann kämen wir früher frei.«

Vincent war unauffällig näher gekommen. Er verstand nicht, was Lukas da vorhatte. Hatte er seinen Vorschlag etwa nicht ernst genommen?

Enzo hingegen musterte Lukas streng. Eigentlich hätte er Lukas' Vorschlag gut finden müssen, weil dann vielleicht noch andere Kriegsgefangene mitgemacht hätten. Stattdessen fuhr er ihn an:

»Jetzt hör mal zu, du verdammter Boche: Wir sind es, die die Minen räumen. Bleib, wo du bist. Dann funktioniert das hier auch.«

Lukas' Plan beruhte hauptsächlich darauf, dass es ihm gelang, sich zusammen mit dem Gruppenleiter dem Bunker zu nähern. Er war überzeugt, dass Fabien seinen Wunsch nicht ausgeschlagen hätte. Und zu seinem Überdruss benutzte Vincent die Zeit, in der Enzo sich bei der Gruppe über die Sache ausließ – »Wofür halten sich diese Deutschen denn! Als würde man mit denen Hand in Hand arbeiten!« –, um sich Lukas zu nähern, der gar nicht bemerkt hatte, dass Matthias dicht an seiner Seite war.

Vincent bot den beiden eine Zigarette an und tat so, als würde er ein normales Gespräch anfangen wollen. Er würde einen Weg finden, um Lukas zu signalisieren, dass er eine Antwort von ihm erwartete, und sei sie noch so dürftig. Eine Antwort, die seiner Hoffnung neue Nahrung gäbe. Doch dann kam es für Vincent noch besser. Als er hörte, dass Matthias, der Neue, vor dem Krieg Geiger gewesen war, wallten seine Gefühle in ihm auf, weil er sich an das wenige erinnerte, was Audrey ihm hatte berichten können. Und sofort schoss es aus ihm heraus.

»Haben Sie je auf dem Bauernhof beim Schloss gespielt? Haben Sie Ariane kennengelernt?«

Matthias zuckte instinktiv zurück. Dass Vincent so etwas wissen konnte, erschreckte ihn. Vincent beruhigte ihn.

»Ich möchte nur wissen, ob Sie mir etwas über Ariane erzählen können. Haben Sie sie gut gekannt?«

»Ich glaube schon«, antwortete Matthias. »Ich glaube sogar, dass ich sie am besten von allen gekannt habe.«

War er also Arianes Verbündeter? Audrey hatte sich vielleicht gar nicht getäuscht.

Enzo unterbrach ihr Gespräch und mahnte zum Weitermachen. Den ganzen Tag hatten sie mit Pausen vertrödelt, und ausgerechnet jetzt, wo Vincent erstmals etwas über Ariane in Erfahrung bringen konnte, da wollte er mit der Arbeit anfangen!

Vincent fiel es schwer, jetzt noch Ruhe zu bewahren. Er war darin geübt, nie die Aufmerksamkeit auf sich zu ziehen, aber so schwergefallen wie in diesem Moment war ihm das noch nie. Widerwillig nahm er seine gewohnt gleichgültige Haltung ein und gesellte sich zu den Franzosen, während Lukas und Matthias zu den Deutschen zurückgingen. Dann machten alle schweigend weiter.

Vincent versuchte von da aus, wo er arbeitete, Matthias im Auge zu behalten. Wäre der doch nur stärker, kräftiger gewesen! Er konnte sich kaum vorstellen, dass Ariane sich von diesem Mann beschützt gefühlt hätte. Außerdem war er jünger als sie. Und körperlich weniger belastbar. Ariane hatte in ihrem Brief geschrieben, dass ihr Verbündeter sie in Sicherheit bringen würde. Vielleicht kannte er ja irgendeinen geheimen Ort. Der Geiger würde ihm vielleicht sagen können, wo ...

Und dann kam Vincent ins Grübeln, wie weit diese Verbundenheit wohl gegangen sein mochte? Er erinnerte sich noch an Audreys Worte: Das Konzert, das Matthias auf dem Hof von Arianes Eltern gab, habe einen Zauber ausgeübt, der sie wieder lebendig werden ließ. Der Deutsche hatte feine Züge. Vincent musste sich eingestehen, dass er gut aussah. Und das brach ihm das Herz. Wie konnte er mit einem Musiker konkurrieren? Er, der so schlecht Klavier spielte.

»Mine!« Enzo hatte eine neue Höllenmaschine aufgespürt. Und alles begann wieder von vorne. Alle Mann fünfundzwanzig Schritte zurück. Manu holte die Schnur und die Markierungen heraus. Wie Fabien ihnen am Vorabend eingeschärft hatte, sollte er um die Mine herum ein Stück Strand abstecken, bis die Sprengmeister des Militärs kämen, um die großen Dinger unschädlich zu machen. Aber Enzo tastete weiter in der Erde herum. Offensichtlich handelte es sich nicht um eine Panzerabwehrmine, sondern um eine kleinere Anti-Personenmine. Eine Behelfsmine W-1. Verglichen mit den bereits entdeckten Minen war die hier fast ein Kinderspielzeug. Sie bestand aus dem Gehäuse einer 50-Millimeter-Mörsergranate und einem chemischen Buck-Zünder, der auf einem Plastikadapter saß. Diese Minen brauchten ein festes Bett. Diese hier hatte man im Sand vergraben, damit sie gerade saß.

»Alles gut. Das wird leicht. Kleinigkeit!«

Enzo machte sich daran, sie zu entschärfen. Alle, die unterwegs zum Fest waren, blieben am Strand stehen, um bei der Minenräumung zuzusehen. Selbst auf die Entfernung breitete sich die Spannung aus. Enzo genoss es, wenn er Publikum hatte. Er arbeitete wie elektrisiert. Er würde den Tag mit einem Knaller beschließen.

In dem Moment stieß Fabien zu ihnen. Auf der Rückfahrt von Lourmarin hatte er über Aubracs Vorschlag nachgedacht und ständig die beiden Möglichkeiten vor sich gesehen, die ihm nun offenstanden. Weiter an der Seite seiner Truppe zu arbeiten oder ein neues Leben beginnen, weit weg vom Süden, wo alles ihn daran erinnerte, dass Odette nicht wiederkommen würde. Er hatte gehofft, dass sich die Lösung im Laufe der nächsten Stunden von selbst ergeben würde, aber nach drei Stunden Fahrt wusste er immer noch nicht, wie er sich entscheiden sollte.

Doch als er sich dem Strand näherte, sagte ihm irgendetwas, dass Gefahr in der Luft lag. Die Jungs waren nicht besonders weit gekommen. Das hatte Fabien zwar vorhergesehen, aber trotzdem. Wenn man jeden Tag eine körperlich anstrengende und seelisch belastende Tätigkeit wie diese verrichtete, forderte dies seinen Tribut. Heute war er mit Händen zu greifen. Seine Männer waren unkonzentriert.

Das Fest hatte schon begonnen. Manche der Musikstücke erkannten sie wieder, andere nicht. Manu und Tom hatten nicht einmal bemerkt, dass Fabien zurück war, und unterhielten sich miteinander. Er überraschte sie mit einem kräftigen Schlag auf den Rücken.

»Aha! Wenn ich nicht da bin, dann macht ihr, was ihr wollt?«

Alle freuten sich, ihn wiederzusehen.

»In Ordnung, Jungs. Heute Abend wird gefeiert, aber am Montag sind wir hundertprozentig fit. Da wird uns ein Journalist besuchen!«

Er wandte sich an den Jüngsten der Crew.

»Tom, du hast geschummelt, was dein Alter angeht. Das musst du ändern: Er wird sich die Lebensläufe von uns allen ansehen. Außerdem möchte der Minister genau wissen, wer wir sind, um den bösen Zungen das Maul zu stopfen.«

Vincent passte gar nicht, was er da hörte.

Fabien beobachtete Enzo aus der Ferne. Er war immer noch mit der Mine beschäftigt. Er war einer der besten Minenräumer, mit denen Fabien je gearbeitet hatte. Trotzdem hätte er sich gewünscht, dass man sich an seine Anweisungen hielt: die Stelle markieren und auf das Militär warten. Zudem war das schon merkwürdig: Der ganze Strand war übersät von Anti-Panzerminen. Warum sollte da mittendrin, weit vom Bunker entfernt, eine kleine Tretmine sitzen? Wie ein Scharfschütze, der das von der restlichen Truppe verursachte Chaos nutzte, um da einen tödlichen Schuss abzugeben, wo man nicht damit rechnete. Als würde sich hier eine zweite Front eröffnen. Fabien nahm es sich übel, nach Lourmarin gefahren zu sein. Wo doch der neue Trupp zu ihnen stieß. Er witterte die Gefahr. Er sog sie mit vollen Lungen ein. Er versuchte ja, vernünftig zu sein, aber manchmal war das Vernünftigste eben, auf seinen Instinkt zu hören.

Das Orchester traute sich: Jazz zu sein. Swing zu sein. Die Stadt hatte diesen Abend so herbeigesehnt, dass die Musiker schon vor Einbruch der Dunkelheit angefangen hatten zu spielen. Um die Energie dieses ersten Festes zu entfesseln. Für Romanzen war später noch Zeit. Einzelne Männer und Frauen warfen sich noch Blicke zu, aber der Großteil der Paare hatte sich schon gebildet, ohne zu zögern. Magnetisch voneinander angezogen, fingen sie an, sich im Kreis zu drehen. Diese Nacht war süß und verrückt, absolut unvorhersehbar.

Auf der Terrasse schwebte Léna von einem Tisch zum anderen. Ihr geschmeidiger Körper wogte, neigte sich, um ein Glas vollzuschenken, richtete sich auf und beugte sich sanft. Ihre Haare umwoben das schmale Gesicht. Sie bediente die Gäste nicht, sie tanzte mit ihnen Walzer. Und sie wartete sehnlichst auf Fabiens Trupp. Die Terrasse war ihre Tanzfläche. Sie rief ihren Kellner, der sogleich mit einem vollen Tablett neben ihr auftauchte.

»Komisch, dass sie noch nicht da sind …«

»Sie machen sich vermutlich schick. Du kennst sie ja. Sie sind nicht gerade von der Sorte, die ihr Licht unter den Scheffel stellt.«

Sie lächelte. Richtig. Auf ihre Art waren sie beinahe Dandys mit ihren weißen Hemden, den aufgekrempelten Ärmeln und dem schmalen Tuch um den Hals oder in der Brusttasche des Anzugs, wenn sie denn einen trugen. Sie mochte ihre Haltung, ihren Blick, ihre Lässigkeit. Und doch … ein Blick auf die Uhr machte sie wieder nervös. Und mehr noch: Ein ungutes Gefühl beschlich sie.

Plötzlich zerriss eine laute Detonation den Abend, ein langgezogenes Pfeifen, weitere Explosionen …

Léna ließ ihr Tablett fallen, ihr sank das Herz. Ihre Gäste aber stürzten auf und davon und stießen dabei Stühle und Tische um. Niemand wusste, woher die Gefahr kam.

Und die Detonationen hörten nicht auf. Im Café breitete sich Panik aus, wie in den schlimmsten Momenten des Krieges, wenn alle in den Keller stürzten, weil die Sirenen losheulten.

Auf Lénas Gesicht fiel ein Licht: Eine Rakete explodierte über ihr. Dann noch eine und wieder eine. Blaue Glyziniendolden regneten vom Himmel herab, begleitet von silbernen Staubfäden. Ein Feuerwerk! Sie hatten sich vor einem spontanen, improvisierten Feuerwerk gefürchtet. Ein Schabernack. Léna war entsetzt über sich. Natürlich. Der nahe Frieden musste gefeiert werden!

Erleichtert kehrten die Gäste zu ihren Plätzen zurück. Alle lachten. Das Trauma der Bombardements steckte ihnen immer noch in den Knochen, aber heute Abend würden sie den Dummköpfen verzeihen, die ihre Ängste und Reflexe aus Kriegszeiten wieder geweckt hatten.

»Nun, sollen sie sich doch amüsieren! Bestimmt waren das junge Leute …«

Die Gespräche wurden wieder aufgenommen, nur eine Frau schien wie erstarrt. Léna eilte auf sie zu und half ihr, sich zu setzen. Die Frau nahm es sich selbst übel, das Fest zu stören.

»Oh, lieber Himmel. Ich hatte solche Angst.«

»Aber nicht doch, ich verstehe Sie! Das war nicht besonders schlau! Ich weiß auch nicht, was denen eingefallen ist. Kommen Sie, trinken Sie einen Schluck Wasser.«

»Ich war in Paris, nicht weit weg vom Bois de Boulogne, als die Engländer die Renaultwerke bombardiert haben!«

»Aber jetzt ist es vorbei. Und wir werden uns daran gewöhnen, wieder glücklich zu sein.«

Eine junge Frau betrat die Terrasse. Sie wirkte verstört. Léna erkannte sie wieder. Sie trug ein eng anliegendes schwarzes Hemdblusenkleid, das sie an Saum und Kragen verführerisch aufgeknöpft hatte. Das tiefe Dekolleté und die schon leicht gebräunten Beine, die durch den Schlitz des Kleides blitzten, ließen keinen Zweifel, dass sie für heute noch etwas vorhatte. Sie war schön an diesem Abend, dem stand also nichts im Wege. Léna lächelte ihr zu.

»Wenn Sie Manu suchen, müssen Sie noch warten. Sie sind noch nicht da.«

»Ich habe eine Explosion gehört.«

»Keine Sorge. Das waren nur irgendwelche jungen Leute, die Quatsch gemacht haben.«

Es war sieben Uhr abends, und die Minenräumer waren immer noch nicht zurück. Im Frühling, um sieben Uhr abends an der Côte d'Azur, schimmert das Licht sanft und rosig. Das ist wunderbar, aber nicht unbedingt geeignet zum Minenräumen. Fabiens Truppe fing immer früh an, weil sie früh wieder aufhören wollte. Sie hätten also längst da sein müssen. Seitdem sie die Männer kannte, hatte Léna immer Angst vor irgendeiner schlechten Nachricht, alles war ein Zeichen, jede Verspätung. Das Orchester fing wieder an zu spielen, immer noch lebhafte Musik. Die Paare tanzten, und der Alkohol stieg ihnen zu Kopf. Aber diese verdammten Kerle waren immer noch mit ihren Minen beschäftigt.

Das Feuerwerk hatte Enzo noch nervöser und angespannter gemacht. Fabien fluchte, weil er zusehen musste. Es war zu riskant: Die angeblich so leicht zu entschärfende Mine war in Wirklichkeit mit einer anderen verbunden, die wiederum an einer anderen hing und so weiter. Zwei Stunden waren sie damit nun schon beschäftigt. Enzo hatte bei der dritten Mine angefangen zu zittern, aber er ließ es sich nicht anmerken.

Und jede Mine war ein anderes Modell, was die Sache noch schwieriger machte. Ganz zu Beginn der Räumarbeiten hatten Leute, die wie er und Fabien die Verantwortung übernahmen, keinerlei theoretische Ausbildung erhalten, von einem Heftchen mal abgesehen, in dem ein paar Typen mit Auslösemechanismus und Zünder aufgelistet waren, wenn auch nicht vollständig. Enzo wäre nie auf die Idee gekommen, dass er einmal an einem einzigen Tag so viele verschiedene Minen entschärfen musste. Als müsste er das Heft im Schnelldurchgang auswendig lernen, als wollte ihm ein psychopathischer Pädagoge sämtliche Typen ins Gehirn hämmern, als würde er in Windeseile alle Modelle, alle Anmerkungen, alle Anweisungen durchgehen. Und Enzo ging sie geistig durch, aller Mühe und Anspannung zum Trotz: Friktionszünder, die vier Arten von Entlastungsminen, die vier Druckzündermodelle, die einfachen Zugzünder und die Zugzünder, die mit einem Entlastungszünder kombiniert waren, die chemischen Zünder …

Nichts war je leicht, wenn es um das Minenentschärfen ging. Max bedauerte mittlerweile, dass er Enzo geglaubt hatte und in der Nähe geblieben war. Brachte es nicht Unglück zu sagen, etwas sei leicht? Eigentlich hätten sie schon seit Stunden auf dem Fest sein sollen. Ein Kinderspiel? Niemand wagte sich zu rühren.

Fabien saß auf glühenden Kohlen. Er wusste, wie stolz Enzo war, im Guten wie im Schlechten. Er würde nie aufgeben, nicht vor den Minen, nicht vor den Männern und schon gar nicht vor den Zuschauern, die immer noch dastanden, als sähen sie einer Theateraufführung zu. Unmöglich, ihn davon abzubringen, mochte die Situation noch so riskant sein und die Minenkette jederzeit in die Luft gehen, unaufhaltsam und tödlich. Fabien konnte nichts machen. Enzo faszinierten die Minen. Es machte ihm Spaß herauszufinden, wo sie ihre Schwachstellen hatten, um sie dann zu entschärfen, ihre Reaktionen vorherzusehen, sie behutsam aus dem Sand zu holen und die Schrauben zu lockern, sie zu täuschen und auszutricksen. Dann zu drücken und zu schneiden, wann und wo es nötig war. Die Minen wollten ihn töten? Er war ihr Meister. Ihnen verdankte er es, dass er innerlich wieder Zwiesprache hielt mit sich selbst, um die Scham zu besiegen und sie, Mine für Mine, in die Schranken zu weisen, wo er sie haben wollte. Er würde allen zeigen, die seine Mutter mit Steinen beworfen hatten, dass er stärker war als die Demütigung. Er würde sie alle besiegen. Voller Zorn. Und voller Edelmut.

Dies war vielleicht einer der letzten Tage, die Fabien bei seinem Trupp verbringen würde, und er verlief beileibe nicht so, wie er sich das vorgestellt hatte. Seine Männer hatten sich schon so lange auf das Fest gefreut, stattdessen ergriff eine immer stärker werdende Anspannung von ihnen Besitz. Wie auch von den Neuen, die sich ihnen angeschlossen hatten. Einer nach dem anderen hatte sich flach auf die Erde gelegt, um sich vor der möglichen Gefahr zu schützen. Fabien aber spürte, dass das Enzo nur noch nervöser machte.

Vincent hielt es schier nicht mehr aus, dass er den Tag so reglos beenden sollte, ohne sich den Deutschen nähern zu können. Er dachte weder an Enzo noch an die tückische Farandole der Minen. Nur an Matthias, an dieses unwahrscheinliche Zusammentreffen. Das, was der Deutsche ihm sagen konnte, machte ihm ebenso viel Angst wie Hoffnung. Ob sie wohl noch ein paar Worte wechseln konnten, bevor man ihn ins Lager zurückbrachte? Vincent ließ ihn nicht aus den Augen. Gespannt wartete er auf ein Zeichen, das nicht kommen wollte. Es war Samstag. Wenn er diese Gelegenheit verpasste, würde er den ganzen Abend und den ganzen Sonntag lang grübeln, ob Matthias ihm etwas Wichtiges zu sagen hatte. Eine so lange Wartezeit schien ihm unerträglich. Das war alles, woran er denken konnte. Was den Rest anging, die Minen, so vertraute er Enzo und Fabien.

Lukas hingegen war sich sicher, dass er den Bunker heute nicht mehr erreichen würde. Mist! Fabien war zurück, und alle Augen verfolgten jede noch so kleine Bewegung von Enzo: Die Umstände waren nicht mehr so günstig. Falls sich nicht noch Gelegenheit für einen verzweifelten Fluchtversuch ergab, dann wenn die Spannung sich löste, falls sie sich denn löste, und alle zum Fest aufbrächen. Am Himmel zeigten sich die ersten rosaroten Streifen. Zuerst ein blasses Rosa, dann Pastellblau und schließlich das feurige Konzert der Rot- und Orangetöne. Heftiges Gelb, leuchtendes Pink, blutiges Orange, Violett mit türkisfarbenen Kontrasten. Die Sonne deklinierte vor dem Verlöschen ihre intensivsten Farben durch. In weniger als einer Stunde würde die Abenddämmerung hereinbrechen und das Licht im Nachtblau aufgehen. Wenn er sich die

Dunkelheit zunutze machte, könnte Lukas sich vielleicht zum Bunker schleichen, falls Matthias die anderen ablenken würde. Also blieb er wachsam, um nach einer günstigen Gelegenheit Ausschau zu halten, und mochte sie noch so klein sein. Die Männer waren mit ihren Nerven allmählich am Ende, und die Klänge des Orchesters taten ein Übriges dazu. Vielleicht war dies ja zu seinem Vorteil.

Mit einem Mal ... hob Enzo den Kopf und musterte Fabien und die anderen mit einem verzweifelten Blick: Er würde es nicht schaffen ...

»Tut mir leid. Ich hätte nicht ...«

Wer noch nicht am Boden lag, warf sich hin.

Worauf Enzo plötzlich aufsprang und in helles Gelächter ausbrach.

»Hopphopp! Zusammenpacken, Leute. Alle ab aufs Fest! Ah, ihr solltet euer Gesicht sehen.«

Während er zum Zeichen des Triumphs die Faust in die Luft streckte, ertönte ein Knall von ungeheurer Stärke und streckte ihn nieder. Eine Mine löste die andere aus, wie eine Bö, die sich gleich Furien auf den Bunker stürzte. Die dort versteckten Sprengkörper griffen den Funken auf und der Bunker zerplatzte. Der Sand erhob sich wie eine Wolke und erfüllte den ganzen Raum mit seiner Teilchenmasse. In diesem Tornado aus Quarzfragmenten, Asche und scharfen Metallteilen verschwand alles. Fabien hatte sich über Georges gelegt, um ihn zu schützen. Lukas sah, wie Matthias zusammen mit einigen anderen durch die Luft flog. Die Zeit schien stillzustehen.

Vincent musste die Lider schließen, weil ihm der Sand sonst die Augen versengt hätte. Er hatte das Gefühl, ganz in seinem Schädel zusammengestaucht zu werden. Ein unerträglich spitzes Pfeifen brach sich an dessen brennenden Knochenschalen. Von dieser betäubend lauten Musik einmal abgesehen, war alles andere extrem verlangsamt. Nichts gehörte mehr zu ihm: sein Körper, den er nicht bewegen konnte; seine Gesten, seine durcheinanderwirbelnden Sinne, sein übermäßig geschärftes Gehör, seine verdüsterte Sicht, seine unterdrückte Atmung – war nicht alles längst stehen geblieben? Die hartnäckige, schmerzhafte, besessene Musik bohrte sich immer noch in sein Trommelfell und seine Neuronen explodierten in Myriaden kristallener Wirbel. Der Wahnsinn drückte ihn nieder, jener, der ihn schon seit jeher verfolgte und sich in jeden Spalt seiner Persönlichkeit drängte, während ein unglaublicher Schmerz von ihm Besitz ergriff.

Und die Detonation.

Die Gewalt der Druckwelle, die allen den Atem raubte. Und das unfassbare Ausmaß der Erschütterung. Vincent hatte überall Schmerzen, so stark, dass er nicht mehr wusste, was ihm wehtat. Das Schlimmste ist nicht der Schmerz der Wunden. Der schlimmste Schmerz ist der, den man nicht versteht und der einfach nicht aufhört. Weil man die dichte Luft nicht atmen kann. Seine Rippen, fest wie ein Schraubstock. Sein ganzer Körper war pulverisiert. Schließlich übermannte ihn eine große Schwere. Er tauchte ein in die finstere Nacht, er wünschte sie herbei. Sie rief ihn und die anderen.

Keiner bewegte sich. Und dann war die entfesselte Apokalypse plötzlich besänftigt.

Die Betontrümmer mit ihren scharfen Kanten hatten den Strand in eine futuristisch-feindliche Zementlandschaft verwandelt. Der mit Staub vermengte Sand legte einen staubig-grauen Teppich darüber, der ihm eine bedrückende Trostlosigkeit verlieh. Darunter die unförmigen

Körper. Haut, die nicht mehr nach Haut aussah. Der Krieg gab sich nicht geschlagen, er machte weiter, voller Hohn.

Wie sollte man an jenem Tag am Strand die Lebenden von den Toten unterscheiden, unter all den beinahe nackten Körpern, gezeichnet von der grauen Sonne? Diese Körper, begraben unter dem Fallout eines Orkans aus Sand, Staub, Metall und Stein?

Nach dem Furor der Explosion breitete sich eine Stille aus, die nicht minder schrecklich war. Nichts bewegte sich. Die Vögel waren panisch davongeflogen, der Wind flaute abrupt ab. Nach dem betäubenden Knall schienen die Elemente plötzlich erstarrt zu sein.

Diejenigen, die sich am weitesten weg vom Bunker aufgehalten hatten, erhoben sich als Erste mühselig aus dem Staub. Um sich wieder unter die Lebenden zu mischen. Sie würden allen dankbar sein, die überlebt hatten. Dieses Verlangen, um sich herum Leben zu spüren, ließ sie sich bewegen, trotz der Schmerzen. Was ihr gemarterter Körper und ihre geschundene Seele wollten, war Ruhe, für immer. Niemand sollte sie anfassen, niemand irgendwelche Fragen stellen, nichts, was ihnen eine übermenschliche Anstrengung abverlangt hätte. Ausgetrocknet wie sie waren, wollten sie doch kein Wasser. Eine Flasche an ihre Lippen zu führen war schon zu viel. Denken wäre unmöglich gewesen. Sie hatten das absolute Leid erfahren. Und so empfanden viele den Tod als einzige Zuflucht und überließen sich ihm.

Gepackt von dem Grauen, das der Explosion folgte, die inwendig erbarmungslos alles zerstörte.

Es erforderte Mut, sich aus diesem Abgrund herauszuwühlen. Aber Vincent spürte seinen Lebenswillen aufflackern und tauchte hervor aus der Tiefe. Nur mit Mühe konnte er die Augen öffnen. Die Sonne blendete ihn nach der plötzlichen Finsternis. Er war an Armen, Oberkörper und im Gesicht verletzt. Eine Hand konnte er ein bisschen bewegen, dann die andere und schließlich sehr vorsichtig seine Füße. Er versuchte aufzustehen. Er ahnte noch nicht, wie sehr die mächtige Druckwelle seinen schmerzenden Körper in Mitleidenschaft gezogen, ihm Magen und Lunge zusammengequetscht und ihre Wucht gegen jeden seiner Knochen gerichtet hatte. Er konnte nicht atmen. Seine Lungen schienen in einer engen Zwangsjacke zu stecken. Und doch erhob er sich mühsam, ohne wirklich daran zu glauben. Und er bewegte sich unter Schmerzen zwischen Körpern, die, unkenntlich und in ein gleichförmiges Ascheкleid gehüllt, litten wie er.

Der Gedanke an Matthias hatte ihm die Kraft gegeben, wieder aufzustehen. Wenn er am Leben war, würde er ihm alles offenbaren, was er ihm bisher verschwiegen hatte. Und wenn er es mit seinem letzten Atemzug tat. Aus Mitleid.

Aber Vincent konnte ihn in dem tragischen Chaos aus Staub nicht ausfindig machen. Er irrte von Körper zu Körper, und es war ihm egal, sollte man ihm später vorwerfen, er habe als Erstes einem Deutschen geholfen. Er hatte sich nicht all den Gefahren ausgesetzt, nur um dann doch nicht zu erfahren, was der einzige Mensch, der ihm von Ariane erzählen konnte, wusste. Vincents Überleben hing einzig von diesem Mann ab.

Lukas, der neben dem Musiker lag, raffte sich unter Schmerzen auf. Ihn sah Vincent als Ersten. Er murmelte auf Deutsch ein paar Worte, die Vincent nur teilweise verstand. Er bat ihn um Verzeihung. Aber Matthias musste überleben. Er war noch so jung …

Vincent fiel neben den beiden auf die Knie. Matthias verlor Blut. Viel Blut. Es hörte nicht auf, aus dem unbeweglichen Körper zu rinnen, und bildete auf der Staubdecke einen dunkelroten Spiegel. Es war schlimm anzusehen, als würde der Strand selbst bluten. Vincent, der wegen der Explosion und der herumschwirrenden Sandteilchen immer noch nicht richtig sah, versuchte seinen Blick zu fokussieren. Was er sah, ließ ihn auf der Stelle hellwach werden.

Er untersuchte den Musiker, zählte seinen Puls, horchte hektisch auf seinen Atem: Matthias atmete, wenn auch schwach. Vincent zog sein Hemd aus, riss die Ärmel ab und machte aus dem Lederband seiner Trinkflasche eine Binde, mit der er den Blutfluss stillen konnte.

Am anderen Ende des Strands kam Léna angelaufen. Als sie Fabien sah, der wie leblos und mit geschlossenen Augen am Boden lag, stürzte sie auf ihn zu. Sie sprach ihn an, er antwortete nicht. Voller Panik klopfte sie ihm auf die Wangen, immer wieder, um ihn aufzuwecken. Ihre Angst wurde unerträglich. Er musste endlich aufwachen. Es ging einfach nicht, dass er sich so verabschiedete, nicht jetzt und nicht so.

Mit einiger Mühe gelang es Fabien, die Augen aufzumachen. Sein Blick war leer, die Pupillen stark geweitet.

»Fabien, sag doch was.«

Sein Kiefer sperrte sich. Er bekam kaum etwas heraus:

»Eine Minenkette … alle miteinander verbunden … fiese Falle.«

»Aurélien hat die Sanitäter verständigt.«

»Mein Trupp? Enzo … Max … Vincent?«

Léna sah, dass ein deutscher Gefangener aufstand und wegging, als wollte er fliehen. Fabien folgte ihrem Blick, weil er wissen wollte, was ihre Aufmerksamkeit erregt hatte. Unter größter Anstrengung versuchte er, aufzustehen, um den Gefangenen aufzuhalten. Léna verbot ihm das.

»Still. Sofort legst du dich wieder hin.«

Doch anders als Fabien befürchtet hatte, ging der Gefangene zu Thibault hinüber, der unter dem Schutt begraben war, und winkte die Helfer herbei. Fabien ließ sich wieder zu Boden sinken, die Augen fest in den Himmel gerichtet. Die Wolken dehnten sich von Neuem aus und begannen ihre langsame Wanderung. Das Licht veränderte sich. Die untergehende Sonne zeigte sich in ihrer ganzen majestätischen Schönheit und ließ sich vom Tod nicht rühren.

Fabien bestand darauf aufzustehen, weil er wissen wollte, wer überlebt hatte. Léna aber ließ seine Hand nicht mehr los. Nicht weil es ihr an Mut fehlte oder das Blut ihr Angst machte. Aber das Gefühl, dass Fabien sich in die Ewigkeit aufmachen würde, sobald sie ihn auch nur eine Minute aus den Augen ließe, wollte nicht weggehen. Sie erkannte in seinen Zügen den Überdruss, der dem Aufgeben vorausgeht, die Mattigkeit und den Blick derer, die am Ende ihrer Kraft waren, die Konturen, die in einem Augenblick verloschen, die tiefen Schatten unter den Augen, die allmählich alles verdunkelten. Und das gefiel ihr nicht.

Die Sanitäter versuchten, methodisch vorzugehen. Wie zuvor die Minenräumer unterteilten sie den Strand in Quadrate, um nach Verletzten zu suchen. Doch fast jedes Mal kamen sie zu spät. Die Gefahr missachtend liefen sie von einem Toten zum anderen und verzichteten darauf, sie zuzudecken, um keine Zeit zu verlieren. Immer in der Hoffnung, wenigstens einen retten zu können. Léna hob den Arm, um sie auf sich aufmerksam zu machen.

Fabien hielt ihn fest. Er wollte keine medizinische Hilfe. Die anderen zuerst. Er würde schon durchhalten. Sie nickte, stimmte ihm zu, weil sie alles tat, was er wollte. Gleichzeitig gab sie mit der freien Hand hinter seinem Rücken den Sanitätern weiter Zeichen.

Plötzlich erhob sich aus all dem Stöhnen dieser unmenschliche Schrei, der einem die Seele zerriss … Matthias. Vincent hatte beschlossen, die Wunde an seinem Bein zu kauterisieren. Seine provisorische Aderpresse hatte den Blutverlust nicht aufhalten können. Matthias hatte eine weitere Wunde an der Leiste. Vincent hatte das Messer vom Bajonett gezogen, Lukas Feuer gemacht. Vincent erhitzte die Klinge in der offenen Flamme und brannte mit dem glühenden Metall die Wundränder des jungen Musikers aus. Georges, der dazugekommen war, zog seine Flasche miesen Whiskys hervor. Nicht einmal er konnte die Schreie des Deutschen ertragen. Lukas flößte Matthias etwas von dem Fusel ein. Er legte seinen Kopf in den Nacken und drückte mit der einen Hand seine Zähne auseinander, während er die rettende Flüssigkeit in den Mund träufelte. Ein Tropfen Alkohol im Meer der Schmerzen. Aber er hätte alles getan, um dem jungen Mann zu helfen, dem er die Freiheit versprochen hatte. Matthias verlor das Bewusstsein.

Vincent prüfte seinen Puls. Nichts. Herzstillstand. Matthias atmete nicht mehr. Sie waren dabei, ihn zu verlieren. Auf das Risiko hin, ihm die Rippen zu brechen, begann er mit einer kräftigen Herzmassage. Es blieb ihm nichts anderes übrig. Er musste ihn Mund zu Mund beatmen, um ihn zu retten. Er kämpfte um das Leben des Deutschen, wie er es gelernt hatte, und merkte nicht, wie Fabien ihn aus einigen Metern Entfernung beobachtete. Er war überrascht über die unvermuteten Fähigkeiten des Neuankömmlings. Dann aber musste er sich wieder hinsetzen, das Stehen war für ihn zu anstrengend.

Matthias kam wieder zu sich und heulte vor Schmerz. Vincent hatte ihn – aber für wie lange? – ins Leben zurückholen können. Der Musiker betrachtete seine Hände, an denen nichts mehr war, was an eine Hand erinnerte, und er fing wieder an zu schreien. Die Sanitäter stießen dazu und legten ihn auf eine Trage. Jede Bewegung ließ den Schmerz frisch auflodern. Eine Krankenschwester gab ihm zwei Dosen Morphin. Ob sie ihm eine dritte geben sollte, wollte sie von dem Arzt an ihrer Seite wissen. Schließlich war das Medikament rationiert, und alle hier schienen es zu brauchen, aber dieser unglaubliche Schmerz ... Das war natürlich nicht schön, aber der Arzt verschob die Antwort auf später, wenn sie in der Krankenstation für die Kriegsgefangenen wären.

Jetzt mischte sich Vincent ein, in einem letzten Versuch, dem jungen Mann zu helfen. Er beschied mit der Autorität des Arztes, dass diese Sache keinen Aufschub mehr duldete.

»Die Krankenstationen für die Gefangenen sind nicht so gut ausgestattet wie unsere Krankenhäuser. Wenn er nicht nach Marseille gebracht wird, hat er keine Chance. Und was seine Hände angeht, braucht er den bestmöglichen orthopädischen Chirurgen.«

Vincents Befehlston kam dem Arzt merkwürdig vor. Er sah Vincent an, sein eingefallenes Gesicht, seine schlechte Kleidung und seine blutenden Wunden. Jedenfalls sei das nicht die übliche Vorgehensweise, widersprach er. Aber Vincent duldete keinen Widerspruch.

»Er riskiert beim Minenräumen genauso viel wie wir. Hier kann es kein Zögern geben. Sonst stirbt er.«

Vincents Worte wirkten überzeugend. Der Arzt bedeutete den Sanitätern, Matthias sofort ins Krankenhaus zu schaffen.

Lukas kniete immer noch im Sand, völlig reglos. Er zuckte nicht einmal zusammen, als Vincent ihm die Hand auf die Schulter legte.

»Es tut mir leid.«

Lukas sah ihn an, immer noch unsicher, ob Vincent es

ehrlich meinte oder nur neue Informationen haben wollte. Mit einiger Mühe ließ Vincent sich neben ihm im Sand nieder.

Lukas überlegte eine Weile, dann zog er ein Buch aus der Tasche, das ziemlich zerfleddert war. Er blätterte es durch, kam schließlich bei einer Seite an und kritzelte eilig ein paar Worte an den Rand, bevor er sie herausriss und Vincent gab.

»Würdest du das zu Matthias ins Krankenhaus bringen? Wenn er …«

Er vollendete den Satz nicht. Keiner von ihnen wollte gern vom Tod sprechen, so als müssten sie ihn nur erwähnen, um ihn herbeizurufen, wie durch einen Fluch, der schlimmer war als die Explosion selbst. Vincents Blick lag unverwandt in Lukas' blauen Augen, die noch heller waren als sonst, fast schon durchscheinend, auf seinem verschlossenen Gesicht und den zusammengebissenen Zähnen: Lukas kämpfte seine Tränen nieder. Zum ersten Mal sah Vincent etwas, was ihm beinahe unmöglich erschien: einen Deutschen mit Tränen in den Augen. Und er bemerkte mit Erstaunen, wie sich in ihm ein Gedanke, wenn auch nur sehr schwach, erhob: Zu anderen Zeiten, unter einem anderen Himmel hätte Lukas auch sein Freund sein können. Und dass es kein Zufall war, dass er sich an ihn gewandt hatte.

»Ich verspreche es dir.«

In dem Augenblick, in dem Lukas seine Worte niederschrieb, schoss Vincent ein verrückter Gedanke durch den Kopf: dass diese Botschaft eigentlich für ihn bestimmt war. Er war ganz sicher: Lukas hatte vermutlich mit Matthias gesprochen, er musste wissen, wo Ariane sich aufhielt.

Obwohl ihm klar war, dass die Botschaft Matthias galt, war sich Vincent sicher, dass sie verborgen zwischen den Zeilen einen Hintersinn hatte, den man nur entschlüsseln musste.

Und so kehrte er ins Atelier zurück, erleichtert, dass Saskia nicht da war. Er wollte Lukas' Botschaft wieder und wieder lesen, bis er sie endlich verstanden hatte. Er säuberte nicht einmal seine Wunden. Den Schmerz bemerkte er nicht. Als Erstes sah er die Fotos der Soldaten durch, die Audrey ihm gebracht hatte. Matthias war der Soldat, den Audrey im Sinn gehabt hatte.

Und so stürzte Vincent sich in die Lektüre der wenigen Zeilen am Rand der Buchseite, als ginge es darum, die Hieroglyphen auf dem Stein von Rosette zu entziffern. Doch die Worte waren einfach. Lukas bat Matthias um Vergebung. Er würde sich nie verzeihen, was geschehen war. Und er versprach dem jungen Mann, dass er ihm helfen würde, wieder bei den Philharmonikern unterzukommen, sollten sie beide den Krieg überleben. Er würde dort Leute kennen, die Matthias weiterhelfen konnten. Lukas hatte Matthias dazu gedrängt, sich zu den Minenräumern zu melden, so viel war Vincent klar. Er fragte sich natürlich, welche Gründe er dafür gehabt haben mochte, aber darüber hinaus war es unmöglich, aus der Nachricht einen Doppelsinn herauszulesen, irgendeine Nachricht, die für Vincent bestimmt war.

Der Text, an dessen Rand Lukas seine Botschaft geschrieben hatte, war ein Gedicht von Heinrich Heine. Wie wohl die anderen Deutschen darüber dachten? Heine war ein großer Dichter, aber er war auch frankophil gewesen. Er hatte im letzten Jahrhundert in Frankreich gelebt, war mit einer Französin verheiratet gewesen und wurde in Deutschland zensiert, ja von den Nazis verhöhnt. Wollte Lukas mit seiner Wertschätzung für Heine den Franzosen etwa weismachen, dass auch er Frankreich liebte?

Vincent war sicher, dass Lukas das Gedicht nicht zufällig ausgesucht hatte. Natürlich würde das wieder und wieder gelesene Buch ganz von selbst in etwa da aufklappen, wo das Gedicht stand. Aber nein, Lukas hatte blättern müssen. Er suchte also genau dieses Gedicht.

»Ich habe Ihnen ja gesagt, dass Sie damit aufhören sollen!«

Vincent hob den Kopf. Saskia stand vor ihm. Sie zitterte vor Angst und Zorn. Sie hatte erst sehr spät beschlossen, auf dem Fest Ausschau nach Rodolphe zu halten, und war daher erst lange nach der Explosion an den Ort des Geschehens gekommen. Sie hatte den Strand nach Vincent abgesucht, ohne ihn zu finden. Jemand erzählte ihr, dass man drei Schwerverletzte ins Krankenhaus gebracht hatte und dass es gut ein Dutzend Tote gab. Natürlich hatte sie angenommen, dass er darunter war.

Saskia schäumte vor Wut auf Vincent, der beim Minenräumen sein Leben riskierte. Sie war außer sich. So sehr, dass sie am liebsten auf ihn eingeprügelt hätte, trotz der Wunden, die sich durch die Fetzen seiner Kleidung abzeichneten.

»Glauben Sie wirklich, dass Sie immer so ungeschoren davonkommen werden? Dass Sie stärker sind als alle anderen?«

Vincent antwortete nicht. Er spürte, dass sie noch nicht geendet hatte. Natürlich. Und sie hatte noch etwas gehört, das sie zutiefst erschütterte.

»Man hat mir gesagt, dass ein Franzose einen Deutschen gerettet hat. Waren Sie das?«

Er musste gar nicht antworten. Sie sah es ihm an.

»Warum haben Sie das getan?«

»Weil er im Sterben lag.«

Saskia sah, wie Vincent versuchte, die Buchseite zu verbergen, die Lukas ihm gegeben hatte. Sie nahm ihm das Blatt aus der Hand.

»Das ist eine Botschaft, die ich dem Deutschen bringen soll, der verwundet wurde.«

»Und Sie haben sie gelesen? Ich hätte Sie für etwas diskreter gehalten.«

»Ich glaubte, dass die hingekritzelten Worte für den Deutschen gedacht sind, das Gedicht aber für mich.«

Sie überflog den Text.

»Und Sie sind darauf hereingefallen? Er versteckt sich hinter Heine. Das ist eine Lüge! Er will Ihnen doch nur vormachen, dass er Frankreich liebt, aber einem Deutschen kann man nicht trauen!«

»Sie trauen Heine nicht?«

»Ich glaube dem Deutschen nicht!«

»Aber Sie kennen ihn doch gar nicht.«

»Wollen Sie mir jetzt erzählen, dass er ein guter Mensch ist, nicht wie die anderen, und dass nicht alle Deutschen gleich sind?! Dieses feige Gewäsch!«

»Ich wollte Sie nicht beleidigen. Verzeihen Sie!«

Saskia hatte ganz vergessen, dass ein Mann sich entschuldigen konnte. Sie legte den Kopf zur Seite, um ihm zu bedeuten, dass sie seine Entschuldigung annahm.

»Gut, aber am Montag gehen Sie nicht zum Minenräumen.«

»Tut mir leid. Ich werde weitermachen.«

»Weil Sie auch sterben wollen?«

»Sagen Sie nicht so etwas.«

»Wenn ich es nicht sage, werde ich mir das mein Leben lang übelnehmen.«

Sie hatte nicht den Mut gehabt, ihm zu gestehen, dass ihre Schwester neben ihr gestorben war, auf derselben schmutzigen Matratze. Dass sie den Übergang vom Leben zum Tod gesehen hatte, ein einziger Augenblick, gegen den man nichts vermag. Und doch glaubte Saskia immer noch, dass sie das Leben ihrer Schwester, ihrer beider Leben hätte retten können, wenn sie nur einen Moment früher reagiert hätte, vor dem Moment, als alles zusammenbrach, als alles unwiderruflich wurde. Und dieser Gedanke verfolgte sie. Es gab Augenblicke, in denen sie aufhören konnte, sich deswegen zu verurteilen. In diesen Augenblicken war sie ihrer Schwester böse, weil sie sie allein gelassen hatte. Aber eine Sekunde später machte sie sich Vorwürfe, weil sie wütend auf ihre Schwester gewesen war.

Sie konnte Vincent nichts davon sagen, aber er spürte den Zorn, der sie umwehte, sie bedrückte, ihr die Schuld zuwies.

Er stand auf und ging zum Wasserhahn, formte die Hände zu einer Schale, sodass er daraus trinken konnte.

Als er weiterhin keinerlei Reaktion zeigte, verlor sie jede Beherrschung. Sein Schweigen ließ sie außer sich geraten vor Wut, jene Wut, die sie so lange in sich verschlossen hatte. Die sie in sich trug, jederzeit bereit zu explodieren, seit man ihre Familie verhaftet hatte. Die Wut in den Zügen, die Wut im Lager, die Wut, als sie ihre Mutter nackt sah, als man jenen Menschen demütigte, den sie mehr als alles andere liebte. Sie schlug auf ihn ein, damit er endlich aufhörte, damit er aufwachte und klar sah. Er musste leben. Er konnte sein Leben nicht einfach für sinnlos halten, sich einfach in Stücke reißen lassen, schlimmer als ein Autoreifen, der auf heißem Teer platzt. Er durfte das nicht einfach akzeptieren. Und ja, das hatte auch mit Egoismus zu tun: Sie wollte ihn nicht sterben sehen. Auch wenn sie es nicht sagen konnte, aber der Tod schien ihr ein Unbekannter, den sie fast sehen und berühren konnte, so nah war sie ihm schon gewesen. Er schlich um Saskia herum und nahm ihr alle Menschen, die sie liebte. Es gab Menschen, die vor ihm wegliefen, die ihn ignorierten. Und solche, die nicht über ihn sprechen wollten, weil sie ihn verdrängten oder abergläubisch waren. Saskia war da anders. Sie würde sich dem Tod stellen. Sie machte daraus ihre ganz persönliche Angelegenheit. Sie würde nicht zulassen, dass der Tod immer wieder gewann.

Die fünf Holzgestelle, die man für die Sargminen brauchte, erinnerten an Galgen. Man konnte nicht sagen, ob sie für die Sprengladungen bestimmt waren oder für die Minenräumer. Fünf, ein düsteres Omen, denn genauso viele Männer von Fabiens Truppe waren am Vorabend ums Leben gekommen.

Am Tag danach, nach dem Fest und nach dem Unglück, waren am Strand nur noch die Trümmer des gesprengten Bunkers zu sehen, abgerissene Gliedmaßen aus Zement mit Adern aus Stahl. Fetzen aus Stoff vermischten sich mit Fetzen von Menschen. Aber das Auge gewöhnte sich an den Anblick. Die Krater der Explosion verwandelten die skandalöse Nachkriegskatastrophe, von der kaum einer sprach, in eine Mondlandschaft.

Nachdem die Sanitäter Fabien auf Lénas Drängen untersucht hatten, hatte sie ihn mit zu sich nach Hause genommen, in ihre Wohnung über dem Café. Sie nahm Fabien die Verbände ab, in die sich der Sand gefressen hatte, desinfizierte seine Wunden, verband seinen Arm frisch und deckte sein Bein mit sauberem Tuch ab. Anschließend hatte sie ihm etwas zu essen gemacht und etwas zum Anziehen für die Nacht gegeben. Er war auf der Stelle eingeschlafen. Plötzlich aber schreckte er wieder hoch. Seine Stirn war eiskalt und kochend heiß zugleich. Er fantasierte.

Und so versorgte sie ihn in jener Nacht mit ihrer höchsteigenen Medizin. Sie wusste, wie sie das Fieber senken und seinen Schmerz lindern konnte. Léna flößte ihm Weidenrindenextrakt ein, von Bäumen, die sie selbst ausgesucht hatte. Sie machte ihm Wickel aus Tonerde und Pflanzenbrei.

Dann kochte sie Wasser auf und warf getrocknete Blüten und Blätter hinein. Sie gab ihm Wacholderöl, um den Körper zu stärken. Den Wacholder hatte sie in der Garrigue gesammelt. Von der es hieß, sie stamme direkt vom brennenden Dornbusch der Bibel ab. Léna setzte alle Schätze ihrer Pflanzenapotheke ein, von Arnika bis zur Immortelle. Sie rieb ihn mit einem Mazerat aus Johanniskraut ein, dessen Blüten noch in der Flüssigkeit schwammen. Das Öl war dunkelrot wie Granatapfelsirup. Und als Fabien endlich aufwachte, erzählte sie ihm, dass diese Blüten sowohl den Körper genesen als auch die blauen Flecken auf der Seele verschwinden ließen. Er ließ sie gewähren und fiel wieder in einen tiefen Schlaf.

Später holte Léna aus Fabiens Unterkunft frische Sachen für ihn und auch die Telefonnummer des Minenräumdienstes, dem sie Bescheid gab.

Auch wenn Fabien sie darum gebeten hatte, fühlte sie sich wie eine Einbrecherin. Sie wusste von Fabien nicht mehr als die paar Belanglosigkeiten, die sie im Café miteinander austauschten. Heute Nacht hatte sie seinen Körper, sein Fieber und seine Haut gebändigt. Trotzdem kam sie sich wie ein Eindringling in seiner Welt vor. Bücher, Gedichtbände – meist von den Surrealisten – und ein paar Jazzplatten, meist amerikanische. Léna erkannte das Cover von *Mademoiselle Swing* und lächelte. Und natürlich gab es einen Plattenspieler und ein Radio. Briefe in ihren Umschlägen, sorgfältig geordnet und gebündelt mit Bindfaden oder Schleifen. Fotos von Fabiens Eltern, von einem jüngeren Mann, der ihm ähnlich sah, sicher sein Bruder. Über sie sprach er nie. Ebenso wenig wie über die junge Frau, auf deren Foto Lénas Blick nun fiel. Es zerriss ihr insgeheim das Herz. Sie war ganz anders als Léna. Sie hätte alles gegeben, um so ein strahlendes Lächeln zu haben, solch wunderschöne Locken und so einen modernen Haarschnitt. Und dann diese hellen Augen, die ihr so viel verführerischer vorkamen als ihre dunklen.

Das Foto, das ihr den stärksten Stich versetzte, war im Hof einer Universität aufgenommen worden. Die Schöne war von einer Gruppe junger Männer von etwa zwanzig Jahren umgeben, die sicher alle in sie verliebt waren. Sie hatte also nicht nur einen modischen Haarschnitt, sondern auch noch einen klugen Kopf: Offensichtlich war sie Wissenschaftlerin, eine Pionierin, das einzige Mädchen inmitten der künftigen Elite. Die Menschen, von denen Léna umgeben war, waren die Gäste auf der Terrasse ... Auch sie fühlte sich als Pionierin, wenn auch von anderer Art. Léna hatte keine höhere Schule besuchen können, doch sie hatte ihr Schicksal trotzdem in die Hände genommen. Von keinem Mann abhängig, hatte niemand ihr je vorgeschrieben, was sie zu tun hatte. Die höfliche, kultiviert-verzweifelte Unterwerfung ihrer Mutter hatte Léna für sich abgelehnt, auch wenn sie ihre Mutter liebte und sie nicht verurteilte. In ihrer Familie hatte jede Frau dafür gesorgt, dass es den Frauen, die nach ihr kamen, besser erging. So setzten die Frauen sich durch. Léna fühlte sich dieser jungen Frau, die sicher nicht mehr da war, schwesterlich verbunden und würde sie stets respektieren.

Dann aber entdeckte sie unter den vielen Kleidungsstücken, die sie für Fabien zusammensuchte, etwas, von dem sie lieber nichts gewusst hätte. Ein Erinnerungsstück, das Fabien aus seiner Zeit in der Résistance behalten hatte, wie seine Gespenster, seine Albträume, seine Sehnsucht. Es lag in einer kleinen Pillendose aus Metall. Sie war nicht beschriftet, aber Léna hatte nicht den geringsten Zweifel: Sicher befand sich darin die Giftkapsel, die alle Résistancekämpfer immer bei sich trugen. Das tragische »Sesam, öffne dich«, das verhinderte, dass man unter der Folter redete. Damit man die Genossen nicht verriet, endlich mit dem Heulen aufhören und sterben konnte. Warum nur hatte Fabien die Zyankalikapsel bewahrt wie ein kostbares Gut?

Als Léna zurück zum Café kam, stieg Irène, die Frau, die sie am Vortag kennengelernt hatte, gerade in ihr Auto. »Und? Haben Sie Ihren Mediziner gefunden? Wie hieß er noch gleich?«

»Hadrien? Ich habe den ganzen Abend gewartet, aber niemanden gesehen. Und jetzt muss ich wirklich weg.«

»Kann ich noch etwas für Sie tun?«

Irène gab ihr das Foto, das sie Léna am Vortag gezeigt hatte.

»Wenn Sie ihn je sehen sollten ... Wissen Sie noch?«

»Ja. Er sucht eine Frau namens ...«

»Ariane.«

»Aber Ariane will nicht, dass man sie sucht.«

Irène nickte. Léna versprach, ihre Kellner und die Gäste nach dem Mann zu fragen, und wünschte Irène viel Erfolg für ihre Mission. Drinnen im Café zeigte sie Aurélien das Bild. Er sah es sich noch einmal an: Irène hatte auch ihn gefragt.

»Wissen Sie, an wen mich das Bild erinnert? Natürlich sieht er darauf kräftiger und jünger aus.«

»An wen denn?«

»An den Neuen beim Minenräumkommando. Vincent.«

»Nur dass der hier Hadrien heißt und Arzt ist! Es würde mich außerdem sehr wundern, dass sich ein Arzt zu uns ins Café verirren sollte, aber man weiß ja nie. Der Frau schien die Sache jedenfalls wichtig zu sein.«

Léna überließ ihm das Foto, und Aurélien schüttelte zweifelnd den Kopf.

Oben in ihrer Wohnung legte sie Kleidung und Schallplatten auf den Tisch. Fabien war immerhin wach. Rundum fiel sein Blick auf Fläschchen, getrocknete Blüten und Pflanzenteile. Léna fürchtete fast, er würde sie für eine Hexe halten, aber er lächelte ihr zu. Sie machte ihm eine heiße Brühe und behandelte ihn danach wieder mit ihren Zaubertränken. Fabien stieg der Duft von Thymian in die Nase, von Salbei oder Rosmarin. Dann wieder roch er gar nichts und verstand noch weniger, aber er überließ sich Lénas Händen. Die Aromen dieser althergebrachten Magie hüllten ihn ein. Er schloss die Augen und der Schmerz löste sich auf unter warmen, duftenden Wickeln und Salben, unter dem mit Eukalyptus und Minze parfümierten Wachs. Sie betörte ihn mit Baldrian, ohne dass er sich gegen dieses Kraut wehrte, das die Katzen verrückt macht und die Seele beruhigt. So konnte er zumindest für kurze Zeit dieser schrecklichen Angst entfliehen, der übermächtigen Panik vor dem Knall. Er hörte auf, sich alle möglichen schlimmen Dinge vorzustellen, die in seinem Körper vielleicht vor sich gingen, im geheimen Inneren seiner Lungen, in den unsichtbaren Mäandern der Organe. Er fühlte sich wie pulverisiert und durchlebte dieses Gefühl wieder und wieder. Zuerst die Panik, dann die Mattigkeit, eine Art heilsamer Entkräftung. Fabien war religionslos, und so konnte auch kein Wort eines Gottes ihn gesunden lassen. Lénas Haut hingegen, die die seine berührte, die vermochte das. Er glaubte nicht an Wunder, aber Léna wusste, wie man sie herbeizauberte.

Sie sagte nicht: »Ich habe es dir immer gesagt.«

Er sagte nicht: »Man hat mir eine Stellung in Paris angeboten.«

Sie mussten nicht miteinander reden, sondern sich nur gegenseitig entdecken. Wenn Léna im Café arbeitete, war sie in Bewegung, sah einem direkt in die Augen und lachte laut. Bei sich zu Hause waren ihre Bewegungen sachte, ihre Stimme sanft. Sie war ganz Süße. Er, der ewig Unruhige aber, überließ sich einem ungewohnten Gefühl großen Friedens.

Sie hatte ihm angeboten, er könne in ihrem Bett schlafen. Seit dem Vorabend nächtigte Léna auf einer Sitzbank in einem anderen Raum. Einmal, als sie nachts erwachte, sah sie, dass Fabien auf dem Boden schlief. Seit dem Ende der Kämpfe hatte er sich nicht mehr an ein richtiges Bett gewöhnen können. Er tat so, als wäre das reine Gewohnheit. Doch Léna begriff, dass er sich das schlicht nicht erlaubte.

Fabien schlief nicht wieder ein. Er erwartete den Morgen. Nicht weil er wieder Schmerzen hatte. Damit wurde er mittlerweile fertig. Aber er war der Chef seines Trupps und musste sich um die Angelegenheiten der Unglücksopfer kümmern: Das wenige zusammensammeln, was ihnen gehört hatte. Und das Schlimmste: die Familien von ihrem Tod verständigen.

Am Morgen wechselten er und Léna kein Wort über das, was in der Nacht passiert war, als Fabien sich ganz ihren Händen, der Alchemie zwischen ihnen überlassen hatte. Sie erneuerte seine Verbände. Dann nahmen sie schweigend ihr Frühstück ein. Als sie vom Tisch aufstand, um das Café aufzusperren, sagte sie, ohne groß nachzudenken: »Bis heute Abend.« Und Fabien antwortete: »Bis heute Abend.« Er war schon unterwegs, als ihm das bewusst wurde, musste aber unwillkürlich lächeln.

In der Pension, in der drei der verunglückten Minensucher gewohnt hatten, und auf dem Bauernhof, wo die beiden anderen Toten untergekommen waren, war keine Miete offen: Die Vermieter hatten das Geld im Voraus verlangt. Sie rechtfertigten sich vor Fabien. Natürlich wirkte es ein wenig schofel, wenn man auf Vorauszahlung bestand aus Angst, dass die Person vielleicht starb, bevor man sein Geld bekommen hatte. Aber Fabien müsste auch sie verstehen: Einem Minenräumer Kredit einzuräumen war ja doch ein gewisses Risiko. Fabien schnitt ihnen das Wort ab: Ihn interessierte nur, dass diese Leute sich nichts unter den Nagel rissen, was seinen Männern gehört hatte. Die Toten brauchten diese Dinge vielleicht nicht mehr, ihre Angehörigen aber schon.

Fabien verstaute die Habseligkeiten seiner Kameraden im Jeep von Max. Die Stadtverwaltung würde sie an die Familien schicken.

Einer der Vermieter lief ihm sogar hinterher und hielt ihm eine Segeltuchtasche hin, offensichtlich vom schlechten Gewissen gepackt. Beim Aufmachen fand Fabien darin Geldscheine und ein Heft. Der Vermieter schwor hoch und heilig, dass noch alles Geld da war, aber Fabien fragte sich, ob er nicht doch einen Teil abgezweigt hatte. Als er das Heft aufschlug, stellte er erstaunt fest, dass es Hubert gehört hatte.

»Hubert hat bei Ihnen geschlafen?«

Der Vermieter nickte. Anscheinend war das Zimmer hier billiger als die Unterkunft, die Hubert zuvor bewohnt hatte. Und es gab wohl besseres Essen. Kein Wunder, der

Mann war Bäcker. Aber Hubert hatte sein neues Logis nicht lange nutzen können. Er war nicht mehr aufgetaucht, daher dachte sein Vermieter, er sei bei dem Unglück ums Leben gekommen.

Fabien bedankte sich und fuhr los. Hubert war gar nicht am Strand gewesen, als die Explosion erfolgte, und hatte keinem Menschen gesagt, wohin er wollte …

Hatte er vielleicht Angst, sich bei ihrem Trupp noch mal sehen zu lassen, nachdem er an einem so folgenschweren Tag von der Arbeit weggeblieben war? Oder hatte er Fabiens Abwesenheit genutzt, um die Minenräumerei ein für alle Mal hinter sich zu lassen und zu den Seinen zurückzukehren, ohne lange Erklärungen abgeben zu müssen? Das war auch mit anderen schon passiert. Aber natürlich konnte er auch Opfer eines Streits oder eines Unfalls geworden sein … Falls ja, würde Fabien es erfahren. Ohnehin konnte er sich nicht mehr länger mit dieser Angelegenheit beschäftigen. Er hatte viel zu tun.

Er fuhr bei den anderen Vermietern vorbei und danach zum Kriegsgefangenenlager. Er kannte den Leiter, der früher im Maquis des Maures aktiv gewesen war, gut und schätzte ihn sehr. Sie unterhielten sich einen Moment lang über die Deutschen in der Gruppe. Fabien wollte mehr über sie erfahren. Auch ihre Familien mussten informiert werden. Obwohl das sicher nicht einfach sein würde. Der anhaltende Krieg in Deutschland hatte das Land ins Chaos gestürzt, die Kommunikationskanäle waren unterbrochen.

Es war das erste Mal, dass Fabien sah, wie die Deutschen im Lager lebten. Nun verstand er, was manche dazu brachte, sich zu den Räumkommandos zu melden, statt weiter hier hinter Stacheldraht ausharren zu müssen.

Als Nächstes musste er die Akten der verletzten bzw. verstorbenen Minenräumer seines Trupps besorgen. Dazu musste er den Rekrutierungsbeamten wecken, damit er ihm sein Büro aufsperrte. Der Mann hatte wohl beim Fest zu viel billigen Wein getrunken. Jedenfalls war er das ganze Wochenende nicht aus dem Bett gekommen. Er wusste nicht mal, wo er war, als jemand an die Tür hämmerte.

Kaum war er wieder halbwegs bei Verstand, schwor er Stein und Bein, dass er alle Bewerber auf die Gefahren des Minenräumens hingewiesen hatte: Er dürfe schließlich die Risiken nicht kleinreden.

»Aber was nützt es denn? Selbst wenn man ihnen nichts verschweigt, wenn man ihnen genau sagt, wie viele verwundet werden und wie viele sterben, glaubt doch keiner, dass er einer von ihnen sein könnte! Was für ein Unglück!«

»Kann ich die Akten mal sehen?«

Fabien konnte ihnen nur die nackten Tatsachen entnehmen. Sie zu lesen fiel ihm schwer. Alter, Familienstand, Anzahl der Kinder. Die Angaben zu diesen einfachen Fragen skizzierten in wenigen Worten ein tragisches Leben. Mit ein paar Zahlen war alles gesagt. Tom, Einzelkind, versorgte mit nur einundzwanzig Jahren schon seine Eltern. Eigentlich mit zwanzig. Fabien hatte die richtigen Papiere bei seinem Vermieter gefunden, und wie er es geahnt hatte, hatte Tom sein Alter falsch angegeben. Valentin hingegen, der mit der neuen Gruppe zu ihnen gestoßen war, hatte mit dreiundzwanzig Jahren schon zwei Töchter und einen Sohn. Deswegen war er nicht zur Armee einzogen worden. Wegen dieser drei Kinder war Valentin dem Krieg entkommen, nicht aber dem Tod. Wie würden die Familien jetzt zurechtkommen, ohne die Unterstützung der Toten?

Enzos Akte zu lesen ging Fabien so nahe, dass seine Hände zitterten. Seine Frau, von der er so oft gesprochen hatte, weil er sie so sehr liebte, hatte ihm drei Mädchen geschenkt. Auch er hätte dem Krieg entgehen können, aber er hatte sich lieber der Résistance angeschlossen. Und er hatte sich nie gedrückt, nie den sicheren Weg gewählt. Er hatte alles gegeben. Am meisten erschütterte es Fabien, die Namen zu lesen, die Enzo für seine Töchter ausgesucht hatte: alles Prinzessinnen und Göttinnen. Schließlich wollte er ihnen zeigen, wie sehr er sie liebte. Und jetzt waren sie Waisen.

Sogar ihre Handschriften rührten Fabien. Valentin und Tom, die unter den Toten vom Vortag waren, hatten das Formular in Schönschrift ausgefüllt, mit makellosen Grund- und Haarstrichen: Beide hatten die Schule bis zur letzten Klasse besucht. Ihre Familien waren vermutlich stolz auf dieses Zeugnis, aber es hatte ihnen weder etwas zu essen noch Schutz gebracht.

Henri, der vor den Schlagwetterexplosionen in den Tiefen der Kohleminen des Nordens geflohen war, ereilte eine Detonation unter freiem Himmel. Ob er wohl über diesen Hohn des Schicksals nachdachte, während er in einem Krankenzimmer, gleich neben dem von Max lag und zwischen Leben und Tod schwebte?

Der Ordnung halber verlangte Fabien auch Huberts Akte. Seine Frau und seine Kinder lebten in Corrèze. In einem Schloss. Das war wohl auch dem Rekrutierer aufgefallen, aber Hubert hatte ihm erzählt, dass er ruiniert sei und das Schloss nur ein riesiges Gebäude, in das von allen Seiten das Wasser laufe. Außerdem habe er eine große Familie. Fabien sagte nichts dazu, aber als er Huberts Heft gelesen hatte, fiel ihm auf, dass der Mann offensichtlich zwei Familien besaß …

Manchmal hatte der Rekrutierungsbeamte mit schwarzer Tinte einen Randvermerk gemacht: »Ist er vertrauenswürdig?« Oder: »Zu selbstsicher. Im Auge behalten.«

Manchmal auch: »Lügner.« Wozu sollte es gut sein, Menschen, die man in den Tod schickte, mit Misstrauen zu beäugen? Und schlimmer noch: Menschen, die freiwillig in den Tod gingen?

»Wie weit sind Sie denn mit den Rekrutierungen?«

»Ich will Ihnen nichts vormachen, aber es gibt nicht gerade viele Bewerber.«

Er gab ihm zwei weitere Akten.

»Eigentlich sind es nur die zwei. In Anbetracht ihres Alters habe ich ihnen zwei Wochen Bedenkzeit gegeben. Ich kann ja mal nachfragen, ob sie früher anfangen könnten. Aber jetzt, nach der Explosion, sind sie vielleicht nicht mehr sonderlich interessiert.«

Einundzwanzig und zweiundzwanzig Jahre. Fabien war nicht gerade begeistert. Auch wenn der Krieg alle schnell hatte altern lassen, so waren sie doch noch sehr jung. Aber hatte er denn eine Wahl? Zwei neu Rekrutierte, damit hätte sein Trupp nicht einmal seine alte Stärke. Er würde warten müssen, bis sie wieder komplett waren, bevor sie an den Strand konnten.

Dieser traurige Tag führte ihn als letzte Station in die Stadtverwaltung.

Während Fabien an einem Schreibtisch saß und Briefe an die Angehörigen aller Unglücksopfer schrieb, kam der Bürgermeister auf ihn zu, tief bewegt, aber auch peinlich berührt, und murmelte ein paar Beileidsbekundungen. Er suchte mühsam nach Worten, um Fabien zu sagen, was ihn umtrieb. Denn so tragisch auch der Tod all dieser Männer war, so stand doch auch er vor einem Problem. Die Räumungen mussten auf der Stelle wieder aufgenommen werden, denn die Bürger hatten schließlich verdient, dass sie vor dergleichen sicher wären.

Mit diesen Worten stellte er einen Karton vor Fabien auf

den Schreibtisch und zeigte ihm den Inhalt. Das sollte doch helfen, solche Gefahren künftig zu vermeiden: Das Ministerium hatte neue Informationsbroschüren geschickt, worin stand, wie man beim Minenräumen am besten vorging. Fabien blätterte sie ohne große Überzeugung durch. Wie die alten Broschüren listete sie nicht einmal die Hälfte aller möglichen Modelle auf.

Außerdem würde angesichts der jüngsten Ereignisse, so der Bürgermeister weiter, der Journalist, der eigentlich auf Anweisung Dautrys vor Ort sein Zerrbild der Minenräumer berichtigen sollte, verständlicherweise nicht kommen.

Zu allem Überdruss wurde Fabien vor dem Rathaus auch noch von erzürnten Anwohnern angepöbelt. Bei der Explosion vom Samstagabend waren alle Fensterscheiben in Scherben geflogen! Alle auf einen Schlag! Sie sollten bitte vorsichtiger sein, denn solche Pannen kämen die Leute teuer zu stehen! Ganz zu schweigen von der Gefahr: Was, wenn ein Kind verletzt worden wäre?

Fabien erklärte ihnen ganz ruhig, dass die Minenräumer ihr Leben verloren hatten, eben weil sie für die Sicherheit der Bürger sorgten. Das ließ die Menge einen Moment lang verstummen. Dann erinnerten sie sich wieder, warum sie eigentlich hier waren. Sie wollten vom Bürgermeister wissen, wer für die entstandenen Schäden aufkäme.

Auf dem Rückweg überlegte Fabien hin und her, was er seinen Leuten sagen sollte. Er wollte keine Ansprache vorbereiten, konnte es auch nicht. Nach dem Tod seiner Kameraden wollte er die, die überlebt hatten, nicht zu neuen Heldentaten ermutigen. Hatten sie denn nicht alle ihren Teil geleistet? Und wo blieb die Anerkennung dafür? Vielleicht sollte er sie ja lieber auffordern, sich zu anderen Ufern aufzumachen. Nun, er würde ihnen sagen, was ihm der Moment gerade eingab.

Und mit einem Mal, obwohl er gar nicht mehr an ihn gedacht hatte, wusste Fabien, wo Hubert abgeblieben war. Wenn das stimmte, dann war es keine gute Nachricht.

Wer mochte da wohl an die Tür klopfen? Wie gelähmt lag Saskia im Bett und zuckte jedes Mal zusammen, wenn es an der Türe im Erdgeschoss klopfte. Das Klopfen wurde immer schneller. Vincent war nicht da. Am späten Morgen war Fabien gekommen und hatte höchst geheimnisvoll getan. Die beiden flüsterten miteinander, als wären sie immer noch im Krieg, als gäbe es immer noch Geheimnisse, die Verdammnis über einen brachten. Gleich nachdem die zwei weg waren, war Saskia wieder in ihr Zimmer hinaufgestiegen. Abgespannt legte sie sich aufs Bett. Nicht um zu schlafen, sondern um einen klaren Kopf zu bekommen und wieder Kraft zum Kämpfen zu finden. Doch sosehr sie auch nachdenken mochte, sie sah einfach nicht, wie sie das bewerkstelligen sollte. Ihre Fähigkeit, systematisch zu denken, schien wie erstorben.

Als sie noch im Lager und ständig in Gefahr war, funktionierte ihr Denken mit einer verblüffenden Energie. Nun, wo die Nazis sie nicht mehr bekommen konnten, wo sie alle Zeit der Welt hatte, um an etwas anderes zu denken als daran, wie sie am besten unsichtbar bliebe, schaffte sie gar nichts mehr.

Und unten klopfte es noch immer. Lauter und lauter.

Das letzte Mal, als sie ein Klopfen wie dieses gehört hatte, war sie mit ihrer Familie zusammen gewesen, in ihrem Haus. Sie hatten sich wieder einmal heimlich getroffen, ohne dass irgendjemand davon wusste. Sie saßen im Dunkeln und unterhielten sich flüsternd. Doch die Schläge gegen die Tür waren so stark, dass sie die Eingangstür zerschmetterten. Und eine unbarmherzige schwarze Welle, die nichts Menschliches mehr hatte, begrub sie unter sich. Worte halfen da nicht. Eine ziellose, wilde, trunkene Gewalt brach über sie herein. Sie schlugen ihre Mutter, ihren Vater, ja, die ganze Familie. Und dann nahmen sie sie einfach mit.

Saskia verbarg ihren Kopf unter dem Kopfkissen. Sie wollte dieses laute Hämmern nicht mehr hören. Wenn sie zu Vincent wollten, sollten die Leute doch einfach später wiederkommen. Am Tag nach ihrer Ankunft im Atelier, wollte jemand ins Haus. Ein Mann, was bei Saskia eine unbändige Panik auslöste. Wunderbarerweise ging er wieder. Nachmittags hatte sie dann erfahren, dass es Mathildes Cousin gewesen war, der von weither gekommen war, um das Klavier zu stimmen. Vor Vincent hatte sie so getan, als hätte sie nichts gehört. Aber jetzt wollte das Klopfen einfach nicht aufhören.

Saskia überlegte. Die Deutschen waren ja schon seit Ende letzten Sommers nicht mehr im Süden Frankreichs. Die Milizangehörigen saßen im Gefängnis. Niemand würde sie hier suchen, weil niemand wusste, dass sie hier war.

Aber dieses endlose Hämmern … In Vincents Zimmer gab es ein Fenster, das auf die Straße hinaus ging. Von dort könnte sie sehen, wer da klopfte, und hoffen, selbst nicht gesehen zu werden. Unmöglich. Sie würde sich hinausbeugen müssen … und gesehen werden. Warum hörte das Klopfen bloß nicht auf?

Sich jetzt vom Bett zu erheben, war eine der schwierigsten Übungen, seit sie zurückgekommen war. Sie hoffte, dass man sie vergessen hatte, aber vielleicht war ihr jemand gefolgt und wusste, wo sie wohnte. Ihre Beine zitterten. Das schreckliche Gefühl, vor einer neuen Verhaftung zu stehen. Damit sie nicht versuchte, ihr Haus zurückzubekommen. Madame Bellanger hatte vielleicht die Polizei alarmiert, wie sie gedroht hatte.

Und wenn es nun eine für Vincent wichtige Person war? Saskia ahnte, dass er jeden Tag auf Nachrichten von der Frau wartete, die er liebte.

Also trat sie doch ans Fenster, um hinauszuschauen.

Es war eine junge Frau. Kein Besuch für Vincent. Für Saskia.

Das war die junge Frau, die sie auf der Straße getroffen hatte, im Kleid ihrer Mutter. Sie hatte sich für Mittwoch vor dem Café mit ihr verabredet. Was wollte sie dann hier?

Saskia ging hinunter und öffnete. Sie sah bezaubernd aus, elegant und fröhlich in ihren Shorts mit der weißen Bluse und den hochgerollten Ärmeln. In diesem einfachen Aufzug wirkte sie einfach umwerfend. Saskia schämte sich beinahe, weil sie immer noch dasselbe Kleid trug, aber sie hatte nun mal kein anderes. Sie wusch ihre Sachen jeden Abend und im warmen Wind trockneten die Sachen über Nacht.

»Es tut mir leid, dass ich so laut geklopft habe, aber ich wollte Ihnen das Kleid Ihrer Mutter bringen, damit Sie es so bald wie möglich zurückhaben.«

Als sie Saskias erstaunten Blick sah, nahm die junge Frau ihre Frage vorweg.

»Man hat mir gesagt, dass Sie hier wohnen. In diesem Viertel weiß doch jeder alles von jedem.«

Das wusste Saskia nur zu gut. Ihre Familie hatte einen hohen Preis dafür gezahlt, dass man sie nicht vergessen hatte. Ihre Beklemmung wuchs. Ihr gehetztes Gehirn funktionierte wieder mit voller Geschwindigkeit. Man weiß, dass ich hier wohne. Wenn morgen die Deutschen wiederkommen, wissen sie, wo sie mich finden. Und wenn nicht die Deutschen, dann die antisemitischen Nachbarn oder die Familie Bellanger …

»Ihre Mutter war wirklich sehr begabt. Dieses Kleid fällt absolut perfekt. Es wird mir fehlen …«

Saskia hatte zu ihrer Besucherin in Shorts immer noch kein Wort gesagt. Daher lud sie sie ins Haus ein, in der Hoffnung, sie möge ablehnen. Aber die Besucherin nahm dankend an.

Wenigstens musste Saskia nicht mehr an der Tür stehen. Auch wenn *jeder alles weiß*, mochte sie es nicht, wenn man sie dort sah. Es genierte sie ein bisschen, sich als Hausherrin benehmen zu müssen, wo sie doch im Atelier nicht einmal Miete zahlte.

»Es ist hübsch bei Ihnen.«

Sogar auf diesen spontanen Satz wusste sie nicht zu reagieren. Wollte die Besucherin vielleicht wissen, ob sie hier wirklich wohnte? Und bezog das »Ihnen« nur Saskia ein oder vielleicht auch den Mann, der hier lebte und dessen Schuhe im Flur den Blick der Besucherin sofort auf sich gezogen hatten? Offensichtlich wollte sie nicht indiskret sein, doch sie füllte Saskias Schweigen mit einem Streifzug ihrer Augen durch den Raum.

Aber natürlich verbarg sich hinter jedem Satz eine Absicht. Und wenn das nicht so war oder die Absicht zumindest keine böse war, so musste Saskia doch feststellen, dass sie andere Menschen nicht mehr so ohne Weiteres verstand. Die junge Frau war sicher kaum älter als sie. Nur war sie eben nicht mager, ihr Haar war perfekt frisiert und das Make-up unterstrich ihre feinen Züge. Sie hatte offensichtlich ein Leben, wo Saskia immer noch wie ein wildes Kind herumlief.

Ein wenig Zeit gewann sie, indem sie auf dem Gaskocher Wasser erhitzte. So konnte sie wenigstens vorab überlegen, was sie sagen sollte, um zumindest ansatzweise ein Gespräch zu beginnen. Sich für das Kleid zu bedanken, widerstrebte ihr zwar, doch sie tat es trotzdem.

»Ach, das ist doch selbstverständlich. Es gehört ja Ihnen.«

Da lächelte Saskia sie zum ersten Mal an. Endlich jemand, der begriff. Da sie endlich ein wenig Vertrauen spürte, fuhr die junge Frau fort.

»Ich heiße Éléonore.«

»Saskia.«

»Ach, das ist ja wunderbar. Saskia ... das hört man nicht oft.«

Wieder lächelte Saskia sie an. Ihren Namen laut ausgesprochen zu hören, berührte sie. Da war eine Vertrautheit, die sie seit Langem vergessen hatte, die aber schnell wiederkam, ganz selbstverständlich. Man nennt meinen Namen, also bin ich. Es war so lange her, dass jemand sie bei ihrem Vornamen genannt hatte. Und es fehlte ihr so sehr, eine Freundin zu haben.

Saskia gefiel es, wie Éléonore vor sich hin plauderte. Ihre Tante Ida sei vor dem Krieg ein Jazzfan gewesen – eine *zazou*. Schon das Wort, das man für die jungen Rebellen jener Zeit geprägt hatte, war genial. Sie hatte die Provokation geliebt, den Jazz und die englische Kleidung, die ihr viel zu groß war. Éléonore hoffte, dass sie mal genauso viel Mut haben würde wie Ida: Wie viele Zazous hatte sie in der Résistance gekämpft. Kurz und gut, Éléonore bewunderte Ida.

Sie leitete jeden ihrer Sätze mit Saskias Vornamen ein, wie ein Kind, das ein neues Wort gelernt hatte und es ständig wiederholte, weil es ihm gefiel. Natürlich traute sie sich auch, Fragen zu stellen. Welches Gymnasium hatte Saskia vor dem Krieg besucht? War sie eine fleißige Schülerin gewesen? Hatte sie schon nach ihren Abiturnoten gefragt? Auch wenn sie die Prüfung vor zwei Jahren gemacht hatte, mussten sie im Rektorat zu finden sein. Sie könnte nachfragen, wenn Saskia das wollte. Oh, ihr habt ja auch ein Klavier! Ob Saskia Klavier spielen könne? Sie hätte das zu gerne gelernt.

Saskia lauschte dem steten, rhythmischen Fluss dieser freundlichen und lockeren Bemerkungen, dieser großzügigen Beobachtungen, die ihr ein Lächeln entlockten. Sie war Éléonore unglaublich dankbar, dass sie nicht von oben herab auf die Stigmata des Lagers blickte, dass sie nicht fragte: »Und wie war es dort?« Als könnte man die schwere Prüfung der Deportation in einem simplen Gespräch abhandeln – und doch gleichzeitig keineswegs jede Einzelheit wissen wollen. Endlich war da jemand, der auf Augenhöhe mit ihr sprach, ohne Misstrauen, ohne Angst und ohne Verachtung. Saskia entspannte sich zusehends. Endlich wurde sie wie alle anderen.

Als Saskia den Tee brachte und ihr einschenken wollte, wagte Éléonore sich mit einem Vorschlag heraus:

»Wir haben doch die gleiche Größe. Ich werde Ihnen vielleicht ein paar Kleider mitbringen. Ich glaube, die könnten Sie gebrauchen.«

Saskia wusste nicht, wie sie darauf reagieren sollte. Ob sie ihr danken sollte. Wortlos goss sie Éléonore den Tee ein.

»Keine Sorge. Ich trage sie nicht mehr!«

Der heiße Strahl aus der Teekanne ging irr und ergoss sich über Éléonores zarte Hand, die sie sofort zurückzog.

»Schnell, Sie müssen die Hand unter kaltes Wasser halten! Das lindert die Verbrennung.«

Éléonore ließ lange kaltes Wasser über ihre Hand rinnen. Das gab ihr Gelegenheit zum Nachdenken. Warum nur hatte sie gesagt, dass sie die Kleider nicht mehr tragen würde? Sie waren weder abgetragen noch altmodisch. Sie wollte Saskia nicht zu nahe treten und hatte sich doch so ungeschickt angestellt. Und nun wusste sie nicht, wie sie den Fauxpas gutmachen sollte.

Saskia machte sich ebenfalls Vorwürfe. Sie hatte es nicht absichtlich getan, aber wie sollte sie diese Bemerkung verstehen? Verdiente sie es, dass man ihr Kleider schenkte, die niemand anderer mehr trug? Als sie in Paris angekommen war, hatte eine Freundin aus dem Lager ihr ein Kleid geschenkt, das sie vor dem Krieg gekauft und nie getragen hatte. Das war ein echtes Geschenk. Dieses Kleid trug sie seitdem. Aber wie konnte sie Éléonores Angebot annehmen? Die Kleider mochten hübsch sein, und Saskia hatte auch Lust, wieder einmal etwas anderes anzuziehen. Aber sie hatte gedacht, sie und Éléonore könnten Freundinnen werden … Nein, sie konnte unmöglich Ja sagen.

»Geht es besser?«

»Ja, vielen Dank. Das mit dem kalten Wasser war eine gute Idee.«

»Was die Kleider angeht, so ist das nett von Ihnen. Aber Sie geben sie besser jemandem, der sie wirklich braucht.«

Saskia drehte ihrer Gesprächspartnerin den Rücken zu, als müsste sie unbedingt die Teekanne leeren und mit klarem Wasser ausspülen. Éléonore verstand, dass der Besuch damit zu Ende war. Als sie sagte, dass sie Saskia nicht mehr länger stören wolle, widersprach diese ihr nicht.

Fabien hatte Vincent im Atelier aufgesucht, vor Saskia aber nicht sagen wollen, worum es ihm ging. Warum hatte er sich für Vincent entschieden? Sicher aus Instinkt, aber das war nicht der einzige Grund. Wenn er mit Hubert recht hatte, dann brauchte er jemanden, der für sich behielt, was Fabien ihm unter dem Siegel der Verschwiegenheit anvertraute, und wer konnte besser schweigen als Vincent? Er hatte offensichtlich etwas zu verbergen, da kam es auf ein Geheimnis mehr oder weniger auch nicht mehr an.

Sie fuhren aufs Land. Der Wagen holperte über steinige Straßen, aber Fabien kannte den Weg, den sie nehmen mussten. Bevor Vincent sich dem Trupp angeschlossen hatte, hatten sie diese Straße von Minen geräumt. Der *Chemin Conil*, »der Weg der Hügel«, wie diese Straße auf Provenzalisch hieß, führte hinaus zu mehreren Bauernhöfen. Fabien fand mühelos zum Hof des jungen Ehepaars, die den Minenräumern Olivenöl und Wein geschenkt hatten. Das Paar freute sich, Fabien wiederzusehen, doch als er nach dem Bauern fragte, der verlangt hatte, dass man sein Feld auch entminen soll, verdüsterten sich die Gesichter der beiden.

Auch Vincent hatte den Mann nicht vergessen: Er war mit dem Bauern aneinandergeraten, als der aus lauter Verzweiflung angefangen hatte, auf die deutschen Häftlinge einzuprügeln.

Die betretenen Gesichter des Ehepaares bestätigten Fabien, dass er mit seinem Verdacht richtiglag. Der Bauer hatte es geschafft, Hubert für die Räumung seiner Felder anzuheuern. Vielleicht hatte sich Hubert auch von selbst bei ihm gemeldet, um ein bisschen was dazuzuverdienen. Er hatte Fabiens Abwesenheit ausgenutzt und versprochen, am Wochenende die Räumarbeiten zu erledigen.

Das Ehepaar schwor, von alldem nichts gewusst zu haben, aber als Fabien und Vincent dem Bauern einen Besuch abstatteten, fiel ihnen als Erstes ein enormer Krater ins Auge. Ganz offensichtlich hatte es hier eine Explosion gegeben. Fabien hatte gehofft, dass Hubert nur verletzt worden war und sich irgendwo auf dem Hof versteckt hielt. Doch angesichts der Ausmaße des Kraters verflüchtigte sich diese Hoffnung. Und die Weigerung des Bauern, ihnen aufzumachen, tat ein Übriges. Fabien und Vincent mussten sich den Zutritt erzwingen.

Da Fabien ihn einer unnachgiebigen Befragung unterzog, tischte ihm der Bauer eine Geschichte auf, an der er stur festhielt. Die Explosion auf seinem Feld? Da war eine Kuh auf eine Mine getreten.

»Und wo ist die Kuh jetzt?«

Der Bauer zuckte mit den Schultern und schwieg.

»Sie wissen, was Sie riskieren, oder? Gefängnis ohne Bewährung!«

»Für eine Kuh, die auf eine Mine getreten ist?«

»Für das Abwerben eines Minenräumers.«

»Aber ich habe den noch nie gesehen, diesen Minenräumer!«

»Er heißt Hubert. Wo ist er?«

Nun machte der Mann den Mund überhaupt nicht mehr auf. Fabien musste mit der Polizei drohen, damit er mit der Sprache herausrückte: Er hatte den Leichnam bis zum Eichenwald geschleppt und ihn dort unter Büschen versteckt.

Als sie beim Unterholz ankamen, schlug ihnen schon der Verwesungsgeruch entgegen. Vincent meinte, sie sollten erst einmal eine Zigarette rauchen, und dann noch eine. Sobald der Tabakrauch Nase und Kehle betäubt hatte, konnten sie sich den Büschen nähern ...

Mit den Händen schaufelten sie das alte Laub beiseite, wobei die Stacheln der Brombeersträucher ihnen die Haut aufrissen und sich in offenen Wunden verhakten. Vincent zerriss sich das Hemd und den Verband. Fabiens Unterarme bluteten heftig. Aber sie hatten keine andere Wahl. Als sie den Leichnam entdeckt hatten, zuckten sie erst einmal zurück. Hubert hatte kein Gesicht mehr und keine Hände. Sein Körper war steif, die Arme vor der Brust gekreuzt. Eine lächerliche Geste, um sich vor der Explosion zu schützen. Der Bauer hatte ihn erst einige Stunden nach der Explosion vom Feld geholt. Da war es schon zu spät, die Totenstarre hatte schon eingesetzt und die Gliedmaßen ließen sich nicht mehr bewegen. Nach dem ersten Schrecken empfanden Fabien und Vincent tiefes Mitgefühl mit Hubert. Hubert hatte gegen die Vorschriften verstoßen, um mehr Geld zu verdienen und seine zwei Familien zu unterstützen. Er war nicht der Gesprächigste gewesen oder der Herzlichste, aber kein Mensch verdiente so einen Tod. Er hatte geglaubt, er könne die Mine austricksen. Aber das kann niemand.

Weder der Bauer noch Vincent hatten eine Ahnung, was Fabien vorhatte. Er warf einen Blick auf Hubert und sagte zu Vincent: »Wir nehmen ihn mit.« Alle drei rauchten noch einmal eine Zigarette, dann trugen sie die Leiche zum Auto.

Huberts Leichnam war zu steif, um ihn in den Kofferraum zu bekommen, und so legten sie ihn auf die Rückbank. Dem Bauern war die ganze Geschichte natürlich peinlich, daher bot er ihnen ein Stück Segeltuch an, um ihn zuzudecken. Danach rauchten die drei noch einmal eine Zigarette. Der Geruch war einfach schrecklich. Bei der Rückfahrt ließen Fabien und Vincent die Fenster offen.

Während der Fahrt erklärte Fabien seinem Freund, was er vorhatte.

»Wir bringen den Leichnam in den Bunker, der explodiert ist. Dann melden wir, dass Hubert bei der Explosion umgekommen ist.«

Auf den Straßen war niemand zu sehen, aber was Fabien Sorgen machte, war, wie es weitergehen würde, sobald sie am Strand angekommen wären. Sie mussten auf jeden Fall bis nach Einbruch der Nacht warten. Und es gab noch ein anderes, keineswegs geringfügiges Problem: Der Strand wurde mittlerweile Tag und Nacht bewacht, um die Leute am Betreten zu hindern.

Fabien und Vincent mussten also den ganzen Tag versteckt in einem Waldstück herumbringen, mit Hubert im Wagen. Es war das erste Mal, dass sie so viel Zeit miteinander verbrachten, und keiner der beiden fand es merkwürdig, dass sie so munter dahinplauderten. Nach diesen schlimmen Tagen tat es gut, mit jemandem zu reden. Sicher hielt Vincent mit so einigem hinter dem Berg, aber man kann sich seine Gesprächspartner nun mal nicht immer aussuchen. Die Worte sprudelten nur so, als würden zwei verwandte Seelen einander begegnen. Wie ein Gedanke sich häufig erst formt, wenn er ausgesprochen wird, entstehen Freundschaften aus dem gegenseitigen Vertrauen. Fabien hätte niemandem erklären können, warum er Vincent mochte.

Vincent wollte von Fabien keine Rechtfertigung für seine Pläne mit Hubert haben, er erklärte sie ihm aber trotzdem.

»Du verstehst! Wenn sie herausfinden, dass er während seiner Dienstzeit woanders Minen geräumt hat, dann verliert er sämtliche Ansprüche.«

»Wie viel Ansprüche hat denn ein Verstorbener?«

»Wenn Aubrac das Statut zu den Minenräumern durchbringt, und ich kann dir sagen, dass er sich voll dafür einsetzt, dann bekommt Huberts Witwe eine Pension. Das Problem ist nur, dass er zwei Witwen hat, aber darum kann man sich später noch kümmern.«

Im Laufe des Nachmittags merkte Vincent immer deutlicher, dass Fabien es sorgsam vermied, dass die Rede auf Enzo kam. Er hatte seinen Namen nicht ein einziges Mal in den Mund genommen, und doch dachten sie eigentlich nur an ihn. Enzo hatte Vincent mit offenen Armen aufgenommen, mit der spontanen, intensiven Brüderlichkeit, die den Italienern eigen war. Und er war sicher der engste Freund Fabiens. Für den Augenblick fiel es ihnen schwer, seinen Tod zu akzeptieren. Das war ihr erster geteilter Schmerz.

Doch Vincent wusste, dass Fabien irgendwann anfangen würde, von Enzo zu reden, so wie er häufig von den Toten sprach, die seinen Weg begleitet hatten, beim Minenräumen und bei der Résistance. Fabien fühlte sich für sie verantwortlich, und wie um sie am Leben zu halten, erinnerte er bei jeder Gelegenheit an sie, das war Vincent schon aufgefallen. Wenn Fabien lächelnd sagte: »Ich hatte mal einen Freund ...«, dann kam es nicht selten vor, dass seine Stimme kaum merklich zitterte, während er versuchte, den Satz zu Ende zu sprechen.

Den Schmerz über Enzos Tod musste Fabien aufschieben, um nicht darin zu ertrinken. Das hatte er beim Maquis gelernt.

Als es Nacht wurde, näherten sie sich dem Strand. Vorher aber zogen sie sich noch um. Max hatte im Kofferraum seines Jeeps immer ein oder zwei frische Hemden, falls er mal die Nacht nicht zu Hause verbringen sollte.

Fabien bot den Wachen an, sie für zwei Stunden abzulösen. Sie sollten zu Léna gehen, er würde die Runde bezahlen. Mehr wollten die Wachmänner auch gar nicht wissen. Sie freuten sich über das Angebot.

Die Nacht war rabenschwarz. Nachdem die beiden mit ihren Bajonetten einen sicheren Weg abgetastet hatten, konnten sie Hubert zwischen den Bunkertrümmern ablegen. Sie deckten ihn mit Sand und Schutt zu. Morgen dann würde Fabien so tun, als hätte er den Leichnam im Sand entdeckt. Dank seiner und Vincents Bemühungen würde seiner Frau und seinen Kindern Gerechtigkeit widerfahren, zumindest Gerechtigkeit und Freundschaft, wie er sie verstand. Jedem sein Gesetz.

Es musste einfach Menschen geben, die sich des Krieges nach dem Krieg annahmen. Ein Krieg ohne Schlagzeilen, ohne Mobilmachung. Und die, die dabei ihr Leben ließen, wurden nicht mit Lorbeer bekränzt, sondern einfach nur verschwiegen.

Seit Saskia in den Süden zurückgekehrt war, fragte sie sich ständig, was ihr Vater und ihre Mutter wohl gedacht hätten, was ihnen gefallen oder sie enttäuscht hätte. Jede noch so kleine Einzelheit kam ihr vor wie eine Botschaft aus dem Jenseits, an die sie sich verzweifelt klammerte.

War Éléonore dafür nicht das beste Beispiel? Saskia ging kaum aus dem Haus, ihre Wege hätten sich eigentlich nie kreuzen dürfen. War es denn nicht ihre Mutter, die die junge Frau zu ihr gebracht hatte, als ein Zeichen, dass sie immer für Saskia da sein würde? Weil sie eben genau dieses Kleid wiedergefunden hatte, das Saskia über alles liebte.

Das Kleid war ideal für das Wiedersehen mit Rodolphe. Sie konnte nicht darauf warten, dass sie ihr Haus zurückbekam und damit ein wenig innere Ruhe und die Chance, wieder heil zu werden: Sie schaffte es einfach nicht. Mit ihm aber würde sie zu alter Stärke zurückfinden. Sie erinnerte sich noch gut daran, wie er sie immer ermutigt hatte, in allem, was sie tat. Er unterhielt sich gerne mit ihr, und sie erwartete immer ungeduldig seine langen Briefe, die er ihr regelmäßig schrieb. Sie musste ihm einfach nur vertrauen. Auch wenn sie sich verändert hatte, wenn sie zerbrechlich war, er würde sie doch lieben können. Daran durfte sie nicht zweifeln, um ihm Gerechtigkeit widerfahren zu lassen.

Fieberhaft machte Saskia sich im Badezimmer fertig. Sie rieb Mohnblätter an ihren Lippen, wie sie es bei ihrer Schwester gesehen hatte. Dieser rote Fleck in ihrem immer noch bleichen Gesicht sah aus wie eine offene Wunde. Sie versuchte, die Farbe von den Lippen zu wischen, doch sie hielt sich an ihrem Lächeln fest. Saskia war Gesichter mit Farbtupfern nicht mehr gewohnt. Sie lächelte nach Kräften und konnte diesen Ausdruck sogar einige Sekunden lang beibehalten, sodass Rodolphe ihn glauben konnte.

Dann durchsuchte sie ihre Schmuckschatulle und holte ein goldenes Kettchen mit einem Tauben-Anhänger hervor.

Das Schwierigste aber hatte sie sich bis zum Schluss aufgehoben.

Würde sie es wagen, das Kleid ihrer Mutter zu tragen?

Nachdem sie Éléonores Angebot abgelehnt hatte, blieben ihr nur noch dieses Kleid und das, in dem sie angekommen war. Sie wollte so hübsch wie möglich sein, und das Kleid ihrer Mutter war sicher schöner. Aber ... in ein Kleid zu schlüpfen, das den Körper ihrer Mutter berührt hatte? Das sie selbst nicht mehr tragen konnte? Saskia hatte das bestimmte Gefühl, hier eine Grenze zu überschreiten. Nein, das war lächerlich, diese Grenze hatte sie selbst gezogen. Was störte sie denn an dem Gedanken? Wenn sie genauer überlegte, dann war es wohl die Tatsache, dass ihre Mutter Rodolphe nicht gemocht hatte. In ihr Kleid zu schlüpfen in der Hoffnung, einem jungen Mann zu gefallen, den sie nicht mochte, das war nicht richtig. Doch wenn Mila die aufkeimende Beziehung zwischen den beiden missbilligte, lag es vielleicht nur daran, dass sie ihre Tochter für zu jung hielt, um sich zu verloben. Sie wollte vielmehr, dass Saskia zuerst ihr Studium abschloss und arbeiten ging, um unabhängig zu sein, wie Mila es von ihrer Mutter gelernt hatte.

Saskia war zwanzig. In wenigen Monaten würde sie volljährig sein. Éléonore hatte recht, sie musste herausfinden, ob sie die Abiturprüfung bestanden hatte. Dann konnte sie das Studium aufnehmen. Die Universität würde ihr helfen, wieder zurück ins Leben zu finden. Sie würde arbeiten. Mila wäre bestimmt beruhigt, wenn sie wüsste, dass ihre Tochter bald einen Beruf haben würde. Dass sie Rodolphe wiederbegegnet war und trotzdem weiter ihren Weg ging.

Und so schlüpfte sie schließlich doch in das Kleid, glücklich, dass es ihr passte, todtraurig, dass ihre Mutter es nicht mehr tragen konnte.

Wie Saskia vorausgesehen hatte, wohnte dem Kleid ein verborgener Zauber inne. Es unterstrich den zarten Schwung ihres Rückens und schenkte ihr wieder Lust an der Bewegung, sodass der Popelinestoff, der vom Waschen weich geworden war, ihre Taille und ihre Hüften umtanzen konnte. Sie probierte aus, wie es wirkte, wenn sie ging. Dann drehte sie sich um sich selbst, einmal, zweimal …

Beim dritten Mal stand Vincent vor ihr.

Saskia blieb wie angewurzelt stehen. Vincent verharrte im Türrahmen. Er hatte eine Verletzung an der Schläfe, und seine Arme waren von tiefen Wunden überdeckt, als hätte ein wildes Tier ihn angefallen. Sein Hemd war voller Blut.

Saskia lief sofort los und suchte ein altes Betttuch, um es in Streifen zu reißen. Wahrscheinlich hatte er gar nicht bemerkt, dass sie sich gerade zum Ausgehen fertig machte. Vielleicht würde er ja auch die Farbe auf den Lippen übersehen.

Als sie zurückkam, hatte er sein Hemd ausgezogen und wusch mit viel Wasser seine Verletzungen aus. Das Wasser im Waschbecken färbte sich rot, er hatte Blut an den Händen. Saskia aber blieb ganz ruhig, und Vincent war ihr dankbar, dass sie keine Fragen stellte. Sie wollte ihm helfen, seine Wunden zu versorgen, aber davon wollte er nichts hören. Er würde das selbst erledigen.

»Außerdem haben Sie sich ja zum Ausgehen fertig gemacht … Los! Lassen Sie den Jungen nicht warten …«

Auf dem Weg zum Haus von Rodolphes Eltern versuchte Saskia die ganze Zeit, sich die Mohnfarbe vom Mund zu reiben, aber sie hielt wie tätowiert auf ihren Lippen. Als sie hinter der Umfriedungsmauer das Dach erkannte, beruhigte sie sich. Vor dem Krieg war sie oft hier gewesen. Sie erinnerte sich noch gut an ihren ersten Besuch, weil sie so unglaublich beeindruckt gewesen war. Eigentlich war sie das jedes Mal gewesen. Das Eingangstor stand offen, und so ging Saskia hindurch. Der Weg zum Haus war gesäumt von blühendem Lavendel und elfenbeingesprenkelten Olivenbäumen. Es war die kostbare und knappe Zeit des Jahres, in der alles in voller Blüte stand. In einem Landhaus wie diesem konnte einem gar nichts Schlimmes passieren.

Als Saskia vor dem Haus stand, sah sie eine Frau in einem Kittel, die die Freitreppe putzte. Sie erkannte sie nicht. Offensichtlich handelte es sich um eine neue Angestellte.

»Bonjour. Ich würde gerne Rodolphe besuchen. Ich glaube, er ist gerade aus den Vereinigten Staaten zurückgekommen.«

»Und Sie sind?«

»Saskia ...«

Saskia hatte angenommen, dass ihr Name ihr sofort alle Türen öffnen würde, aber die Frau lächelte nur und wartete auf genauere Auskünfte.

»Wir haben dasselbe Gymnasium besucht ... und ... wir haben gemeinsam das Abitur gemacht«, rechtfertigte sich Saskia. Mehr wollte sie nicht sagen.

»Ich sage ihm Bescheid.«

Die Frau verschwand im Haus. Saskia sah eine junge Katze und beugte sich zu ihr, um sie zu streicheln. Die Katze aus dem Atelier hatte sich schon seit zwei Tagen nicht mehr blicken lassen. Saskia machte sich allmählich Sorgen.

Sie drehte sich um und ließ ihren Blick über den Park wandern. Alles schien in Ordnung zu sein. In diesem überirdisch schönen Garten hatten die Deutschen nichts zerstört. Alles war wie früher, und das tat ihr gut.

Während sie den Garten bewunderte, entging ihr, dass im Landhaus ein junger Mann vorsichtig ans Fenster trat und sie mit einem versonnenen Lächeln musterte. Als Saskia sich umdrehte und die Katze wieder zu Boden setzte, zuckte er eiligst zurück. Sie hätte ihn ja sehen können.

Doch er war nicht allein im Zimmer. Eine zauberhafte junge Frau, elegant bis in die Fingerspitzen, arrangierte auf dem Frisiertisch Parfümfläschchen, Schminktöpfchen und Schmuck. Offensichtlich richtete sie sich ein.

Die Angestellte klopfte und trat ein.

»Eine Freundin ist gekommen, um Sie zu besuchen. Saskia …«

»Wer ist das?«, fragte die junge Frau interessiert. Sie fand die Idee, jemanden ihres Alters kennenzulernen, wohl aufregend.

»Eine Freundin eben … wir waren zusammen in der Schule.«

»Dann lade sie doch ein, mit uns Tee zu trinken.«

»Vielleicht ein andermal. Bist du nicht müde?«

»Kein bisschen! Ich möchte ja gerne die Leute hier kennenlernen. Du kennst ja hier jeden, aber ich …!«

»Du hast ja recht. Aber vielleicht erst ein bisschen später … Für den Augenblick reicht meine Kraft nur für ein Schläfchen.«

Die Angestellte zog sich zurück. Rodolphe schlang seinen Arm um die junge Frau und zog sie aufs Bett. Und sie dachte nicht weiter darüber nach, wie sie Leute kennenlernen konnte.

Sie hatte Rodolphes Verlegenheit nicht bemerkt, die Hausangestellte aber sehr wohl. Sie war gewohnt, alles zu entschlüsseln, was man ihr nicht sagen wollte, und so verstand sie, wer Saskia wirklich war. Sie fand die junge Frau am Brunnen, und die kleine Katze hatte es sich in ihren Armen gemütlich gemacht.

»Monsieur ist nicht in der Lage, Sie zu empfangen. Er ist erschöpft von der langen Reise und schläft. Ich habe nicht gewagt, ihn zu wecken.«

»Ah, ich verstehe … nun, dann komme ich eben ein anderes Mal wieder.«

Saskia setzte das Kätzchen ab. So wie sie sich bewegte, wie sie atmete, tat Saskia der Hausangestellten leid. Das Schlimmste aber war die Illusion.

»Seine Verlobte ist gerade aufgewacht. Sie würde Sie gerne kennenlernen, sie hat hier noch keine Freundinnen und kennt absolut niemanden.«

Saskia steckte den Schlag wortlos ein. Dann erwachte sie aus der Starre.

»Aha. Nun, mir geht es genauso … natürlich.«

Saskia setzte ein hilfloses Lächeln auf, das sie an sich nicht kannte. Sie hörte sich Worte sagen, mit einer Stimme, die nicht die ihre war. Dann suchte sie ihr Heil in der Flucht. Fast war sie wütend, weil ihr zum Weinen war. Aber was hatte sie denn erwartet?

Sie sah nicht, dass Rodolphe noch einmal ans Fenster getreten war, um sie ein letztes Mal zu sehen. Er hatte sie wirklich geliebt. Auch im Exil in den USA waren seine Gedanken immer wieder zu ihr gewandert, und er hatte sich gefragt, was wohl aus ihr geworden war. Saskia hatte etwas an sich, das ihm gefiel. Ihr Esprit, ihre Augen. Und ihre gemeinsame Jugend, diese Unbekümmertheit. Seine Gefühle, als er sie das erste Mal abgeholt hatte. Sie war über die Mauer geklettert, und dann hatten sie sich die ganze Nacht lang unterhalten. Er hatte sich besser verstanden gefühlt als je zuvor. Diese Intensität war ihm seitdem nie wieder begegnet. Sie fehlte ihm.

Wenn Saskia das gewusst hätte, hätte es für sie etwas geändert? Sie hatte eine Entscheidung getroffen. Lange Zeit hatte sie in der Illusion dieser Liebe gelebt, die sie nach dem Lager wiederfinden würde. Sie hatte ihr geholfen zu überleben, und das war an sich schon außergewöhnlich. Jetzt aber galt es, sie abzulegen und sich der Welt zuzuwenden. Sie atmete tief durch und verbot sich, an Rodolphe auch nur zu denken. Ohnehin war es so besser: Nach allem, was sie erlebt hatte, hätte Rodolphe sie je verstanden? Es stand völlig außer Frage, dass sie seinetwegen auch nur eine Sekunde leiden würde. Das würde sie weder stärker noch glücklicher machen. Und für nichts zu leiden, das konnte sie sich schlicht nicht erlauben.

Seltsamerweise fiel ihr diese Entscheidung nicht schwer. Mit Willenskraft hatte das nichts zu tun. Diese Haltung schien ihr die einzig richtige und auch die einfachste.

Mitunter hat man das Glück, die Liebe auf den ersten Blick kennenzulernen. Eine einzigartige, fundamentale, umwerfende Erfahrung. Die vom Herzen ebenso Besitz ergreift wie vom Körper. Das Versprechen einer mystischen Verbundenheit zweier Seelen, total und absolut. Die Liebe auf den ersten Blick ist ein Akt der Gnade.

Auch der Bruch mit einer Liebe ist ein solcher Akt, mag davon auch seltener die Rede sein. Es ist die gleiche körperliche, ja mystische Offenbarung, die ebenso verheißend ist. Diese Art von Blitzschlag lässt eine Last vom Herzen abfallen. Auch diese Erfahrung ist ein Privileg. Und ebendieses Privileg wurde Saskia an jenem Abend zuteil. Mit der Flüchtigkeit eines Traumes, der sich in den Morgenstunden fortstiehlt, wurde Saskia frei von der Liebe.

Am 8. Mai 1945 kapitulierte Deutschland. Endlich. Die Alliierten hatten gesiegt, und Fabien musste die Kraft aufbringen weiterzumachen. Jene Tage, in denen alle den Sieg feierten, verbrachten seine Leute blutleer und bettlägerig. Sie versuchten, sich zu erholen, und fragten sich, was sie tun sollten.

Keiner blieb weg, als Fabien sie wenige Tage später am Strand zusammenrief. Bis auf Max und Henri, die immer noch im Krankenhaus lagen, waren alle gekommen, die überlebt hatten. Sie waren nur noch zu fünft – Georges, Manu, Miguel, Vincent und er selbst. Fabien hatte die Wachmänner gebeten, sich ihnen anzuschließen, damit sie sich nicht so allein vorkamen. Die wenigen deutschen Gefangenen warteten ein paar Schritte entfernt.

Für sie hatte die Kapitulation einen bitteren Beigeschmack. Nicht nur, weil Deutschland besiegt war, sondern weil am 8. Mai 1945 keine Vereinbarungen über die Rückkehr der Kriegsgefangenen in ihre Heimat getroffen worden waren.

Fabien war nicht überrascht, dass Miguel als Erster am Strand eintraf. Er war keiner, der einfach aufgab. Seit Beginn des Bürgerkriegs in Spanien 1936 hatte er mehr oder weniger ununterbrochen gekämpft. Zuerst für die Republik in Spanien, dann in Nordafrika und schließlich für Frankreich in der Résistance. Im Juli, in zwei Monaten, würden es neun Jahre sein ... Er hatte sich seinen Zielen mit ganzem Herzen verschrieben, aber er war auch ein Mann mit klaren Überzeugungen.

Georges war immer noch in keiner guten Verfassung,

wortkarg und traumatisiert. Sein Körper, all diese Wunden schmerzten. Er würde nie zugeben, dass er beinahe nicht gekommen wäre. Aber dann erinnerte er sich, warum er aus dem Südwesten geflohen war. Und so stand er doch früh am Morgen auf, um pünktlich zu sein.

In Manus Gesicht prangte nun eine blaurote Wunde. Irgendwie sah er damit noch besser aus, die Wunde ließ ihn einzigartig und verwegen wirken. Er redete lieber nicht darüber, aber er vermutete, dass sein Trommelfell geplatzt war: Er hörte zeitweise nur noch diese schrillen Pfeiftöne. Aber andere hatten nicht so viel Glück gehabt wie er, also würde er sich nicht beklagen. Ohnehin hoffte er, dass das Pfeifen wieder vergehen würde.

Vincent hatte seine Verletzungen unter dem Hemd versteckt, und auch Fabien gab sich die größte Mühe, die eigenen Wunden vor seinen Leuten so gut wie möglich zu verbergen. Sie waren alle auf einen Schlag sichtbar gealtert und umarmten sich zur Begrüßung wie alte Freunde – lange Umarmungen und stark wie eh und je.

Der Schreck saß ihnen tief in den Knochen, und sie mussten unbedingt über das reden, was passiert war. Und so saßen sie im Kreis um Fabien herum, redeten über die Toten und das, was sie im guten Sinne ausgemacht hatte. Wen interessierte schon, was gewesen war, keiner verschwendete auch nur einen Gedanken daran: Streit, Meinungsverschiedenheiten und die ein oder andere Verdächtigung waren vergessen. Manchmal umgibt der Tod die, die nicht mehr da sind, mit einem Heiligenschein.

Sie hatten kaum Gelegenheit gehabt, die Neuen kennenzulernen, aber sie erwiesen ihnen trotzdem die Ehre. Blieb nur noch das Problem Hubert. Fabien wollte die Verwaltung darüber nicht informieren, aber von den Überlebenden wusste natürlich jeder, dass Hubert am Tag der Explosion nicht zur Arbeit erschienen war. Diese Angelegenheit musste vorsichtig angegangen werden. Soll es ein Geheimnis bleiben, darf man es nicht mit allen teilen. Also stellte Fabien es so dar, als wäre Hubert nach Hause zurückgekehrt. Vincent bestätigte das. Miguel fand das weiter nicht merkwürdig. Niemand kam auf die Idee, dass sein Leichnam nur wenige Meter weiter unter dem Sand begraben lag. Hubert hatte eben den richtigen Riecher gehabt und war vor der Explosion abgehauen …

Enzo machte keiner Vorwürfe. Am Unglücksmorgen war er auf seinem Weg zum Strand einem Trupp italienischer Gefangener begegnet, und jemand hatte ihn auf den Arm genommen. Enzo besaß zwar einen Sinn für Humor, aber dass die Italiener Südfrankreich besetzt hatten, hatte in ihm eine tiefe Wunde hinterlassen. Dieser Schmerz hatte genügt, dass er sich missmutig an sein Tagwerk machte und nicht mehr aufhören konnte. Enzo war empfindlich, mitunter aufbrausend und unberechenbar, aber sie wussten heute schon, dass seine warme Präsenz ihnen schrecklich fehlen würde. Und ohne seine Stimme, die alle mitriss, würden sie nie mehr singen können. Das *Élixir d'amour* würde nur massakriert werden. Als Beweis dafür, aber vor allem, um ihm die Ehre zu erweisen, sprachen Georges und Manu die Worte nach, als sie alle *Una furtiva lagrima* anstimmten. Es rollte nicht nur eine Träne an jenem Tag, und keiner versuchte, das zu verbergen. Fabien schnürte es immer noch die Kehle zu, sodass er über Enzo gar nicht erst sprechen konnte.

Und natürlich gab es auch viele Verwundete. Für die anderen, die die ganze Nacht auf dem Marktplatz getanzt hatten und erst im Morgengrauen von der Katastrophe – einige nannten sie schlicht »den Unfall« – erfahren hatten, zählten die Verwundeten nicht. Verletzungen waren schließlich nicht so schlimm, vor allem dann nicht, wenn man nicht fragte, wie schwer sie waren. Für die Minenräumer aber war es häufig schlimmer, verletzt zu werden, als zu sterben.

Für einen starken Mann, der sein gemeißeltes Äußeres gerne der Sonne darbot, der es schätzte, wenn Frauen den Kopf an seine Schulter betteten, an seinen festungsgleichen Leib, war es nicht leicht, sich mit mitleidigen Blicken abzufinden.

Schließlich verkündeten sie ständig, eine Amputation käme für sie auf keinen Fall infrage. Nicht mehr ganz sein! Lieber tot! Aber wenn es dann wirklich darum ging, einen Arm oder ein Bein abzunehmen, war das eine andere Geschichte. Sie hingen mehr am Leben, als sie sich eingestanden hatten, an diesem einzigen Dasein, das sie kannten. So sehr, dass sie dieses Leben nicht verlassen wollten, nur weil sie es künftig mit einem Bein weniger meistern mussten. Oder mit zwei.

Fabien berichtete das wenige, was er im Krankenhaus erfahren hatte. Als Einzigen hatte er Max auf seinem Zimmer besuchen können.

Max war der Lebhafteste von ihnen allen. Einfach unvorstellbar, dass seine Verletzungen das letzte Wort haben sollten. Zumindest versuchten sie, sich das einzureden. Vernarbten doch schon die Wunden unter ihren Hemden. Sie würden doch sicher keine weiteren Schäden zurückbehalten. Ein schwieriger Augenblick, das schon, aber nichts, weswegen man sich Sorgen machen musste. Sie waren hart im Nehmen, hatten ein dickes Fell.

Fabien spielte ihnen seinen Krankenbesuch bei Max vor:

»Gut, Fabien, das Wichtigste ist, dass ... hörst du mir überhaupt zu ... Nimm dir den Jeep und führ ihn ein bisschen aus. Nicht, dass er sich ans Rumstehen gewöhnt. Ich habe mich schließlich genug geschunden, um ihn wieder zum Laufen zu bringen! Also verwöhn ihn ruhig weiter und lade ein paar hübsche Mädchen auf die Ledersitze ein. Schließlich braucht er nicht Benzin als Treibstoff, sondern das Parfüm der Frauen.«

Selbst schwerverletzt war und blieb Max ganz der Alte, und dafür waren ihm alle dankbar. Fabien ließ die Wagenschlüssel klingeln. Max war wirklich die Großzügigkeit in Person. Es war nur zu hoffen, dass ihm dies bei der Genesung helfen würde.

Die Ankunft eines mit einer Plane bedeckten Lastwagens unterbrach ihre Unterhaltung. Neue Wachleute hießen neue deutsche Kriegsgefangene absteigen, die die fehlenden ersetzen sollten. Hans hatte geschworen, niemals zum Minenräumen anzutreten. Jetzt hatte er sich freiwillig gemeldet. Dieter ebenfalls. Beide wechselten einen müden Blick mit Lukas. Er hatte recht behalten: Für sie war es noch nicht vorbei.

Fabien wartete, bis sie bei ihnen angekommen waren, dann hielt er ihnen eine improvisierte Rede. Dabei teilte er die Hefte aus, die er vom Bürgermeister bekommen hatte.

»Minenräumen ist keine exakte Wissenschaft. Vor allem, was unser Wissen angeht. Hier an diesem Strand haben wir teuer dafür bezahlt, dass wir die feindlichen Waffen kaum kennen. Bis unser Trupp wieder vollständig ist, sollten wir die Zeit nützen, um unsere Kenntnisse aufzufrischen. Ich habe vom Ministerium diese Broschüren erhalten. Das ist nicht viel, aber zusammen mit dem, was wir vor Ort lernen, werden wir zu einem ganz neuen Typ des Minenräumers.«

Lukas kam näher und nahm sich eine Broschüre. Niemand sagte etwas. Er blätterte sie eilig durch, während Fabien seine Rede beendete.

»Gestern haben wir die ganze neue Truppe verloren und fünf Männer von der unseren: Thibault, Jean, Tom, Valentin, Enzo. Henri und Max schweben zwischen Leben und Tod.«

Zwischen Leben und Tod. Diese Worte waren ihm so entschlüpft. Und allen, die gelacht hatten, als Fabien Max imitierte, wurde bewusst, wie die Dinge tatsächlich lagen.

Nicht nur die Franzosen spürten die Anspannung. Der Gefangene, der ganz leise für die Deutschen übersetzte, sagte gerade: *Und wir haben fünf Menschen verloren ...* Plötzlich spürte Fabien den Blick von Lukas auf sich ruhen, fiebrig, intensiv, streng. Und er korrigierte sich.

»Aber es sind nicht nur unsere Leute gestorben. Wir haben auch deutsche Kriegsgefangene verloren.«

Hinter ihm wurde eine Stimme laut.

»Das ist ja wohl nicht dasselbe!«

Wer hatte das gesagt? Ein Minenräumer? Ein Wachmann? Fabien drehte sich nicht um – schließlich dachten viele so –, er redete unbeirrt weiter.

»Niemand kann leugnen, dass die Gefangenen das gleiche Risiko eingehen wie wir. Ohne sie könnten wir unsere Aufgabe nicht erfüllen.«

Was wiederum Georges nicht daran hinderte, Fabiens Worten zu widersprechen.

»Nur dass einer die Explosion ausgenutzt hat, um sich aus dem Staub zu machen!«

»Und? Hättest du nicht dasselbe getan?«, fragte Fabien ganz ruhig.

»Außerdem hat er nicht versucht wegzulaufen«, fügte Manu an.

»So ein Unsinn!«

»Ich habe es mit eigenen Augen gesehen. Er hat versucht, Thibault zu retten!«

Georges sagte nichts mehr. Fabien nahm ihn beiseite, um ihm das zu erklären.

»Ich habe mit dem Direktor des Lagers gesprochen. Es ist kein einziger SSler unter ihnen. Und das kannst du ihm ruhig glauben, er hat zu den FTP gehört, den *Francs-tireurs et partisans*. Mit solchen Dingen spaßt er nicht.«

Da verstummten die Minenräumer. Fabien trat auf jeden Deutschen einzeln zu und sah ihm direkt in die Augen. Mit Lukas machte er den Anfang:

»Meine Herren, wir werden nie vergessen, was ihr Land uns angetan hat. Und doch fühle ich mich heute euch näher, die ihr an diesen Strand gekommen seid, um die Schäden des Krieges zu beseitigen. Näher jedenfalls als den Leuten, die uns zuschauen und nichts tun. Ich sage es immer wieder: Für uns ist das Minenräumen eine Ehre. Für euch ist es eine Entehrung. Und doch habt ihr die Größe, keine Mühe zu scheuen. Von nun an werden wir miteinander essen. Ich möchte, dass eines nicht vergessen wird: Es hat Tote auf beiden Seiten gegeben, und sie sind für die gleiche Sache gestorben.«

Als Fabien hörte, wie die Wachleute in seinem Rücken murrten, drehte er sich um. Das Murmeln verstummte. Er hätte auch sagen können, dass ihn mit den deutschen Kriegsgefangenen mehr verband als mit den Kollaborateuren, die in aller Seelenruhe im Namen einer seltsamen Idee von nationaler Wiederversöhnung durch die Maschen schlüpften. Mehr als mit den Leuten, die sich über ihre geborstenen Scheiben beschwert hatten. Mehr als mit den Drückebergern, den Kriegsgewinnlern und den Denunzianten. Mehr als mit all denen, die, kaum hatten sie ihre Freiheit wieder, um die sie nicht ringen mussten, alle Résistancekämpfer als »Kämpfer der letzten Minute« verunglimpften, um sie alle in einen Topf zu stecken und diesen nach Möglichkeit ins Meer zu werfen. Diese anhaltende Spannung spürten seine Männer und es gab keinen Muckser mehr.

Lukas nutzte die Stille aus. Er hatte die Broschüre durchgeblättert und schnell festgestellt, dass viele Informationen fehlten. Er bat den Übersetzer, seinen Vorschlag zu erläutern:

»Hier fehlen viele Modelle. Ich könnte diejenigen zeichnen, die ich kenne.«

»Ausgezeichnet. Anschließend werden wir diese Informationen ans Ministerium weitergeben, damit sie die Broschüren ergänzen können.«

Dann verteilte Fabien die restlichen Broschüren unter den Deutschen.

»Wie heißt du?«

Und so tauschten sie ihre Vornamen aus. Es war das erste Mal, dass die Minenräumer sie hörten. Da waren Hans und Dieter, Franz und Rainer. Als Fabien vor Friedrich stand, erkannte er den Deutschen, der Thibault zu helfen versucht hatte, und klopfte ihm auf die Schulter. Lukas war der Letzte in der Reihe.

»Matthias ist operiert worden. Es sieht nicht so gut aus, aber er ist in guten Händen, und wir werden dir Bescheid geben.«

Und so wie die Minenräumer sich umarmt hatten, umarmte Fabien erst Lukas und dann die übrigen Deutschen. Er glaubte nicht, dass die anderen seinem Beispiel folgen würden, hoffte aber doch, dass sich mit der Zeit alles regeln würde.

Wisst ihr, woran man einen Meisterschützen erkennt? Erst schießt er, dann zielt er und zuletzt denkt er nach …«

Das war einer der Lieblingswitze von Max. Und natürlich zog er dann unweigerlich die Parallele zu ihrer Situation als Minenräumer. Sie hatten angefangen, Minen zu räumen, hatten es nicht gelernt und was das Nachdenken betraf, nun, so weit waren sie noch nicht.

Der Krieg hatte alles auf den Kopf gestellt. Unmittelbar nach der Landung der Alliierten hatten sie mit dem Minenräumen angefangen, ohne die geringste Ahnung zu haben. Die Verluste waren enorm. Aber während er darauf wartete, dass neue Leute zu ihnen stießen, wollte Fabien die Arbeiten wiederaufnehmen. Als Erstes würde er seinen Trupp zusammenschweißen müssen und den Leuten dann beibringen, wie alles lief. Die Schulung, die man ihnen versprochen hatte, stand nun an.

Fabien hatte die Stadtverwaltung beschwatzt, ihm ein Grundstück zu überlassen, auf dem er seine Leute einweisen konnte. Es lag in einem alten Steinbruch in einiger Entfernung von der Stadt. Die Gefangenen und die Minenräumer stiegen auf Lastwagen, die sie weit weg brachten vom Strand und seinen Dramen. Alle waren freudig überrascht, dass sie plötzlich wieder in die Lehre gehen sollten.

Fabien hielt Vincent zurück. Sie würden erst nach dem Mittagessen dazustoßen, die anderen sollten sich bis dahin ausruhen.

Als hätte der emotionale Aufwand des Morgens nicht gereicht, mussten sie nun noch jene Minen sicher beseitigen, die sie zu Beginn ihres Einsatzes im Randbereich des Strandes deponiert hatten. Einige davon waren bereits unschädlich gemacht, andere sollten noch kontrolliert gesprengt werden. Klugerweise hatten sie diese wie auch die Sargminen am Eingang und weit weg vom Bunker gelagert. Es hätte nicht viel gefehlt, und das Inferno wäre noch schlimmer ausgefallen.

»Kennst du einen sicheren Ort?«

»Die Stadtverwaltung hat uns ein Lagerhaus zur Verfügung gestellt. An einem verschwiegenen Ort.«

»Das schaffen wir doch nie zu zweit.«

»Wir müssen. Es soll schließlich geheim bleiben, wo die Dinger lagern.« Sie mussten die Minen verladen und dabei extrem vorsichtig sein. Schließlich konnte sie jede Unachtsamkeit das Leben kosten, mit dem sie erst wenige Tage zuvor gerade noch davongekommen waren.

Sie legten die Minen in Holzkisten, die mit Sägespänen gefüllt waren. Die nicht entschärften Minen kamen einzeln in sandgefüllte Metallkisten.

Fabien hatte einen Lastwagen gemietet. Jede Kiste mit einer Mine zeigte, was sie alles schon geschafft hatten.

Beim Lagerhaus angekommen, suchte Fabien unter einem Stein nach dem Schlüssel. Vincent sah ihn zweifelnd an.

»Bist du sicher …?«

»Mir bleibt nichts anderes übrig. Außerdem sollten wir schnell machen, bevor sie das Militär von uns haben will …«

»Aber die haben die Minen doch gar nicht geräumt.«

»Nun, die wollen auch einen Teil der Beute. Und nicht nur sie. Diese Höllenmaschinen bringen ganz schön was ein. Man hat uns ohnehin schon eine gestohlen, aus einem anderen Depot.«

Schon fuhren sie wieder los. Sie mussten diese Fahrt noch mehrmals machen. Mindestens drei Mal. Zuletzt waren sie allein am Strand, abgesehen von den Angestellten der Stadtverwaltung, die den Strand überwachten. Und denen spielten sie nun vor, als hätten sie Huberts Leichnam gerade erst entdeckt. Die Leute von der Stadtverwaltung verständigten die Behörden. Es war niemand zugegen, der die offizielle Version hätte anzweifeln können: Hubert war als Held gestorben.

Fabien war froh, dass er mit seiner Truppe die Ausbildung im Steinbruch absolvieren konnte, von der er sich viel erwartete. Nicht nur, um die Begeisterung zu stärken. Es galt auch, wieder einen gewissen Abstand zu dem Unglück zu schaffen, die Leute zu beruhigen, indem man ihnen das nötige Wissen vermittelte, ihnen Selbstvertrauen zu geben, indem man ihnen zeigte, was ein sicherer Griff war. Erfahrung und Geschicklichkeit sollten die Überlegenheit des Menschen über die Mine wiederherstellen.

Er wollte, dass diese Ausbildung die Grundlage für einen richtigen Beruf wurde, sodass seine Männer nicht länger das Gefühl hatten, zu einem miesen Job gezwungen zu sein, bei dem sie ihr Leben für ein Butterbrot riskierten. Natürlich musste er dabei so tun, als würde er sämtliche Tricks kennen. War nicht das die eigentliche Bestimmung eines Mannes?

Mochte Fabien auch alles wissen, was in der Broschüre stand, auf seine Leute traf das nicht zu. Umgekehrt kannten die deutschen Kriegsgefangenen fast alle Modelle: Unabhängig von Funktion und Rang hatten sie während ihres Militärdienstes eine Einführung in deren Handhabung erhalten. Der deutsche Generalstab hatte massiv auf diese Minen gesetzt und seine Soldaten daran ausgebildet.

Fabien war angenehm überrascht, dass die Deutschen ihr Wissen bereitwillig teilten. Mit seiner Ansprache hatte er ihr Vertrauen gewonnen, und so wiesen sie auf die Eigenheiten dieses Zünders oder jener Mine hin, die bei den einzelnen Modellen jeweils abgewandelt wurden, was ihre Komplexität noch einmal deutlich erhöhte. Aber sie wussten eben nur, wie man sie verlegte, nicht, wie man sie entschärfte.

Fabien hatte aus dem Lagerhaus Minen, Handgranaten, Mörsergranaten und Sprengstoff mitgebracht. Die legte er auf einem Holztisch aus oder vergrub sie im Boden, um reale Bedingungen zu schaffen. Im Prinzip oblag es den Sprengmeistern des Militärs, Mörsergranaten zu entschärfen. Aber diese Verteilung der Zuständigkeiten war im Grunde willkürlich. Hatte jemand eine Mörsergranate gefunden, dann mussten sie sich manchmal eben selbst darum kümmern.

Fabien begann seine Einweisung mit einem hölzernen Koffer, der auf den ersten Blick aussah wie die Kiste eines Schuhputzers: eine Panzerschnellmine A.

»Das ist eine Antipanzermine, die ich entschärft und ohne Sprengladung wieder zusammengebaut habe. Wer will anfangen?«

Niemand meldete sich. Und dabei handelte es sich um einen Sprengkörper ohne Ladung. Aber wer Minen räumen wollte, musste nun einmal auch Minen entschärfen. Fabien würde sie anleiten. Aber war es nicht besser, unwissend zu bleiben und sich nicht zu melden? Was hatte man denn von mehr Geld, wenn man sich an reale Minen heranwagte: Enzos Schatten lag über ihnen.

Fabien hatte sie zwar weggeholt vom Ort des Unglücks. Aber es war wohl ein bisschen früh, um das Problem frontal anzugehen. Also machte er mit der Theorie weiter.

»Wenn wir sie aufgespürt haben, können wir die Minen an ihrem Metallgriff anheben oder an den Schraubenmuttern. In dem Fall hier besteht die Ladung aus fünf Kilo und neunhundert Gramm Pikrinsäure auf wasserfestem Papier. Das ist eine Mine, die man recht schnell hochgehen lassen kann. Daher das ›schnell‹ im Namen.«

Während er redete, zeigte er allen, wie man diese Mine unschädlich machte. Da sie von darüberfahrenden Panzern ausgelöst wurde – ein Druckzünder war am Sprengstoffblock angebracht –, musste man sehr vorsichtig den Deckel lösen, ohne dabei Druck nach unten auszuüben. Dann schraubte man die Zündvorrichtung Z.Z. 42 heraus und entnahm den Auslöser. Ganz einfach.

Danach ging Fabien zu einer wesentlich furchterregenderen Mine über, die ihre Plastikabdeckung wasserdicht machte: eine Topfmine. Sie kam ohne jedes Metallbauteil aus, sodass sie von Detektoren nicht aufgespürt werden konnte. Fabien hatte den zylindrischen Topf von neun Kilo Gewicht und einem Durchmesser von dreiunddreißig Zentimetern in der Erde vergraben. Dieses Mal brauchte er einen Freiwilligen.

Der Trupp stand immer noch quasi reglos da.

Lukas war der Einzige, der sich meldete. Verwirrt blickten die Minenräumer ihren Anführer an, der Lukas einen Augenblick musterte.

»Die Gefangenen dürfen nicht zur Minenentschärfung eingesetzt werden. So lauten die Bestimmungen.«

»Es scheint, ich muss Mut zeigen, wenn ich eines Tages freigelassen werden will. Wenn ich keine Minen entschärfe, wie soll ich dann meinen Mut beweisen?«, ließ Lukas den Übersetzer sagen.

Fabien zögerte. Die Bewerber standen nicht gerade Schlange. Es war nicht gesagt, dass der Rekrutierungsbeamte einigermaßen zeitnah Ersatz fand. Lukas aber zeigte guten Willen. Das hatte er erst vor wenigen Tagen unter Beweis gestellt. Regeln hin oder her, man musste einfach den Einzelfall prüfen. Und wenn die Zeit nach dem Krieg etwas Besseres bringen sollte, musste man sich den Umständen anpassen.

»Sehr gut, Lukas. Zuerst legen wir die Mine frei, um herauszufinden, wo sich der Zünder befindet. Und um zu sehen, ob er etwa eingedrückt ist. Dabei muss man sehr, sehr vorsichtig sein. So als würdest du die Erde mit einer Feder zwischen den Fingerspitzen wegfegen.«

Mit der nackten Hand strich Lukas behutsam um das Gerät herum.

»Vorsicht! Die Topfmine verfügt über einen zusätzlichen Zünder. Also aufgepasst. Taste mit den Fingern die Oberfläche ab. Am besten mit geschlossenen Augen. Deine Hand und deine Fingerspitzen helfen dir sehen.«

Um Lukas zu zeigen, wie das ging, nahm Fabien seine Hand und führte sie. Daran hatte er nicht gedacht. Aber als er die Wärme des anderen spürte, kam Fabien aus dem Konzept. Das hatten beide nicht vorausgesehen. Mit einem Feind zu reden war eine Sache – sogar Worte der Anerkennung waren noch möglich. Aber ihn an der Hand zu nehmen, seine Haut zu spüren, seine Barbarenhaut, war etwas ganz anderes. Als hätte er ein Tabu gebrochen … Und dabei ging es hier nur um Technik.

»Diese Minen wurden ohne Ladung hierhergebracht. Die Deutschen haben sie dann vor Ort mit fünf Kilo und siebenhundert Gramm Sprengstoff gefüllt. Lukas, du musst vor allem aufpassen, dass die Mine keine Wiederaufnahmesicherung in Form einer zweiten Zündvorrichtung enthält. Das ist das Problem mit den Plastikminen. Du hebst sie ganz sachte an. Ja, genau so. Dann setzt du sie hochkant auf der Erde ab und schraubst das Verschlussstück heraus. Schließlich holst du den Zünder aus seinem Gehäuse. Und du kannst dich beruhigen, die Mine ist nicht gefüllt.«

Lukas entspannte sich sichtlich.

»Nun wird sie entschärft. Zuerst schraubst du die Schutzhülse des zweiten Zünders auf. Du holst den Zünder heraus und setzt die Schutzhülse wieder auf.«

Vincent hatte Lukas beobachtet, seine Konzentration, seine Präzision. Zuzusehen, wie dieser Mann, der außer dem Lesen nichts zu lieben schien, Minen entschärfte, war an sich schon absurd. Und doch zeigte er einen bewundernswert guten Willen und gab sich Mühe, ohne zu murren. Vincent hingegen blieb in der zweiten Reihe und konnte mit den anderen noch eine Zigarette rauchen.

Noch nie hatte er sich so sehr als Gefangener seiner Entscheidungen gefühlt. Einen Strand, eine Straße oder ein Eisenbahngleis mit dem Bajonett absuchen, warum nicht? Aber bis in die Eingeweide dieser explosiven Biester vordringen … Er hätte immer noch aufgeben können. Aber er hörte, wie Georges und Manu sich fragten, wer wohl der Nächste sein würde. Er sah Fabien und Lukas. Und er erinnerte sich an die Kinder, die beinahe von einer explodierenden Mine überrascht worden wären.

Der Krieg hatte ihn zutiefst verändert, seine moralischen Grundsätze aber trotzdem nicht völlig aushöhlen können: Er konnte nicht zulassen, dass nur die anderen dieses Risiko eingingen.

Und so trat er vor und nahm Lukas' Platz ein. Fabien stand neben ihm, eine beruhigende Präsenz, doch angesichts einer Mine konnte selbst die nicht alle Anspannung von ihm nehmen. Demütig prägte Vincent sich alle Informationen ein: Vor sich hatte er eine Tellermine 35 N1 mit einem Zünder T.MI.Z.35. Eine graugrüne Suppenschüssel aus Aluminium von dreißig Zentimetern Durchmesser. Der Deckel wurde von einer Spiralfeder gehalten. Gewicht: neun Kilo. Ladung: fünf Kilo und vierhundert Gramm TNT, die bei einem Druck von mehr als neunzig Kilo explodierten.

Das war für alle, außer Vincent, der Moment, um Witze über das eigene Gewicht zu reißen. Die meisten waren zu mager, um die Mine hochgehen zu lassen. Dann fiel ihnen Jean ein, der Knastologe beziehungsweise der Dicke, und sie hörten Fabien schweigend zu. Diese Mine war dazu bestimmt, Panzer zu sprengen. Aber aufgrund des geringen Auslösegewichts von nur neunzig Kilo detonierte sie, wenn sich die Laufketten nur schon ansatzweise darüberschoben. Daher hatte man sie perfektioniert und durch die Tellermine 42 ersetzt, die erst explodierte, wenn der ganze Panzer über der Mine war. Durch die Explosion wurde der Boden des Panzers aufgerissen. Und dann kam die Tellermine 43. Die beiden letzten durften nicht berührt werden. Da sie schon werksseitig mit einer Wiederaufnahmesicherung versehen waren, versuchten nicht einmal die Sprengmeister der Armee, sie zu entschärfen. Meist wurden sie kontrolliert gesprengt.

Bei der Tellermine 35 wiederum musste man sich zuerst versichern, dass sie keine Wiederaufnahmesicherung hatte. Dazu zog man sie mit einem Kabel am Transportgriff heran. Lag sie dann vor einem, löste man die Schraubmuttern um den Zündschacht. Dann schob man mit Daumen und Zeigefinger ganz vorsichtig den Sicherungsriegel in sein Gehäuse. Sollte sich ein Widerstand bemerkbar machen, hielt man sofort inne. Schließlich drehte man die Schraube, die sich am Zünder befand, so, dass der rote Punkt über der weißen Markierung mit der Aufschrift »sicher«

zu liegen kam. Auch hier galt: Man ließ die Finger davon, sollte man auch nur den geringsten Widerstand spüren. Da sie gegen Wiederaufnahme gesichert sein konnte, hob man die Mine nie mit der Hand auf, solange nicht alle zusätzlichen Zünder an den Seiten oder an der Unterseite entfernt worden waren. Zu diesem Zweck musste die Mine gesichert werden. Man hinderte den Arretierstift mit einem Metallstab daran, nach unten zu wandern und schob dann das Ende des Stabes mit einer Drehbewegung unter den Schlagbolzen, der auf »scharf« stand.

Letztlich war alles eine Frage, wie gut das eigene Gedächtnis war und wie groß die Handgeschicklichkeit, wie verlässlich man einschätzen konnte, was es zu tun oder zu vermeiden galt beziehungsweise wie viel Druck man auf die Schrauben oder den Arretierstift ausüben durfte …

Doch selbst hier im Steinbruch, wo man in Ruhe alle Handgriffe einstudieren konnte, musste man aufpassen. Mit ein wenig Übung gelang das mühelos, zumindest war es das, was Fabien ihnen vermitteln wollte. In Wahrheit aber – und Vincent wusste das nur zu gut, hatte er die menschliche Anatomie erst einmal auswendig gelernt, ehe er sein Skalpell ansetzen durfte – waren das, was das Gehirn registrierte, und das, was die Hand machte, zwei verschiedene Dinge. Auf der einen Seite das Gelernte, auf der anderen der Instinkt. Hier der Plan und da das Unvorhersehbare. Dem Unvorhersehbaren begegnet der Mensch mit Ressourcen, in denen sich Erfahrung, Konzentration und eine kontrollierte Kühnheit verbinden. Und manchmal hilft einfach nichts.

Am Abend kam der Bürgermeister vorbei und drückte ihnen sein Beileid aus. Er wurde begleitet von einem amerikanischen und einem britischen Offizier. Fabien hatte beim Maquis eine ganze Reihe von anglosächsischen Fallschirmspringern kennengelernt. Er schätzte ihren Mut, ihren Humor, ihre Opferbereitschaft. Ihr Engagement. Die beiden Männer sprachen lächelnd ein Französisch mit einem ihm vertrauten Akzent. Aubrac hatte sie geschickt, damit sie ihnen die so dringend benötigten technischen Informationen gaben.

Ihre Fachkenntnisse waren wertvoll. Briten und Amerikaner hatten sehr schnell gemerkt, wie weit voraus ihnen die Deutschen in der Produktion von Minen waren. Und so hatten sie all ihre Anstrengungen darauf konzentriert, die deutschen Minen zu analysieren und die Entwicklung und Fabrikation eigener Minen voranzutreiben, um wieder mit ihnen gleichzuziehen.

An jenem Abend waren alle bereit, länger zu arbeiten, um sich bei dem anschließenden Essen, das der Bürgermeister für sie organisiert hatte, mit den Ausbildern der Alliierten auszutauschen.

Sie alle wurden durch das köstliche Gefühl zusammengeschweißt, gemeinsam gekämpft und gesiegt zu haben. Als Verbündete. Alliierte. Das war ein starkes, ein mächtiges Wort. Ein Wunder angesichts der durchlittenen Gefahren. Und der gemeinsamen Geschichte. Franzosen und Engländer hatten sich mehr als hundert Jahre lang bekriegt. Die Amerikaner hatte sich mit Unterstützung der Franzosen vom englischen Zugriff auf ihr Land befreit. Alle hatten mit allen gekämpft. Und an jenem Tag, in diesem Steinbruch, gab es nur offene Gespräche unter Männern, die glücklich waren, von nun an frei und in Frieden leben zu können. Ein Augenblick der Gnade. Diese Idee der wiedergewonnenen Freiheit, die es zu beschützen galt, einte alle und war sogar offen für Witzeleien, selbst mit den Deutschen. Weder die Briten noch die Amerikaner waren schockiert zu sehen, dass Fabien eine einheitliche Truppe aufgebaut hatte und die strenge Absonderung der Kriegsgefangenen nicht mehr aufrechterhielt. Das waren die ersten Anzeichen des Friedens. In dieser kleinen Gruppe, die mit Minen, Gefahren, Opfern, Selbstverleugnung und Tod kämpfte, bahnte die Brüderlichkeit sich einen schmalen Weg. Dieser Krieg war ein totaler, barbarischer Bruch gewesen, und doch zeichnete sich gerade hier, bei den Minenräumern, die Vorstellung einer gemeinsamen Zukunft der Länder Europas ab.

Fabien, der Engländer und der Amerikaner tauschten ihre Erinnerungen aus. Sie erzählten von der Landung, Namen schwirrten durch die Abendluft: die Operation Dragoon, die Truppenteile Romeo, Garbo, Alpha, Delta, Camel und Rosie landeten an achtzehn Stränden zwischen Cavalaire und Saint-Raphaël. Die Befreiung von Saint-Tropez, die enge Abstimmung zwischen den *Forces françaises de l'intérieur*, den Kräften der Alliierten, der *Armée française de la Libération*, den Korps aus Nordafrika, Guinea, dem Senegal und von der Elfenbeinküste, den Widerstandskämpfern aus den französischen Überseeregionen. Ja. Diese schnelle, effektive Landung, ermöglicht durch eine reibungslos und ohne Fehler erfolgte Kooperation, war wahrhaft ein Wunder.

Vincent beneidete diese Männer. Während der Landung in der Provence war er noch im Kriegsgefangenenlager gewesen. Man hatte ihm mehrere Jahre seines Lebens gestohlen, aber er war wütend auf sich selbst.

Der Abend fand seinen Abschluss, als der Amerikaner und der Brite aufstanden, um sich die Minen anzusehen, die auf dem Tisch aufgereiht waren wie ein winziges Museum des Schreckens, das alle am liebsten in die Vergangenheit verbannen wollten. Als ein altmodisches Kuriositätenkabinett, mit dem man nur noch Kindern Angst machen konnte. Die Minenräumer hätten sich gern gesagt, dass die ganze Welt die Lektion begriffen hatte und dass dies das erste, aber auch das letzte Mal gewesen war, dass kriegführende Nationen diese Höllenmaschinen einsetzten.

Aber die beiden Ausbilder nahmen jede einzelne Mine in die Hand und erklärten, dass sie mittlerweile über ein gleichwertiges Modell verfügten. Ihre Ingenieure hatten die deutschen Waffen studiert, kopiert und reproduziert. Und sie bei dieser Gelegenheit gleich modernisiert und perfektioniert.

Alle, die an jenem Abend im Steinbruch zusammen waren, begriffen, dass das, was sie am meisten fürchteten, längst Wirklichkeit war. Der Krieg war vorüber, aber die Welt war weit davon entfernt, auf Minen zu verzichten. Deren lange Geschichte hatte gerade erst begonnen.

Aubrac hatte ins Schwarze getroffen: Die Erklärungen, die der Amerikaner und der Brite lieferten, waren ebenso nützlich wie genau. Sie blieben ihrem Ruf als Angelsachsen treu und machten sich gelassen an die Arbeit. Schließlich wollte man etwas erreichen.

Mit der Zeit wurden die Beziehungen immer freundschaftlicher. Sie würden wieder mit den Minenräumern zu Abend essen, sie ihrerseits einladen, die Gegend zu besichtigen. Kurz gesagt, sie waren nicht als Besatzer im Land, sondern zeigten sich von Frankreich bezaubert. Professionell, ein wenig extravagant, auf die Arbeit konzentriert, aber auch zu Scherzen aufgelegt – der Trupp war begeistert.

Fabien nutzte ihre Anwesenheit, um sich am Abend zu entschuldigen und gemeinsam mit Vincent die Verwundeten im Krankenhaus zu besuchen. Vincent wollte Lukas Neuigkeiten von Matthias bringen. Sie trennten sich in der Eingangshalle.

»Treffen wir uns in einer Stunde hier wieder?«

Fabien wollte unbedingt Max besuchen und war sehr erleichtert, ihn lebend anzutreffen. Zwar lag er im Bett und bekam Infusionen, Arme und Oberkörper verschwanden unter Bandagen. Und doch ging eine Welle der Kraft durch ihn, als er Fabien sah. Fabien wusste das: Ein Anführer schweißt seine Gruppe zusammen. Er gibt seinen Leuten neuen Mut, weil sie ihn nicht enttäuschen wollen. Wie ein Vater, auch wenn er höchstens so alt war wie sie. Diese verrückte Energie ließ Max Fabiens Arm packen.

»Du lässt mich aber nicht hier!«

Fabien spürte erfreut, wie viel Kraft immer noch in seinem Griff lag. Dabei hatte man ihm gesagt, Max liege im Sterben. Und doch hätte er ihm nichts geben können, was dem Glauben gleichgekommen wäre, den Max in sich trug. Das machte ihn traurig, aber er versuchte trotzdem, einen Witz zu machen.

»Warum? Kümmert man sich hier nicht gut um dich? Hör mal, ich habe ein oder zwei Krankenschwestern gesehen, die hast du doch bestimmt schon zu einer Spazierfahrt in deinem Jeep eingeladen, nicht wahr? Und hier macht dir wenigstens Manu keine Konkurrenz.«

»Manu? Selbst wenn sie mich hier wie eine Wurst verschnüren, ein Manu ist keine Konkurrenz für mich!«

»Na dann. Genieß es doch eine Weile. Ruhe dich aus ...«

»Ich will hier raus«, fiel Max ihm ins Wort.

»Wenn etwas nicht stimmt, werde ich mit den Ärzten reden. Ich bringe ihnen schon bei, mit wem sie es zu tun haben«, feixte Fabien weiter. Ohne große Überzeugung. Er wusste, worauf Max hinauswollte.

»Aber ich langweile mich hier zu Tode. Ich kann raus, das geht schon.«

»Max ... Ich glaube nicht. Du musst dich noch weiter behandeln lassen.«

»1935 waren wir ja so was von naiv. Die Deutschen haben Millionen von diesen Höllenmaschinen fabriziert, und wir haben sie einfach machen lassen!«

»Mach dir keine Sorgen. Sie haben verloren. Endgültig.«

»Das reicht nicht! Die Boches müssen endlich begreifen, wer wir sind! Das nächste Mal lassen wir uns nicht so vorführen.«

»Das nächste Mal ...?«

»Wir werden jetzt keine Unfälle mehr bauen. Ich möchte sofort wieder anfangen.«

»Pff! Jetzt hast du mir einen ordentlichen Schrecken eingejagt. Ich dachte schon, du redest vom nächsten Krieg!«

Fabien schlug einen gewollt munteren Ton an und versuchte, auf Max und seine Bemühungen, den eigenen Zustand zu verdrängen, einzugehen. Doch die Bandagen seines Freundes ließen keinen Zweifel, wie groß die Wunden waren, die ihn auffraßen. Und es fiel ihm schwer, seine Zweifel zu verbergen. Die Ärzte hatten ihm gesagt, dass Max das Ende der Woche nicht mehr erleben würde. Offensichtlich hatte man Max das verschwiegen.

Fabien hörte sich antworten, dass er Max lieber heute als morgen wieder zurückhätte, und dass beim nächsten Mal natürlich alles gut gehen würde. Sie hätten aus ihren Fehlern gelernt, das sei ihre große Stärke.

Max war Fabiens erster Rekrutierter gewesen. Sie hatten zusammen angefangen, die Minen am Strand zu räumen. Er, Max und Gauthier, der arme Junge, der ein Stockwerk tiefer in einem schweren Koma lag. Max war der Einzige, der von dieser ersten Gruppe überlebt hatte, aus den heldenhaften Zeiten, als der Krieg noch tobte. Diese Zeit lag erst wenige Monate zurück, aber die schienen Fabien nun wie eine Ewigkeit.

Er hatte das Gefühl, Max besser zu kennen als alle anderen, und doch wusste er nicht, was er vor dem Krieg gemacht hatte. Aus seiner Akte wusste Fabien, dass dieser Frauenheld eine Gattin und einen Sohn hatte. Fabien schlug ihm vor, die beiden kommen zu lassen.

»Lieber nicht. Ich möchte nicht, dass sie mich so sehen!«

»Wie lange hast du sie jetzt nicht mehr gesehen?«

»Darum geht es doch nicht! Ich will meinem Sohn keine Angst machen. Und meiner Frau habe ich gar nicht gesagt, dass ich mich zum Minenräumen gemeldet habe. Ich habe ihr erzählt, dass ich einen ruhigen Job habe, bei dem man gut verdient. Wenn sie mich so sieht …«

»Liebst du sie?«

»Darauf kannst du wetten!«

Ganz gegen seine innere Überzeugung setzte Fabien ein komplizenhaftes Lächeln auf. Max wies ihn sofort zurecht.

»Ah, ich weiß, was du denkst. Aber die Frauen, die ich da oder dort auf ein Glas einlade, das ist nur zum Amüsement. Ich stelle ja nichts an. Bei meiner Frau ist das anders. Sie ist unglaublich schön, das kannst du dir ja denken. Und sie kann auch noch singen. Nicht so wie Enzo, sie ist besser bei modernen Chansons. Aber die hat sie besser drauf als alle Sängerinnen im Radio. Und das Schönste ist, dass sie es nicht mal weiß.«

»Eben! Deshalb lassen wir sie kommen und du sagst ihr das.«

»Nicht jetzt … Erst wenn ich wieder auf den Beinen bin.«

Max war also wirklich überzeugt davon, dass er sich erholen würde.

Im Stockwerk darunter beobachtete Vincent Matthias beim Schlafen. Seine Hände steckten in dicken Verbänden. Sie sahen nicht einmal mehr aus wie Hände, schon gar nicht wie Hände, die einen Bogen und eine Geige halten konnten. Am Fuß des Bettes hing die Fieberkurve, die nicht einen Tag unter einundvierzig Grad gefallen war. Matthias hatte sich wohl eine schwere Infektion zugezogen.

Als er erwachte, stellte Vincent ihm schnell die einzige Frage, die ihm wichtig war – wo ist Ariane? Er klammerte sich an seine Worte, aber Matthias sprach nur von Musik und Partituren. Das Fieber und das Morphium hatten ihn ins Delirium versetzt. Er kämpfte mit der panischen Angst, für sein morgiges Konzert in Köln nicht bereit zu sein.

In den tiefen Fluten seines opiattrunkenen Halbschlafs hob er die Arme, um einen in der Luft schwebenden Bogen zu ergreifen und eine tanzende Geige. Und dann übte er mit verbundenen Händen sein künftiges Konzert.

Vincent quälten Selbstvorwürfe. Er hatte herausfinden wollen, welche Art Beziehung Ariane und Matthias gehabt hatten. Er hatte den jungen Mann sogar beneidet. Jetzt aber, wo er vor seinem Bett stand, war Matthias einsamer als je zuvor. Er musste sich wehr- und bewusstlos einem Kampf gegen den Tod stellen, den er nicht begriff. Vincent versprach ihm, dass er versuchen würde, mit einem Arzt zu sprechen. Aber hörte der andere ihn überhaupt? Und in der Hektik des Krankenhausalltags würde es auch schwierig sein, einen Arzt aufzutreiben. Matthias umarmte immer noch die Luft, als Vincent ihm die Botschaft zeigte, die er abzuliefern versprochen hatte.

»Das ist von Lukas.«

Der Name löste bei Matthias keine Reaktion aus. Der Junge glich immer mehr einer hypnotisierten Ballerina, die in ihren musikalischen Halluzinationen gefangen war.

»Er mag dich sehr, weißt du.«

Matthias summte leise eine Melodie, die Vincent nicht erkannte. Es hatte keinen Sinn, mit dem Jungen zu reden. Verlorene Liebesmüh. Also zog er sich einen Stuhl heran, holte ein Notizbuch aus seiner Jacke und einen Kugelschreiber. Dann fing er an, sehr schnell etwas niederzuschreiben.

Dabei wurde er von Fabien unterbrochen, der ihn von der Tür herrief. Vincent ging zu ihm hinaus auf den Flur.

»Wie geht es ihm?«

»Nicht so schlecht. Ich glaube, das ist ganz normal nach so einer Operation …«

In Wirklichkeit konnte die Infektion Matthias sehr bald

das Leben kosten. Vincent musste schnell reagieren. Er hatte keine Wahl.

»Er hat mir etwas für Lukas diktiert. Ich soll ihm das hier ausrichten.«

Er riss aus seinem Notizbuch die Seite mit der Nachricht, die er gerade erfunden hatte. Fabien verzog keine Miene. Er hatte nicht gehört, dass Matthias etwas gesagt hätte. Vincent fügte eilig hinzu:

»Und Max?«

»Der redet schon davon, wann er das nächste Mal Minen räumen wird.«

»Will er wirklich weitermachen?«

»Er denkt an nichts anderes! Ich habe noch einen wie ihn. Gauthier, der zu der ersten Gruppe gehört hat. Der wird das Krankenhaus vermutlich nicht mehr verlassen. Aber selbst wenn sie wüssten, dass sie sich nicht mehr erholen und nur noch einen Monat zu leben haben, würden sie trotzdem zum Räumen antreten. Wenn es sein muss, im Rollstuhl. Und doch haben sie Angst. Aber es ist stärker als sie. Sie wollen sich einfach nicht geschlagen geben.«

Vincent war der Letzte, der sich über eine solche Besessenheit ein Urteil erlauben wollte. Er wusste, dass sie sich nicht kontrollieren ließ.

Und sie gingen zu zweit zu dem Arzt, der Matthias behandelte. Im Gespräch begriffen die beiden, dass sie sich keine Illusionen machen sollten. Trotzdem bestanden sie darauf, dass alles getan wurde, um ihn zu retten.

Im Flur gingen sie schweigend nebeneinanderher. Keiner hätte viel auf das Leben des jungen Musikers gewettet.

Sie waren fast schon am Ausgang, als Vincent ganz klar einen Namen vernahm, den er nicht hatte hören wollen. Den seinen.

»Hadrien!«

Fabien drehte sich um und sah, wie eine Frau im weißen Kittel auf sie zukam. Sie sah ungewöhnlich gut aus. Vincent steuerte weiter dem Ausgang zu, ohne sich umzusehen, gerade so schnell, dass er keinen Verdacht erregte.

»Vincent? Ist alles in Ordnung?«, fragte Fabien erstaunt.

»Ich fühle mich im Krankenhaus einfach nicht wohl ...«

Nun hatte die Frau sie fast eingeholt. Vincent hatte Audreys Stimme durchaus erkannt. In seinem Eifer, Matthias zu befragen, hatte er ganz vergessen, dass sie im Hôpital de la Timone arbeitete. Als sie seinen Namen wiederholte und dabei die Hand auf seinen Arm legte, wandte er sich ihr zu. Er setzte sein schönstes Lächeln auf und sagte:

»Sie müssen mich mit jemandem verwechseln. Ich heiße nicht Hadrien. Tut mir leid.«

Audrey war außer Atem, wusste aber auch nicht, was sie darauf erwidern sollte. Allerdings begriff sie schnell.

»Oh, Verzeihung ... Sie ähneln jemandem, den ich vor dem Krieg gekannt habe. Zumindest von Weitem. Aus der Nähe sind Sie ihm aber nicht wirklich ähnlich.«

»Kein Problem. Einen schönen Tag noch.«

Verblüfft blieb sie stehen und sah Vincent nach, wie er verschwand. Sie hatte ja gewusst, dass er zu allem bereit war, aber sogar seine Identität zu verleugnen ... Außerdem hatte er sie so ganz nebenbei dastehen lassen, als wäre sie nicht recht gescheit.

Vincent spürte Fabiens Blick auf sich ruhen. Er musste so tun, so als wäre nichts passiert. Als gäbe es keinen Grund, sich irgendwelche Gedanken über diesen Zwischenfall zu machen. Und so nahm er das Gespräch wieder auf.

»Glaubst du, ich könnte Lukas besuchen und ihm die Nachricht von Matthias bringen.«

»Die kannst du ihm morgen geben.«

»Matthias wollte aber, dass ich den anderen Deutschen sage, wie es ihm geht, denen, die nicht beim Minenräumen sind.«

»Aber niemand bekommt so einfach Zutritt zu einem Kriegsgefangenenlager.«

»Du kennst doch den Leiter. Und ich habe es Matthias versprochen.«

Fabien zögerte. Er überlegte zuerst für sich, dann antwortete er in sachlichem Ton:

»Ich schreibe dir eine Empfehlung. Das sollte funktionieren.«

Vincent war erstaunt, dass er so leicht davonkam. Er vermutete, dass Fabien irgendwelche Hintergedanken hatte, auch wenn er nicht wusste, welche das sein könnten. Sie stiegen in den Jeep und Fabien betätigte den Anlasser.

»Übrigens, was Briefe angeht und um mal von etwas anderem zu reden: Ein Freund wird mir die Briefe von Honoré d'Estienne d'Orves schicken. Die, die er geschrieben hat, bevor die Deutschen ihn erschossen haben. Sein Anwalt hat sie veröffentlicht. Sie müssen großartig sein.«

Vincent hatte Grund, misstrauisch zu sein. Und er war sich sicher, dass Fabien nichts ohne Grund sagte.

»Du weißt doch, wer d'Estienne d'Orves ist?«

In seinem Gefangenenlager in Deutschland hatte Vincent von solchen Dingen nichts erfahren.

»Ein Marineoffizier von beispielhaftem Mut. Er hat den Dienst quittiert und sich der Résistance angeschlossen. Er hat unseren Nachrichtendienst aufgebaut. Dann wurde er verhaftet ...«

»Woher weiß man das?«

»Er hatte einen jungen Matrosen an seiner Seite, einen Funker. D'Estienne d'Orves hat ihm vertraut, aber er hat ihn an die Deutschen verraten.«

»Er hat also unter der Folter geredet?«

»Nein, er ist von selbst zu den Deutschen gerannt, um ihnen die Informationen zu verkaufen. Und weißt du, was das Schlimmste ist? D'Estienne d'Orves war unterrichtet worden, dass sein Matrose in den Bars zu viel ausplauderte und man ihm nicht trauen könne. Aber er wollte es nicht glauben. Er hat ihm sein volles Vertrauen geschenkt und es nicht zurückgenommen. Er wurde auf dem Mont Valérien erschossen. Da war er gerade mal vierzig Jahre alt.«

»Um mal von etwas anderem zu reden« hatte Fabien gesagt, aber in Wirklichkeit sprach er über eben die Frage, die allen auf den Nägeln brannte, die sie alle umtrieb und sie bis an ihr Lebensende umtreiben würde: Wenn morgen wieder die Nazis herrschten, die Faschisten und Barbaren, wenn es einen neuen Krieg gäbe, eine neue tödliche Bedrohung, auf wen könnte man sich dann verlassen? Wem würde man sein Leben anvertrauen? Wer würde unter der Folter schweigen? Wer würde einen nicht verraten? Unter keinen Umständen?

Der Verdacht, der andere könnte einen vielleicht verraten, würde die Beziehungen untereinander belasten. Und falls Fabien dachte, dass er ihn vielleicht verraten könnte, dann waren Vincents Tage beim Räumkommando gezählt. Er musste also schnell handeln. Er musste sich seine Informationen von Lukas beschaffen, da er von Matthias ja keine bekommen konnte.

Nach dem Gespräch über den hingerichteten Résistancekämpfer hatte sich Schweigen über die beiden gelegt. Fabien lebte in einem Friedhof, der nicht von dieser Welt war.

Er trug seine Toten stets mit sich. Seine Toten waren lebendiger als die Menschen, die sich abrackerten, sich kompromittierten, sich mit den Verhältnissen arrangierten. Er errichtete für sie ein verwunschenes Grab. Bei ihm waren alle Toten willkommen, auch jene, die nicht zu seiner Partei, nicht zu seinem Maquis gehört hatten. Auch wenn er sie gar nicht gekannt hatte. Es war ihm egal, woher sie kamen. Alles, was zählte, war, was sie erreicht hatten.

Fabien würde diese Briefe seinen Männern vorlesen, sobald er sie in Händen hielt. Er war hin- und hergerissen: Einerseits wollte er die Worte des toten Offiziers für sich behalten, als intimes Zwiegespräch, ein Gespräch, das nur möglich war zwischen Menschen, die im selben klaren Wasser badeten. Andererseits wollte er sie teilen, in der Hoffnung, dass dies die anderen stützen und ihren Durst löschen würde.

Allmählich kam man in der Zeit an, da Besuche bei den Toten lohnender waren als bei den Lebenden.

Fabien schaute kurz im Café vorbei. Er musste Léna sehen. Dringend.

»Wo ist das Foto, das du mir gezeigt hast?«

Léna war gerade dabei, die Abrechnung zu machen, daher überlegte sie laut.

»Das Foto?«

»Das dir die Frau am Abend des Festes gezeigt hat. Sie hat einen jungen Mann gesucht. Du hast mir erzählt, dass er Hadrien heißt.«

»Ja, aber ich habe es Aurélien gegeben. Wo er es wohl hingetan hat?«

Sie suchte unter dem Tresen herum. Dann zog sie eine Schublade auf, in der Sachen lagen, die man im Café brauchte. Da war es. Sie gab es Fabien.

»Kennst du ihn denn?«

»Ja, und du kennst ihn auch. Es ist Vincent.«

»Bist du sicher? Aurélien hat auch gedacht, dass der Mann auf dem Foto ihm ähnlich sieht. Ich finde das gar nicht. Auch wenn es schwer zu beurteilen ist, so im Gegenlicht.«

»Das Foto ist vor dem Krieg aufgenommen worden. Gib fünf Jahre dazu, den Hunger, die Angst und das Kriegsgefangenenlager. Es genügt schon weniger, um dich zu verändern.«

»Aber warum sollte Vincent einen falschen Namen angeben? Außerdem ist der Mann auf dem Foto Arzt. Warum sollte er das verheimlichen?«

»Das wird er mir erklären müssen.«

Fabien war hibbelig. Léna umarmte ihn und sagte mit leiser Stimme:

»Fabien, versprich mir, dass du ihn das erklären lässt. Verurteile ihn nicht, ohne ihn angehört zu haben. Ich weiß, dass es für dich nicht einfach ist, das zu erfahren. Im Maquis bedeutete eine Lüge häufig den Tod. Aber du bist nicht mehr im Maquis. Glaub mir, wenn jemand lügt, hat er manchmal einen guten Grund.«

»Aber warum belügt er mich? Ausgerechnet mich?«

»Bitte sei nicht gleich so misstrauisch. Du weißt, was ich sagen wollte. Alles, worum ich dich bitte, ist, nicht hitzköpfig zu reagieren. Auch wenn es schwierig ist. Wenn du ihn das nächste Mal triffst, dann warte wenigstens bis zum Abend, bis du ihn auf die Sache ansprichst.«

»Warum höre ich dir nur zu?«, antwortete er, schon milder gestimmt.

Auf der Rückseite des Fotos stand der Name Hadriens und der der jungen Frau, mit der Léna gesprochen hatte: Irène Zeller.

»Sonst hat sie dir nichts gesagt?«

»Nur dass er eine Frau sucht, mit dem Namen ... Ariane, glaube ich. Und sie möchte, dass man sie vergisst.«

Fabien erstarrte. Léna begriff sofort.

»Du hast sie gekannt?«

Erschüttert nickte er.

»Ich habe lange geglaubt, sie sei tot. Es würde mich freuen, wenn sie am Leben wäre.«

Seit dem Abend der Explosion suchte das Geschehen Lukas immer wieder heim, spulte sich in seinem Kopf endlos ab bis zum Morgengrauen. Dieser Albtraum würde ihn in allen noch kommenden Nächten seines Lebens verfolgen. Er hätte Matthias so gerne gerettet, ihm zur Flucht verholfen, damit er in den größten Konzerthäusern der Welt spielen konnte oder auch nur einmal mehr für Ariane.

Er durchlebte jede einzelne Minute, wieder und wieder. Unmittelbar nach dem Stahlsturm war sein Blick auf den zerstörten Bunker gefallen, mit dem Waffen und Fluchtpläne zerplatzt waren. Er hatte seinen Plan nicht ausführen können und nun lag er da, nur wenige Meter entfernt, niedergeschmettert zwischen Trümmerteilen. Dann hatte er Matthias liegen sehen, und bei der Vorstellung, ihn für sein verrücktes Projekt geopfert zu haben, brach eine meterhohe Woge der Schuld über Lukas zusammen. Er hatte alles getan, damit der andere überlebte. Er hatte Vincent nach Kräften geholfen. Er hatte Matthias' Hand gehalten und auch den Blick nicht abgewendet, als Vincent die Wunden ausgebrannt hatte. Als man Matthias ins Krankenhaus gebracht hatte, war Lukas am Boden zerstört. Die starken Kiefer der Schuldgefühle schlossen sich um sein Herz. Sie rissen ihm alle Kraft heraus, und doch dachte er schon wieder an Flucht.

Er hasste sich dafür. Hat man Fluchtgedanken, dann ist es unmöglich, nicht an Flucht zu denken, nicht die ganze Zeit an Flucht zu denken, ohne verrückt zu werden, und das macht sie so quälend. Der Wirbel an Möglichkeiten ließ Lukas keinen Platz für einen Moment des Friedens in seinem Kopf. Wie das Pendel eines wild gewordenen Metronoms wurde er hin- und hergeworfen zwischen den widersprüchlichsten Gedanken. Zwischen einer unüberwindlichen Angst und einer unsinnigen Hoffnung. Zwischen den minimalen Aussichten auf Erfolg und den schrecklichen Konsequenzen eines Fehlschlags. Der Rhythmus dieser Schwingungen machte ihn schwindlig. Mittlerweile war er völlig außerstande zu erkennen, wann der richtige Moment gekommen wäre, um zu handeln. Und schlimmer noch: Er war nicht mehr absolut sicher, diese Hürde überwinden zu können.

Und doch konnte er nicht mehr zurück, selbst wenn er noch so katastrophal scheitern sollte.

Die Flucht vorzubereiten war ja schon Flucht. Der Traum von einem Danach. Die feisten Gewissheiten der Aufseher zu erschüttern, die glaubten, die Gefangenen hätten sich in ihr Schicksal ergeben. Die Franzosen zu widerlegen, die meinten, die Deutschen seien der Lage nicht gewachsen. Die Deutschen Lügen zu strafen, die glaubten, dass ihre Kriegsgefangenen sich damit abfinden würden, von allen vergessen zu sein, und von niemandem Rechenschaft fordern.

Lukas brauchte diese Träumereien von einer Zukunft in Freiheit, um zu überleben. Er tauschte die Wirklichkeit gegen seine Hoffnungen, und das tat ihm gut. Wenn nicht das, dann der Tod. Wo würde er hingehen? Davon hatte er mehr als tausend Mal geträumt. Seine Unentschlossenheit war das Vorspiel zur Freiheit.

Vor dem Krieg hätte er sich ohne Zögern für Frankreich entschieden. Paris, um eine Buchhandlung am Seineufer zu eröffnen. Oder der Süden, vielleicht sogar in Hyères, Ramatuelle oder Saint-Tropez – welche Ironie! Heute würde er nach Italien gehen. Aber auch Italien erlebte schlimme Zeiten. Er würde dort nicht bleiben können und wieder fliehen müssen. Spanien litt immer noch unter dem Joch der Faschisten. Griechenland erlebte Zusammenstöße zwischen Briten und Kommunisten. Lukas hatte immer vom Mittelmeer geträumt, und jetzt war alles zerstört.

Warum nicht weiter weg? Nach Marokko? Nach Algerien? Er sah die Bilder von Delacroix vor sich, und das genügte ihm, um den heißen Sand der roten Landschaft zu fühlen. Er sah sich mit einem Turban aus kühler Baumwolle, um sich gegen die Hitze zu schützen, und köstliche Früchte verzehrend. Er würde die Oasen in der Wüste besuchen.

Diese Träume gaben Lukas die Kraft, sich auf die technischen Fragen seines Ausbruchs zu konzentrieren. Er konnte ja keine Notizen machen, weil die Aufseher jeden Abend die Baracken durchsuchten. Pech für ihn, denn er konnte immer schon am besten nachdenken, wenn er einen Stift in der Hand hielt. Am meisten war ihm das bewusst geworden, als er die Briefe an seine Angebetete schrieb, auch wenn er sie nicht abschicken konnte. Acht Monate ohne eine Nachricht. Konnte die Liebe das überstehen?

Er konnte einfach nicht mehr warten. Er hatte noch eine Chance, eine einzige. Um sie nutzen zu können, musste er eine Kettenreaktion aus Ereignissen provozieren, die nacheinander zünden würden wie die Minen, an denen sie fast krepiert waren. Es schien unmöglich, aber ihm blieb keine andere Wahl: Er musste zurück ins ehemalige Hauptquartier der Wehrmacht, ins Château des Eyguières. Natürlich war der Zutritt verboten und das Schloss war durch und durch vermint.

Aber dies war der einzige Ort, wo er den Franzosen gegenüber im Vorteil war. Er wusste, wo Waffen und Gold lagerten. Und er kannte einen Geheimgang, von dem außer ihm niemand wusste.

Lukas kannte das Schloss wie seine Westentasche. Er hatte Zugang zu allem, was dort verborgen war, zu geheimen Schränken, Zimmern und Passagen, zu verborgenen Türen. Die ganz Architektur, der Park, die Möbel – all das fand er wunderbar. Die Vergangenheit in Reichweite und mit ihr auch der Geist, der dort einmal geherrscht hatte, trotz der deutschen Besatzung. Jahrhunderte des Raffinements hatten auf ihre Weise Widerstand geleistet. Mit Möbeln und Wandtäfelungen, mit der Majestät ihrer Zimmerdecken und Spiegel. Der monumentale Raum der Ballsäle, die Flure, die größer waren als jede Wohnung, die stattliche Freitreppe, die wunderbaren Lüster, die vier Meter über ihren Köpfen schwebten. All das verwies mit seiner Pracht die arroganten, uniformierten Hampelmänner an ihren Platz. Sie glaubten, alles unter Kontrolle zu haben, doch zu guter Letzt ging das Schloss aus dieser Auseinandersetzung als Sieger hervor.

Kurz vor dem Ende hatte ihr Vorgesetzter von einem letzten Gefecht gesprochen, das keinerlei Ehre in sich trug. Er hatte jedes Eck und jeden Winkel des Schlosses verminen lassen. Er hätte es auch niederbrennen oder sprengen können, aber nein, er wollte unbedingt noch ein paar Franzosen in den Tod schicken.

Das war die große Schwierigkeit an Lukas' Fluchtplan: Das Schloss war ein einziges Pulverfass, das jederzeit in die Luft gehen konnte, und niemand wagte sich hinein. Das war nicht wie auf der Straße oder am Strand, wo man den Boden mit der Spitze des Bajonetts absuchen konnte. Nein, dort waren überall Sprengfallen angebracht worden, unter den Holzdielen, den Treppenstufen, ja sogar in den Bibliotheken, den Kleider- und Geschirrschränken, den Vasen, den Kissen …

Lukas hatte einige Unterhaltungen zwischen Fabien

und Enzo belauscht: Die Minenräumkommandos taten im Moment keinen Dienst, weil sie auf besseres Gerät warteten. Auch wenn das Entminen des Schlosses ein wichtiges strategisches Ziel war, wollte die Verwaltung ihre Männer doch nicht in diese teuflische Falle schicken.

Doch bis die neuen Geräte ankamen, konnte es dauern. Die wenigen verfügbaren waren für die Armee reserviert, um die Ostfront entminen und die Kämpfe fortführen zu können. Wie lange würde das Schloss wohl noch im Dornröschenschlaf liegen?

Und die Figur, auf die Lukas bei seinen Plänen setzte, war kein besonderer Spielstein, sondern nur ein schlichter Bauer: Vincent.

Er würde Vincent überzeugen müssen, der wiederum Fabien auf seine Seite ziehen müsste. Fabien seinerseits müsste dann den Bürgermeister überreden, sich mit dieser Bitte sodann an den Präfekten oder an den Minenräumservice im Ministerium für den Wiederaufbau zu wenden, da Frankreich im Moment nur provisorisch regiert wurde, was hieß, dass sich die Verhältnisse ständig ändern konnten.

In seinen Plan waren ziemlich viele Leute involviert, aber er war sich sicher, dass er Vincent gewinnen konnte. Und an Fabien führte, was die Sicherheit der gesamten Region anging, kein Weg vorbei, sodass man ihm nichts abschlagen konnte.

War er verrückt zu glauben, dass das funktionieren könnte? Sein Plan war komplex, aber Ausbrechen würde ohnehin nicht so leicht werden, warum also nicht?

Er musste sich nur genau überlegen, mit welcher Strategie sich Vincent überzeugen ließe. Solange Vincent glaubte, dass er von Lukas etwas erfahren könnte, würde der Plan funktionieren. Dazu musste er ihm zuerst einen Köder hinwerfen, eine Information, die sein Interesse so stark weckte, dass er keinen Verdacht schöpfte und Risiken einging, ohne es überhaupt zu merken.

Aber er hatte alles, was dazu nötig war, in der Hand. Im Schach musste man manchmal eine wichtige Figur opfern, selbst wenn die Gefahr bestand, dass man die eigene Dame aufs Spiel setzte.

Vincent kam beim Kriegsgefangenenlager an. Zu seiner Enttäuschung hatte nicht der Wachmann Dienst, mit dem er im Bistro eine Zigarette geraucht hatte. Nun gut, er hatte Fabiens Empfehlungsschreiben, das er einem Aufseher zeigte, den er nicht kannte. Sein Herz schlug bis zum Hals, als würde er einen umgekehrten Ausbruchsversuch unternehmen, aus der Freiheit hinein ins Gefängnis. Während der Wachmann verschwand, um zu klären, ob er Vincent hineinlassen konnte, beobachtete Vincent die Gefangenen durch den Stacheldraht. Jedes Mal erwartete er, dass ihm beim Anblick dieser Soldaten hinter Draht Übelkeit überkommen würde, aber letztlich erinnerte ihn all das nur an seine eigene Inhaftierung im Offizierslager, in dem er viel zu viele Kriegsjahre verbracht hatte. Er sah sich wieder in seiner unförmigen Kleidung, mit der Angst im Bauch, aber auch mit dem Wunsch, Ariane von seinem Schicksal zu berichten, um sie zu beruhigen. In jedem seiner Briefe schilderte er ihr, wie gut die Deutschen die Offiziere behandelten und dass sie das Kriegsrecht einhielten. Und soweit es den Arzt betraf, mit dem er zusammengearbeitet hatte, ein leidenschaftlicher Nazigegner, mutig und unglaublich menschlich, stimmte das auch. Was den Rest anging, so fragte er sich nur, ob Ariane ihm geglaubt hatte.

Da sah er drei Gefangene vor sich, die, vornübergebeugt, langsam den Hof abschritten. Für jemanden, der nie in einem Lager für Kriegsgefangene gewesen war, war dies kaum zu verstehen. Nicht so für Vincent. Er wusste sofort, dass die Gefangenen den Boden nach Grashalmen absuchten, auch wenn es längst keine mehr gab. Die Häftlinge bekamen seit Monaten nur flüssige Nahrung, entweder Suppe oder Tee, auch wenn das Zeug nicht danach schmeckte. Aber man brauchte letztlich etwas Festes zwischen die Zähne. Das konnte Unkraut sein oder eine Schnecke, ganz egal. Was sie fanden, gaben sie dem Gebräu zu. Als er damals im Lager in Kassel angekommen war, mitten in Deutschland, dachte Vincent noch, dass er das niemals machen würde. Aber es hatte gar nicht lange gedauert.

Er bekam fast keine Luft mehr.

Er wollte nicht mehr ans Lager denken.

Er trat einen Schritt zurück. Nur wenige Meter weiter nahm das Leben in Freiheit seinen Lauf. Menschen, die spazieren gingen. Ein Liebespaar, das laut lachte.

Ein Schlag auf die Schulter ließ ihn zusammenzucken. Der Wachmann, den er kannte, machte ihm Vorhaltungen, dass er nicht nach ihm gefragt hatte. Vincent betete die Gründe für seinen Besuch herunter, die er sich schon im Gespräch mit Fabien zurechtgelegt hatte: Er habe eine Botschaft von einem Schwerverletzten. Dessen letzte Worte, die er dem Kriegsgefangenen überbringen musste. Natürlich, er war ein Deutscher, aber schließlich musste man menschlich bleiben. Er musste den Aufseher, der über seine sentimentale Ader nur lachte, nicht weiter überzeugen, denn schon kam der erste Wachmann zurück.

Er begleitete Vincent bis ins Innere des Lagers. Sie kamen an den Baracken der Offiziere vorbei, die ein wenig abseits lagen. Konnten sie schon ihre Privilegien nicht länger wahren, so hielten sie sich doch wenigstens auf Distanz. Dann erreichten sie die Baracke von Lukas. Der Wachmann ließ sie alleine.

Die Erinnerungen drohten, Vincent zu übermannen. Auch der Mediziner in ihm konnte seine instinktiven Reaktionen nicht einfach abstreifen. Hier sah er nicht nur gesunde Männer – wie die, die sich der Minenräumtruppe anschlossen –, sondern auch Hungernde und Kranke. Die kleinste Erkrankung, und sei sie noch so harmlos, konnte sich unter diesen Umständen rapide verschlimmern. Einmal mehr wurde ihm klar, wie wichtig die eigene Einstellung war. In Deutschland hatte er französische, belgische, englische und russische Gefangene verarztet. Er erinnerte sich noch an den jungen Russen, den er versorgt hatte, obwohl die Nazis es ihm verboten hatten. Er fragte sich heute noch, ob er davongekommen war.

Vincent spürte gegen seinen Willen ein tiefes Mitleid in sich aufsteigen. Er fragte Lukas, in welchen Baracken die Soldaten vom Château untergebracht waren. Dann ließ er sich zeigen, wo genau sich die Befehlshaber des Hauptquartiers aufhielten. Dann gab er ihm den Brief, der angeblich von Matthias stammte.

»Wie geht es ihm denn?«

»Es ist noch zu früh, um etwas Genaueres zu sagen.«

»Seine Hände?«

»Er wird nie mehr spielen können.«

Lukas senkte betreten den Blick.

»Ich habe ihm erzählt, er könne bald wieder nach Deutschland zurück.«

»Er hat sich selbst entschieden …«

»Ich habe ihn gedrängt.«

Lukas faltete das Papier und schob es in seine Tasche. Er dankte Vincent und machte Anstalten, zurück in die Baracke zu gehen. Vincent hielt ihn zurück, genau wie Lukas es geplant hatte.

»Ich halte das Versprechen, das ich dir gegeben habe … Weißt du noch?«

Lukas wandte sich ihm wieder zu.

»Möchtest du es denn wirklich wissen?«

»Mehr als je zuvor.«

»Es wird dir wehtun.«

»Was hast du denn herausgefunden?«, fragte Vincent nervös.

Lukas schaute zu Boden. Er könnte immer noch schweigen. So tun, als wüsste er nichts. Aber dieses Mal war er fest entschlossen, den nächsten Schritt zu tun. Er dämpfte seine Stimme.

»Matthias hat Ariane nicht auf dem Bauernhof kennengelernt. Er ist ihr im Schloss begegnet.«

»Ariane war im Château?«

»Sie hat manchmal beim Servieren geholfen, wenn es größere Empfänge gab.«

Vincent hatte immer gewusst, dass die Deutschen auf dem Hof von Arianes Eltern Vorräte beschlagnahmt hatten, nicht aber, dass Ariane selbst im Hauptquartier der Besatzer hatte helfen müssen. Als er Arianes Eltern gesprochen hatte, hatten sie ihm nichts davon gesagt. Vincent hatte ohnehin das Gefühl gehabt, dass sie seinen Fragen auswichen. Vermutlich war es ihnen peinlich: Ariane hatte, um ihnen auf dem Hof zu helfen und ihre Mutter zu versorgen, die Abschlussprüfungen ihres Medizinstudiums verschoben. Und dann hatte sie auch noch die Deutschen bedienen müssen!

»Kam das oft vor?«

»Recht häufig sogar. Nicht, dass sie das gerne getan hätte. Aber sie war dazu gezwungen worden.«

»Von wem?«

»Ich weiß nicht. Von irgendeinem höheren Tier jedenfalls. Sie hatte Angst, dass man es an ihrer Familie auslassen würde, wenn sie sich weigerte.«

Lukas flüsterte jetzt. Da er ihn mittlerweile kannte, hörte Vincent ganz genau hin.

»Eines Abends, nach einem solchen Fest, ist sie verschwunden. Man hat sie nie wieder gesehen. Irgendetwas ist schiefgelaufen mit einem der Offiziere, der etwas von ihr wollte.«

»Warst du dabei?«

»Nein, zu diesen Festen hatte ich keinen Zutritt.«

»Kannst du herausfinden, welcher Offizier das war?«

»Ich würde alles tun, um …«

»Wann war das?«

»Am Geburtstag des Kommandanten. Am 8. Juni 1943.«

Dieses Datum traf Vincent wie ein Blitzschlag. Zu ebenjener Zeit war Ariane zu Audrey nach Marseille geflüchtet. Er musste alles noch einmal gründlich überdenken. Bisher hatte er nach einem einzelnen Wolf gesucht, der in den Schafstall eingebrochen war, dabei war Ariane mit dem ganzen Rudel eingesperrt gewesen.

Lukas sprach aus, was Vincent schon seit Langem vermutet hatte. Vermutlich hatte ein Offizier im Château des Eyguières Ariane bedrängt oder Schlimmeres, und sie hatte daraufhin beschlossen zu verschwinden. Warum sollte sie eingewilligt haben, im Schloss zu bedienen? Sie hätte schon viel früher fliehen sollen. Ihre Eltern hätten das sicher verstanden. In seinem Kopf schwirrten die Fragen herum, aber er spürte, dass nun ein entscheidendes Element des Puzzles an die richtige Stelle gesetzt war: die Umstände.

Vincent hielt Lukas ein Heft und Zeichenkohle hin, die er im Atelier gefunden hatte.

»Ich möchte ein Porträt von allen deutschen Offizieren aus eurem Hauptquartier, die jetzt hier im Lager sind. Ariane hatte eine Freundin, die manchmal auf den Hof kam. Sie wird den Offizier wiedererkennen, der Ariane in Gefahr gebracht hat.«

»Aber ich bin kein besonders guter Porträtzeichner.«

»Wenn ich Fotos machen könnte, würde ich das tun. Aber ich glaube kaum, dass ich dazu die Erlaubnis bekomme.«

Nun spielte Lukas seinen höchsten Trumpf aus.

»Unsere Archive befinden sich noch immer im Château. Während des Krieges haben wir ja alles gefilmt, selbst offizielle Feierlichkeiten. Aber auch die Ausflüge, die Sonntage, die privaten Feste. Dort liegen Tausende von Aufnahmen, ganze Kilometer Agfa-Filme. Alles systematisch abgelegt. Das ganze deutsche Ordnungswesen zu Propagandazwecken.«

Das kam unverhofft! Fotos von Ariane, lebende Bilder von einer lebenden Ariane. Vincent konnte sich nur noch mit Mühe beherrschen.

»Das ist alles noch im Schloss?«

»Vor der Flucht ist uns ja kaum noch Zeit geblieben. Nichts wurde abtransportiert, nichts vernichtet. Du kannst dir dort die Aufnahmen des letzten Fests anschauen, auf dem Ariane bedient hat. Und vermutlich wirst du auch den Kerl sehen, der zu weit gegangen ist.«

Lukas hatte die erste Etappe gemeistert in diesem Spiel, in dem er Vincent überzeugen musste, damit er Fabien überzeugte und der den Bürgermeister und von da hinauf bis zum Ministerium.

Vincent wusste, dass er Lukas brauchte, doch er wollte nicht, dass der Deutsche das merkte. Also musste er so tun, als hätte er Zweifel – was für ein Witz!

»Ich kann das nicht allein entscheiden. Ich glaube, dass das Schloss nicht so wichtig ist. Es ist ja total vermint.«

»Aber ich war dabei, als die Minen und Sprengkörper verlegt wurden. Ich kann euch helfen.«

»Zuerst muss ich Fabien überzeugen …«

Unwillkürlich schoss Lukas der Gedanke durch den

Kopf, dass er den richtigen Dominostein antippen konnte, der alle anderen umlegen würde. Eine wertvolle Information im richtigen Moment.

»Möglicherweise lässt sich im Schloss auch noch etwas finden, was Fabien interessieren könnte. Etwas, das er seit Langem sucht …«

Saskia war wieder zur Stadtverwaltung gegangen. Um Édouard zu fragen, ob er in ihrer Sache weitergekommen war. Dabei hatte sie das komische Gefühl, als würde sie ihn stören, denn er sagte nur zu ihr:

»Ich werde mich schon bei dir melden.«

Um ihr, kaum verhohlen, zu bedeuten, dass sie nicht mehr kommen sollte.

»Aber du weißt doch, dass ich kein Haus mehr habe. Ich habe auch noch keine richtige Adresse. Wie willst du dich da bei mir melden?«

Mit ihrer Frage hatte ihn sie offensichtlich überrumpelt, wohl auch, weil sie klar und wohlbedacht geäußert worden war. Und eisern. Er hatte sich nicht einmal mehr die Mühe gemacht, sich zu erkundigen, wo sie untergekommen war. Er hatte ihr nicht angeboten, ihr zu helfen. Doch ihre Bemerkung hatte seine Bemühungen, sie sich nach Möglichkeit vom Leib zu halten, ein Stück weit unterlaufen.

Jedes Mal, wenn sie die Nachbarn befragte, die Händler im Viertel, die Kinder, die auf der Straße spielten, spürte sie, dass sie Anstoß nahmen. Sie hatte sogar einen Notar aufgesucht – sie glaubte sich zu erinnern, dass er der Notar ihrer Eltern gewesen war. Aber auch von ihm bekam sie nur gesagt, er könne ihr nicht helfen. Er wollte ihr nicht einmal sagen, welche juristischen Schritte sie unternehmen könnte. Er hatte ihren Besuch obenhin abgetan, ja er rümpfte sogar ein wenig die Nase.

Saskia war erschöpft, aber sie wollte noch lange nicht die Waffen strecken. Sie würde keine weitere Ungerechtigkeit mehr hinnehmen. Für sie war das wesentlich, für die anderen nicht von Belang. Und damit musste sie leben.

Sie hatte im Atelier ein paar Hefte gefunden und begonnen, die Odyssee ihrer Recherchen und Bemühungen aufzuzeichnen, als Versicherung für sich selbst, dass sie nicht aufgeben würde. Sie versuchte, methodisch vorzugehen, sich nicht von ihren Emotionen überwältigen zu lassen. Sie hatte schon Schlimmeres überlebt. Aber dieses Unbehagen, das sie überall auslöste, verschlug ihr den Atem. Am liebsten hätte sie sich aufgelöst, damit niemand sie mehr sah. Nichts mehr erfragen müssen. Der Einzige, den sie nicht verlegen machte, war Vincent, aber er sah sie kaum, und sie konnte sich nicht ewig auf ihn stützen. Und dann: Was sollte aus ihr werden, wenn er auf eine Mine trat? Sie wollte darüber nicht nachdenken. Die einzigen Menschen, denen sie wirklich vertraute, waren jene, die ihrer Familie geholfen hatten, sich zu verstecken. Und doch schob sie den Tag immer weiter hinaus, an dem sie sie aufsuchen wollte. Sie hatte nicht den Mut zu erklären, was passiert war, jedem Einzelnen. Was sich nach ihrer Verhaftung zugetragen hatte.

Sie versuchte, ihre Gedanken zu ordnen. Wer konnte ein Interesse daran gehabt haben, die Menschen zu denunzieren, die sie liebte? Es war ihr unerträglich, in einer Welt, einer Stadt, einer Straße zu leben, in der die Leute, die ihre Familie in den Tod geschickt hatten, ihr Leben ungeschoren weiterführen und sich des wiedergefundenen Friedens erfreuen konnten, ohne auch nur einen Gedanken daran zu verschwenden, was sie mit ihren auf ein Blatt Papier gekritzelten tödlichen Worten angerichtet hatten. Wer hatte sie so sehr verabscheut? Saskia dachte immer, dass man ihre Eltern einfach mögen musste.

Doch irgendetwas musste es geben, dem ihre Eltern keine Beachtung geschenkt hatten. Einen praktischen Grund, ein besonderes Interesse. Aus ihrer jetzigen Sicht lag es für Saskia auf der Hand, dass diejenigen, die hinter der Verhaftung ihrer Familie steckten, zu diesem Mittel gegriffen hatten, um sich das Haus anzueignen. Im Lager hingegen hatten sie und ihre Mutter an so etwas gar nicht gedacht.

Die fraglichen Personen wären demnach die neuen Eigentümer, aber irgendetwas stimmte nicht an dieser Überlegung. Die Kinder auf der Straße hatten ihr verraten, dass die Familie Bellanger erst seit letztem Sommer hier wohnte. Warum sollten sie ihre Familie schon zwei Jahre vorher denunziert haben, um dann erst ein Jahr später an das Haus zu kommen?

Auch wenn sie diese Spur nicht völlig aufgegeben hatte, so musste es doch noch andere Hinweise geben.

Als Saskia das Gymnasium beendet hatte, war ihr aufgefallen, dass es Männer gab, die ihrer Mutter den Hof machten. Hatten sie sich vielleicht so sehr in ihrer Eitelkeit gekränkt gefühlt, dass sie es ihr heimzahlen wollten, ihr und ihrer ganzen Familie? Mila und Ilan waren einfach das perfekte Paar. Sicher hatten sie viele Menschen um dieses Glück beneidet.

Nur Madame Morin, die Nachbarin, verabscheute sie. Sie hatte sich nicht geschämt, ihnen ständig antisemitische Beschimpfungen hinterherzuschreien. Und sie beschwerte sich über jede Kleinigkeit: den Lärm der Kinder, die im Garten spielten; den Schatten der Bäume auf ihren Pflanzen; den Efeu, der ihre Mauer überwucherte und sie sicher kaputt machen würde. Wie eine Besessene wollte sie durchsetzen, dass die Zeder auf dem Nachbargrundstück gefällt wurde, da sie ihrer Ansicht nach bald auf ihr Haus stürzen würde. Der Baum war fast zweihundert Jahre alt, und jetzt sollte er einfach so umgesägt werden, nur weil es einer unleidlichen Nachbarin nicht passte?

Ilan und Mila waren fassungslos, als sie sahen, dass es Madame Morin gelungen war, einige Nachbarn zu einer Unterschrift zu bewegen. War dies nun ein Protest gegen die Zeder oder gegen sie selbst? Saskias Eltern hatten die Situation nicht noch verschlimmern wollen. Schweren Herzens hatten sie den majestätischen Baum fällen lassen.

Sollte Saskia neben der Familie Bellanger und Madame Morin auch die Unterzeichner dieser schrecklichen Petition auf ihre Liste der Verdächtigen setzen? Ihr Vater hatte immer gesagt, dass nicht alle Franzosen Antisemiten seien. Auch sie konnte, all ihren Erfahrungen zum Trotz, nicht so recht glauben, dass man sie verabscheute, weil sie Juden waren.

Das ergab doch alles keinen Sinn. Sie gingen nicht in die Synagoge, sie glaubten an nichts anderes als an die Republik und das Frankreich der Aufklärung. Ihre Eltern waren aus Polen gekommen und hatten ihren Glauben zuletzt in Warschau praktiziert. Waren ihre Eltern denn überhaupt gläubig gewesen? In Frankreich gab es Katholiken und Protestanten, die sich lange Zeit blutig bekriegt hatten, ehe sie zur Versöhnung bereit waren. Das hatte Saskia in der Schule gelernt. Und sie hatte gesehen, dass in den Dörfern und Städten der Provence die Kirchen dieser Glaubensgemeinschaften nah beieinander lagen, mitunter sogar in derselben Straße.

Vermutlich sollte sie an andere Dinge denken. Auf ihre Fragen gab es keine Antwort. Eine ihrer Lehrerinnen hatte ihren Schülern einmal erklärt, was das lateinische Sprichwort *carpe diem* bedeutete: Genieße jeden Tag. Ihrer Ansicht nach war dies der einzige vernünftige Weg, ein Leben zu führen. Aber wer konnte heute noch vernünftig sein? *Carpe diem* – das war ein Luxus für all jene, die nie in einem Lager gewesen waren. Wie sollte man den Tag genießen, wenn man erlebt hatte, wie jeder Tag zum letzten Tag der Apokalypse werden konnte?

Als Saskia ins Atelier zurückkehrte, kam gerade die Besitzerin aus dem Haus. Saskia war ihr nicht vorgestellt worden, daher war ihr das Zusammentreffen peinlich. Mathilde lächelte sie an. Und sie entschuldigte sich.

»Verzeihen Sie. Ich habe geklopft, aber es war niemand da. Ich wollte Ihnen nur frische Wäsche für die Zimmer bringen und für Sie.«

»Oh, vielen Dank ...«

»Eine junge Dame war hier und hat eine Nachricht für Sie hinterlassen. Éléonore. Sie hat sich wegen der Abiturprüfung erkundigt. Sie hat sie gleich gefunden, wegen Ihres schönen Vornamens. Sie haben bestanden! Herzlichen Glückwunsch!«

Saskia schwankte bedenklich. Ihre Eltern hatten nie gezweifelt, dass sie durchgekommen war. Aber natürlich hätte sie die Freude darüber gerne mit ihnen geteilt. Zwei Jahre zuvor.

»Zur Feier des Tages habe ich Ihnen ein paar gute Tropfen hingestellt, die ich noch im Keller hatte. Dazu etwas Gemüse und Obst aus meinem Garten. Ach, und Éléonore hat mich gebeten, Ihnen eine Entschuldigung auszurichten. Ich weiß nicht, wieso und wofür, aber es hat sich aufrichtig angehört.«

Saskia hörte einfach nur zu. Sie wusste nicht, was sie erwidern sollte, aber sie fühlte sich getröstet von diesem flüchtigen Augenblick der Aufmerksamkeit und menschlichen Wärme. Ohnehin schien ihr Éléonore wirklich sehr mutig, nach der Aufnahme, die Saskia ihr bereitet hatte. Sie musste sie wiedersehen. Vielleicht konnte sie ihr ja Klavierunterricht geben. Und dann war da noch Mathilde, die genau gegenüber wohnte, mit ihrer Geradlinigkeit, ihrer Eleganz und Fürsorge. Ihre Worte beruhigten Saskia. Sie schien alles zu verstehen. Vincent hatte ihr gegenüber nüchtern konstatiert, dass Mathilde gern in Rätseln sprach und man nicht immer begriff, worauf sie eigentlich hinauswollte. Und was Mathilde am Ende des Gesprächs sagte, bildete keine Ausnahme von dieser Regel, auch wenn Saskia nicht wusste, woher diese Bemerkung kam:

»Wissen Sie, Saskia, nur im Krieg sieht man das Schlimmste im Menschen so deutlich. Aber im Krieg, und nur dort, zeigen manche Menschen auch ihr Bestes.«

Nachdem die Stadtverwaltungen der Region eine massive Kampagne zur Anwerbung weiterer Minenräumer lanciert hatten, konnte Fabien endlich wieder eine komplette Truppe zusammenstellen. Vier junge Franzosen hatten sich ihnen angeschlossen. Auch wenn sie herumtönten, dass sie vor gar nichts Angst hätten und nur tun würden, was sie wollten, war ihr Entschluss doch nicht wirklich frei erfolgt: Dass sie da waren, lag einfach am Hunger.

Wie Manu vor seiner Verwundung besaßen sie diese Anmut, diese Schönheit, die sich ihrer selbst nicht bewusst war, und das gleiche großzügige Lachen. Die Jugend. Manu hatte immer etwas Geheimnistuerisches, Nostalgisches gehabt. Diese vier hingegen hatten ein absolut sonniges Gemüt. Selbst die Hartgesottensten im Trupp dachten häufig, wie schlimm es doch wäre, wenn ausgerechnet einer von ihnen einer Mine zum Opfer fallen würde.

Dann war da noch ein älterer Mann mit dunklen Augen und ebenso dunklen Haaren. Andreï. Er hatte zu einer Gruppe Armenier gehört, die von den Deutschen zum Dienst in den Ostlegionen zwangsverpflichtet worden waren. Sie hatten sich gegen die Nazis aufgelehnt und nicht nur wertvolle Informationen geliefert, sondern auch mit ungeheurem Mut ganz entscheidende Sabotageakte begangen. Dabei wurden vierzehn Männer erwischt und hingerichtet. Die übrigen hatten sich den *Forces françaises libres* angeschlossen und bei der Befreiung von Hyères eine wichtige Rolle gespielt. Fabien hatte von Andreï schon gehört. Er vermutete, dass Andreï sich einer neuen Gruppe anschloss, weil er, wie er selbst, versuchte, mit dem Schrecken, überlebt zu haben, fertigzuwerden.

Jeder neu Rekrutierte empfand es als schwierig, zu einer Truppe zu stoßen, die durch ein Unglück dezimiert worden war. Sie hatten das merkwürdige Gefühl, als würden sie den Toten ihren Platz wegnehmen und sie dazu verdammen, vergessen zu werden.

Um diesem Gefühl, dass es eigentlich zwei Gruppen gab, die alte und die neue, entgegenzuwirken, unterhielt sich Fabien ausführlich mit jedem einzelnen der Neuen. Um seine Leute zusammenzuschweißen, beschloss er, dass man mit diesem verfluchten Strand endlich einmal abschließen musste. Das würde den Zusammenhalt stärken.

An den Ort des Unglücks zurückzukehren war schwierig. Das Militär hatte Fabien seine Sprengmeister geschickt, um die Sargminen zu beseitigen. Und man hatte ihm erlaubt, die Minen, die bei dem Unglück nicht hochgegangen waren, kontrolliert zu sprengen. Diese Erlaubnis war ohne größere Umstände erteilt worden, was ihn erstaunt hatte: Der besorgte Bürgermeister würde sich wegen des Lärms mit den Anwohnern auseinandersetzen müssen – von den kaputten Fensterscheiben gar nicht zu reden. Diese Erlaubnis war ein Gefallen, den man ihm getan hatte, und Fabien wusste nur zu gut, dass jede Gefälligkeit ihren Preis hatte. Er würde noch erfahren, wann und was man von ihm verlangen würde.

Also teilten sie den Strand gleich als Erstes neu in Quadrate auf. Damit es schneller ging, folgten die Wachleute ihnen mit einem Schritt Abstand, um Trümmerteile aus den untersuchten Zonen abzuräumen. Das stellte ihr Ansehen wieder her: Als die Explosion erfolgt war, waren sie Teil des Unglücks gewesen, ohne zu wissen, was sie hätten tun können. Die Gewalt der Detonation hatte sie einfach zu Boden geschleudert. Sie hatten nicht einmal mehr die Geistesgegenwart besessen, die Sanitäter zu rufen. Seitdem verhielten sie sich sehr zurückhaltend, auch gegenüber den Gefangenen, die sie zu schonen versuchten, aus Respekt vor den Risiken, die sie eingingen.

Sobald das Bajonett eines Minenräumers auf etwas Verdächtiges stieß, das kein Zementbrocken oder Minenüberrest war, übernahm Fabien. Oder Vincent. Manchmal auch Lukas.

Wie erwartet, waren nach den ersten Räumaktionen und der Explosion kaum Minen übrig geblieben. Die Letzten befanden sich meist in den Randbereichen. Die entschärften Minen wurden vorsichtig nebeneinander aufgereiht, vor der finalen Sprengung, der Vergeltung für jene am Tag des Festes. Nun waren sie es, die die Situation unter Kontrolle hatten, die Entscheidungen trafen …

Vincent empfand eine merkwürdige Befriedigung dabei, sich stark konzentrieren zu müssen. In den ersten Tagen, als er die Minen nur hatte aufspüren müssen, war ihm das nicht gelungen. Heute aber stärkte jede entschärfte Mine, jeder Sieg über das Metall und den Sprengstoff sein Selbstvertrauen und brachte in ihm eine Saite zum Klingen, die er nicht hätte beschreiben können, die aber mit Adrenalin und Vergnügen zu tun hatte. Einem giftigen Vergnügen, das süchtig machte. Kaum hatte er eine Mine auseinandergenommen, überkam ihn schon die Lust, mit der nächsten anzufangen. Sich auf den Sprengkörper zu konzentrieren, mit der Präzision eines Uhrmachers und der Kaltblütigkeit eines Scharfschützen, wie damals, als er noch das Skalpell in der Hand hielt, lenkte ihn von seiner Besessenheit ab. Er konnte aufatmen und brannte doch darauf, endlich ins Château des Eyguières zu kommen.

Vincent hatte die morgendliche Pause abgewartet, um

mit Fabien zu reden, aber dieses Mal teilte Fabien seine Packung Zigaretten mit den Deutschen. Also wartete Vincent auf die Mittagspause. Da war es nicht anders. Fabien saß bei den Neuen und redete mit ihnen über ihre ersten Eindrücke. Vincent gelang es nicht, Fabiens Aufmerksamkeit auf sich zu lenken. Und in der Pause am Nachmittag wieder das Gleiche. Fabien war nicht ansprechbar.

Dank Lukas wusste Vincent ja, mit welchen Argumenten er Fabien vielleicht überzeugen konnte, dass sie das Schloss räumen sollten. Doch er wusste nicht, wann und wie. Seit der Begegnung mit Audrey im Krankenhaus ging Fabien ihm aus dem Weg. Oder er musterte ihn missbilligend, um ihm dann den Rücken zuzukehren. Vincent hatte ein unangenehmes Gefühl dabei, redete sich aber ein, dass sich das schon wieder legen würde.

Schließlich kam der entscheidende Moment. Fabien beendete die Arbeiten für diesen Tag, und alle jubelten. Die Bevölkerung war mit Plakaten vor möglichen Explosionen gewarnt worden. Die Kinder hatten sich mit ihren Eltern an der Balustrade über dem Strand versammelt, um das Spektakel zu verfolgen. Fabien hatte nicht gedacht, dass die ausdrücklichen Warnungen Zuschauer anlocken würden.

Als die Minen explodierten und der Sand in die Höhe spritzte, erhoben sich Applaus und Freudenschreie. Die kristallinen Stimmen der Kleinen vermischten sich mit den Jubelrufen des Minenkommandos. Die Freude der Kinder wirkte ansteckend. Wie Fabien erwartet hatte, wirkte die kontrollierte Sprengung wie ein Exorzismus und trieb das Trauma des Unglücks aus.

Nach diesem allgemeinen Ausbruch der Freude hatte eine letzte Kontrolle zu erfolgen. Im Prinzip war alles abgesucht und kontrolliert gesprengt worden. Es bestand keine Gefahr mehr. Aber das war nun einmal Vorschrift.

Bei Minen konnte man nie ganz sicher sein. Manche lagen vielleicht tiefer im Sand und waren nicht entdeckt worden. Und so mussten die Deutschen in enger Reihe jeden Quadratzentimeter des Strandes mit dem ganzen Gewicht ihres Körpers belasten, um sicherzustellen, dass keine Minen übersehen worden waren.

Alle, die bei der Explosion dabei gewesen waren, blieben stehen, um zuzusehen, wie die Deutschen ihre Haut riskierten. Dieses brutale Schauspiel entlockte niemandem Freudenschreie, auch wenn der seltsame Anblick die Passanten offensichtlich faszinierte.

»Wenn wir ein zivilisiertes Volk wären, würden wir für diese Aufgabe Panzer einsetzen«, bemerkte Fabien.

»Aber haben wir denn die Mittel, um zivilisiert zu sein?«, versetzte Vincent.

Vincent merkte, dass Fabien während dieses feierlich-gespannten Augenblicks in Gedanken versunken dastand, aber gleichzeitig war das der erste Moment dieses Tages, an dem er ihn endlich allein erwischte. Also kam er ohne Umschweife zur Sache.

»Übrigens konnte ich mit deiner Hilfe Lukas im Lager besuchen. Er sagt, er könne uns zeigen, wo im Château die Minen liegen.«

»Im Château?«, antwortete Fabien zerstreut.

»Im Château des Eyguières ... Dem Hauptquartier der Deutschen.«

»Tatsächlich?«, gab Fabien zurück, eindeutig interessiert, wenn Vincent sich nicht irrte.

In Wirklichkeit antwortete Fabien eher automatisch. Und so gab er erneut eine höchst sybillinische Antwort.

»Das Château? Ja, daran habe ich auch schon gedacht ... aber im Moment ist es kompliziert.«

Kompliziert ...? Das Wort, das mit einem Schlag alles

unmöglich machte. Vincent hätte gerne nachgebohrt, aber er musste vorsichtig zu Werke gehen. Fabien sollte nicht merken, dass Vincent darauf brannte, sein Interesse zu erregen, so wie es einen Verdurstenden nach einer Oase in der Wüste verlangte.

Fabien war geistig längst nicht mehr am Strand, sondern weit weg bei der Balustrade gegenüber. Der Gegensatz zwischen der nervösen Ungeduld der Zuschauer und dem Gleichmut jener Männer, die mit jedem Schritt riskierten, in die Luft zu gehen, hatte seine Aufmerksamkeit auf sich gezogen. Die Zuschauer und die Minenräumer. Intuitiv spürte er eine Gefahr, auch wenn er nicht hätte sagen können, welche.

Dann fiel sein Blick auf Lukas, der gemeinsam mit den anderen Gefangenen langsamen Schrittes den Strand durchmaß. Mittlerweile waren sie am Ende angekommen. Alle Markierungen waren eingesammelt worden. Lukas und Hans sahen sich voller Erleichterung an.

Vincent sprach Fabien noch einmal auf ihn an.

»Er könnte sogar Pläne vom Schloss zeichnen, vom Garten, und darauf anmerken, wo die Sprengkörper verborgen sind.«

Fabien hörte nicht zu.

Plötzlich kam Bewegung in die Menge an der Balustrade. Sie konnten sich einfach nicht mehr zurückhalten und stürzten lachend und jubelnd an den Strand. Einige zogen sich schnell aus und stürzten sich ins Wasser.

Sie wussten nicht, dass selbst im Sand des Meeresgrunds Minen verlegt worden waren. Dort, in Strandnähe, genau unter ihren Augen. Gefährliche Fische aus Metall, die sich in den feuchten Sand eingruben. Stählerne Quallen, die im Wasser schaukelten und nur darauf warteten, dass jemand sie berührte.

Fabien brüllte los, um die Menge aufzuhalten, aber das Lachen der Kinder übertönte alles. Selbst ihre Eltern fanden das lustig.

Deutsche und Franzosen packten sich instinktiv an den Händen, um eine Menschenkette zu bilden und die Badewütigen abzuhalten. In diesem Moment gab es kein Zögern, eine Hand ergriff die andere, egal welcher Nationalität. Deutsche, Franzosen, Spanier, Armenier – diese Hände waren stark, groß, menschlich, und sie wollten behüten, alle zusammen. Die Kette stand sicher, aber die Badenden teilten sich. Sie wollten einfach nichts mehr hören von Vorsicht. Und sie schrien so laut, dass man sein eigenes Wort nicht mehr verstand.

Doch da die starken Arme der Minenräumer, der Gefangenen und der Wachmänner sie aufhielten, mussten sich selbst die Kühnsten geschlagen geben und Fabien zuhören. Er erklärte ihnen, dass der Strand gesichert war, das Meer aber noch nicht. Um die Landung der Alliierten abzuwehren, hatten die Deutschen See- und Unterseeminen verlegt, von einer Sprengkraft, die Schiffe mit einer Ladung Panzer hinwegfegen konnte. Und die Meereshungrigen in ihren Badeanzügen …

Die Gefahr hätte die Menschenmenge zurückweichen lassen sollen. Stattdessen sahen sie Fabien misstrauisch an. Sie hatten so lange gewartet. Während der italienischen und dann der deutschen Besatzung hatten sie drei Jahre lang nicht mehr das Recht gehabt zu baden! Drei Jahre! Als Fabien ihnen mitteilte, dass das Wasser am Strand auch diesen Sommer noch verbotenes Terrain sein würde, reagierten einige geknickt, andere hingegen wurden richtiggehend wütend.

»Aber das sind ja noch zwei Monate! Reicht euch das nicht, um die Strände zu säubern?«

Doch angesichts von Fabiens Entschlossenheit gelang es

den Vernünftigeren, die Unwilligen zu überzeugen. Sie zogen sich auf die Straße zurück, nicht ohne die Minenräumer zu beschimpfen.

Dieser Augenblick am Ende des Tages schien Vincent günstig. Nachdem er zusammengeräumt hatte, ging er wieder zu Fabien. Der jedoch hatte anderes im Sinn, als nach Hause zu fahren.

Er machte den Wachleuten den Vorschlag, in einer kleinen Bucht zu halten, die sie vor wenigen Monaten geräumt hatten. Gesagt, getan. Die Bucht war für die Öffentlichkeit immer noch nicht freigegeben, um keine unklaren Verhältnisse zu schaffen. Doch angesichts der hohen Felsen und der geringen Wassertiefe war klar, dass Schiffe hier unmöglich anlegen konnten. Und so gab es sicher auch keine explodierenden Seeminen. Auf Fabiens Befehl hatten zwei Taucher das kontrolliert, während sie dort geräumt hatten.

Hier, wo sie vor den Blicken des Publikums geschützt waren, wollte Fabien einen kleinen Fischzug starten. Die Deutschen machten Feuer. Manu warf zwei oder drei Handgranaten ins Meer, und schon schwammen genug Fische mit dem Bauch nach oben in der Bucht, um ein Grillfest zu veranstalten.

Die Deutschen waren so hungrig, dass die Minenräumer ihnen ohne Widerspruch die erste Mahlzeit überließen. Das Holzfeuer, die Grillfische, ein paar Muscheln, die man auf den Felsen gefunden hatte, und die Freude, ihren Sieg über den Strand zu feiern, der ihnen ihre Freunde geraubt hatte, machten ihnen Lust, den Abend zu verlängern.

Irgendwann nahm Fabien Vincent beiseite.

»Es ist mir nicht entgangen, dass du mit mir reden möchtest. Wir werden uns auch unterhalten. Aber das machen wir bei dir. Was ich dir zu sagen habe, soll außer dir niemand hören.«

Vincent ließ Fabien herein. Er war davon ausgegangen, nur eine Flasche Wein im Haus zu haben und die paar Früchte, die er in den Obstgärten aufgesammelt hatte, als er mit seinem Rad auf dem Heimweg war. Doch zu Hause angekommen entdeckte er Mathildes Gaben. Und so öffnete er jetzt die Flasche und drapierte das Obst auf einem Teller. Fabien setzte sich nicht. Er beobachtete ihn. Dann schob er das Foto über den Tisch, das Vincent in Tenniskleidung zeigte.

»Kannst du mir das erklären?«

Vincent war klar, dass Fabien neuerdings Zweifel an ihm haben musste. Daher hatte er sich seit der Begegnung mit Audrey eine glaubwürdige Antwort überlegt.

»Wer ist Vincent Devailly?«

»Ein Häftling, der mich im Lager verraten hat. Wir wollten gemeinsam fliehen. Er hat mich den Aufsehern zum Fraß vorgeworfen und ist ohne mich abgehauen.«

»Das erklärt aber nicht den falschen Namen.«

»Ich bin Arzt. Militärarzt. Ich hatte kein Geld fürs Studium. Die Armee hat es für mich bezahlt. Im Gegenzug muss ich zehn Jahre im Militärdienst bleiben. Aber ich will nicht dorthin zurück.«

»Du willst nicht zurück zur Armee, aber du hilfst beim Minenräumen?«

»Du wolltest doch auch nicht in Deutschland kämpfen und räumst hier Minen.«

»Vincent, das ist nicht dasselbe. Du bist beim Minenräumkommando, weil du dich an die Deutschen heranmachen willst. Du suchst Ariane.«

Vincent zuckte zusammen.

»Du kennst sie?«

»Ich glaube schon. Hast du ein Foto?«

Vincent eilte in den Oberstock, raffte die Bilder zusammen und war sofort wieder unten. Er hielt Fabien mehrere Porträtaufnahmen hin. Der sah sie lange schweigend an. Hatte er sich getäuscht? Denn Arianes Schönheit sprengte den schwarz-weißen Rahmen und ergriff das Herz. War er etwa von ihrem Anblick ebenso überwältigt? Es war, als würde er und nur er sie betrachten auf diesem Stück glänzendem Papier. Vincent fieberte nach einer Reaktion, aus der er irgendetwas herauslesen konnte. Ihm schien, dass Fabien etwas wusste, aber zögerte, ihn ins Vertrauen zu ziehen. Schließlich antwortete er.

»Ariane … Ja, das ist sie.«

Fabien wollte nicht, dass Vincent sich an ein paar spärliche Informationen klammerte, die ihn vielleicht in tiefe Verzweiflung stürzen würden. Andererseits würde er ihn nicht belügen.

»Ich kannte sie nicht gut. Sie hat uns ihre Unterstützung angeboten.«

Warum empfand Vincent es als Verrat, dass Ariane zur Résistance wollte, ohne ihm Bescheid zu sagen? Natürlich wurde die Post überwacht, aber sie hätte schließlich Andeutungen machen können, subtil, so wie es ihre Gewohnheit war, um ihn einzuweihen.

»War sie in deiner Gruppe?«

»Nicht direkt. Aber sie hat uns den ein oder anderen Gefallen getan.«

»Zum Beispiel?«

»Sie hat uns über die Aktivitäten und Pläne der Deutschen in der Region informiert. Sie hatte Kontakt zu vielen Offizieren.«

Das war Vincent bereits bekannt. Aber er wollte mehr wissen.

»Hat sie dir etwas gesagt, bevor sie verschwunden ist?«

»Nichts. Das hat mich beunruhigt. Daher habe ich meine Gruppe vorsichtshalber zwei Wochen lang untertauchen lassen.«

»Das musst du mir erklären.«

Fabien wusste, dass das, was er nun sagen würde, Vincent beunruhigen würde. Er wusste nur zu gut, wie es war, um seine Frau Angst zu haben, die Risiken zu kennen, die sie einging, und sie nicht schützen zu können. Vincent spürte Fabiens Zögern. Er verstand:

»Ariane hat euch also nicht nur Informationen geliefert … Sie wollte noch weiter gehen.«

»Ariane hat vorgeschlagen, den Kommandanten des Hauptquartiers zu vergiften. Das war ungewöhnlich. Aber sie hatte uns überzeugt. Sie war wild entschlossen.«

»Ich weiß, dass sie versucht hat, an Digitalin zu kommen.«

»Genau. Auf der Geburtstagsfeier des Kommandanten wollte sie es dem Deutschen gegen Ende des Abends ins Glas schütten. Aber er ist nicht gestorben. Weder er noch jemand anderer. Danach haben wir sie nicht mehr gesehen. Niemand wusste, was passiert war. Konnte sie ihren Plan nicht ausführen? Hat sie es sich zuletzt doch noch anders überlegt? Hat man sie umgedreht?«

»Wie kannst du nur so etwas denken?«

»Ich musste so denken, um meine Leute nicht zu gefährden. Wir durften uns nicht abhängig machen von jemandem, den wir nicht gut kannten. Aber natürlich habe ich mir in erster Linie massive Sorgen gemacht. Alles an ihr zeugte von einem ehrlichen, großzügigen Menschen. Man musste nur spüren, wie sie einen ansah. Wenn sie einem zuhörte, hatte man das Gefühl, dass es für sie niemand Wichtigeren auf der Welt gab. Man fühlte sich auserwählt, dabei bevorzugte sie in Wirklichkeit niemanden. In ihren Augen war jeder Mensch faszinierend.«

Ja, das hatte auch Vincent bemerkt …

»Und der Kommandant des Hauptquartiers, den sie umbringen wollte, wo ist er jetzt? Im Lager?«

»Er ist in schlechter Verfassung. Man wird ihn sicher bald nach Deutschland schicken.«

Die Tür ging auf, und Saskia kam herein. Sie hatte schon von der Straße aus, durchs Fenster, gesehen, dass Wein auf dem Tisch stand und die Fotos von Ariane herumlagen. Sie hatte die Sehnsucht gespürt, die im Raum herrschte. Eine Sehnsucht, die, wie der berühmte Geist aus der Lampe, aus der geöffneten Flasche und den Gedanken an diese Frau aufstieg, die sie wohl beide geliebt hatten, wenn auch jeder auf seine Weise. Sehnsucht nach Liebe bei dem einen, Sehnsucht nach seinen Leuten beim anderen. Und nach einer Zeit, in der er jedes Risiko und jeden kleinen Sieg geteilt hatte mit Männern und Frauen, denen er ohne Zögern einen Platz im Panthéon gegeben hätte.

Sie wollte nicht indiskret sein, und so grüßte sie die beiden und ging auf ihr Zimmer. Fabien wusste bereits, dass Saskia bei Vincent Unterschlupf gefunden hatte, bis sie ihr Haus zurückbekäme. Die beiden Männer nahmen ihr Gespräch wieder auf.

»Hör zu, ich schlage dir Folgendes vor. Ich habe dir alles gesagt, was ich über Ariane weiß. Ich bin mir nicht sicher, ob du von den Gefangenen mehr erfahren wirst, aber versuche es ruhig. Wenn sie noch am Leben ist, dann glaube ich, wird sie auch zurückkommen und kann alles erklären. Ich vertraue ihr. Was jetzt das Minenräumen angeht, so vermute ich mal, dass es dir im Grunde egal ist …«

»Ich möchte aber den Einsatz beenden, den ich mit euch angefangen habe.« Fabien überlegte kurz.

»Nun, in der Hinsicht bin ganz pragmatisch. Ich habe dich ausgebildet. Und ich habe nicht gerade viele Leute. Und noch weniger haben überhaupt Ahnung vom Minenräumen. Was die Armee angeht ... Du warst in Gefangenschaft, und es sind noch längst nicht alle Kriegsgefangenen aus Deutschland zurück. Das lässt dir also noch ein bisschen Zeit. Ich glaube, hier bist du nützlicher als bei der Armee. Also von mir aus kannst du gerne bleiben.«

Damit hatte Vincent nicht gerechnet. Er war erleichtert. Fabien goss sich ein Glas Wein ein und flüsterte fast, um seinen Worten etwas Weihevolles zu geben. Hatte er das Gefühl, dass etwas wichtig war, griff er auch zu solchen Mitteln.

»Alle, die glauben, dass der Kampf vorüber ist, wenn man die Waffen niederlegt, täuschen sich. Die Résistance, das ist das Gegenteil des Blitzkrieges. Hier wird jeden Augenblick gekämpft. Ich habe es verabscheut, zu den Waffen zu greifen, aber es war unvermeidlich. Und ich würde es in der gleichen Situation jederzeit wieder tun. Aber das ist noch nicht alles. Man sagt ja häufig: Wenn du den Frieden willst, bereite dich auf den Krieg vor. Heute, glaube ich, ist das Gegenteil angebracht. Um Krieg zu vermeiden, müssen wir den Frieden vorbereiten.«

In diesem Augenblick wagte Vincent es nicht, wieder vom Schloss anzufangen.

Vincent begriff nicht gleich, warum Lukas ihn, am Ende ihres letzten Ausbildungstages, anrempelte. Er entschuldigte sich, bevor er weiterging, schob ihm dabei aber ein Zettelchen in die Hand mit der Mitteilung, er habe die Zeichnungen fertig.

Noch am selben Abend kam Vincent im Lager vorbei und steckte Lukas durch den Stacheldraht ein Stück Brot und ein paar Brombeeren zu, die er am Wegesrand gepflückt hatte. Lukas aß alles sofort, da er nicht den Neid der anderen Gefangenen erregen wollte. Als Vincent sah, wie er das Brot verschlang, tat es ihm leid, dass er nicht mehr mitgebracht hatte. Er erinnerte sich noch gut, wie es war, wenn der Hunger den ganzen Tag beherrschte. Man konnte davon verrückt werden. Als Lukas gegessen hatte, vergewisserte er sich, dass sie nicht beobachtet wurden, und schob das Heft durch die Maschen des Zauns.

Einundzwanzig auf zwölfeinhalb Zentimeter – das war der Rahmen für die Galerie von Verdächtigen, die Vincent in die Innentasche seiner Jacke schob. Dorthin, wo sein Herz saß, das immer heftiger schlug, als würden die noch lebenden mutmaßlichen Verbrecher aus dem Heft herausstrahlen.

Später ließ er sich am Wegrand nieder, weil er nicht länger warten konnte, das Heft durchzusehen. Er hatte recht behalten, Lukas konnte sehr gut zeichnen. Innerhalb weniger Tage hatte er mit gediegenem Strich Porträts von einem guten Dutzend seiner Mithäftlinge erstellt. Und doch war Vincent enttäuscht. Er hatte angenommen, dass die suggestive Kraft der Zeichnungen ihm offenbaren würde, welche

Offiziere aus dem Hauptquartier der Deutschen Ariane belästigt hatten. Wer ein Verbrecher war und wer nicht. Nur dass Lukas Menschen gezeichnet hatte, wo Vincent Soldaten haben wollte. Er hatte ihre Menschlichkeit eingefangen, Vincent aber suchte ihre Brutalität.

Lukas hatte nur Gesicht und Schultern dargestellt. Doch diese Gesichter mit den tiefen Schatten unter den Augen, der sorgenvollen Stirn, den hellen Augen – hellgrau wegen der Kohle, die Lukas mit der Fingerspitze verwischt hatte – gehörten weder Offizieren noch Deutschen. Seine Art zu zeichnen, löschte alle Unterschiede aus. Das nahm Vincent dem Zeichner übel: Er hatte das Gefühl, betrogen worden zu sein. Letztlich aber war es ihm am Strand nicht anders ergangen: Mit den vielen neuen Gesichtern war es auch Vincent passiert, dass er Deutsche und Franzosen verwechselte.

Während des Krieges wäre das schon aufgrund der Uniformen unmöglich gewesen. Da konnte man nichts verwechseln. Sie sahen alle gleich aus: die gleiche Körperhaltung, die gleiche Einstellung, der gleiche Gesichtsausdruck, die gleiche Arroganz und Gleichgültigkeit. Und dazu dieser eisige Blick. Dieser Blick, dem man nicht begegnen wollte, weil man sonst vielleicht erledigt war. Dieser Blick, den man aushalten musste, wenn man zu den Verdächtigen gehörte. Dieser Blick – der für Vincent der Inbegriff des Nazitums war – beäugte, schätzte ab, sezierte, verachtete, verurteilte, sonderte aus, selektierte und verdammte sein Gegenüber. Ein Blick, den man nicht mehr vergaß. Ein tödlicher Blick, der einem tiefen Abscheu gegenüber diesen Augen einflößte, und das, wo es doch die Blicke sind, die zwischen zwei Menschen als Erstes sprechen. Weil es die Augen sind, die alle Lebewesen vor ihren finstersten Abgründen bewahren. Dieser hasserfüllte

Blick war die Perversion dessen, was die Natur eines Blickes ausmacht, ein Ausdruck vom feindseligsten Teil des Menschseins. Daher konnte man damals durchaus denken, dass alle Deutschen gleich sind, denn die Unterschiede von Körperbau und Gesichtszügen verschwammen im Korsett der Uniform, des Käppis und dieses Blickes, der alles andere dominierte.

Wenn die Deutschen am Strand arbeiteten, waren sie am tiefsten Punkt ihrer Niederlage angekommen, und dieser arrogante Blick war verschwunden. Nun sahen sie anders auf die Welt und zeigten eine beinahe rührende Demut. Sie verloren ihre Uniform und damit auch ihre Haltung. Als hätte ihre militärische Ausrüstung ihnen als Skelett und Muskulatur gedient. Mit nacktem Oberkörper unter der Sonne hielt der befreite Körper sich anders. Jeder erlaubte sich seinen persönlichen Habitus wie die Blumen in einer Vase.

Und so konnten ihm diese Gesichter nichts mitteilen über das Böse, das sie vielleicht verübt hatten. Und doch verbarg sich zwischen ihnen mit Sicherheit der Mann, dessen Zudringlichkeit für Arianes Schicksal so folgenschwer gewesen war. Ließ sich die Niedertracht auswischen wie die Striche des Kohlestiftes?

Audrey würde ihm mehr sagen können. Sie würde den Deutschen erkennen, den Vincent suchte.

Doch als er vor ihrem Haus stand, war Audrey nicht da. So heftig er auch an ihre Tür klopfte, dahinter war kein Laut zu vernehmen. Dabei hatte er ihr doch Bescheid geben lassen. Die Lebensmittelhändlerin im Erdgeschoss hatte Telefon. Vincent wartete eine geschlagene Stunde auf dem Treppenabsatz. Dann machte er einen Spaziergang und kam zurück. Audrey war immer noch nicht da.

Und plötzlich fiel es ihm wie Schuppen von den Augen. Audrey wusste, dass er kommen würde. Deshalb war sie nicht zu Hause. Sie wusste also etwas über Ariane und wollte es ihm nicht sagen. Er erinnerte sich wieder, wie sie ihn bei ihrer ersten Begegnung beruhigt hatte, jetzt aber fand er ihre Worte beängstigend: »Was geht eigentlich in deinem Kopf vor? Glaubst du wirklich, ich würde hier stehen und mich fragen, wo Ariane ist, wenn ich wüsste, dass sie tot ist! Das wäre das Erste, was ich dir sagen würde. Oder ich würde dir aus dem Weg gehen. Ich hasse es, wenn ich schlechte Nachrichten überbringen muss.«

Jetzt aber ging Audrey ihm offensichtlich aus dem Weg. Sie scheute die Begegnung mit ihm ... Vincent hielt das Heft in der Hand und war trotzdem total verzweifelt. Er war so nah dran, den zu identifizieren, der Ariane bedrängt hatte. Doch mit einem Mal hatte all das keinen Sinn mehr. Würde für ihn nicht alles in einem endlosen Chaos zusammenbrechen, wenn er erführe, dass Ariane tot war?

Die Prostituierten auf dem Gehsteig gegenüber von Audreys Haus alberten miteinander herum. Sie hatten etwas Funkelndes. Vincent bewunderte sie: Er wusste, wie viel Kraft es kostet, seine Würde zu wahren, wenn jeder sie dir nehmen will. Und welche Disziplin man braucht, um fröhlich zu wirken, wenn die ganze Welt einen für unbedeutend hält. Er selbst konnte das nicht mehr.

Aber diese Disziplin hatte auch etwas Gutes: Stellte man sich nur lange genug glücklich, wurde man es am Ende tatsächlich. Zumindest fast. Im Lager hatte er diese Technik geübt. Erfunden hatte er sie nicht. Er hatte sie vielmehr bei einem anderen Häftling abgeschaut. Jules. Jules sprach Deutsch und kannte Witze, mit denen er die deutschen Offiziere zum Lachen brachte. Da er immer lächelte und andere zum Lachen brachte, hätte man meinen können, er gehöre zum Lager der Sieger. Man konnte nicht so lächeln wie er, wenn man besiegt worden war.

Da er die Aufseher überzeugen konnte, dass er keinerlei Ressentiments gegen sie hegte, entging Jules einige Monate lang jeder Sanktion. Er erhielt sogar kleine Vergünstigungen. Er wurde zum Küchendienst eingeteilt, und das war bei Weitem eine der beneidenswertesten Arbeiten im Lager. Aber als er sich eine Art Grippe holte, verübelten es ihm die Aufseher, dass er sie nicht mehr bespaßen konnte. Als wollte er sich nicht genug Mühe geben. Drei Tage später beendete ein Genickschuss sein Leben. Ein Clown hat nicht das Recht, krank zu sein.

Vincent schlenderte langsam Richtung Hafen. Dabei wurde ihm klar, dass er das Leben künftig immer durch die Brille seiner vergangenen Erfahrungen sehen würde. Auf der einen Seite diese große Dunkelheit Deutschland und da die sonnigen Gestade Arianes. Hätte er sie nicht schon vor dem Krieg kennengelernt, wäre er verloren gewesen. Durch sie hatte er die Kraft gefunden, das Lager zu überstehen und zu fliehen. Nun, in der Freiheit, half sie ihm, das Leben zu ertragen, auch wenn er sich immer noch gefangen fühlte.

Ariane war überall, so stark, dass ihr strahlendes Bild all seine düsteren Erinnerungen überblendete, seine finsteren Gedanken über die Menschheit und den Krieg. Er hielt mit ihr immer noch ständige Zwiesprache. Was sie gedacht hätte, was sie gesagt hätte, was sie getan hätte – Vincent wusste es. Er kannte sie so gut. Manchmal staunte er über einen seiner Gedanken, der direkt von ihr zu kommen schien. Wie im Traum, wenn man vom Lauf des Geschehens überrascht wird und doch weiß, dass man träumt.

Bevor man einen Menschen verliert, denkt man, es würde unglaublich viel Kraft kosten, jemanden, der nicht mehr da ist, an seiner Seite zu behalten. Kraft, um zu verhindern, dass dieser Mensch nicht flugs in der Grenzenlosigkeit des Himmels verschwindet oder sich ganz darin auflöst. Nichts könnte falscher sein. Denn die Abwesenden besitzen die Gabe der Allgegenwärtigkeit und eine eindringliche Präsenz. Ariane erlaubte Vincent, einen Sinn in seinem Dasein zu sehen. Ihre Meinung zählte immer noch. Was sie gesagt, gedacht oder getan hätte, lenkte Vincents Schritte. Er musste nur seinem Geist freien Lauf lassen, und schon war Ariane da, vor ihm, ohne dass er bewusst an sie denken musste. Sie lachte, redete schnell und war lebhaft. Dem Leben, den Menschen, die alle gleichermaßen ihre Neugier erweckten, brachte sie ihre ganze Aufmerksamkeit entgegen – so viel mehr als er. Und das war nicht aufgesetzt. Sie sagte immer, dass alle Lebewesen im Laufe ihres Daseins etwas ganz Eigenes erfahren hatten, etwas, das man erführe, wenn man ihnen zuhörte.

Er sah und hörte immer noch, wie sie bestimmte Sätze aussprach. Und das war kein Zufall. Irgendetwas rührte sich in ihm. Es schwebte in der Luft, die von Arianes Esprit durchdrungen war, und verfolgte ihn, seit er Audreys Haus verlassen hatte. Ein schwacher Eindruck, der ihn nicht losließ, ihn verfolgte und sich ihm doch entzog. Wie ein Hauch Parfum auf der Straße, der Erinnerungen an einen bekannten oder geliebten Menschen weckt, den man aber, um ihn zu erkennen, länger hätte riechen müssen. Ein Eindruck, den man verzweifelt festzuhalten versucht, indem man die Luft tief in seine Lungen einsaugt, bereit, egal wem egal wohin zu folgen.

Und plötzlich wusste er, was es mit diesem Gefühl auf sich hatte. Das lag doch auf der Hand! Wieso war er nicht schon früher darauf gekommen? Die Prostituierten! Als junge Ärztin im Praktikum hatte Ariane mehr als eine versorgt, weil niemand im Krankenhaus sich ihrer annehmen wollte. Sie nahm kein Geld von ihnen und verurteilte sie nicht, und Vincent hatte oft gesehen, wie sie zusammen gelacht hatten.

Eiligen Schrittes kehrte er in die Straße zurück, in der Audrey wohnte.

Und da standen sie, aufgereiht wie die Grashalme, ihre schlanken, ja von Entbehrung fast mageren Körper in leichten Kleidern. Mit nackten Beinen, auf deren Rückseite sie einen langen schwarzen Strich gezogen hatten, der Strumpfnähte vorgaukeln sollte. Mit einer Eleganz, die ihrer Armut und ihren Lebensumständen widersprach. Mit der Anmut jener Menschen, die lächelten, obwohl sie eigentlich weinen müssten.

Ariane hatte sich sicher mit ihnen unterhalten. Vincent wollte alles von ihnen wissen. Nach einem kurzen Moment der Verwirrung, weil sie ihn zunächst für einen Freier gehalten hatten, waren sie bereit, über Ariane zu sprechen. Natürlich kannten sie sie. Sie hatte einigen von ihnen wirklich geholfen. Als deutlich wurde, dass Vincent Tag und Nacht nach Ariane suchte, verrieten sie ihm, was Ariane ihnen im Geheimen anvertraut hatte.

Sie hatte sich dort, wo sie gewesen war, nicht mehr sicher gefühlt. Daher war sie nach Marseille zurückgekommen, aber nicht geblieben. Sie hatte beschlossen zu fliehen, hatte sich von ihnen allen verabschiedet und gesagt, dass sie nie wieder nach Frankreich zurückkehren würde.

Vincent war völlig aus dem Häuschen. Ariane lebte – zumindest hatte sie damals noch gelebt, als sie mit den Frauen gesprochen hatte. Aber sie wollte *nie wieder* hierher zurück? Was konnte das bedeuten? Hatte sie die Hoffnung aufgegeben, ihn je wiederzusehen oder liebte sie ihn vielleicht nicht mehr?

Es heißt ja immer, die Welt sei klein. Nun aber, wo Ariane überall sein konnte, wurde die Welt für Vincent riesengroß, und er fühlte sich darin verloren.

Saskia konnte es sich nicht erlauben zu resignieren. Sie musste weitermachen, Tag für Tag, und so sprach sie auch immer wieder bei Édouard vor. Auch wenn ihr das viel abverlangte, hatte sie ihn schließlich so weit, dass er sich die ein oder andere Auskunft entlocken ließ. Und sie hatte mehr als einen guten Grund, ihn aufzusuchen.

Als sie ihm an diesem Tag gegenübersaß, lieferte er die entscheidende Information, deretwegen sie immer wiedergekommen war, bevor sie überhaupt den Mund aufgemacht hatte. Auch wenn diese Auskunft nicht das war, was Saskia erwartet hatte: Das Haus war nicht auf ihre Eltern eingetragen. Und ohne einen solchen Eintrag würde Saskia nie belegen können, dass es ihr gutes Recht war, das Haus zurückzuverlangen.

Sie konnte es nicht fassen. Auf welchen Namen war es denn eingetragen? Hatte etwa ein Besitzerwechsel stattgefunden? Wann? Ihr Vater hatte das Grundstück schließlich gekauft und alle Pläne gezeichnet. Er hatte auch die Arbeiten überwacht! Édouard solle ihr doch Einblick gewähren in die Akte, die er vor sich liegen hatte.

Doch Édouard schlug die Akte unvermittelt zu und ermahnte sie noch einmal. Diese Aufzeichnungen seien vertraulich. Würde es denn ihr gefallen, wenn man ihre persönlichen Daten weitergäbe? Wie er gehofft hatte, fing Saskia nicht vom Grundbuch an. Offensichtlich war ihr nicht bekannt, wie diese Sache funktionierte. So konnte er weiter so tun, als hätte er Mitleid mit ihr und verstünde ihr Leid angesichts all der Ungerechtigkeiten. Gott weiß, dass man das nicht gewollt habe … Der Krieg war nun mal ein

Unglück! Und die Ungleichheit auf der Welt! Wenn man wenigstens etwas dagegen unternehmen könnte! Aber wie denn, wenn man nicht die nötigen Informationen besaß!

Zu seinem großen Erstaunen wechselte Saskia das Thema. Von Mathilde, der das Haus gehörte, in dem sie jetzt wohnte, hatte sie erfahren, dass ihr der Status als Kriegswaise zukam. Ihre Eltern waren tot, sie war noch nicht volljährig. Daher hatte sie darauf ein Anrecht. Dann würde sie wenigstens das Studium aufnehmen können. Édouard nickte bereitwilligst: Das war doch die beste Idee, um neu anzufangen! Er sah ein, dass er ihr helfen musste. Und im Grunde fand er auch gut, dass er ihr auf seine Weise ein wenig helfen konnte. Wegen Mila, Saskias Mutter, ohne die er nie seinen Schulabschluss geschafft hätte. Auch wenn das nicht direkt in seinen Verantwortungsbereich fiele und er nicht genau wisse, was zu tun sei. Aber er würde nachsehen, ob es irgendwie ein Antragsformular gab, das sie ausfüllen könnte. Und schon stand er auf und verließ den Raum, um eine Kollegin um Auskunft zu bitten.

Saskia stand auf, schlug die Akte auf und fotografierte im Geist alles, was sie da las.

Als Édouard zurückkam, saß sie schon wieder auf ihrem Stuhl. Sie ließ sich die Erregung nicht anmerken, die von ihr Besitz ergriffen hatte, als sie auf den einzelnen Blättern einen Namen entdeckt hatte, den sie nur allzu gut kannte. Sie bedankte sich ganz ruhig für die Formblätter und die zugehörigen Erläuterungen. Sie überflog die Fragen, bat ihn bei der ein oder anderen um eine Erklärung und versicherte, sie würde auf jeden Fall wiederkommen, falls sie beim Ausfüllen seine Hilfe brauchen sollte. Édouard, offensichtlich erleichtert, dass sie so gutwillig und widerspruchslos akzeptierte, was er ihr über den fehlenden Eintrag gesagt hatte, begleitete sie sogar zur Tür.

Draußen wurde Saskia von einer frischen Brise eingehüllt, die nur da zu sein schien, um sie vorwärtszutragen. Mittlerweile wusste sie zwei Dinge sicher: den Namen der Person, die ihr Haus besaß, und den Namen des Dorfes, in dem die Familie Bellanger früher gewohnt hatte.

Der erste Name, der sie so in Aufruhr versetzt hatte, war ihr bestens bekannt. Bunley. Der Teilhaber ihres Vaters. Sie hatten ihr Architekturbüro gemeinsam gegründet. Sie waren Freunde. Und was noch seltener war: Sie waren es auch geblieben. War es möglich, dass er sich das Haus unter den Nagel gerissen hatte? Dass er ihren Vater auf diese schändliche Weise hintergangen hatte?

Ilan hatte ihn immer als Wohltäter geschildert, weil Bunley genug Kapital gehabt hätte, um das Büro alleine zu gründen, aber ihn trotzdem als Teilhaber hereingenommen hatte. Hatte er nicht vielmehr vom Talent ihres Vaters profitiert? Von seiner Arbeitskraft? Denn Ilan war ihm so dankbar, dass er immer mehr Aufträge übernahm.

Plötzlich sah sie alles in den schwärzesten Tönen. Die Freundschaft Bunleys? Geheuchelt. Seine Liebe zur Familie Ilan und Milas Familie? Pures Eigeninteresse. Die berufliche Partnerschaft? Betrug.

Sie erinnerte sich noch gut an den September 1941, als das Gesetz Juden plötzlich verbot, als Architekten zu arbeiten. Damals hatte Eugène Bunley ihrem Vater vorgeschlagen, das Büro auf seinen Namen einzutragen. Er würde ihm seinen Teil zurückgeben, sobald der Krieg vorüber war. Hatte er vielleicht das Gleiche mit dem Haus getan? Würde er sein Versprechen halten oder hatte er es nur gegeben, um sich Ilans Besitz anzueignen? Diese Fragen waren schrecklich. Und das Schlimmste war, dass ihre Eltern sich bei ihm versteckt hatten.

Bei Léna gab es ein Telefon und ein Telefonbuch. Als

Saskia im Café ankam, war Léna nicht da. Aber Aurélien, der Kellner, erlaubte ihr, die Telefonkabine zu benützen. Dort im Hinterzimmer, auf einem mit rotem Moleskin bespannten Barhocker, erfuhr sie, dass Eugène Bunley und seine Frau tot waren. Ermordet aufgrund ihrer Zugehörigkeit zur Résistance.

Ihr Sohn hatte im Haus von Ilan und Mila gewohnt, um es vor Plünderern zu schützen. Doch er wurde kurz nach seinen Eltern verhaftet und deportiert.

Sie wusste immer noch nicht, wer sie denunziert hatte. Aber es war nicht der Mann gewesen, den ihr Vater verehrt hatte. Er und seine Familie hatten versucht, ihnen zu helfen, bis zum Schluss. Saskia fiel wieder ein, was Mathilde gesagt hatte. Sie hatte recht. Man musste allem direkt ins Auge blicken können. Durfte nichts vergessen. Das Schlimmste ebenso wenig wie das Erhabenste.

Am nächsten Morgen erwachte Saskia früh. Sie wollte das Dorf sehen, in dem die Familie Bellanger vor dem Krieg gewohnt hatte. Der Autobus trug sie durch die Anhöhen des Hinterlands um die Stadt Grasse herum. Die Fahrt dauerte lange, aber das Dorf war bezaubernd. Saskia hatte keine Schwierigkeiten, das Haus der Bellanger zu finden. Ein großes Anwesen inmitten von Blumenfeldern, die sich bis an den Horizont erstreckten: Jasmin, Rosa centifolia und Tuberose. Ein berauschender Duft. Wie hatten die Bellanger nur diesen Traum verlassen können, um in einem viel kleineren Haus in der Stadt zu leben? Diese Landgüter wurden von Generation zu Generation innerhalb der Familie weitervererbt.

Saskia würde die Nachbarn befragen. Schließlich gab es keinen Grund, warum man sie deswegen dumm angehen sollte. Sie musste sich nur als Freundin der Familie Bellanger ausgeben, die wissen wollte, wohin sie verzogen waren.

Doch das erwies sich als die schlechteste Idee überhaupt. Man behandelte sie wie eine Aussätzige. Wenn überhaupt jemand mit ihr redete, fühlte es sich an, als würde man sie anspucken.

»Niemand weiß, wohin die sich aus dem Staub gemacht haben. Wir hoffen nur, dass man sie erwischt und einsperrt. Oder besser noch: Sie erschießt!«

Als sie erfuhr, dass die Leute, die sich im Haus ihrer Eltern eingenistet hatten, Kollaborateure waren, trieb das Saskias Abscheu auf die Spitze. Aber nun besaß sie wenigstens eine wichtige Information, mit der sie Édouard Druck machen konnte. Er hatte ihr wirklich nicht sehr geholfen, aber dieses Mal würde es anders laufen. Es musste einfach. Er oder ein anderer. Niemand konnte wollen, dass diese Verräter nicht verurteilt wurden.

Sie nahm den nächsten Bus und lief, kaum angekommen, sofort zur Stadtverwaltung. Die Angestellten verließen gerade das Gebäude. Sie erwischte Édouard in einer Seitenstraße und sprudelte sofort heraus, was sie in Erfahrung gebracht hatte. Sie redete so schnell, dass er nicht gleich verstand. Sie musste alles noch einmal erzählen und in ihrem Überschwang verschluckte sie halbe Sätze. Schließlich verstand er. Um sich zu vergewissern, wiederholte er, was sie, wenn er sie recht verstanden hatte, gesagt hatte. Wenn die Bellangers Kollaborateure gewesen waren, würde er natürlich die betreffenden Stellen informieren.

Nun hatte Saskia zum ersten Mal das Gefühl, den Lauf der Dinge ändern zu können. Sie hatte die Bellangers entlarvt. Sie würde gewinnen. Édouard war weniger begeistert als sie. Vermutlich war er müde. Aber es blieb doch ein leiser Zweifel zurück, den sie so schnell wie möglich zu verscheuchen suchte.

Vincent hätte sich gewünscht, Fabien keine Fragen mehr stellen zu müssen, aber er hatte keine andere Wahl. Alle Wege führten schließlich ins Château. Fabien saß ganz allein auf der Terrasse des Cafés. Das war eine geeignetere Situation, als er zu hoffen gewagt hatte. Vincent nahm neben ihm Platz und bestellte ein Glas Weißwein.

Fabien sagte, er habe nicht viel Zeit, da er zur Stadtverwaltung müsse. Der Bürgermeister warte schon. Das wiederum war kein guter Einstieg.

Aber mittlerweile kannte er Fabien. Er konnte sich wohl an seinen fünf Fingern abzählen, dass Vincent nicht ohne Grund hier war. Also redete er nicht lange um den heißen Brei herum. Als wäre es ganz normal, hier das Gespräch fortzusetzen, das sie zwei Tage zuvor schon geführt hatten.

»Im alten Hauptquartier der Wehrmacht befinden sich reihenweise Waffen. Wenn wir es schaffen, das Schloss zu entminen, könnten wir dann nicht beim Militär die Waffen gegen Detektoren eintauschen?«

Fabien versteifte sich, als Vincent das Schloss erwähnte. Wie schon beim ersten Mal, als Vincent ihn am Strand darauf angesprochen hatte. Statt einer Antwort bestellte Fabien ein zweites Glas Wein.

»Außerdem ist dort ihr Archiv. Das könnte bei den Prozessen nützlich sein.«

Seltsamerweise reagierte Fabien immer noch nicht. Weder auf die Erwähnung der Waffen noch auf die der Dokumente, die für die Verurteilung der Kriegsverbrecher nötig waren. Und so legte Vincent seinen letzten Köder aus. Der müsste Fabien nun wirklich interessieren.

»Darüber hinaus hat Lukas mir versichert, dass wir im Schloss die regionalen Verlegepläne der Minen finden werden.«

Fabien war besessen von diesen Plänen, sagte aber immer noch kein Wort, als ginge ihn keines von Vincents Argumenten irgendetwas an. Er war angespannt. Weil er zum Bürgermeister musste? Endlich entschloss er sich zu einer Entgegnung und brach sein Schweigen:

»Die Alliierten stehen in Berlin. Sie werden ja wohl hoffentlich die Pläne bald in die Hände bekommen.«

Das gefiel Vincent kein bisschen. Ihm blieb jetzt nur noch ein entscheidendes Argument. Aber er konnte sich nicht dazu durchringen, diese Trumpfkarte auszuspielen. In den Archiven würde man auch die Listen der Résistancekämpfer finden, die festgenommen worden waren. Alle Akten über die Schattenarmee und ihre verhafteten Krieger, die Verhörprotokolle. Aus ihnen würde Fabien mit Sicherheit erfahren, was aus Odette geworden war. Vincent tastete sich langsam vor, mit bedächtigen Schritten, und doch wagte er nicht, seinen Fuß auf diese scharfkantigen Felsen zu setzen. Er behielt dieses letzte Argument für sich.

Fabien leerte sein Glas in einem Zug und bestellte ein drittes. Dann bekannte er kurz angebunden:

»Wenn wir uns das Château vornehmen, werde ich es endlich wissen. Ich will es aber nicht wissen.«

Natürlich. Fabien brauchte weder Vincent noch Lukas, die ihm das sagten. Er wusste sehr genau, was er im Schloss finden würde.

»Ich habe so lange auf Odette gewartet ...«

Die Deportierten, die entkommen waren, hatten ihm erzählt, was man mit den Frauen anstellte, die in der Résistance gekämpft hatten.

Wurden sie nicht an Ort und Stelle umgebracht, sondern deportiert, dann einzig aus dem Grund, weil man keine Zeugen haben wollte für die grausamen Hinrichtungen, die man für diese Frauen reserviert hatte. Fabien wäre es lieber gewesen, das nie erfahren zu haben.

Seine Frau war Tänzerin gewesen, immer in Bewegung, mit Worten, mit Gesten, mit ihrem ganzen Körper. Und so sollte sie in seiner Vorstellung bleiben, mit ihrem zauberhaften Kopf mit den wilden Locken und ihren schlagfertigen Antworten. Die Nazis würden ihm keine anderen Bilder ins Gehirn brennen. Odette hatte wie er immer eine Zyankalikapsel bei sich getragen. Er war sicher, dass sie sich selbst den Tod gegeben hatte. Oder sie war geflohen, weit weg, und die Nazis würden nie das perverse Vergnügen haben, sie zu ermorden.

Als Léna kam, um die Gläser abzuräumen und ihnen etwas Fladenbrot auf den Tisch zu stellen, das sie für den Aperitif vorbereitet hatte, merkte Vincent, dass zwischen Fabien und ihr Schluss war mit Witzemachen und Einander-Aufziehen. Sie sahen sich an und sie sprachen miteinander, als hätten sie diesen intimen Raum für sich reserviert und mit ihm eine diskrete Exklusivität, die sie einander näherbrachte.

Er sah dieses Leben, das wieder Fahrt aufnahm, ein Leben, in dem er keinen Platz hatte, und er beneidete die beiden darum. Obwohl Léna ihr Gespräch nicht mitangehört hatte, war sie besorgt, denn der Schleier der Trauer, der sich über Fabien gesenkt hatte, war ihr nicht entgangen. Er beruhigte sie mit einem Lächeln.

Vincent fühlte sich mies, weil er das nicht schon früher bemerkt hatte. Stattdessen hatte er Fabiens tödliche Erinnerungen aufgewühlt. Am liebsten wäre er sofort gegangen. Aber als er gerade auf sein Fahrrad steigen wollte, schlug Fabien ihm vor, ihn doch zur Stadtverwaltung zu begleiten:

»Du hast ja recht. Die Verlegepläne für die Minen, dafür lohnt es sich zu kämpfen. Wir können nicht auf den guten Willen des Militärs warten. Aber die Akten im Château siehst du durch. Ich will nicht in diesen verdammten Archiven herumwühlen.«

Vincent war nicht stolz darauf, auf diese Weise erreicht zu haben, was er wollte. Er musste an diesen Satz denken, den jeder wiederholte, ohne sich dessen eigentliche Tragweite bewusst zu machen: Der Zweck heiligt die Mittel. Aber der, der diese schlimmen Mittel einsetzt, was gewinnt er letztlich dadurch und was verliert er?

Vincent würde sich nie verzeihen, dass er einen Schlafwandler geweckt hatte, der seine Frau im Traum immer noch tanzen sah.

Fabien hatte Vincent gebeten, zur Stadtverwaltung mitzukommen, um einen Zeugen zu haben. Die Jahre in der Résistance hatten ihn gelehrt, schmutzige Manöver im Voraus zu erkennen. Solche kurzfristig angesetzten Begegnungen waren ihm zutiefst zuwider. Während des Krieges bedeuteten sie das größte Risiko für einen Hinterhalt. Und hier witterte er eine Falle …

Eine Karte im Büro des Bürgermeisters zeigte die Fortschritte, die beim Minenräumen erzielt worden waren. Rote Reißzwecken bedeuteten Gefahr, grüne markierten das Gelände, das bereits entmint war. Das war wie im Krieg oder wie bei einem Spiel: Die bunten Reißzwecken ließen die Côte d'Azur nach und nach unter sich verschwinden. Sie konnten großartige Siege verzeichnen, aber es lag immer noch viel Arbeit vor ihnen: Die roten Reißzwecken waren eindeutig in der Überzahl.

Während der Bürgermeister ihnen etwas zu trinken anbot, musterte Fabien die beiden Männer im makellosen Anzug mit den Lederköfferchen und den Aktendeckeln unter dem Arm, die sich ein wenig abseits hielten. Vermutlich würden sie sich erst später einmischen, wenn der Bürgermeister das Terrain vorbereitet hatte. Leutselig scherzte er:

»Sagen Sie mal, stimmt es wirklich, dass Sie mit den Deutschen fischen gegangen sind?! Ich habe eine Reihe von Beschwerden erhalten: ›Das ist eine Schande! Mit den Boches zu fischen! Noch dazu mit Handgranaten!‹«

»Sieht so aus, als hätten die Denunzianten wieder ihre Arbeit aufgenommen«, gab Fabien gelassen zurück.

»Na ja, damit muss man rechnen. Wir sind nicht weiter

erstaunt, nicht wahr? … Aber keine Sorge. Sie wissen, was Sie tun. Ich habe volles Vertrauen zu Ihnen. Schließlich habe ich euch ja auch das Feuerwerk am Strand erlaubt! Natürlich gab es auch da wieder Beschwerden, aber das bedauere ich keineswegs …«

Fabien hatte immer gewusst, dass man ihm für die Explosion eines Tages die Rechnung präsentieren würde. Jetzt war dieser Tag gekommen. Die Worte des Bürgermeisters klangen freundschaftlich und anerkennend, aber Fabien spürte das Kalkül hinter seiner jovialen Art. Er wartete auf den Moment, da es ans Kassieren ging. Nach dem einleitenden Geplänkel kramte der Bürgermeister seine Geschenke hervor wie ein Siedler, der bei den Eingeborenen mit Glasperlen gut Wetter machen möchte.

»Ich habe eine erfreuliche Nachricht! Diese Herren haben uns die Magnet-Detektoren mitgebracht, auf die Sie schon so lange gewartet haben!«

Dann senkte er die Stimme, so als würde er ein Staatsgeheimnis verraten:

»Wir haben keine Ahnung, wie sie diese beschafft haben und wollen es auch gar nicht wissen. Entscheidend ist doch, dass wir sie haben!«

Fabien mochte gute Nachrichten nicht. Vor allem nicht, wenn man sie ihm sozusagen in Geschenkpapier servierte. Was dann folgte, bestätigte seinen Verdacht: Sie sollten ein Gelände entminen, das eigentlich erst für später vorgesehen war. Obendrein wollte der Bürgermeister, dass das sofort passierte, auch wenn er dies sehr diplomatisch vorbrachte. Der Wiederaufbau weckte die Begehrlichkeit gewisser Gestalten.

Da er annahm, dass Fabien nicht protestieren würde, deutete der Bürgermeister auf einen bestimmten Punkt auf der Karte.

»Ich werde Sie hinführen. Sie werden sehen, wie schön es dort ist.«

»Ich kenne die Stelle. Ganz in der Nähe liegen die zwei schönsten Strände hier in der Gegend. Gut zugänglich, aber durch die Anhöhe und die Strand-Kiefern vor dem Mistral geschützt. Dort gedeihen sogar Palmen.«

»Genau! Sie kennen sich dort also aus.«

»Ja, eine wirklich ideale Lage«, fuhr Fabien ungerührt fort. »Die Deutschen haben alles abgefackelt, aber die Kiefern werden wieder wachsen. Und Palmen kann man pflanzen!«

Der Bürgermeister wandte sich an die beiden Anzugträger.

»Ich habe Ihnen ja gesagt: Er ist hochintelligent. Sie müssen ihm nicht viel erklären.«

»Vor allem mag er nicht, dass man von ihm in der dritten Person spricht, wenn er vor Ihnen sitzt«, versetzte Fabien bissig.

Das ließ die Raumtemperatur um einige Grad fallen. Der Bürgermeister hatte keine Lust, sich auf Feindseligkeiten einzulassen.

»Aber, Fabien, ich spreche nur in den höchsten Tönen von Ihnen.«

»Schluss mit den Nebelkerzen. Dieses Gebiet hat keine Priorität.«

»Verzeihen Sie, aber am Ende muss ja doch alles geräumt werden.«

»Wir stehen im Dienst der Öffentlichkeit und arbeiten nicht für ein Privatunternehmen. Wir riskieren unser Leben für das Gemeinwohl und nicht für die Interessen dieser Herren hier. Da das Gelände noch vermint ist, haben sie es den ruinierten Bauern vermutlich für ein Butterbrot abgekauft. Und durch unsere Arbeit würde der Wert dieses

Areals enorm steigen, ohne dass sie auch nur einen Centime dafür ausgeben müssten. Die Geschäftemacherei geht also wieder los, wenn sie überhaupt jemals aufgehört hat!«

Fabien wandte sich an die Herren im Anzug.

»Was wollen Sie denn auf dem Gelände bauen? Ein Hotel? Eine Villa?«

»Ein Landgut …«

»Das kann warten«, entschied Fabien.

»Aber Sie werden doch für Ihre Arbeit bezahlt! Und nicht zu knapp. Man hat mir gesagt, dass Sie hohe Prämien bekommen.«

»Die uns keineswegs für die Risiken entschädigen, die wir täglich eingehen.«

Der Bürgermeister signalisierte den Herren, dass er wieder übernehmen würde.

»Fabien, der Wiederaufbau Frankreichs heißt eben genau das, was das Wort besagt: Wenn wir nicht wieder bauen, hat das ganze Unterfangen keinen Sinn.«

»Wenn wir nicht zuallererst die Bevölkerung schützen, hat das Bauen auch keinen Sinn.«

»Aber das ist doch ein ganz einfaches Terrain.«

»Das diesen Herren vermutlich viel Geld einbringt und meine Männer vielleicht teuer zu stehen kommt. Sie werden gestatten, dass wir mitentscheiden wollen, wofür wir unsere Haut riskieren.«

Der Bürgermeister verstand, worauf Fabien hinauswollte. Er hatte sich ja oft genug mit ihm unterhalten. Das Schlimme war, dass er im Grunde mit ihm einer Meinung war. Aber die Anweisung kam von weiter oben: Die beiden Männer hatten die Genehmigung von der Regionalbehörde. Er musste also verhandeln.

»Wir könnten Ihren Männern ja mehr Bezugsscheine zuweisen.«

»Das ist eine Beleidigung! Meine Männer riskieren ihr Leben für Frankreich. Nicht für ein paar Bezugsscheine!«

»Und die Deutschen? Könnte man sie nicht ein paar Überstunden machen lassen?«

»Den Deutschen geht es wie uns. Sie sind körperlich und nervlich am Ende. Außerdem bekommen sie nicht genug zu essen. Wenn man ihnen auch noch erlaubt, am Sonntag zu arbeiten, werden wir sie der Reihe nach verlieren. Außerdem verbietet uns das Reglement solch einen Einsatz. Eine Lösung wäre aber vielleicht denkbar.«

Er hielt ein wenig inne, um so zu tun, als müsste er nachdenken. Der Bürgermeister und die Anzugträger entspannten sich zusehends.

»Zuerst möchte ich Ihnen eine Geschichte erzählen.«

Alle hielten den Atem an.

»Sie kennen ja Saint-Exupéry. Ein großartiger Schriftsteller, aber er ist auch Dichter, Flieger, Journalist und einer der Pioniere der Luftpost. Er lebte in New York, mit einer Frau, die er liebte. Er hätte während des ganzen Krieges dort bleiben können. Aber er ist zurückgekommen, um zu kämpfen. Man hat ihm davon abgeraten, ihm gesagt, er sei dafür zu alt und zu verbraucht. Er wollte nichts davon hören. Jeden Morgen startete er von der anderen Seite des Mittelmeers seine Maschine. Eines Morgens stieg er von Korsika aus auf. Er hatte immer genug Sprit für sechs Stunden. Trotz der Flakbatterien, die ihn jeden Moment abschießen konnten, überflog er in geringer Höhe, so niedrig es ging, die französische Küste. Und das war vermutlich zu niedrig. Aber wissen Sie, warum er das tat? Weil er neben den Flakbatterien auch die verminten Gebiete aufnehmen wollte. Und Schilder mit der Aufschrift »Achtung, Minen« sieht man nun mal nicht, wenn man hoch fliegt. Er hat genaue Karten von den verminten Orten geliefert, um die bevorstehende Landung zu unterstützen. Seinen letzten Einsatz flog er am 31. Juli 1944. Er war damals vierundvierzig Jahre alt. Als man nach sechs Stunden von ihm kein Signal mehr bekam, wusste man, dass er nicht mehr zurückkommen würde. Er liegt irgendwo auf dem Grund des Meeres mit seiner Maschine. Saint-Exupéry ist für seine Mission gestorben. Die Minen haben also auch diesen Mann auf dem Gewissen. Kommt das, was Sie heute von uns verlangen, dem Opfer gleich, das er gebracht hat?«

Das Klima war eisig geworden. Niemand wagte mehr, von Bezugsscheinen zu sprechen. Die Lektion war unmissverständlich. Man bezahlt die Minenräumer, aber kaufen lassen sie sich nicht. In der drückenden Stille schenkte der Bürgermeister allen noch einmal ein, um wenigstens ansatzweise Fassung zu beweisen. Dann richtete er nochmals das Wort an Fabien. Es sollte locker klingen, doch man spürte seine Verzweiflung.

»Hatten Sie nicht gesagt, es gäbe vielleicht eine Lösung?«

»Wir entminen zuerst das Château des Eyguières, dann Ihr Stück Land. Sie können es sich überlegen.«

Vincent bewunderte Fabien mehr, als er je einen Menschen bewundern würde. Und in diesen schrecklichen Zeiten war es gut, jemanden rückhaltlos bewundern zu können.

Die beiden Männer, die ihnen gegenüberstanden, fühlten sich offensichtlich vor den Kopf gestoßen. Sie hätten Fabien gerne geantwortet, aber der Bürgermeister bedeutete ihnen, dass das wohl zu nichts führen würde. Fabien streifte seine Jacke über, um klarzumachen, dass die Unterhaltung damit beendet war. Dann blickte er dem Anzugmann, der ihn beleidigt hatte, direkt in die Augen.

»Man glaubt, für das Vaterland zu sterben, dabei stirbt man für ein paar Industrielle ...«

»Ich hätte nicht gedacht, dass Sie so wortgewaltig sind.«

»Der Satz stammt nicht von mir!«

»Von wem dann?«

»Von Anatole France. Und er ist nicht nur wortgewaltig, sondern wahr. Heute mehr als je zuvor.«

Es war eine dieser Begegnungen, von der man alles erwartet. Die Chance, sein Leben zu ändern. Doch kaum hatte Saskia Édouards Büro betreten, wusste sie, dass sie enttäuscht werden würde. Édouard empfing sie mit einem Lächeln, aber von der Art, als müsste er eine berechtigte Wut unterdrücken. Als wollte er sagen: Alles nicht so schlimm, es gibt sicher andere Lösungen …

Sie glaubte, wichtige Informationen zutage gefördert zu haben, Waffen, die stark genug waren, die Familie Bellanger zu vernichten. Das war nicht der Fall. Édouard hatte sich erkundigt und sagte ihr, dass die Bellangers bereits vor Gericht gestanden hatten. Ihr Anwalt hatte das Verfahren schlauerweise nach Aix verlegen lassen, wo niemand die Familie kannte. Die Leute aus ihrem Dorf hatten diesen Weg nicht extra auf sich genommen, um gegen sie auszusagen. So hatte eine Entfernung von gerade einmal hundert Kilometer ausgereicht, um ihre Verbrechen weniger gravierend erscheinen zu lassen, so wie die Berge zu kleinen Hügeln schrumpfen, je weiter man weg ist. Am Ende der Straße verschwinden sie ganz. Die Bellangers wurden freigesprochen.

Édouard hielt es wohl für nötig, ihr zu erklären, dass die Familie Bellanger nicht die einzige war, die von der Nachsicht eines Gerichts profitiert hatte. Zu Anfang hatte die Justiz hart durchgegriffen, schnell und unerbittlich. Dann aber wurden die Urteile immer milder, was de Gaulle ja auch wünschte.

Saskia hatte ihm wortlos zugehört. Sie war am Boden zerstört, aber dieses eine Wort empörte sie dann doch. Zu sagen, dass diese Urteile »mild« waren. Sie waren falsch, total verkehrt! Die Bellangers hatten mit dem Feind zusammengearbeitet, während die Ihren im Lager umgekommen waren! Wo war denn da die Gerechtigkeit? Jetzt lebten sie ungestraft in ihrem Haus, während sie als Eindringling betrachtet wurde. Das war unglaublich ungerecht! Und während sie noch diese Worte aussprach, spürte Saskia, wie schwach dieser Ausdruck war im Vergleich mit dem, was sie empfand. Die französische Justiz nach der Befreiung war nicht mehr wert als die des Vichy-Regimes?

Aber da niemand ihre legitimen Ansprüche akzeptieren wollte, würde sie sich eben auf das Studium stürzen. Sie würde eine Arbeit finden, die den Erwartungen entsprach, die ihre Eltern in sie gesetzt hatten. Und sie selbst. Vielleicht würde sie ja Anwältin werden, um anderen die Hilfe zu geben, die man ihr verweigerte. Oder Architektin. Wie ihr Vater. Sie würde sein Büro wiederaufbauen.

Da schob Édouard ihr den Bescheid über ihren Antrag auf Anerkennung als Kriegswaise zu. Saskia musste ihn mehrfach lesen. Der Bescheid fiel kurz aus, aber Saskia begriff einfach nicht, was er zu bedeuten hatte. Das war doch völlig absurd. Sie musste etwas falsch verstehen. Vielleicht waren die Wörter falsch gewählt oder zweideutig. Sie blickte auf, und Édouards bedrücktes Gesicht ließ keinen Raum für Zweifel:

Saskia könne nicht als Kriegswaise anerkannt werden, weil der französischen Behörde keinerlei Informationen vorlagen, dass ihre Eltern tot waren. Sie müsse zweifelsfrei nachweisen, dass sie verstorben waren und nicht nur vermisst wurden.

Nachweisen, dass ihre Eltern tot waren? Saskia packte der Schwindel.

Selbst Édouard hatte Mitleid und versuchte, sie zu trösten.

»Ich weiß, es ist nicht leicht. Aber manchmal ist es besser zu vergessen, eine neue Seite aufzuschlagen. Wie wir das alle im Moment tun.«

Saskia hatte beinahe Mitleid mit ihm. Für ihn war es leicht, eine neue Seite aufzuschlagen, in einem Buch, das er niemals gelesen hatte.

Lukas war seinem Ziel so nah und trotzdem niedergeschlagen. Auf der Konferenz in San Francisco hatte Georges Bidault, der französische Außenminister, unter Aufbietung aller Kräfte erreicht, dass Frankreich seine Kriegsgefangenen für alle Aufgaben einsetzen durfte, auch zum Minenräumen. Es war also offiziell: Sie wurden von allen vergessen.

Der nächste Schlag war, dass Matthias, den er unbedingt hatte beschützen wollen, der Einzige, mit dem er sich gerne austauschte, nicht ins Lager zurückkehren würde. Er war nicht tot, noch nicht jedenfalls, aber um die französischen Statistiken nicht zu belasten, würde man ihn zum Sterben nach Deutschland zurückschicken. Lukas war zutiefst entmutigt, und wie jeder im Lager wusste, war die Verzagtheit der Anfang vom Ende. Er musste sich weiter an seinen Fluchtplan klammern. Das war überlebenswichtig. Aber wozu fliehen, wenn es niemanden gab, mit dem man losziehen konnte, und zweifelsohne niemanden, der auf einen wartete?

Die anderen Gefangenen fühlten sich vermutlich nicht so einsam wie er. Hans hatte ganz unerwartet ein Paket bekommen. Seine Eltern, seine Freunde, seine Verlobte hatten endlich herausgefunden, wo er war. Das Paket, das Bekannte wie durch ein Wunder ins Lager hatten bringen können, enthielt Wein, Bier und Trockenfleisch – sehr viel davon – sowie Wurst. Die Wachmänner, die solche Dinge gewöhnlich unter sich aufteilten, hatten nicht gewagt, etwas verschwinden zu lassen, weil sie eine Auseinandersetzung fürchteten. Hans beeindruckte durch seine schiere

Körperkraft und einen Hauch Wahnsinn, den alle in ihm spürten.

Als Hans das Paket öffnete, wurde den anderen Gefangenen beinahe schwindlig vom Geruch, den die Wurstwaren verströmten. Das lag nicht nur am quälenden Hunger und daran, dass ihnen das Wasser im Mund zusammenlief. Die Aromen, die in der Luft hingen, weckten bei fast allen das Heimweh. Hans gab kein bisschen ab. Schlimmer noch. Er schnitt immer nur sehr kleine Stücke der Wurst ab, um den Genuss daran in die Länge zu ziehen. Und so träumten die Gefangenen am Abend nicht mehr von ihren Frauen, sondern von würzigem Schweinefleisch.

Kurt, ein anderer Häftling, hatte Besuch von einer Frau erhalten. Sie kam aus Deutschland und hatte ihm Kleidung mitgebracht, eine Decke und ein gutes Paar Schuhe. Sie wahrte ihre Würde, auch als die Gefangenen ihr nachpfiffen und haufenweise anzügliche Kommentare machten. Kurt war so gerührt, sie zu sehen, dass er die Gröler nicht einmal anherrschte, sie sollten ihren Mund halten. Er konnte einfach die Augen nicht von dieser Frau abwenden. Seiner Frau. Sie sagte ihm durch den Stacheldraht hindurch, dass sie mit ihrer Tochter hierherziehen würde, um näher bei ihm zu sein. Es war ihr egal, was die Franzosen von ihr dachten und dass sie die Sprache nicht beherrschte. Auch die sicher schwierigen Lebensumstände, die sie hier erwarteten, als Besiegte unter den Siegern, interessierten sie nicht. Sie würde anfangs sicher keine Arbeit bekommen, und ihre Familie war weit weg. In Deutschland herrschte das Chaos. Sie hatte gesehen, wie man Deutsche verhaftet und als Kriegsgefangene nach Russland, nach England, nach Frankreich geschickt hatte. Außerdem hatte sie in Erfahrung gebracht, dass die Gefangenen noch lange Zeit außerhalb von Deutschland in Haft bleiben sollten, auch wenn der Frieden längst besiegelt wäre. Auf jeden Fall länger, als es angemessen war. Und sie wollte nicht, dass ihre Tochter ohne ihn, ohne Kurt, aufwuchs. Seine Frau hatte von ihrer Tochter gesprochen, aber was Kurt am meisten berührte, war, dass auch sie, die immer noch Schöne, ohne ihn nicht leben konnte, obwohl er gar nichts mehr zu bieten hatte. Sobald sich das Gerücht verbreitete – und Gerüchte verbreiteten sich im Lager schnell –, dass die Besucherin Deutschland verlassen hatte, um in Frankreich zu leben, im Feindesland, nur damit sie mit ihrem Mann zusammen sein und ihn unterstützen konnte, betrachteten die Kriegsgefangenen sie nicht mehr als Püppchen. Für sie war sie zur Heldin geworden.

Natürlich beneidete auch Lukas Kurt. Das einzig Besondere, das ihm noch geblieben war – und die Ironie des Ganzen war ihm durchaus bewusst, war seine Beziehung zu Vincent. Und er lief Gefahr, selbst diese einzigartige Stellung einzubüßen.

Alle Gefangenen, die beim Minenräumen eingesetzt waren, ahnten, dass Vincent dem Deutschen etwas versprochen hatte. Und sie würden darum kämpfen, es an seiner Stelle zu bekommen.

Hans war der Mutigste von ihnen. Er hatte sich schon am Vorabend an Vincent herangemacht und ihm ein paar Fragen gestellt, auf die er nur missmutige Antworten bekam. Schließlich wollte Vincent nicht, dass Hinz und Kunz von seinem Plan erfuhren. Andererseits bemerkte er mit einer gewissen Befriedigung, dass Lukas sie beobachtete. Lukas hatte Vincent im Verdacht, dass er aus diesem Wettbewerb der Verzweiflung für sich Profit ziehen wollte. Vermutlich hatte er das gelernt, als er selbst Kriegsgefangener war. Schließlich herrschte selbst unter den Geknechteten immer eine gewisse Rivalität. Das eben ist der geschickte

Schachzug der Unterdrücker: Bringe die Gedemütigten dazu, dass sie aufeinander losgehen, statt auf dich.

Daher zog Lukas sich ganz zurück, um keine Fragen mehr beantworten zu müssen. Aber er brauchte einen Komplizen, und die Auswahl fiel nicht leicht.

Dieter war nicht schlau genug, um den Mund zu halten. Kurt würde sicher nicht ausbrechen wollen, jetzt, wo seine Frau hier war. Und den Übrigen traute Lukas sowieso nicht.

Als er aus dem Gedächtnis die Pläne des Schlosses aufzeichnete, wobei er aufgrund seines schwachen Zustandes nur langsam vorwärtskam, wurde er unterbrochen. Es hieß, dass man am morgigen Tag das alte Hauptquartier entminen würde. Gleich flammte die Hoffnung in ihm wieder auf. Er würde fliehen können. Und was den Komplizen anging, so kam ihm die rettende Idee: Hans. Der war nicht dumm und auch kein Nazi. Allerdings war er aber auch kein Franzosenfreund und weigerte sich, irgendwelche Schuld auf sich zu nehmen. Trotzdem konnte man mit ihm vernünftig reden. Außerdem ging es Lukas nicht besser als den meisten anderen. Er war erschöpft, hatte keine Kraft mehr. Und so konnte er kaum noch an etwas anderes denken, was ihn zwar kränkte, aber er starb fast vor Verlangen: Vielleicht könnte er, wenn er mit ihm seinen Plan verhandelte, sogar ein kleines Stück Trockenfleisch herausschlagen …

An jenem Morgen waren die Minenräumer bester Laune. Nach den schrecklichen Wochen, in denen sie unter einer bleiernen Sonne den Strand entmint hatten und das Unglück zu vergessen suchten, das ihre Reihen gelichtet hatte, schien das Schloss so ziemlich die aufregendste Aufgabe, die man von ihnen fordern konnte. Mehr denn je fühlten sie sich in ihrer Rolle als Kämpfer bestätigt: Der einstige Glanz des Châteaus nobilitierte all jene, die ihn wiederherstellen würden.

Das alte Hauptquartier der Deutschen war ein glückliches Ensemble aus den Überresten eines mittelalterlichen Wehrturms, eines vom nahen Italien beeinflussten Renaissancebaus und eines Anbaus aus dem 19. Jahrhundert. Nachdem die Deutschen es requiriert hatten, wurde es zum gefürchtetsten Ort der Gegend. Denn es war nicht mehr länger ein Schloss – ihr Château –, sondern eine von der Bevölkerung verabscheute Festung, ein unheilschwangeres Schlupfloch, das sich nachts in einen dekadenten Wildschweinbau verwandelte.

Selbst nach Abzug der Deutschen blieb das Schloss das Vorzimmer zur Hölle: Alle erinnerten sich noch an die sieben Kinder, die sich zum Spielen hineingewagt hatten und schon im Park umgekommen waren.

Das Château war vermint, vom Boden bis an die Decke mit Sprengkörpern gespickt. Mit ihnen war das Grauen in ein Ambiente gekommen, das aus einem Märchen zu stammen schien. Doch die Vorstellung, sein Inneres zu säubern, gab den Minenräumern das Gefühl, wichtig zu sein. Ohne sie würde das Château nie mehr sein, was es einmal war.

Fabien sah im Räumen des Schlosses die beste Gelegenheit, endlich die Verlegepläne der Minen in die Hand zu bekommen. Vincent wollte herausfinden, warum Ariane verschwunden war. Und Lukas erkannte darin seine letzte Chance zur Flucht.

Zur Feier des Tages war sogar der Bürgermeister angereist, begleitet von wichtigen Leuten, die früher oder später ihre Rolle in der künftigen Regionalverwaltung spielen wollten. Sie gratulierten den Minenräumern, versicherten sie ihrer grenzenlosen Bewunderung und rangen sich sogar den ein oder anderen Applaus ab. Das kostete nichts und hatte eine fatale Ähnlichkeit mit den heroischen Tagen der ersten zögerlichen Minenräumaktionen, als man noch annahm, dass dabei ohnehin niemand mit dem Leben davonkommen würde.

Sobald sich die Honoratioren wieder verabschiedet hatten, skizzierte Fabien seinen Plan. Auch wenn jetzt jeder unbedingt sofort ins Schloss wollte – man hätte ja auf einen Goldschatz stoßen können oder andere Kriegsbeute, die man untereinander aufteilen konnte –, war es wichtiger, zuerst alle Zugänge zu sichern. Daher würde der ganze Trupp mit der Hauptallee beginnen. Dann würden sie sich aufteilen, um das Terrain rund um jeden einzelnen Flügel des Schlosses zu räumen. Als Nächstes würden sie sich die angrenzenden Gärten vornehmen. Sobald alle Zugänge sorgsam entmint wären, jeder Meter an der Fassade, jeder Tür- und Fensterbereich, konnte ein Trupp damit beginnen, im Inneren zu arbeiten.

Da es an Papier fehlte, hatte die Stadtverwaltung den von Lukas gezeichneten Plan auf die Rückseite alter Verlautbarungen der Vichy-Regierung drucken lassen. Ehe die Pläne an Holzbretter genagelt und am Eingang zum Schloss angebracht wurden, lasen Fabiens Leute bestürzt die Propaganda der Pétain-Anhänger: »DIE SCHLECHTEN TAGE SIND VORÜBER. PAPA ARBEITET IN DEUTSCHLAND. FRANZOSEN, GEHT ZUM ARBEITEN NACH DEUTSCHLAND. DER DEUTSCHE ARBEITER LÄDT EUCH EIN.« Man wusste nur zu gut, dass es keineswegs der deutsche Arbeiter war, der die Franzosen zu sich lud. Häufig waren es Franzosen, die andere Franzosen zur Zwangsarbeit nach Deutschland schickten.

Fabien unterbrach die erregten Kommentare seiner Leute und bat Lukas, die Grundprinzipien zu erläutern, die die Deutschen bei der Minenverlegung befolgt hatten.

Alle hörten ihm hoch konzentriert zu. Ihr Leben hing schließlich davon ab. Trotzdem kochten immer wieder die Emotionen hoch. Die französischen Minenräumer hatten die Deutschen mittlerweile schätzen gelernt. Und da stand nun Lukas und erklärte ihnen haarklein, wie seine Landsleute das Château und seinen Park sabotiert hatten. Vom Boden bis zur Decke hatten sie dieses Wunderwerk vermint, obwohl es jeden hier an seine Kindheit erinnerte, an die Geschichten, die sich darum spannen, und die Träume von der nationalen Größe.

Lukas spürte es immer deutlicher, je länger er sprach: Die Wut wurde immer größer. Die Ressentiments. Die Franzosen, die sich während der Besatzung unterwerfen mussten, die fertigwerden mussten mit Leid und Angst, Übergriffe und Ungerechtigkeiten ertragen mussten, richteten sich auf, als würde ihnen all das schlagartig zu viel. Es war absurd, nach so vielen Jahren Krieg. Die Sinnlosigkeit dieser Politik der verbrannten Erde war abstoßend. Selbst wenn einer nicht von hier war, so hing er doch an diesen alten Mauern, den historischen Zeugnissen. Und die Vorstellung, dass bei jedem Schritt im Park Steine und Menschen pulverisiert werden konnten, empörte sie.

Immer wieder fielen zwischen seinen Erläuterungen bissige Bemerkungen. Lukas ließ sich nichts anmerken. Niemand erwartete, dass er sie verstand. Aber um die Gemüter zu beruhigen, bemerkte er ironisch:

»Wir haben so viel Zeit darauf verwendet, dieses Schloss zu verminen, dass wir am Ende von den Widerstandskämpfern überwältigt wurden! Ein Paradebeispiel für deutsche Effizienz!«

Die Minenräumer waren verblüfft über diese Selbstironie, manche aber lachten einfach, und das Lachen war ansteckend. Die Gefangenen hatten einiges zu verdauen: Lukas beschrieb bis in alle Einzelheiten, wie die Deutschen in der Überzeugung, ungestraft abziehen zu können, von den Résistancekämpfern gefangen genommen worden waren, kaum hatten sie das Tor hinter sich geschlossen.

Fabien lachte nicht. Es beunruhigte ihn, wie die Spannungen zwischen Deutschen und Franzosen bei der kleinsten Kleinigkeit wieder aufflammten. Dieser symbolische Ort der Besatzung konnte ebenjene Katharsis auslösen, die er von Anfang an befürchtet hatte. Und so gab er das Signal, die Arbeit aufzunehmen.

Vincent beobachtete Lukas, der sich wiederum den anderen Häftlingen anschloss. Er hatte sich den feinsinnigsten Kopf im Trupp herausgepickt. Und das nicht rein zufällig. Es lag an seinen Blicken, seiner ganzen Haltung … An den Büchern, die er während der Pausen las, an seiner Art zu sprechen oder für sich zu bleiben, wie Vincent das ebenfalls tat. Für Edgar Allan Poe war die Intuition keine Zauberkraft, sondern die Frucht unzähliger Informationen, die man aufnimmt und die sich in einem bestimmten Augenblick dann zur Einsicht verdichten. Aber er erinnerte sich auch, dass sein Instinkt nicht immer zuverlässig gewesen war. Als er das erste Mal fliehen wollte, hatte er sich dem Schlimmsten von allen anvertraut. Damals hatte er sich geschworen, sich nie wieder auf seine Intuition zu verlassen. Nun begann er gerade, Lukas zu schätzen. Also musste er seine Vorsicht ihm gegenüber verdoppeln.

Der erste Tag im Park des Schlosses lief gut, sie waren schneller als geplant. Mit den Informationen von Lukas im Hintergrund fühlten sie sich sicher und arbeiteten effizienter. Und sie lernten viel über die Art, wie die Deutschen Minen verlegten, um die Franzosen in die Falle zu locken.

Lukas erklärte das Vorgehen der Deutschen genauestens und stieg weiter in Fabiens Wertschätzung. Er zeichnete eine Linie von Sprengkörpern auf, die logischerweise direkt zum Schloss führte. Eine kleine baumbestandene Anhöhe schien Schutz vor Explosionen zu gewähren…

Zwei Minenräumer bereiteten die Zündung vor, während sich der Rest, als Fabien das Signal zum Anfangen gab, Richtung Bäume begeben wollte. Alle waren im Begriff, ihre Positionen einzunehmen, als Lukas Stopp! rief. Die Deutschen hatten diese reflexhafte Reaktion vorausgeahnt und auch die Anhöhe vermint …

Die Minenräumer lachten, aber nun war es ein anderes Lachen: Mit Ausnahme von Fabien, dem etwas Ähnliches schon einmal untergekommen war, hätten alle sich reflexhaft unter die Bäume geflüchtet und wären dort umgekommen.

Lukas hätte versuchen können, seine Kenntnis des Terrains auszunutzen, um die Wachleute abzulenken. Aber er hielt sich lieber an seinen ursprünglichen Plan: Dazu musste er um jeden Preis mit Vincent in die Gruppe kommen, die sich in wenigen Tagen das Innere des Schlosses vornehmen würde.

Am nächsten Tag freuten sich alle, wieder im Château

zu arbeiten. Lukas' Pläne und die Mithilfe der Deutschen machten die Arbeit weniger beschwerlich.

Außerdem gab es schon am Morgen eine Neuigkeit, die Deutsche wie Franzosen gleichermaßen verwunderte. Hans wollte sein Essenspaket, das ihm seine Familie geschickt hatte, mit allen teilen. So langsam, wie er seine Vorräte verzehrte, hätte das Paket für ihn allein garantiert noch ein paar Wochen gereicht. Aber er wollte es lieber mit der Gruppe teilen.

Der Vorschlag war gewagt. Die deutschen Gefangenen würden ihm das übelnehmen, die Franzosen begegneten ihm mit Misstrauen. Was führte er im Schilde? Für wen hielt er sich, dieser Deutsche? Glaubte er etwa, er sei hier der Gastgeber? Wollte er sie mit ein paar Würsten kaufen? François trat einen Schritt zurück und spuckte auf die Erde. Er würde diese widerlichen Würste nicht anrühren.

Hans reagierte darauf nicht. Fabien trat an den Korb heran, hockte sich hin, schnupperte, lächelte und nickte dann überzeugt mit dem Kopf.

»Pech für dich, François, und gut für uns. Das ist wirklich allerbeste Qualität.«

Alle fixierten den Korb mit den Würsten. Die Minenräumer waren besser genährt als die meisten Leute, aber viele schickten ihre Bezugsscheine nach Hause zu ihren Familien. Und was es gewöhnlich gab, war eben genau das: gewöhnlich. Dieser Korb hingegen, der bis an den Rand gefüllt waren, der tröstliche Duft von Essen, der ihm entstieg. Der Charakter des Außergewöhnlichen, das auch sie schon lange nicht mehr zwischen die Zähne bekamen. Einfach alles machte ihnen nur noch mehr Lust auf diese Köstlichkeiten.

Für Fabien war alles geregelt. Er lächelte, als er zu Hans sagte:

»Das sieht wirklich großartig aus. Kommt schon, Jungs! Wenn wir heute ein Viertel des Parks entminen, dann hören wir ausnahmsweise eine halbe Stunde früher auf und trinken zusammen einen Aperitif!«

Die Stimmung war gelöst. Vincent schlug Fabien leise vor, dass man gemischte Gruppen bilden sollte. Statt Franzosen auf der einen und Deutsche auf der anderen Seite, sollte man gemeinsam vorgehen. Fabien war einverstanden.

Wie erwartet wollte Vincent Lukas in seiner Gruppe haben. In der frischen Luft, die vom zarten Duft der Strand-Kiefern erfüllt war, lag etwas, das tatsächlich an Lebensfreude erinnerte. Der Frühling klopfte sachte an die Tür und ließ alle Menschen glauben, dass es nun an der Zeit war, wieder glücklich zu sein und den Hass hinter sich zu lassen. Es war fast schon Sommer.

So nah war Vincent der Wahrheit noch nie gewesen.

Am dritten Tag beschloss Fabien, die Arbeiten zu beschleunigen: Er war sicher, dass es bald regnen würde, und im Schlamm Minen zur räumen war einfach zu gefährlich. Solche Fälle von höherer Gewalt verlangten, die Arbeiten zu unterbrechen. Er musste also einen Plan B entwickeln, damit seine Leute im Schloss und im Trockenen arbeiten konnten.

Als Erstes müssten alle Zugänge entmint werden, die Eingangshalle, die Flure und Treppen, damit überhaupt die ganze Truppe dort arbeiten konnte. Lukas mit seinem phänomenalen Gedächtnis, in dem er die Verlegepläne abgespeichert hatte, würde auf jeden Fall dabei sein. Vincent mit seinen Deutschkenntnissen würde diesen kleinen Vortrupp begleiten. Aber es brauchte einen Dritten. Auf Lukas' Vorschlag hin empfahl Vincent ihm Hans.

Im Inneren des Schlosses herrschte eine merkwürdige Stimmung. Seitdem die Kinder im Park ums Leben gekommen waren, hatte es niemand mehr betreten. Einerseits die sichtbaren Folgen jener Explosion, die Fenster, Kronleuchter und Decken in Mitleidenschaft gezogen hatte, daneben die Spuren der deutschen Besatzer, eine leichte Unordnung, das Zeichen, dass hier jemand gelebt hatte. Die Deutschen hatten ihr Hauptquartier in aller Eile verlassen und trotz des Staubs hätte man meinen können, sie seien gerade erst abgezogen und zwei oder drei Nachzügler würden sich vielleicht noch irgendwo versteckt halten wie die Ratten.

Beim Eingang hatte jemand einen Mantel hängen lassen. Lukas nahm ihn vorsichtig vom Haken. Darunter war eine kleine Bakelit-Mine versteckt gewesen. Sie sah aus wie ein harmloses Cremetöpfchen und konnte doch auf der Stelle explodieren. Trotz aller Eile hatten die Abziehenden offensichtlich noch die Zeit gefunden für diese hinterhältige Inszenierung. Lukas entschärfte das Ding.

Wie für den Außenbereich hatte Lukas auch für das Innere des Schlosses detaillierte Pläne gezeichnet. In der Eingangshalle wurden zunächst die Holzböden herausgenommen, um die Sprengkörper zu finden. Sein visuelles Gedächtnis trog Lukas auch hier nicht.

»Unser Kommandant hat befohlen, den Teil des Parketts zu verminen, der im rechten Winkel zur Treppe liegt, aber so, dass der Zugang zum Schloss weiter möglich bleibt, für den Fall, dass …«

»Für welchen Fall? Habt ihr denn geglaubt, ihr würdet zurückkommen?«, fragte Vincent erstaunt.

»Wir waren schlecht informiert und haben völlig widersprüchliche Nachrichten bekommen. Hitler hatte angeordnet, dass Toulon und Marseille nicht evakuiert werden dürfen. Unsere Vorgesetzten hatten enorme Angst vor Vergeltungsmaßnahmen, falls sich die Lage verschlechtern würde.«

»Aber du? Hast du wirklich geglaubt, ihr könntet noch siegen?«

»Bei mir ist das anders. Ich habe mir gewünscht, dass wir verlieren«, sagte Lukas ruhig.

Bei dieser Bemerkung erstarrte Hans. Lukas fragte ihn:

»Du nicht?«

»Ich habe mir gewünscht, dass es aufhört, das ist alles«, antwortete Hans im Versuch, so sachlich wie möglich zu bleiben.

Lukas merkte, dass er Hans verletzt hatte. Und so schickte er seiner Kritik an Deutschland noch eine an Frankreich hinterher. Um zu zeigen, dass er ein offenes Wort nicht scheute.

»Deutschland hat nicht verdient, was wir geworden sind. Aber … auch Frankreich ist nicht mehr, was es vorher war, findest du nicht?«

»Ich war während des Krieges nicht in Frankreich, ich weiß es nicht …«

Lukas hatte das Gefühl, dieses Thema offen und auf Augenhöhe ansprechen zu können. Doch Vincent ging nicht auf diese Diskussion ein. Auch egal. Sie schwiegen und arbeiteten am Parkett weiter. Diese kniende Fitzelarbeit ließ Vincent etwas den Überblick verlieren. Er fragte sich, wann er angesichts all der Parkettbretter, Dübel und Traglatten je seinen Gral erreichen würde. Lukas hatte geschätzt, dass es ungefähr zwei Tage dauern würde. Die Archive lagen im zweiten Stock, am Ende eines endlos langen Ganges voller Minen.

Als sie wieder näher nebeneinander arbeiten, griff Lukas den Faden von Neuem auf:

»Du weißt ja, dass es auch in Deutschland Widerstand gegeben hat. Wie hier. Von links, von rechts …«

»Aber wohl nicht allzu viel, könnte ich mir vorstellen«, erwiderte Vincent trocken. Er hatte einfach keine Lust auf diese Diskussion.

»Aber es geht ja nicht um die Anzahl. Wie viele Abgeordnete und Senatoren haben sich dem Antrag widersetzt, Pétain mit allen Vollmachten auszustatten?«

»Achtzig.«

»Von wie vielen?«

»Ich weiß nicht. Ungefähr fünfhundertfünfzig. Oder fünfhundertsechzig.«

»Achtzig von über fünfhundert. Das sind auch nicht gerade viele.«

»Das stimmt schon. Man kann nicht wirklich behaupten, dass die Ehre gewahrt blieb.«

»Nein, aber man könnte wohl sagen, dass nicht alles verloren ist.«

Was Lukas gesagt hatte, ging Vincent im Kopf herum. Er kritisierte nicht die französischen Abgeordneten für ihre Feigheit vor Pétain und Laval, dafür, dass sie aus eigenem Entschluss auf die Waffen der Demokratie und die Werte der Republik verzichtet hatten. Ihn interessierte vielmehr jene kleine Minderheit, diese achtzig Menschen, die sich Pétain im Namen der Ehre mutig entgegengestellt hatten. Dabei wäre es so einfach gewesen, mit dem Finger auf dieses demokratische Versagen zu deuten.

Als sie an der Treppe angekommen waren, sahen sie einen zweiten Mantel über dem Geländer. Natürlich verdeckte auch er eine Sprengfalle. Während Lukas sie entschärfte, flüsterte er Vincent zu:

»Wir haben die Weimarer Republik verloren, aber auch die dritte Republik Frankreichs ist in Vichy gestorben, ohne Staatsstreich. Wir sichern jetzt die Treppe, dann zeige ich dir etwas …«

Vincent warf einen Blick auf Hans. Der war mit den Sockelleisten zugange.

»Die anderen sind ja draußen. Er käme nicht weit«, beruhigte ihn Lukas.

Die Aussicht, sich endlich die Filme aus dem Archiv ansehen zu können, ließ Vincent jede Stufe im Rekordtempo sichern. Noch nie hatte er so konzentriert gearbeitet. Als sie oben an der nunmehr harmlosen Treppe standen, erklärte Lukas ihm, wie das Hauptquartier organisiert war.

»Im Erdgeschoss fanden die Empfänge statt, im ersten Stock befinden sich die Büros, im zweiten Büros und eine

Krankenstation, im dritten lagen die Wohnungen des Kommandanten und im Speicher …«

Im Dachgeschoss des Schlosses standen alte Möbel und Kisten herum, bedeckt von Aktendeckeln, ein bürokratisches Tohuwabohu, das einmal mehr zeigte, dass die Deutschen übereilt abgezogen waren. Lukas brach das Schloss eines Schrankkoffers auf. Der Deckel klappte zurück, und heraus quollen unzählige Umschläge. Das waren nicht die Archive, die Vincent ersehnt hatte. Lukas erklärte ihm, was er vor sich hatte.

»Denunziantenbriefe, zu Tausenden. Zuletzt haben wir sie gar nicht mehr aufgemacht. Wir hatten dafür einfach keine Zeit mehr. Mich hat es angewidert. Und ich war nicht der Einzige.«

Vincent schnappte sich einen der Umschläge und öffnete. Dann las er vor.

»Als aufrichtiger Bürger Frankreichs habe ich die Ehre, hiermit … zu melden.« Die *Ehre,* zu denunzieren …

»Vor dem Krieg wollte ich eine Buchhandlung in Paris eröffnen … Frankreich war mein Traum. Und dann habe ich jeden Tag Dutzende solcher Briefe gelesen.«

Lukas musste es gar nicht aussprechen: Das ist das Frankreich, das ich nicht wiedererkenne. Vincent ging es nicht anders. Auf die Frage, die sich alle stellten – hätte das, was in Deutschland geschah, auch in Frankreich passieren können? –, fanden sich hier die Antworten, in diesen Kisten voller Hass. Und es waren ja nicht nur die erklärten Denunzianten, sondern auch viele brave Bürger, die Hinweise gaben, Verhaftungen vornahmen, Nachbarn überwachten und sie in die Viehwaggons stießen. All die Unschuldigen, die man in den Tod schickte. Und die Menschen, die tatsächlich zurückkehrten, wurden heute weder geschätzt noch respektiert oder geliebt. Die deutschen

Philosophen, die Schriftsteller und Wissenschaftler, all diese Nobelpreisträger und die ganze deutsche Kultur hatten nichts verhindert. Aber auch das Licht der französischen Aufklärung war erloschen. Und niemand verstand, warum.

Vincent hätte sich jetzt doch gerne mit Lukas unterhalten. Denn niemand würde je diese Frage lösen können, weil sie von einer nicht auszuhaltenden Härte war, ihre Wurzeln im Bösen hatte. Da kündigte die Sirene den Feierabend an. Als sie in den zweiten Stock zurückkehrten, zeigte Lukas ihm einen Flur, an dessen Ende eine Tür lag.

»Das Büro mit den Filmen ist dort ...«

Beim Anblick dieser Unmenge von Denunziantenbriefen hatte Vincent sofort an Saskia denken müssen. Er fragte sich, ob er ihr gegenüber diese Briefe erwähnen sollte. Möglicherweise würde das, was sie da las, sie am Boden zerstören und mit einem Federstrich auslöschen, kalt und effizient wie eine Bombe mit Zeitzünder. Vielleicht wollte ja auch sie, wie Fabien, nichts wissen? Vincent schaute im Café vorbei, um Zeit zum Nachdenken zu gewinnen. Erst nach ein paar Gläsern war er zu einer Entscheidung gelangt. Kaum war er zurück im Atelier, erzählte er Saskia sogleich von den Briefen. Und sie überlegte nicht lange. Sie wollte mit ins Schloss.

Überall standen Schilder, die den Zugang verboten. Aber Vincent wusste mittlerweile besser als jeder andere, wie man gefahrlos zu diesem Speicher hinaufkam, wo all diese Kisten mit den schriftlichen Zeugnissen der persönlichen Schmach standen.

Als Saskia über die Traglatten und die kaputten Treppenstufen stieg, wurde ihr bewusst, wie schwierig Vincents Arbeit war. Von ihm geführt konnte sie durch dieses riesige verminte Gebäude schleichen und bekam Einblick in das, was er tat. Seltsamerweise empfand sie keine Angst.

Als sie im Speicher anlangten, verschlug es ihr einen Moment lang den Atem, als hätte man sie zurückversetzt in den Vorhof des Bösen. Sie hatte einmal gehört, dass es in der Nationalbibliothek einen Raum für verbotene Bücher gab, den man »die Hölle« nannte. Aber die Hölle befand sich hier, im Speicher dieses Schlosses.

Sie hätte in Tränen ausbrechen oder in Trübsal versinken

können, doch für sie war dies der Moment der Wahrheit. Wer auch immer zum Stift gegriffen hatte, um die Menschen, die Saskia liebte, bei den Behörden anzuschwärzen, musste für dieses Verbrechen zur Rechenschaft gezogen werden. In diesem staubigen, erstickend heißen Raum direkt unter dem Dach würde sie so lange ausharren, wie es nötig war.

Vincent nahm sich einen Karton mit bereits geöffneten Briefen vor. Saskias Blick fiel auf einen anderen Karton, aus dem noch verschlossene Briefe quollen. Sie ertappte sich dabei, dass sie die Familien beneidete, deren Name im zugeklebten Umschlag geblieben war. Sie waren der Deportation entgangen.

Was aber sollte sie tun? Selbst wenn Vincent ihr half, würde es Tage dauern, um alles durchzusehen. Unmöglich, das zu schaffen.

Vincent erzählte ihr von den dreizehn Millionen Minen, die entschärft werden mussten. Auch diese Aufgabe wirkte auf den ersten Blick unmöglich. Aber es gab keine Wahl. Man musste eben Stück für Stück vorgehen. Und genauso würden sie es mit den Briefen machen. Kiste für Kiste. Umschlag für Umschlag. Zeile für Zeile. Irgendwann würde sie Gewissheit haben.

Also setzte Saskia sich neben Vincent. Hin und wieder las sie einen Namen laut vor. Entweder weil sie die Familie kannte, die denunziert wurde, oder die Person, die den Brief unterschrieben hatte und die sie nie einer solchen Niedertracht für fähig gehalten hätte. Manche Briefe las sie ganz. Dann schien ihr, dass sie in diesem Augenblick den Denunzianten wenigstens geistig den Prozess machte. Außerdem wollte sie verstehen. Aber irgendwann wurde ihr zu viel, was sie da las. Es gab so viele Formen der Liebe, aber der Hass hatte immer das gleiche Gesicht. Die Briefe glichen sich. Alle verfolgten nur eine Absicht: die Denunzierten ungestraft zu vernichten. Weil man auf seinen Nachbarn neidisch war, weil man sich sein Geschäft unter den Nagel reißen wollte, sorgte man dafür, dass die gesamte Familie deportiert wurde? Und dann immer wieder diese Formulierung »habe ich die Ehre …«. Schließlich überflog sie die Briefe nur noch. Ihr Auge wurde zum Radar, das nur noch die Namen der denunzierten Opfer erfasste.

Im Laufe der Durchsicht wurde ihr ein weiteres bedrückendes Problem bewusst: Der Großteil der Denunzianten hatte zwar die Ehre zu denunzieren, nicht aber die, den eigenen Namen unter den Brief zu setzen … Und wenn der Brief, der am Ursprung ihres Unglücks stand, nun anonym war?

Als dieser sonnige Samstag, an dem sie im Strudel dieses schriftlich dokumentierten Hasses beinahe untergingen, zu Ende ging, hatten sie den entscheidenden Brief noch nicht entdeckt. Die schiere Anzahl der Briefe hatte ihnen eine schwere Last aufgebürdet. Ihre Finger waren geschwärzt von der Tinte. Sie waren erschöpft, und ihr Geist versank in den Untiefen der Traurigkeit. Es war jetzt zwei Uhr morgens. Gleichermaßen überwältigt von dem, was sie vorgefunden hatten, wie von dem, was sie nicht gefunden hatten, mussten sie ihre Suche beenden. Selbst wenn sie nicht wussten, ob sie die Kraft finden würden, noch einmal hierher zurückzukommen.

Für Saskia lag eine der wichtigsten Informationen ihres Lebens in Reichweite, aber um sie zu finden, musste sie den Mut aufbringen, einmal mehr in den Abgrund zu blicken.

Auf dem Heimweg redeten sie kein Wort. Vincent schöpfte aus dem Gedanken, Rache zu nehmen, immense Kraft, Saskia aber war am Boden zerstört. Er spürte, dass sie ins Zweifeln kam. Und er machte sich Vorwürfe, sie ins Archiv mitgenommen zu haben. Das sagte er ihr auch. Doch sie widersprach ihm. Ganz im Gegenteil. Sie musste jetzt Mut beweisen. Das war sie sich und ihrer Familie schuldig.

Vincent beobachtete sie, die so zart, so zerbrechlich war und doch bei allem Kummer so entschlossen. Die Trauer um einen wichtigen Menschen ist schon schwer. Aber die Trauer um all jene Menschen, die man innigst geliebt hat? Wie sollte man so etwas überleben? Wie lange konnte man durchhalten, so ganz allein auf der Welt, einer Welt, die man nicht wiedererkannte, einer Welt, die es nicht als skandalöse Zumutung ansah, seine Lieben verloren zu haben?

Sie kamen an einem Plakat der provisorischen Regierung vorbei. Darauf war die Rede von Versöhnung und der Rückkehr zu Ruhe und Stabilität. Sie sollten sich also wieder beruhigen? Allen Ernstes? All die Toten, sie zählten plötzlich nicht mehr? Für Saskia war das zu viel. Mit einem Mal brach sie in Tränen aus.

Und so machte Vincent ihr den Vorschlag, mit ihm zu der Bucht zu kommen, die Fabien mit seinen Leuten bereits entmint hatte. Das Meer würde ihnen guttun. An Schlaf war ohnehin nicht zu denken. Ausgeschlossen …

Als Saskia die Bucht vor sich erblickte, sog sie deren ganze Schönheit in sich ein: unzählige silbrige Reflexe spielten über das Wasser, das von einer nächtlichen Brise sanft gekräuselt wurde. Es war Jahre her, dass sie einen solchen Anblick hatte genießen dürfen. Im Lager hatte es weder Gräser noch Blumen noch Farben gegeben. Nur die Sterne konnte man sehen. Doch seit sie zurück war, spürte sie, wie sehr sie das Wasser und den Wind brauchte, die weizenblonden Felder und die farbenfrohen Wildblumen, die reine Luft, die Natur und vor allem Orte, die so menschenleer waren wie dieser. Und diese Magie. Vincent schlug ihr vor, einen Strandspaziergang zu machen, und sie war einverstanden. Das Lager des Bösen hatte nicht gewonnen. Saskia setzte ihm ihr Lächeln entgegen.

Kaum hatten sie den Weg hinter sich gelassen, der zu dem engen Sandstreifen zwischen den Felsen hinabführte, wollte Saskia barfuß gehen. Das war Freiheit. Das war die Kindheit, die man ihr nicht hatte nehmen können: der Moment, da man seine Schuhe abstreifte, um den Sand unter den Füßen zu spüren. Sie gingen am Wasser entlang und stellten zu ihrem Erstaunen fest, dass es noch lau war. Unmöglich, dem Wunsch nach einem Bad zu widerstehen. Sich auf dieses geheimnisvolle Mysterium einzulassen, sich lächerlich klein zu fühlen unter den Sternen. Ein Privileg. Vincent zog sich aus. Saskia konnte es nicht. Also bot er ihr sein Hemd an. Sie zögerte ein paar Sekunden, dann nahm sie es. Sie zog das viel zu große Hemd über ihr Kleid, um es dann an sich hinabgleiten zu lassen. Und so schwammen sie schweigend, Seite an Seite, weit hinaus, auf den Mond zu, als wäre es möglich, ihn zu erreichen.

Als sie umkehrten, merkte Saskia, wie müde sie war. Sie hatte Angst, es nicht bis ans Ufer zu schaffen. Sie legte eine Hand auf Vincents Schulter und so schwammen sie zurück zur Bucht. Saskia vertraute Vincent rückhaltlos, und er spürte, wie ihn dies berührte. Er konzentrierte sich ganz darauf, ruhig zu schwimmen und keine heftigen Bewegungen zu machen, um Saskia nicht zu verängstigen.

Als sie endlich zu Hause waren, zog jeder sich sofort in sein Zimmer zurück. Etwas hatte sich verändert, aber sie wollten beide nicht darüber nachdenken. Erschöpft schliefen sie ein, mit noch feuchten Haaren und salzgeküsster Haut. Trotz der widersprüchlichen Gedanken, die ihnen durch den Kopf schossen. Die Nacht würde Ordnung in ihre Gedanken bringen und die Fragen zur Ruhe betten, auf die sie noch keine Antworten hatten.

Vincent und Saskia hatten kein Wort gewechselt, seitdem sie aufgestanden waren. Schweigend tranken sie ihren Kaffeeersatz.

Saskia zögerte. Sollte sie wirklich zurück ins Schloss gehen und sich durch die Lektüre all dieser Scheußlichkeiten quälen lassen? Schließlich waren die meisten Briefe doch anonym. Fehlte auf dem, der ihre Familie in eines der Todeslager gebracht hatte, gleichfalls der Name, würde sie das Gefühl, dass die Denunzianten gesiegt hatten und sie verhöhnten, weiter mit sich herumtragen.

Vincent spürte ihren Konflikt: Sie hatten über das, was sie auf dem Speicher des Schlosses gefunden hatten, noch nicht reden können. Aber auch nicht über das, was am Strand passiert war, und über die Verwirrung, die sich einstellte, als Saskia sich erschöpft an Vincent festgehalten hatte. Als sie die Hand auf seine Schulter legte, hatte Vincent gespürt, dass die Kraft sie verließ. Also hatte er den Arm um ihre Taille gelegt und sie schwimmend an den Strand gebracht. Zwei Körper, die zu einem verschmolzen, fließend und synchron in ihrem vollkommenen Rhythmus, der Vincent nicht langsamer machte, sondern sie beide kraftvoll ans Ufer trug. Es erfüllte ihn mit einer ganz neuen Art von Kraft, die nicht an ihm zehrte. Das Gegenteil jenes Beharrungsvermögens, das er brauchte, um sich an einem Strand acht Stunden lang mit gekrümmtem Rücken über Minen zu beugen. Stattdessen ein Schwung, der ihn mit sich trug. Es war unmöglich, dass Saskia diesen Elan nicht gespürt hatte. Aber es war klar, dass sie darüber nie sprechen würden.

Als sie vom Tisch aufstand, fragte sie ihn, ob es ihm etwas ausmachen würde, heute noch einmal zum Schloss zu gehen. Schließlich wartete am nächsten Tag wieder harte Arbeit auf ihn. Wenn er den Sonntag für sich bräuchte, könnte er sie doch vielleicht einfach hinbringen und sie würde allein dortbleiben, während er sich ausruhte? Das kam für Vincent nicht infrage. Natürlich würde er sie begleiten und ihr bis zum Schluss suchen helfen.

Auf dem Dachboden angekommen atmete Saskia erst einmal tief durch, um sich Mut zu machen. Am liebsten hätte sie alle unterzeichneten Briefe mitgenommen, um sie den Schreibern unter die Nase zu halten und sie zu Reue und Buße zu bewegen. Endlose Akte der Zerknirschung. Sie hoffte so sehr, dass ihre Schuldgefühle sie innerlich auffraßen.

Ihre Mutter hatte recht behalten. Niemand freute sich je über das Glück der anderen, niemals. Und Saskia verstand mittlerweile das fast schon besessene Beharren ihrer Mutter auf Bescheidenheit und Fingerspitzengefühl. Nun aber war nicht die Zeit, das Haupt zu senken. Sie musste herausfinden, wer ihnen ihr einfaches Glück missgönnte, das niemandem schadete und das sie gerne geteilt hatten. Wer hatte sie mit seinem Neid und Hass verfolgt und sich eines finsteren Abends dazu berufen gefühlt, auf feinstem Papier und unter der perversen Bemühung so volltönender Worte wie Ehre zu behaupten, dass ihre Familie das Ansehen Frankreichs beschmutzen würde und solche Parias kein Recht hätten, in diesem Land zu leben?

Plötzlich unterbrach Vincent seine Lektüre. Saskia verstand sofort. Er gab ihr den Brief. Der Schreiber hatte feinstes Papier von hohem Gewicht benutzt, um sie zu denunzieren.

Wie Saskia befürchtet hatte, war dieses Schandschreiben anonym.

Sie hatte sich mehr als fünfhundert Tage und Nächte lang gefragt, wer sie bei den Behörden angezeigt hatte. Sie hatte über zwanzig Stunden und ohne Unterbrechung diese grausamen Briefe durchgesehen, und jetzt fehlte die Unterschrift.

Eine soignierte Handschrift, kein einziger Rechtschreibfehler, formelhafte Wendungen. Kurz gesagt: kein Hinweis auf den Schreiber. Wer der Nutznießer dieses Verbrechens war, ließ sich damit nicht herausfinden. Aus diesem Brief sprach einfach nur der ganz normale Hass. Verfolgte der Hass eigennützige Motive, dann ließ sich der Urheber feststellen. Aber beim Hass um des Hasses willen?

Vincent versuchte, Saskia zu trösten. Vielleicht könnte man die Handschrift des Briefschreibers mit Schriftproben der Familie Bellanger oder von Édouard Maillan, dem Sekretär des Bürgermeisters, vergleichen. Oder vielleicht von der Nachbarin, die die Zeder hatte fällen lassen. Oder der Nachbarn, welche die Petition unterschrieben hatten. Es sollte doch nicht weiter schwierig sein, sich Schriftproben von ihnen zu besorgen. Saskia bezweifelte, dass sie damit etwas beweisen konnte.

Doch ein paar Hinweise gab es, die vielleicht nicht rechtsgültig waren, aber immerhin einen Anfang darstellten. Der Mann – der stolz war und leidenschaftlich, wie sich seiner Ausdrucksweise entnehmen ließ – kannte Saskias Familie gut. Er kannte neben ihren französisierten Namen auch ihre ursprüngliche Identität. Er wusste, wo sich Mila versteckte, welche Familie ihren Bruder aufgenommen hatte, ihre Schwester und sie selbst. Und er kannte die Daten ihrer geheimen Treffen. Es musste also jemand sein, der mit der Familie bestens bekannt war. Jemand, der ihnen nahestand. Sehr nahe. Aber Saskia kannte diese Schrift nicht.

Sie hielt es auf dem Speicher nicht mehr aus. Sie stand auf und nahm den Brief mit. Draußen war noch lichter Tag. Dichte Wolkenberge türmten sich auf und ließen nur gelegentlich ein Bündel goldener Sonnenstrahlen durch wie eine Botschaft des Göttlichen. Ganz sicher wollte der Himmel sie trösten, und die Sonne sandte ihr deshalb Zeichen. Die Luft war wie aus durchsichtigem Glas und machte diesen atemberaubenden Anblick möglich. Doch der Brief brannte ihr in den Händen. Sie gab ihn Vincent. Nun würde sie nie Gewissheit haben. Ob sie darüber je hinwegkommen würde? Oder war es vielleicht sogar besser so?

Oben am Himmel riss ein Wolkenberg auseinander. Der himmlische Strahl verlosch. Die ungehinderte Sonne blendete sie beide.

Da hatte Saskia die entscheidende Eingebung. Sie nahm Vincent den Brief aus den Händen und hielt ihn gegen das Licht. Und schon zeichnete sich in aller Deutlichkeit ein Wasserzeichen ab. Saskia kannte zwar die Schrift nicht, sehr wohl aber dieses Wappen. Nun hielt sie auch den Umschlag gegen das Licht: fein kalligrafierte Initialen auf der rückwärtigen Lasche. Zwei ineinander verschlungene Buchstaben: D.R. »D« wie Delambre. »R« wie Rebattet. Delambre-Rebattet. Es war das Monogramm der Familie von Rodolphe.

In genau so einem Umschlag, auf genau solchem Papier hatte sie den ersten Brief des Jungen erhalten, den sie liebte ... In einem solchen luxuriösen Briefumschlag mit ebendiesem Monogramm, das sie Tag für Tag aufgeregt erwartet und im Briefkasten ihrer Eltern gleich als Erstes erspäht hatte, war ihr erster Liebesbrief verschickt worden wie auch das Todesurteil für alle Menschen, die sie gern gehabt hatte.

Dass Saskia die Schrift nicht erkannt hatte, lag daran, dass es nicht die von Rodolphe war. Das Briefpapier gehörte seinem Vater, und ganz sicher war es auch dessen Schrift. Alles, was sie nie hatte glauben wollen, auch weil Rodolphe sie immer beruhigt hatte, fiel ihr nun wieder ein. Im Ungestüm ihrer ersten Liebe hatte sie den verächtlichen Blicken seines Vaters keine große Beachtung geschenkt. Auch nicht den gewundenen Erklärungen, mit denen er die ausgefallene Einladung zum Essen entschuldigte – ohne ihr ein anderes Datum zu nennen. Ebenso wenig dem Umstand, dass ihre und Rodolphes Eltern sich bei Schulfesten aus dem Weg gingen. Es hatte auch nie ein Abendessen gegeben, bei dem Rodolphe seine Verlobte den Eltern vorstellte. All das hatte sie mit ihrer Leidenschaft, die sie mit sich fortriss, weggewischt. In dieser erhabenen Geschichte, die sie miteinander verband, zählte nur ein Mann, und das war Rodolphe und nicht sein Vater.

Es fiel ihr wie Schuppen von den Augen: Wäre sie nicht in Rodolphe verliebt gewesen, wäre vielleicht nie etwas passiert. Sie klammerte sich an den Satz, den ihre Freundin im Lager geäußert hatte: »Nichts davon ist deine Schuld. Verantwortlich sind allein die Deutschen.«

Was sollte sie nun mit diesem Brief anfangen? In diesen Zeiten nach dem Krieg, in denen alles im Fluss war, gab es keine Gewissheiten. Welches Schicksal drohte Kollaborateuren und Denunzianten? Die schlimmsten, die aktivsten Kollaborateure hatte man festgenommen und in einigen Fällen sogar gelyncht. Zumindest erzählte man das. Aber es blieben immer noch genug andere übrig, wie die Bellangers zum Beispiel. Sie hatten sich schlauerweise einflussreiche Leute geneigt gemacht, hinter denen sie sich verstecken konnten. Unter ihrer schützenden Hand hatten sie sich weggeduckt, bis sie sich ungestraft in den Falten der nationalen Versöhnung einnisten konnten, über die Fabien mit Vincent gesprochen hatte. Saskia hatte ihre Unterhaltung mitangehört. De Gaulle war nicht willens, das Land weiter zu spalten. Und wenn schon notorische Kollaborateure ungeschoren davonkamen, was konnte man dann bei Denunzianten noch erwarten? Bei diesem abscheulichen Verbrechen, das die beste Marge abwarf, war das Risiko doch gleich null, die Rendite aber ordentlich. Genüsslich ein paar Worte auf Papier geworfen, ab damit in den Umschlag und voilà, es war vollbracht ... Wie konnte man jenen den Prozess machen, die mit einem simplen Brief Tausende Unschuldige in den Tod geschickt hatten und jetzt schreien würden: »Aber das konnten wir doch nicht wissen ...«?

Vincent unterbrach sie energisch und schwor ihr, dass dieser Denunziant nicht straflos davonkommen würde. Man musste etwas tun. Und es war gut, dass Sonntag war.

Er stattete den Delambre-Rebattets einen Besuch ab. Die Haushälterin konnte ihn nicht aufhalten, als er sich an ihr vorbei ins Haus drängte. Am Ende eines prachtvoll ausstaffierten Ganges lockte eine Tür. Das war sicher das Arbeitszimmer von Rodolphes Vater.

Als Vincent hineinmarschierte, richtete sich ein Mann vor ihm auf:

»Wer sind Sie?«

»Und wer sind Sie?«

»Wie bitte!«

Vincent ließ den Mann nicht im Dunkeln über das, was er wusste. War er ansonsten eher schweigsam, fehlte es ihm in diesem Fall nicht an Worten. Ja, wer bitte war er, dieser Mann, der ganz bewusst eine Familie in den Tod geschickt hatte, nur um zu verhindern, dass sein Sohn Saskia heiratete? Und der immer noch hier residierte, als wäre nichts passiert? Jean-Robert Delambre-Rebattet konnte den Wall aus »Sie begehen einen schweren Fehler« und »Ich verstehe kein Wort von dem, was Sie da reden«, hinter dem er sich verschanzte, nicht lange aufrechterhalten. Vincent hielt ihm seinen schäbigen Brief unter die Nase. Gleichzeitig griff er nach der Korrespondenz, die fein säuberlich sortiert in einer Ablage auf dem Schreibtisch lag. Papier, Kuverts, Schrift – alles war identisch mit dem Denunziationsschreiben, das er in der Hand hielt. Vincent sah Jean-Robert direkt in die Augen. Der senkte den Blick.

Vincent hielt dem Mann keine lange Moralpredigt. Sie hätte ohnehin nichts gefruchtet. Nicht Scham war es, die Rodolphes Vater den Blick senken ließ, sondern Angst. Außerdem hatte Vincent keine Lust mehr, sich sein Gewinsel anzuhören: »Ich musste mich schließlich um die Zukunft meines Sohnes kümmern.« Und: »Ich wusste ja nicht, was in Deutschland ablief.« Auch waren ihm Jean-Roberts Entschuldigungen herzlich gleichgültig.

Was Vincent verlangte, war, dass Saskia ins Haus ihrer Eltern zurückkehren konnte. Sofort. Er würde die heikle notarielle Seite regeln. Und er würde die Bellangers hinauswerfen, mit denen er doch sicher gut freund war. So unter Parfümeriebesitzern und Eigentümern großer Duftpflanzenfelder, da kannte man sich doch bestimmt.

Rodolphes Vater drückte seine Zigarette im Aschenbecher aus. Ihm war klar, dass er nicht davonkommen würde.

»Wie soll ich das anstellen? Ich bin weder Richter noch Bürgermeister noch Polizist.«

»Aber Sie besitzen etwas sehr Seltenes, was nur ganz

wenige andere Leute haben: dieses wunderbare Telefon aus schwarzem Bakelit. Damit werden Sie die Angelegenheit in Ordnung bringen.«

»Sie überschätzen mich.«

»Sie kennen einen Haufen Leute und Sie haben Ihre Anwälte. Wenn Sie nicht möchten, dass Ihr Sohn und mit ihm die ganze Stadt erfährt, was für ein kriminelles Denunziantenschwein Sie sind, dann sollten Sie das besser hinbekommen. Und zwar ein bisschen dalli.«

Jean-Robert Delambre-Rebattet zögerte. Dann sagte er etwas, worauf Vincent schon die ganze Zeit gewartet hatte.

»... Ich konnte doch nicht wissen, dass sie sterben würden.«

»Sie wussten es nicht oder Sie wollten bloß nicht darüber nachdenken?«

»Aber das war eben die Zeit damals ...«

Vincent fiel ihm ins Wort.

»Und da haben Sie sich damals eben gedacht, dass es normal ist, eine ganze Familie aus ihrem Haus, ihrem Land, ihrem Leben zu vertreiben?«

Wieder schlug Rodolphes Vater die Augen nieder.

»Es ist nicht so, dass es die Zeit ist, die die Arschlöcher macht. Es hat vielmehr zu viele Arschlöcher gegeben, die diese Zeit vergiftet haben.«

Rodolphes Vater tat wie geheißen: Die Bellangers verschwanden ruckzuck aus dem Haus. Und Saskia konnte endlich einziehen. Was ihr als Kind ganz selbstverständlich vorkam, worauf sie im Lager gehofft hatte und was ihr bei der Rückkehr nach Hyères unmöglich gemacht wurde, war nun in einigen wenigen Schritten geregelt worden. Um wenigstens ein bisschen zu sein wie alle anderen, musste sie nur durch das Gittertor gehen, die Allee hinunterspazieren, den Schlüssel im Schloss umdrehen und die Tür aufstoßen.

In einem letzten Aufbegehren von Rücksichtslosigkeit hatten die Bellangers nicht abgeschlossen. Die Tür stand halb offen. Saskia befürchtete schon, dass die Familie das Haus geplündert hatte. Aber nein, es war alles noch da. Saskia machte sich keine Illusionen: Das war sicher nicht deren gutem Willen geschuldet. Vermutlich hatte Rodolphes Vater, der um seinen Ruf fürchtete, ihnen eingeschärft, nur ja nichts mitzunehmen. Schließlich war er auf Vincents Wohlwollen angewiesen.

In den wenigen Monaten, die sie das Haus bewohnt hatte, hatte die Familie Bellanger die Einrichtung der Räume verändert. Auch wenn das ihr Haus war, das Haus, das sich ihr Vater erträumt hatte, um dort glücklich zu sein, mit Ecken zum Lesen, anderen zum Plaudern, mit hohen Fenstern, die die Sonne hereinließen – dieses Haus, das einst ihr Paradies gewesen war, war besudelt worden von Leuten, die Saskia verabscheute. Sie bewegte sich darin mit der Vorsicht einer sich einschleichenden Katze.

Saskias Reflexe erstaunten sie selbst. Als sie das Zimmer

ihres Bruders betrat, wanderte ihr Blick automatisch zu der Stelle links neben seinem Bett, wo er häufig auf dem Boden gesessen und seine Aufgaben erledigt hatte. Als würde sie ihn dort wiederfinden. Schon im Wohnzimmer hatte ihr erster Blick dem Sofa gegolten, das er gerne mit Beschlag belegte. In das Schlafzimmer ihrer Eltern wagte sie sich nicht. Schon als sie noch am Leben waren, hatte sie das aus Respekt unterlassen. In ihrem eigenen Zimmer und dem ihrer Schwester herrschte eine unbeschreibliche Unordnung.

Im Flur öffnete sie den Wäscheschrank. Auf den ersten Blick schien Bettwäsche zu fehlen. Und auch der Duft war verschwunden. Als sie noch in diesem Haus gewohnt hatte, war der Schrank vollgefüllt gewesen mit duftenden Laken und Überzügen. Mila fand, sie hätte Besseres zu tun, als Bettwäsche zu bügeln, und der warme Wind des Südens erledigte den Rest: Man hängte die Sachen in den Garten, und der Wind parfümierte sie, je nach Jahreszeit, mit dem Duft von Jasmin und Glyzinien.

Saskia erinnerte sich, dass ihre Mutter Bettwäsche und Servietten für sie und ihre Schwester als Aussteuer aufbewahrt hatte. Ihre Großmutter hatte noch alles mit Monogramm bestickt. Mila hatte diese Sachen in der Schublade ganz oben im Schrank aufbewahrt. Man sah sie kaum, eine Nische ohne Schlüsselloch und Griff, verborgen von einer Trompe-l'Œil-Malerei. Saskia musste auf einen Stuhl steigen, von unten hineinfassen und die Lade zu sich heranziehen. Es war nicht leicht, die Schublade klemmte, und das beunruhigte sie. Hatten die Bellangers sie mit Gewalt zu öffnen versucht? Oder hatte sich nur das Holz verzogen? Schließlich gab sie nach: Die Bettwäsche war noch da. Ihre Mutter hatte auch diesen kleinen Sieg davongetragen.

Als sie nach unten ging, ließ sie ein Geräusch aus dem Regenrohr beim Küchenfenster aufhorchen. Genau wie früher. In dieser Küche, in der ihre Eltern zusammen ein Glas Wein genossen und sich, während sie sich vor den Ohren ihrer Kinder sicher glaubten, erzählten, wie ihr Tag gewesen war. Saskia hatte sie oft heimlich beobachtet.

In der Küche fand sie das Fayencegeschirr wieder, das sie an normalen Tagen benutzt hatten, aber auch das weiße Porzellanservice mit dem goldenen Rand, das für besondere Gelegenheiten bestimmt war. Die Bellangers waren damit nicht eben sorgfältig umgegangen. Einige der Teller waren angeschlagen.

Die Vorstellung, dass diese Familie von ihren Tellern gegessen, ihre Gläser und ihr Besteck an den Mund geführt hatte, erfüllte sie mit Ekel. Sie hatte das dringende Bedürfnis, alles zu waschen und zu putzen. Das Haus, das Geschirr, die Wäsche. Sie stieg wieder in den ersten Stock hinauf und holte die gesamte Bettwäsche aus dem Schrank. Dann schleppte sie die Sachen in den Garten hinunter, zu dem riesigen Steintrog, in dem sie die Wäsche gemacht hatten.

Ein Geräusch ließ sie zusammenzucken. Sie hatte etwas gehört, eindeutig. Schritte auf dem Kies, ein brechender Zweig. Bestimmt die Bellangers. Sie war sich ganz sicher. Die Familie bespitzelte sie. Wahrscheinlich hatten sie einen Satz Schlüssel behalten. Saskia würde hier niemals sicher sein: Sie konnten zurückkommen, einfach so, unangemeldet. Vielleicht sogar, während sie schlief. Eilig lief sie ins Haus zurück.

Drinnen suchte sie sofort nervös nach einem Fluchtweg, wie damals in Vincents Wohnung. Es würde nie aufhören. Sie kontrollierte alle Fenster, genauso fiebrig wie im Atelier. Konnte man über das Fenster im Zimmer ihrer Eltern in den Garten entkommen? Sich an den Fensterläden festhalten, um den Sturz abzumildern? Und wo war es am ungefährlichsten? In diesem so perfekt geplanten Haus musste es doch irgendwo einen Fluchtweg geben.

Diese Frage ließ ihr seit dem Lager keine Ruhe mehr. Warum hatten sie sich zu Menschen geflüchtet, die sie im Grunde nicht besonders gut kannten? Man kannte schließlich niemanden wirklich gut. Sie hätten doch zusammenbleiben können, in diesem Haus. Ihr Vater hätte ein Versteck einbauen können, ein geheimes Zimmer, das keiner finden würde. Sie hätten alle mitgeholfen. Abends hätten sie kein Licht angemacht. Niemand hätte gewusst, dass sie noch da waren. Sie hätte die Einkäufe erledigen können, indem sie beim Nachbarn über die Mauer stieg. Keiner hätte das jemals bemerkt. Sie hätte ihr Äußeres verändert, ihre Haare abgeschnitten, sich vielleicht sogar als Junge verkleidet. Außerdem wurde sie sowieso immer übersehen. Und hätten sie tatsächlich fliehen müssen, hätten sie einen Plan gehabt und einen Geheimgang. Vielleicht im Keller, auf jeden Fall etwas, worüber nur sie und ihre Familie Bescheid gewusst hätten. Denn sie konnten nur sich selbst vertrauen, sonst niemandem. Gemeinsam wäre die Flucht aus diesem Haus möglich gewesen. Und beim Wachehalten hätten sie sich gegenseitig abgelöst, wie auf einem Schiff, wo auch immer jemand im Ausguck sitzt, weil es Tag und Nacht unterwegs ist.

Sie steckte voller Erinnerungen, und nun war sie die Einzige, für die sie noch Bedeutung hatten. Daher klammerte sie sich daran. »Ich habe mehr Erinnerungen, als wenn ich tausend Jahre gelebt hätte« – ein Vers von Baudelaire, der sie zutiefst berührte. Sie fühlte sich so allein auf der Welt. Heute mehr denn je. Und hier mehr als anderswo. Wenn sie allein war, hatte es keinen Sinn, nach einem Fluchtweg zu suchen. Was sollte sie tun, wenn sie plötzlich den Bellangers gegenüberstand, die sich rächen wollten?

Vielleicht hatten sie ja nur so getan, als wären sie ausgezogen, als hätten sie sich den Anweisungen gebeugt. Würden sie in Wahrheit nicht viel eher versuchen, sie zu ermorden und das Haus wieder an sich zu bringen? Sie konnte sehen, dass die Welt ihr Lächeln wiedergefunden hatte. Aber würde sie jemals Frieden finden, auch wenn der Krieg zu Ende war?

Sie musste weg von hier. Als Kind wäre ihr dieser Gedanke unmöglich vorgekommen, so sehr war dieses Haus ihre Zuflucht. Jetzt aber war sie draußen sicherer. Was sie gestern noch beschützt hatte, war heute zur Falle geworden. Sie erstickte hier. Sie war genau da, wo sie unbedingt hatte sein wollen, und nun konnte sie hier nicht bleiben. Saskia fürchtete sich nicht vor Gespenstern, sie hatte nur Angst, dass auch diese nun fort waren.

Vincent hatte das Gefühl, als würde es endlos dauern, den Korridor im zweiten Stock des Schlosses zu sichern.

»Eure Archive müssen ja faszinierend sein, wenn ihr euch so viel Mühe gegeben habt, sie zu schützen.«

»Und obendrein scheint niemand bedacht zu haben, dass sie einmal für eine Anklage benutzt werden könnten!«

»Habt ihr eigentlich über alles Bescheid gewusst? Wussten die Leute, die hier in Frankreich stationiert waren, was in Deutschland und Polen abläuft?«

»Wir wussten, dass wir schon seit Langem keinen normalen Krieg mehr führten. Gut, normale Kriege gibt es sowieso nicht, aber dieser ... Bei allem, was mittlerweile bekannt ist, wüsste ich nicht, wie man ihn nennen sollte. Es war ja ein Vernichtungsfeldzug gegen die gesamte Menschheit.«

Hans hörte ihnen zu, ohne sich ins Gespräch einzumischen. Was Lukas da gerade eingestand, machte ihm Angst, und er hoffte, dass er bei dem Franzosen nur gut Wetter machen wollte. Andererseits wusste er von den Gesprächen im Lager, dass Lukas auch meinte, was er sagte. Lukas durfte ja denken, was er wollte. Er war nicht der Einzige mit solchen Ansichten. Aber warum diskutierte er sie mit Vincent? Warum versicherte er dem Franzosen, dass es richtig war, wie sie mit den Kriegsgefangenen umsprangen, weil die Deutschen sowieso nichts wert waren? Hätten 1940 die Franzosen den Krieg gewonnen und wären in Deutschland einmarschiert, hätten sie sich dann besser verhalten als die Deutschen? Seit die Alliierten der französischen Regierung gestattet hatten, Kriegsgefangene nach eigenem Ermessen einzusetzen, ließ nur noch der Gedanke an eine mögliche Flucht Hans durchhalten. Und so ließ er sie, niedergeschlagen, einfach reden.

Bis Vincent ihn erlöste: Als sie den Gang entmint hatten, schickte er Hans in die Eingangshalle zurück. Er solle noch einmal überprüfen, ob alles sicher war. Sie würden dann später nachkommen.

Lukas und Vincent standen jetzt allein vor dem Raum, in dem sich das Archiv der Deutschen befand. Vincent dachte nur noch an die Filme, die er finden würde. Wie Lukas vorausgesehen hatte, vergaß er die Verantwortung, die er hatte, vergaß Hans, vergaß überhaupt alles.

Die Tür öffnete sich, und er sah sich drei Regalwänden gegenüber, die vom Boden bis zur Decke angefüllt waren mit Kartons und Aktendeckeln, alles durchnummeriert, beschriftet und geordnet. Das letzte Datum war der Tag vor ihrem Abzug. Selbst in den letzten Chaostagen hatten die Deutschen noch versucht, ihr Archiv zu organisieren.

»Es ist alles hier drin?«

»Alles. Fotos, Filme, Dokumente, alles wurde hier archiviert ... Hitler wollte die Ehre Deutschlands in einem Nationalepos verherrlichen. Und unser Kommandant wollte seinem Regiment hier ein Denkmal setzen. Wir haben wirklich nichts ausgespart.«

Wie Lukas ihm versprochen hatte, fanden sich hier auch Aufzeichnungen, die Geburtstage, Weihnachtsfeiern und alle möglichen Empfänge verewigen sollten.

»Warum die Privataufnahmen?«

»Das war das Besondere an unserer Propaganda. Aus den Nachrichten erfuhren wir immer ganz genau, was Magda Goebbels gerade mit ihren Kindern machte. Familie

Goebbels auf dem Feld, beim Picknick, beim Kuchenbacken, beim Milchtrinken, beim Eselfüttern, beim Spielen mit den Hunden. Das war Teil des Ganzen. Es sollte beweisen, dass die deutsche Rasse, die überlegene Rasse sich sogar besser zu amüsieren verstand als jede andere.«

Lukas studierte die Schildchen, öffnete einige Kartons und blätterte in den Ordnern, denen man all das anvertraut hatte. Vincent suchte wie getrieben mit.

Inzwischen stand Hans in der Eingangshalle, immer noch mit kühlem Kopf, doch langsam kamen ihm Zweifel. Sollte er wirklich Lukas' Plan befolgen? Wo doch der ganze Trupp der Minenräumer rund ums Schloss arbeitete, riskierten sie da nicht ihre Haut, wenn sie jetzt abhauten?

Er versuchte, sich zu beruhigen. Es gab schließlich keinen perfekten Plan, und Lukas schien zumindest alles wohl durchdacht zu haben. Sich der Waffen zu bemächtigen, die hinter einer Wandtäfelung versteckt waren, zurück ins Büro, Vincent ausschalten und mit Lukas durch einen unterirdischen Gang verschwinden, der zur Zeit der französischen Religionskriege angelegt worden war und gut einen Kilometer vom Schloss wegführte – das könnte durchaus funktionieren. Aber man musste den richtigen Moment erwischen. Jetzt oder nie. Morgen wären sie vielleicht nicht mehr die Einzigen im Château.

Lukas hatte ihm versichert, dass der Gang begehbar war. Aber er hatte Hans nicht verraten, wo der Zugang lag. Und so war Hans völlig von Lukas abhängig.

Er horchte auf das kleinste Geräusch, verschob die Ausführung des Plans, sobald er jemanden kommen zu hören meinte, und glaubte wieder an das Gelingen des Plans, sobald er sich wieder beruhigt hatte. Hans bemerkte, dass er zitterte, und riss sich zusammen.

Im Schrank hinter der mit Intarsien verzierten Holzverkleidung hatte er ein ganzes Arsenal vorgefunden: Gewehre, Revolver, Munition in ausreichender Menge.

Er griff sich zwei Revolver, lud sie und wickelte sie in leinene Geschirrtücher, bevor er sie in den Bund seiner dicken Hose schob, dorthin, wo der Rücken sich am stärksten wölbte. Zur Vorsicht zog er noch das Hemd darüber. Diese Aktion hatte nicht länger als ein paar Minuten gedauert. Aber sie hatte Hans so viel Konzentration abverlangt, dass er darüber sein Zeitgefühl verloren hatte und fürchtete, zu langsam zu sein.

Darüber, im zweiten Stock, hatte eine extreme Nervosität von Vincent Besitz ergriffen. Auch er hatte es eilig. Er bezweifelte, dass Fabien ins Schloss kommen würde, um sich ein Bild zu verschaffen, wie weit sie gekommen waren.

»Du bist sicher, dass dieses Fest gefilmt worden ist?«

Lukas hatte festgestellt, dass der Inhalt der Ordner und Kartons nicht immer mit ihrer Beschriftung übereinstimmte. Langsam geriet er selbst ins Zweifeln. Hinter der scheinbaren Ordnung verbarg sich ein fürchterliches Chaos. Ein beredtes Symbol dafür, was aus dem Nazi-Regime geworden war ... Er fühlte sich nicht ganz wohl. Vor allem, weil ihn ein merkwürdiger Eindruck beschlichen hatte. Ihm schien, als wäre Vincent bewaffnet. Er glaubte, zwischen Hemd und Hose einen Metallkolben zu erkennen, und versuchte sich zu überzeugen, dass er sich täuschte.

Bis Vincent schließlich eine Schublade aufzog und fand, was er suchte: Fotos von einem Fest, das am 8. Juni 1943 stattgefunden hatte. Kleinformat, mit den üblichen gezackten Rändern. Sie lagen zu Dutzenden in ein paar Schachteln.

Lukas atmete durch. Er musste Zeit gewinnen, damit Hans sich ihnen anschließen konnte. Und so kommentierte er ein Bild nach dem anderen.

»Der hier war unser Kommandant. Es war sein Geburtstag. Und hier sind auch die Filme, die du suchst. Man sieht es an den Bildern.«

Aber Vincent schob die Schublade mit einem Knall zu. Er würde die Bilder später mitnehmen. Er wollte nicht, dass Fabien dachte, er habe etwas gestohlen. In der Zwischenzeit mussten sie das Büro räumen.

Das gefiel Lukas gar nicht. Wie würde Hans reagieren, sobald er sähe, dass sie schon auf dem Korridor waren? Wenn Vincent ihm gegenüberstünde, Auge in Auge auf diesem engen Raum? Außerdem würde Vincent Hans kommen sehen, er würde merken, was er vorhatte. Und wenn er tatsächlich bewaffnet war …

Eine Änderung im Plan, selbst wenn sie noch so klein war, konnte alle Vorsichtsmaßnahmen zunichtemachen. Lukas war es wichtig, dass Vincent nicht getötet wurde. Das hatte er Hans nachdrücklich eingeschärft. Aber er wusste nicht, wie der Deutsche in dieser unerwarteten Situation reagieren und wie der Franzose sich verteidigen würde. Vincent hielt schon die Tür zum Büro auf. Sein schöner Plan zerfiel in seine Einzelteile.

Kurz entschlossen stieß Lukas einen Stapel Kisten um. Sie krachten laut polternd aufs Parkett. Die Fotos flogen bis auf den Korridor hinaus. Er entschuldigte sich für seine Ungeschicklichkeit und fing an, alles wieder einzusammeln. Vincent kniete sich hin, um ihm zu helfen. In diesem Augenblick kam ihnen ein Foto in die Hände, das beide zu Eis erstarren ließ: ein Bild von Hans zusammen mit Ariane.

Kein Zweifel, er war es, auch wenn er mittlerweile abgemagert war. Er tanzte mit ihr, im großen, beinahe leeren Empfangssaal. Vermutlich neigte sich das Fest schon dem Ende entgegen. Und das war nicht das einzige Bild. Offensichtlich hatte er Ariane am Ende dieses Abends für sich reserviert. Ins Mark getroffen sah Vincent Lukas an und schloss die Tür zum Büro hinter sich.

»Wusstest du davon?«

»Nein. Ich schwöre.«

»Man hat mir erzählt, sie habe euren Kommandanten vergiften wollen. War es nicht eher Hans?«

»Woher soll ich das wissen!«

Das Einzige, was Lukas jetzt noch mit Sicherheit sagen konnte, war, dass Vincent außer sich war und die Dinge zusehends aus dem Ruder liefen. Hans musste jetzt endlich kommen. Vincent hatte schon ein zweites Mal die Tür geöffnet und ließ das Foto in seiner Hosentasche verschwinden. Lukas musste ihm folgen. Er versuchte, möglichst laut aufzutreten, um Hans vorzuwarnen. Begriff er die Warnung, konnten sie ihren Plan immer noch umsetzen, nur jetzt im Erdgeschoss statt oben im zweiten Stock …

Als sie in der Eingangshalle ankamen, war Hans nicht mehr da.

»Wo ist er denn?«

Ein Fenster stand offen und auch der Wandschrank, in dem Hans die Waffen entdeckt hatte.

»Hast du mich deshalb oben festgehalten? Damit er in der Zwischenzeit abhauen kann?«

Lukas war kreidebleich. Er musste improvisieren:

»Warum hätte ich das tun sollen? Wenn, dann hätte ich einen Plan gemacht, wie wir gemeinsam verschwinden können.«

Das klang einleuchtend. Vincent hatte jetzt keine Zeit zum Überlegen. Vor allem aber hatte er keine Lust, Fabien zu erklären, warum er sich mit Lukas allein im zweiten Stock aufgehalten und Hans ohne Aufsicht im Erdgeschoss gelassen hatte. Er und Lukas mussten sich auf eine Geschichte einigen: Hans hatte eine Waffe gefunden, hatte sie damit bedroht und war durch eines der Fenster im hinteren Teil des Schlosses getürmt. Und so liefen beide aus dem Schloss und schlugen Alarm.

Fabien schickte Vincent und Lukas los, um das Gelände rechts abzusuchen, während er selbst nach links ging. Georges würde bei den Minenräumern bleiben.

Der hintere Teil des Parks grenzte direkt an Wald und Felder: Hans fühlte sich sicher. Es war klug von ihm gewesen, ohne Lukas zu fliehen. Auch fühlte er sich stärker, wenn er allein war.

Er sah nicht, was ihm zum Verhängnis werden sollte: eine Wurzel, die ihn stolpern ließ. Er hörte das schauerliche Geräusch von reißenden Bändern und brechenden Knochen. Er stand auf, aber seine armseligen Beine trugen ihn nicht mehr. Er schaffte es nicht mehr ins schützende Unterholz. Vincent und Lukas sahen ihn als Erste. Hans war klar, dass sie ihn bald eingeholt haben würden. Also zog er seine Waffe und zögerte nicht, auf sie zu schießen, auch wenn er nicht richtig zielen konnte. Der Schmerz vernebelte ihm die Sinne.

Er richtete den Revolver auf Vincent, aber es war Lukas, der nach dem Schuss zu Boden ging. Nun holte der Franzose seine Waffe heraus und zielte auf die Beine des Deutschen. Hans sackte in sich zusammen. Vincent war mit wenigen Schritten bei ihm, hielt ihn fest und nahm ihm seine Waffen ab. Dann zog er das Foto hervor, das er im Archiv gefunden hatte.

Vincents grüne Augen funkelten finster. Hans war entsetzt, weil er diesen Ausdruck nicht an ihm kannte. Offensichtlich zeigte Vincent jetzt sein wahres Gesicht. Er drückte ihm die Pistole an die Schläfe und fragte im Verhörton:

»Was hast du Ariane angetan?«

Hans brauchte eine Weile, bis er verstanden hatte.

»Schau's dir an! Du hast bei der Geburtstagsfeier eures Kommandanten mit ihr getanzt. Wohl spät in der Nacht.«

Hans ordnete seine Gedanken.

»Ich habe ihr nichts Böses getan!«

»Du lügst.«

Vincent hielt Hans immer noch mit der Waffe in Schach. Mit der freien Hand zerriss er das Hemd des Deutschen, um ihm die Hände auf dem Rücken zu fesseln. Dass Hans bleich war wie der Tod, war ihm egal. Vincent hatte kein Mitleid mit ihm. So wenig, wie die Deutschen Mitleid mit Ariane gehabt hatten. Jetzt musste alles aus ihm heraus. Vincent zog ihm den Kolben seiner Waffe über die Schläfe. Dann schlug er noch einmal zu. Blut tropfte.

Fabien hielt ihn zurück, gerade als er zum dritten Schlag ausholte. Er ging dazwischen, wohlwissend, was er riskierte. Vincent war außer sich. Er würde Hans umbringen. Doch als er Fabien vor sich sah, beruhigte er sich wieder. Fabien hatte diese Wirkung auf Menschen. Er legte ihm die Hand auf die Schulter. Vincent hielt ihm die Waffe hin. Nun kam auch Manu dazu.

»Was ist denn hier los?«

»Kümmere dich ...«

Da Manu nicht unbedingt wissen musste, was gerade passiert war, kontrollierte er einfach die Fesseln von Hans, während Fabien Vincent beiseitenahm.

»Wenn du Hans umbringst, werden wir alle zur Rechenschaft gezogen, ich als Erster.«

Vincent war vollkommen weggetreten, was Fabien noch mehr aufbrachte.

»Vincent, woher hast du diese Waffe? Garantiert nicht von einem Deutschen! Hattest du sie bei dir? ... Was genau wolltest du denn damit?! Verdammt noch mal, jetzt wach mal auf!«

Niemand achtete mehr auf Lukas. Bis Manu anfing zu schreien:

»Verdammt! Der andere Deutsche, er verblutet!«

Vincent war wieder zu Sinnen gekommen, und nun konnte Fabien mitansehen, was die Medizin im Krieg und in Notfällen funktionieren ließ: die Kraft der Verzweiflung.

Er, der gerade noch Hans umbringen wollte, tat jetzt sein Möglichstes, um das Leben von Lukas zu retten, und das mit der gleichen Entschlossenheit. Er hatte einmal geschworen, jedes Leben, das in seinen Händen lag, zu retten, und dieses Ideal, das Beste von Vincent, war immer noch ein fester Bestandteil seines Wesens, machte sich nun wieder bemerkbar und verdrängte alles andere.

»Wird er durchhalten bis zum Krankenhaus?«

»Ich hoffe es.«

»Das Problem ist die Kugel. Wie soll ich diese Geschichte hier erklären? Ich kann ihnen doch nicht erzählen, dass wir einen deutschen Kriegsgefangenen allein in seinem ehemaligen Hauptquartier gelassen haben, das voller Waffen steckt?«

Vincent hielt dem Blick Fabiens stand. Natürlich würde es eine Untersuchung geben, und er würde sich rechtfertigen müssen: Warum hatte er, Vincent, überhaupt eine Waffe? Wie hatte sich Hans seiner Aufsicht entziehen können? Wie war diese blutige Schießerei zu erklären? Fabien musste ihn nicht extra auf die möglichen Folgen hinweisen. Und Vincent wollte ohnehin nicht, dass jemand Nachforschungen über ihn anstellte.

»Kannst du ihn gesund pflegen?«

Vincent überlegte. In einem letzten Versuch, eine Lösung zu finden, antwortete er:

»Es gibt im Château eine Krankenstation. Ich kann die Kugel entfernen.«

»Und kannst du die Wunde so hinkriegen, dass sie aussieht wie eine Explosionsverletzung?«

»Kann ich.«

Mit Manus Hilfe fabrizierten Fabien und Vincent eine Trage und brachten Lukas vorsichtig ins Schloss.

Die Krankenstation war trotz des chaotischen Abzugs der Deutschen unbeschädigt geblieben und mit einer Perfektion eingerichtet, die etwas Manisches hatte. Vincent fand im Schrank alles, was er brauchte. Er hatte schon unter ähnlichen, nein, eigentlich schlechteren Bedingungen operiert, als er im Lager in Deutschland Kriegsgefangenen geholfen hatte. Er zog die Spritze mit dem Narkotikum auf und erinnerte sich an den deutschen Arzt, der ihm gezeigt hatte, wie exakt man es dosieren konnte, viel besser als mit den Masken, die zu jener Zeit noch in Frankreich üblich waren. Auch der Russe fiel ihm wieder...ein, den er verarztet hatte, obwohl die Nazis es ihm verboten hatten. Und dieser unglaublich mutige Arzt, der sich stets geweigert hatte, den Hitlergruß zu zeigen, der alle Kriegsgefangenen unabhängig von ihrer Nationalität...versorgte und das auch ihm erlaubte, sah ihm jetzt über die Schulter und flüsterte ihm zu, dass er es schaffen müsse. Ohne zu zögern, holte Vincent die Kugel aus der Wunde.

Währenddessen genoss Georges es, den Chef zu spielen. Davon hatte er immer schon geträumt, und seine plötzlich erlangte Autorität stieg ihm zu Kopf. Ohne es zu merken, nahm er den gleichen unverschämten Ton an wie Max, wenn dieser die Leute herumkommandierte.

»He, Jungs, glaubt ihr vielleicht, diese Minen hier machen sich von selbst unschädlich? Kommen vorsichtig rausgekrochen, drehen sich selber den Zünder raus und legen sich dann friedlich und geordnet da drüben an den Rand?«

Hans wurde mit Handschellen an die Gartenmöbel auf der Terrasse gefesselt und musste die verzweifelten Blicke der anderen Gefangenen über sich ergehen lassen. Der improvisierte Verband am Bein war durchgeblutet, aber Hans schien darunter nicht zu leiden. Sein geschwollenes Gesicht, die dicke Schwellung über den Brauen machte es ihm unmöglich, die Augen offen zu halten. Und so saß er da, mit geschlossenen Lidern, und harrte des Schicksals, das man ihm zugedacht hatte.

Der Mann in Handschellen ließ die Stimmung zwischen Deutschen und Franzosen abkühlen. Wäre Hans seine Flucht gelungen, hätten ihn die anderen Gefangenen sicher beneidet. Und es gefiel ihnen natürlich nicht, dass die Franzosen ihn wieder eingefangen hatten.

In der Krankenstation des Châteaus war es Vincent gelungen, die Kugel zu entfernen und die Wunde ›zurechtzumachen‹. Eilig legte er einen Verband an, maß Lukas' Blutdruck, horchte ihn ab und prüfte seine Vitalzeichen. Er atmete schlecht. Und da war noch etwas. Vincent hatte sich zuerst um die Wunde am Rumpf gekümmert, unmittelbar unter der Achsel. Aber da war noch eine, tückischer diesmal. Vincent konnte sie ohne Röntgenapparat nicht untersuchen. Sie lag etwas tiefer, zwischen zwei Rippen. Er hatte sie zuerst für oberflächlich gehalten, weil sie kaum blutete. Aber offensichtlich hatte sie im Inneren des Körpers Schaden angerichtet. Vincent befürchtete einen Hämothorax, eine Ansammlung von Blut zwischen Lunge und Brustfell. Man sah das Blut nicht, aber es lief in den Pleuraspalt wie eine sehr gefährliche Flut.

»Es ist nicht normal, dass er so schlecht atmet. Die Lungen sind betroffen. Wir müssen ihn sofort ins Krankenhaus bringen.«

Jetzt musste es schnell gehen. Vincent nutzte die Zeit, während Fabien Lukas ins Krankenhaus brachte, um ins Schloss zurückzukehren. Er versteckte sich und wartete, bis die Nacht hereingebrochen war, um dann Filme und Projektor an sich zu nehmen. Er packte alles aufs Fahrrad, das unter seiner Last gefährlich schwankte. Aber Vincent war wild entschlossen, und so schaffte er es unbeschadet nach Hause.

Saskia war ins Atelier zurückgekehrt. Vincent wunderte sich auch nicht darüber, dass sie lieber hier bei ihm wohnte als in ihrem eigenen Haus. Er hatte ihr erzählen wollen, dass in ihrem Garten der Granatapfelstrauch blühte, dass die leuchtend orangeroten Blüten einen geradezu betäubenden Duft verströmten, aber er hatte es einfach eilig. Hätte er sich Zeit genommen, hätte er bemerkt, dass sie ihm ein Abendessen zubereitet hatte, als Dank für seine Gastfreundschaft. Und sie hatte aus ihrem Haus ein paar nützliche Dinge mitgebracht: Geschirr und Bettwäsche. Auch einiges, was vielleicht weniger nützlich, aber trotzdem lebensnotwendig war: Bücher, eine Vase und Blumen. Auch ein paar Flaschen Wein.

Er aber sah davon nichts und selbst, als er sich in seinem Zimmer verbunkerte, bemerkte er Saskias Aufmerksamkeiten nicht: weder die Grafik noch den Wecker neben seinem Bett. Vincent war aufgeregt, trotzdem gelang es ihm problemlos, die 8-Millimeter-Filme in den Projektor einzufädeln. Als wäre er ein technisches Naturtalent. Seine einzige Sorge war, dass er den dünnen Film, der sich unter seinen Fingern bog, irgendwie beschädigen könnte. Jener

Film, der Ariane wieder zum Leben erwecken würde und all das, was sie erlitten hatte, ohne dass er ihr hätte helfen können.

Die Flut der überlebensgroßen Bilder von Gesichtern und Körpern, die vor seinen Augen auferstanden, erschreckte ihn. Er wusste, dass der Projektor einen bestimmten Abstand zur Wand brauchte, damit die Proportionen stimmten. Er aber hatte das Gerät ganz bewusst so weit weg von der Wand wie möglich aufgestellt. Und nun bot sich ihm die Vergangenheit in aller Größe dar und nahm den ganzen Raum ein.

Es roch nach heißem Zelluloid. Der Projektor machte ein Geräusch wie ein auffliegender Taubenschwarm. Das Licht tanzte, während er zusah, wie auf seiner weißen Wand die Empfangssäle des Schlosses erschienen, die er gerade erst entmint hatte. Während des Krieges besaß das Schloss noch all seinen Glanz. Nichts war beschädigt, wenn man einmal davon absah, dass Möbel, Bilder und Kronleuchter nun ohne Murren die Deutschen in ihren stramm sitzenden Uniformen erdulden mussten, wie sie ungestraft und mit hochherrschaftlichem Getue und französischem Champagner auf ihre Siege anstießen. Aus dieser zeitlichen Distanz Zeuge der Geburtstagsfeier des Kommandanten zu werden, war in gewisser Weise ein unerwarteter Glücksfall, bedeutete aber zugleich eine unsagbare Qual. Für Ariane stand dabei alles auf dem Spiel. Und wenn er wissen wollte, was geschehen war, musste er diesen Abend bis zum Erbrechen über sich ergehen lassen, musste sich in die Atmosphäre einfühlen, musste herausfinden, wer an jenem Abend nur Statist gewesen war und wer Arianes Schicksal durchkreuzt hatte. Wer schuldig war und wer Komplize. Er suchte einen Offizier, der auf dem Bauernhof Lebensmittel beschlagnahmt hatte. Er hatte zuerst den Kommandanten verdächtigt. Mittlerweile aber fragte er sich, ob es nicht Hans gewesen war.

Er hörte nicht, wie im Erdgeschoss die Tür zufiel. Saskia war gegangen.

Vincent aber sah sich unablässig die bewegten Bilder jenes Abends an, bis er zuletzt das Gefühl hatte, selbst dabei gewesen zu sein. Denn immer wieder sah er das Bild von Ariane aufblitzen, wie er sie kannte: höchst lebendig.

Die Kamera folgte Ariane fasziniert: Ariane, wie sie Speisen auf einem Tablett arrangierte, Getränke servierte, einen Toast ausbrachte, sich unter die Gäste mischte. Aber sie fing auch den späten Abend ein: die satten, betrunkenen Deutschen, die die Tanzfläche verließen und sich in die Louis-XV-Sessel lümmelten, Ariane, die mit den Offizieren, die bis zum Schluss durchgehalten hatten, tanzen musste. Hans, wie das Foto ihn zeigte: So massiv im Vergleich zu ihrer schmalen Silhouette, dass Ariane beinahe verschwand, wenn er die Arme um sie schloss. Ein weiterer Offizier, gefährlich dünn und mit perversem Blick. Und noch einer, eindeutig ein Bauer. Und der Kommandant, dessen Geburtstag gefeiert wurde. Ariane als ultimatives Geburtstagsgeschenk, das von Hand zu Hand ging. Jeder durfte mal. Ein Geschenk, das man seinen Freunden überließ. Eine französische Delikatesse wie der Champagner aus Reims und die Petits Fours, die Saint-Louis-Kristallgläser und das Ercuis-Silberbesteck. Und immer die Deutschen, die all das auskosteten bis zur bitteren Neige.

Vincent war wie hypnotisiert von dem abstoßenden Spektakel. Die Bilder aus dem Schloss füllten die Lücken in seinem mentalen Film. Die fatale Szene stand so gut wie fertig vor seinem inneren Auge. Er hatte fast alles zusammen. Die Kulisse, die Akteure, ja sogar das Kleid, das Ariane an jenem Tag trug. Der Film war zwar schwarz-weiß, aber Vincent wusste noch genau, dass es aus himmelblauem Moiré gewesen war. Schließlich hatte er Ariane schon im Arm gehalten, als sie dieses Kleid trug. Eng in der Taille, eine winzige, sich bauschende Petticoat-Wolke unter dem Rock. Er liebte diese Seide wegen ihrer Glätte, wegen ihres nervenaufreibenden Raschelns, wenn er den Stoff an Arianes Schenkeln hochschob und ihre Haut berührte. Und diese Haut machte ihn immer noch verrückt.

Ihm gingen die Worte durch den Kopf, die Ariane ihm geschrieben hatte: »Nicht alle Deutschen sind gleich.« Diejenigen aber, die er jetzt sah, die vom Schloss – sie alle hatten es zugelassen. Es gab für Ariane kein Entkommen. Wie hatte sie nur glauben können, dass sie, so ganz allein, stark genug wäre, um einen Offizier zu vergiften?

Der Kommandant schien von ihr besessen. Er verfolgte sie mit den Augen, betatschte sie, packte sie, krallte sich an ihr fest, während Ariane ständig versuchte, sich ihm wie ein besonders wendiges Fischlein unauffällig zu entziehen. Aber der Kommandant wirkte auch schwer besoffen. Es hätte genügt, ihm noch ein paarmal nachzuschenken und »Prost!« zuzurufen, während man Ariane durch eine der Dienstbotentüren verschwinden ließ. Der Kerl hätte erst am nächsten Tag bemerkt, dass sie nicht mehr da war, und er hätte bestimmt nichts gesagt, um sich nicht zum Deppen zu machen. Aber nein, Ariane tanzte mit all diesen Grobianen, ohne jede Chance auf Flucht. Hans war nicht der Einzige, der bis zum Ende des Abends blieb in der Hoffnung, sie mit sich zu nehmen. Sie hatten es alle bei ihr probiert.

Und kein Offizier hatte sie beschützt. Im Gegenteil: Sie fanden es lustig.

Dieses stumme Lachen, das ihm nur zu gut bekannt war und in seinen Ohren dröhnte. Feist, beleidigend und vulgär.

Dann übernahmen seine eigenen Dämonen. Vincent hasste jeden, der bei diesem widerlichen Fest dabei gewesen war: Jedes Lachen in diesem stummen Film erinnerte ihn an die Lachsalven bei den Festen im Kriegsgefangenenlager, zu denen er als Sanitätsoffizier eingeladen war. Die Deutschen, die sich grölend auf die Schenkel klatschten beim Anblick von Gefangenen in Frauenkleidern. Vincent hätte nicht erklären können, warum dieses Lachen ihn von all den Demütigungen, die er hatte ertragen müssen, am meisten verletzte. Aber er hatte nie etwas Obszöneres erlebt als dieses Spektakel von Menschen, die sich tagsüber wie Ungeheuer gebärdeten und nachts fröhlich lachten. Lachten trotz des Leids der Gefangenen. Trotz des abscheulichen Chaos, in das sie die ganze Welt gestürzt hatten. Lachten wie die Verrückten, bis sie nicht mehr konnten, trotz des Leids, das sie ohne Unterschied zivilen wie militärischen Gefangenen antaten – Männern, Frauen, Kindern, Widerstandskämpfern, Juden, Zigeunern. Menschen, die sie zu einem Leben im Hunger verdammten, im Nichts. Ihr sattes Lachen beleidigte die gedemütigte Welt, hallte im Abgrund der Menschheit wider, die alle Menschlichkeit verloren hatte. Sein Echo reichte bis in die Hölle, die alle Deutschen wegen ihrer Effizienz beglückwünschte und ihr Treiben insgeheim eifersüchtig beäugte.

Max hatte Fabien gestanden, dass er seine Frau mehr liebte als alles andere. Er hatte nicht gelogen. Ihretwegen hatte er nicht nur die Kraft aufgebracht, sein Krankenbett zu verlassen. Er hatte auch wieder lächeln gelernt. Unerklärlicherweise hatten sich seine Prognosen deutlich verbessert. Für Fabien war dies die einzige gute Nachricht in diesen schwierigen Tagen. Aus Sicht der Ärzte war das eines der Wunder, das sie wieder daran erinnerte, dass die Medizin nichts vermochte ohne die ebenso mächtigen wie geheimnisvollen Kräfte von Wunsch und Willen. Gauthier, seinem Freund aus den ersten Tagen des Minenräumens, war dieses Wunder versagt geblieben. Er war am Abend zuvor friedlich gestorben. Matthias war nach Deutschland verlegt worden. Außerdem schwebten vier weitere Schwerverletzte zwischen einem Leben als Krüppel und dem Tod. Fabien konnte ihnen nur das Beispiel von Max berichten, um sie dem vorgezeichneten Nichts zu entreißen.

Was Lukas betraf, den er bis vor den Operationssaal begleitet hatte, so hatte er mit ihm nur wenige Worte wechseln können, aber diese waren entscheidend.

Während Fabien im Garten des Krankenhauses auf Nachricht wartete, wie die Operation verlaufen war, ließ er Vincents Verhalten und dessen Reaktionen vor seinem inneren Auge Revue passieren. So unverständlich alles auf den ersten Blick gewirkt hatte, so klar war es jetzt. Aber wie sollte er darauf reagieren?

Fabien wollte Vincent als Freund haben, kaum waren sie sich zum ersten Mal begegnet. Ein so eindeutiges Gefühl durfte man nicht ignorieren. Eine Freundschaft, die uns selbst die schrecklichsten Tage, einen nach dem anderen, überleben lässt, ist es wert, dass man für sie kämpft. Sie muss alle Prüfungen überstehen, alle Hindernisse überwinden und so gestärkt werden. Als er Vincent um Hilfe gebeten hatte, Huberts Leichnam wegzuschaffen, hatte er ihn fraglos unterstützt.

Nur dass Fabien sich im Maquis auch geschworen hatte, keine Lügen mehr zu akzeptieren. Er hatte um Vincents willen schon einmal mit diesem Vorsatz gebrochen und das Gegenteil getan. Aber seine Erfahrung sagte ihm, dass ein Mensch, für den die Lüge ein Ausweg wie jeder andere war, auf diesem Weg immer weiter gehen würde. Solche Leute lassen sich nur aufhalten, wenn man ihnen diesen Ausweg verstellt.

Außerdem gab es noch einen anderen Unterschied zwischen ihnen, und der war beträchtlich. Beim Minenräumen hatte Fabien die Deutschen, die Seite an Seite mit ihnen arbeiteten, allmählich schätzen gelernt. Ihnen gegenüber empfand er keinen Hass mehr. Und diese Erfahrung stimmte ihn nachdenklich. Vor einigen Wochen noch wäre ihm das unmöglich vorgekommen, undenkbar. Aber man erkannte den Wert eines Menschen nun einmal nur in Momenten der Prüfung. Als der Bunker in die Luft ging, war keiner der Deutschen geflohen. Sie hatten alle instinktiv versucht, den Verletzten zu helfen – diese Reflexe waren also noch lebendig und funktionierten unabhängig von jeder Nationalität. Alle hatten einander geholfen, Deutsche wie Franzosen. Seitdem lag Fabien daran, dass er die Gefangenen besser kennenlernte. Nicht nur, um seinen Trupp zusammenzuschweißen. Es faszinierte ihn zu sehen, dass auch sie Menschen waren. Unterschiede ebenso zu erkennen wie Gemeinsamkeiten. Sicher war diese aufrichtige Annäherung mit ein Grund, warum Vincent ihn nicht in seine Rache- und Mordpläne eingeweiht hatte. Er wollte nicht, dass Fabien versuchte, ihn davon abzubringen.

Und hätte er nicht genauso gehandelt?

Hätte er gewusst, welcher Deutsche für Odettes Verschwinden verantwortlich war, hätte man ihm gesagt, wer sie auf welche Weise ermordet hatte – sein Wunsch nach Rache hätte ihn bestimmt aufgefressen. Ganz sicher. Und um seine Rachepläne auszuführen, hätte er sich, wie Vincent, niemandem anvertraut. Warum hatte er denn seine Zyankalikapsel aufbewahrt? Warum konnte er sich immer noch nicht dazu durchringen, sie zu entsorgen?

Aber dass Fabien ihn verstand, hieß noch nicht, dass Vincent bleiben konnte, selbst wenn er sein mörderisches Vorhaben aufgab. Er gefährdete den ganzen Trupp, weil er sich nicht unter Kontrolle hatte. Und dann waren da noch die ewigen Lügen. Das durfte man nicht vergessen. Im Krieg stand die Lüge gleichbedeutend für Verrat und Tod.

Aber was, wenn Léna doch recht hatte? Wie jeder, der seine Kindheit nicht vergessen hatte, wusste auch er, dass man manchmal nicht log, um andere zu manipulieren, sondern um seiner Angst zu entkommen. Die Lüge war die letzte Waffe all jener, die sich verloren glaubten, die sich schützen und ihre Haut retten oder ganz einfach wieder geliebt werden wollten. Wer redet schon, um die Wahrheit zu sagen? Niemand. Man spricht, um zu verstehen, um auszudrücken, dass man etwas mag oder verabscheut. Aber vor allem redet man, um geliebt zu werden.

Fabien musste eine Entscheidung treffen. Er zog das Blatt Papier aus der Tasche, das er im Krankenhaus mit Worten gefüllt hatte. Darauf stand jene Wahrheit, nach der Vincent so verzweifelt suchte. Mit dem, was Lukas ihm im Fieberdelirium anvertraut hatte, bevor er im OP verschwand, hielt Fabien nun Vincents Schicksal in der Hand.

Die Nacht war intensiv und schwarz. Die Bilder, die an die Wand des Ateliers geworfen wurden, wurden dichter. Vincent war immer noch wie hypnotisiert von dem schicksalsträchtigen Fest.

Dies war das letzte Zeugnis, das er von der noch lebenden Ariane besaß, das letzte Mal, dass sie gelächelt und ihre Rolle perfekt und fröhlich gespielt hatte, auch wenn dieser Fröhlichkeit das Unglück auf dem Fuß gefolgt war. Es war grausam. So lebendig hatte sie auf Audreys Fotos nie gewirkt. Und wenn Ariane nun nie mehr so lächeln würde wie in diesem Film? Wenn sie für immer diese transparente schwarz-weiße Silhouette bliebe, auf Zelluloid gebannt wie der Schwan Mallarmés auf das kalte Eis des Sees.

Schließlich riss unweigerlich an einigen Stellen die Perforation, und die belebten Bilder drohten aus dem Gleichschritt zu geraten. Abgehacktes Geräusch, das Ende des Films rotierte auf der Spule wie ein verzweifeltes Banner: Er musste aufhören, diese Filme anzusehen, sie aufbewahren, wenn er sie nicht zerstören wollte.

Nur dass es ihm fast unmöglich war, die Augen abzuwenden. Er hatte mehrere Stunden wie in Trance verbracht. Das einzige Mittel, sich aus dieser Verzauberung zu lösen, war, sich von diesem Lichtkegel loszureißen und das Zimmer zu verlassen.

Unten auf dem Küchentisch entdeckte er Saskias Geschenke. Erst da merkte er, dass sie auf ihn gewartet hatte, seit er zurückgekommen war, zweifellos, um mit ihm zu reden. Er war so sehr daran gewöhnt, sie am Abend anzutreffen, dass er nicht mehr an sie und ihr Haus gedacht hatte.

Er nahm sich das selbst übel und ging wieder ins Atelier, wo er eine Flasche Wein aufmachte. Ein Weißer, süß, der ihm sofort zu Kopf stieg. Sicher war das ein Muscat, vermutlich aus der Gegend um Beaumes-de-Venise. Er trank sich gut, aber Vincent hatte noch nichts gegessen. Trotzdem machte er in kürzester Zeit die ganze Flasche leer, einfach so, ohne dass ihm irgendetwas Nein gesagt hätte.

Dann beschloss er, in Saskias Zimmer nachzusehen. Vielleicht hatte er sie einfach nicht hinaufgehen gehört. Aber der Raum war leer. Sie hatte ihre wenigen Besitztümer mitgenommen und das Bett frisch bezogen. Alles war sauber und ordentlich. Von ihr keine Spur mehr. Er ertappte sich sogar dabei, wie er aus dem Fenster schaute. Als würde er sie einmal mehr auf dem Dach entdecken. Auf den Ziegeln funkelte etwas. Ein winziges Schmuckstück, ein Anhänger in Form einer Taube, der vermutlich ihr gehörte. Hatte er ihn nicht schon an ihrem Hals gesehen? Er beschloss, ihn ihr zurückzubringen. So könnte er wenigstens ein bisschen Zeit herumbringen und würde nicht gleich wieder den Projektor anstellen. Er fühlte sich leicht betrunken, was er nicht gewohnt war. Aber es fühlte sich nicht schlecht an.

Saskias Haus war hell erleuchtet. Das Gartentor stand offen. Die Haustüre ebenfalls. Das war gar nicht ihre Art. Im Atelier hatte sie die Tür immer sorgsam abgesperrt. Vincent ging auf das Haus zu. Trotz aller Zurückhaltung kam er sich wie ein Eindringling vor. Am meisten erstaunte ihn die Stille.

Alles an diesem Haus zeigte, dass hier einmal eine große Familie gelebt hatte: die vielen Haken an der Garderobe im Korridor, die beiden Bänke, auf denen man sich niederlassen konnte, um die Schuhe auszuziehen, die fünf dunklen Stellen auf der Tapete, wo einmal die Namensschilder

der Familienmitglieder befestigt waren. Die Tapete darum herum war ausgeblichen. Fünf kleine Wolkenformen an der Wand gleich neben dem Eingang. Vincent fand es seltsam, sich ohne Saskia in diesem Heiligtum aufzuhalten.

Er fand sie im Garten. Sie saß zusammengekauert am Fuß des Granatapfelstrauchs. Als würde dort ein weiterer Schatz ruhen, der sie beschützen konnte.

Vincent ließ sich neben ihr nieder. Er verstand, was sie immer wieder an diesen Ort zurückkehren ließ und anschließend jedes Mal aufs Neue vertrieb. Er ließ die Kette mit der goldenen Taube in ihre Hand gleiten und schlug ihr vor, so lange im Atelier zu bleiben, bis sie sich wieder an das Haus gewöhnt hätte.

Dann begleitete er sie nach drinnen, weil sie noch einige Sachen holen wollte. Sie hielt den Atem an, während sie neben ihm herging. Im ersten Stock öffneten sich vier Türen auf den Flur. Saskia ging auf die letzte zu. Sie öffnete ihren Schrank und suchte schnell ein paar der Kleider heraus, die die Kinder der Bellangers, zu einem Knäuel gedreht, ins unterste Fach gestopft hatten. Saskia wollte sich im Haus nicht länger als unbedingt nötig aufhalten.

Vincent blieb währenddessen an der Türe stehen und musterte dieses Ambiente, das sich seit Saskias Verhaftung wohl nicht groß verändert hatte. Die augenfällige Aura des Jugendlichen, die Inbilder der Träume, der Versprechungen, die Erfüllung fänden, wenn man sich nur genug Mühe gab. Der idealen Liebe, die man, so man reinen Herzens war, gar nicht verfehlen konnte. Die Farben, das gedämpfte Licht der Lampen, das kleine Bett und die Regale voll ordentlich aufgereihter Bücher – alles erzählte von einem einfachen Glück. Als Saskia dieses Zimmer verlassen hatte, war sie noch ein Kind gewesen. Jetzt aber waren der Fleiß, das reine Herz und die ideale Liebe bedeutungslos geworden. Sie brauchte einen anderen Grund zum Leben. Ihre ernste, fast düstere Präsenz, ihr illusionsloser Blick schienen zwischen den Relikten ihrer Jugend fehl am Platz zu sein.

Die Kleider ihrer Mutter waren alle verschwunden, in einem anderen Raum aber fand sie wenigstens noch ein paar, die ihrer älteren Schwester gehört hatten. Sie suchte sich die heraus, die sie anziehen würde, und knotete sie in einem Leintuch zusammen. Dann fuhren sie zu zweit auf Vincents Fahrrad zurück ins Atelier, wie am allerersten Tag ihrer Begegnung.

Und wie an jenem ersten Tag wartete die Katze an der Tür. Sie war zurückgekehrt.

Erst als Vincent die Tür zum Haus aufstieß, hörte er Saskia aufatmen.

Er ließ sie ihre Sachen auspacken und verschwand in seinem Zimmer. Er hielt es einfach nicht aus, er musste sich wieder diese Filme ansehen. Vielleicht war der Projektor endlich abgekühlt. Um sich ein bisschen Mut zu machen, holte er sich zuvor noch eine Flasche Wein aus der Küche. Dann legte er eine andere Filmrolle ein und stellte den Projektor wieder an.

Leichtfüßig wie ein Wassertropfen, der über die heiße Herdplatte wirbelt, drehte Ariane sich immer noch in den Armen von Hans.

Wieder wurde Vincent von derselben Verzauberung ergriffen. Er sah Filmrolle um Filmrolle durch. Das dauerte. Auf manchen war nichts von dem zu sehen, was er suchte. Die Antwort auf seine Fragen entzog sich ihm, dabei war er so nah dran. Die Panik befiel ihn, er trank, durchsuchte das ganze Material noch einmal neu. Seine Hände zitterten. Und dann hatte er endlich die Rollen vor sich, die er bisher übersehen hatte. Vier Minuten hier, vier Minuten dort – so lange dauerte ein Film. Und nun konnte er im Takt dieser vier Minuten die gesamte Feier rekonstruieren. Diese Feier, die Ariane mit ihrer Gegenwart beehrt hatte, mit ihrem Lächeln.

Doch am Ende des Abends erstarb ihr Lächeln.

Hans versuchte, sie zu küssen. Sie erstarrte zur Salzsäule. Statt seiner versuchte es nun der Kommandant, noch aufdringlicher als Hans. Hinterdrein der dürre Perverse und der Bauer. Und sie probierten es wieder, jagten hinter ihr her. Ein unerträgliches Spektakel. Ariane schien Vincent anzusehen, um ihn zum Zeugen zu machen. Ihr Blick war endlos weit. Und Vincent sah sie an. Wie früher waren sie einander nahe und schauten sich in die Augen. Aber das stimmte ja nicht. Ariane sah den Mann an, der die Szene filmte und mit ihr litt, wie Vincent es tat.

Der Mann mit der Kamera folgte nicht mehr der Jagd auf Ariane, sondern legte sich mit einem der Tänzer an, der sie bedrängt hatte.

Ariane verschwand kurz aus dem Bild, und nun, im Spiegel, sah Vincent den Mann, zu dem Ariane Vertrauen hatte, ihren Freund, der ihr zur Seite stand, der sie, als Vincent nicht mehr da war, bis zuletzt verteidigt hatte: Matthias. Ariane hatte in ihren Briefen also die Wahrheit gesagt. Sie hatte einen Verbündeten. Audrey lag also richtig: Es war Matthias. Und Matthias hatte die Wahrheit gesagt, als er meinte, er habe Ariane vermutlich am besten gekannt. Doch die vier Männer fielen über Matthias genauso her wie zuvor über Ariane. Sie schlugen ihn und zwangen ihn weiterzufilmen.

Vincent war nun überzeugt, dass einer dieser vier Männer, die Ariane zum Tanz gezwungen hatten, das Schlimmste getan hatte. Vielleicht hatten sie dieses Verbrechen auch alle gemeinsam begangen. Der Kommandant, der Bauer, der dürre Perverse und natürlich Hans. Hans, mit dem er ein ernstes Gespräch hätte führen können, als sie gemeinsam im Château arbeiteten, hätte er all das nur früher gewusst. Hans, der kein Wort davon gesagt hatte, als er ihm den Kolben seiner Pistole übergezogen hatte.

Er drehte fast durch bei dem Gedanken, dass er den Vergewaltiger, vielleicht sogar den Mörder Arianes in Händen gehabt hatte und ihn entkommen ließ. Schlimmer noch, er hatte ihm die Gelegenheit zur Flucht auf dem Präsentierteller serviert. Alles war ihm entglitten. Matthias würde nun in Deutschland sterben, und Vincent würde nie mehr an Hans herankommen. Ja, er würde nicht einmal herausfinden können, ob es Hans war oder der Kommandant, der Perversling oder der Bauer, den er töten musste.

Ein plötzliches trockenes Geräusch sagte ihm, das geschehen war, was er die ganze Zeit über befürchtet hatte: Der Film war gerissen. Ariane war fort. Ein böses Omen.

Und Vincent zweifelte nicht, dass dies ein Zeichen war. Ein Beweis. Sie war tot. Sie war zurückgekehrt, um Rache zu nehmen, und sie hatten sie umgebracht. Hans. Oder ein anderer. Wer, spielte letztlich keine Rolle. Er erkannte, dass dies die Wahrheit war, nach der er gesucht hatte: Es gab nicht nur einen Schuldigen. Alle waren schuldig, die vier Männer, die getanzt hatten, und auch alle anderen, die auf der Feier gewesen waren: alles Komplizen.

Die Antwort auf seine Fragen ergab sich nun ganz von selbst.

Er stürzte aus dem Atelier, die Treppe hinunter. Saskia saß in der Küche. Vor ihren Augen machte er eine neue Flasche auf. Die letzte. Er betrank sich. Er redete schnell. Um sie zu beruhigen, machte er ihr ein Angebot, das sie aber nur noch besorgter machte: Sie könne bleiben, solange sie wolle, auch ohne ihn, die Miete sei für mehrere Monate im

Voraus bezahlt. Sie hätte ihn so gerne beruhigt, ihm versichert, dass sie ihn verstand. Aber er ließ ihr dazu keine Zeit. Saskia ahnte das Schlimmste, ja sie konnte es beinahe vor sich sehen: Die Katastrophe war da, eindeutig und drängend. Sie wartete auf Vincent, um ihn mit sicherer und erfahrener Hand hinaus und in sein Verderben zu führen.

Draußen merkte Vincent, dass die frische Luft ihn nicht sofort wieder nüchtern machte. Es war gut, betrunken zu sein. Er wollte diesen Moment möglichst lange hinauszögern. Diese sanfte Euphorie ließ ihn sich beglückwünschen: Er hatte die Situation im Griff, und seine Gedanken waren schärfer als je zuvor.

Wenn er die Baracke in die Luft fliegen ließ, in der die Offiziere interniert waren, die sich im Château vollgefressen und vollgesoffen hatten, den Ort, wo Hans und seine Komplizen hockten, dann wäre er gerächt. Und nicht nur er, sondern mit ihm auch all jene, die die Deutschen in Nächte der tiefsten Finsternis gestürzt hatten, Nächte, wie er sie durchlebt hatte. Rabenschwarze, sternlose Nächte, in denen einem die Feuchtigkeit in die Knochen kriecht, in denen es keine Hoffnung auf Hoffnung mehr gibt, weil sie irreparabel zerstört war. Er aber konnte die Verbrecher, die er hier sozusagen vor der Haustür hatte, wenigstens für all das bezahlen lassen.

Mühelos überwand er die Kilometer, die ihn von der Lagerhalle trennten, wo Fabien die Sprengkörper versteckt hatte. Bergab schien sein Fahrrad förmlich über den Asphalt zu fliegen.

Der Alkohol steigerte seine Erregung, wobei die Geschwindigkeit und der Wind ihn allmählich wieder nüchtern werden ließen. Je mehr die Wirkung des Weins verflog, umso heftiger, zorniger, wilder und brutaler wurde seine Empörung. Er hatte noch nie jemanden getötet. Doch auch die Nacht vermochte ihn nicht zu besänftigen. Sein Geist schlug um sich wie ein tobsüchtiges Kind.

Für Vincent hatte nichts mehr Sinn, und das war nicht seine Schuld. Würde er Ariane nicht rächen, würde er sich das nie verzeihen. Er durfte jetzt nicht einknicken. Auch wenn die Erinnerung an das feiste Lachen, an die grimassierenden Deutschen im Film, seine Wut noch anheizte, überkamen ihn im letzten Moment doch Zweifel. Dann aber rief er sich all die Übergriffe ins Gedächtnis, deren Zeuge er geworden war, und Vergebung schien ihm nicht bloß wie eine Schwäche, sondern wie ein Verbrechen, das man am anderen begeht, aber auch an sich selbst. Denn Vergebung war – da hieß es, der Wahrheit ins Auge zu sehen – letztlich nicht mehr als ein sanftes Ruhekissen. Mit Großzügigkeit hatte das nichts zu tun. Konnte man sich denn je verzeihen, Verbrechern vergeben zu haben? Vergeben hieß vergessen und zu vergessen war unverzeihlich.

Außerdem musste er schnell handeln. Er durfte jetzt nicht an Lukas denken oder an jemand anderen, sondern zurückgehen in jene Zeit, als er gerade aus dem Lager kam und die Deutschen für ihn nichts weiter waren als eine opake, starre und abstoßende Masse. Sprengkörper zu verwenden hatte auch den Vorteil, dass er ihnen nicht in die Augen sehen musste. Sie würden pulverisiert werden, so wie sie Millionen Menschen ausgelöscht hatten. Er war absolut für Vergeltung, und niemals, seit Beginn des Krieges, hatte er diese so angemessen empfunden wie jetzt.

Also blieb er bei seinem Plan, er hatte ja keine Wahl. Er stieg vom Fahrrad und näherte sich der Lagerhalle. Seine Beine trugen ihn auch ohne jede Willenskraft, ganz automatisch. Ein Schritt zog den nächsten nach sich. Der erste Schritt entschied über alle weiteren und die Richtung, die sie nahmen. So wie der Gedanke, Rache für Ariane zu nehmen, alle letzten Wochen bestimmt hatte, alles, was er gesagt und getan hatte.

Er ging zu der Stelle, wo Fabien den Schlüssel versteckt hatte. Der Mond verbarg sich hinter Nebel und Wolken. Er war wie abgestorben und gab kein bisschen Licht.

Doch Vincent wurde von sicherer Hand geführt: Er fand den Schlüssel beim ersten Griff. In der Halle lagerte alles, was er brauchte. Und noch mehr: ein Jeep, um die Kisten mit Dynamit zu transportieren. Und sie zum Kriegsgefangenenlager bringen, um dort ein für alle Mal mit den Mördern Schluss zu machen.

Er wollte sich nicht fragen, ob sein Plan gut war, sondern konzentrierte all seine Gedanken darauf, ihn auszuführen.

Kein Laut. Im Kriegsgefangenenlager schliefen alle oder versuchten es zumindest. Seitens der Lagerleitung hieß es, wie Vincent von Fabien gehört hatte, die Deutschen seien erschöpft, würden viel arbeiten und wenig zu essen bekommen, seien völlig demoralisiert. Auch das konnte Vincent nicht erweichen. Er war schließlich selbst Kriegsgefangener der Deutschen gewesen. Fabien nicht.

Er wusste genau, welche Baracke er suchte. Er hatte den Ort an dem Tag ausgekundschaftet, als er vorgab, Lukas eine Nachricht von Matthias bringen zu müssen.

Doch bevor er mit dem Dynamit zu hantieren anfing, musste er warten, dass der Nebel in seinem Kopf verflog. Er atmete tief ein und aus, und der letzte Rest von Trunkenheit, den er bisher bewahrt hatte wie ein Apnoetaucher die Luft in seinen Lungen, verließ ihn jetzt. Er setzte sich und ließ sich die drei wichtigsten Fragen durch den Kopf gehen:

Wollte er ihren Tod wirklich?

Würde er seine Tat hinterher bereuen?

Würde seine Tat Ariane rächen?

Er machte sich Vorwürfe, weil er diese Frage an letzte Stelle gesetzt hatte, aber er schrieb das der Müdigkeit zu und der Nachwirkung des Weins. Er konnte nicht klar denken. Doch die Wahrheit war, dass er Gerechtigkeit üben würde. Man würde ihm das vielleicht nicht glauben, aber er würde es allen wieder ins Gedächtnis rufen.

Es war beschlossene Sache. Er würde es tun.

Er wollte gerade aufstehen, da legte sich eine Hand auf seine Schulter und hielt ihn mit festem Griff zurück.

In der mondlosen Nacht wehrte sich Vincent mit aller Kraft gegen diesen Griff, aber er war seinem Gegner nicht gewachsen: Der Mann, der ihn festhielt und auf die Erde drückte, war offensichtlich ein geübterer Kämpfer als er. Außerdem hatte er Hilfe: Ein zweites Paar weniger starker Hände hinderte Vincent daran, sich zu verteidigen.

»Vincent, Schluss jetzt!«

All das war blitzschnell vor sich gegangen. Doch das Adrenalin, das so lange sein Hirn und sein Herz überflutet hatte, ließ ihn weiter um sich schlagen, obwohl sein Kampfeswille langsam erlosch.

»Was treibst du denn, verdammt noch mal? Vincent, ich bin es, Fabien!«

Nun, wo Vincent seine Stimme vernommen hatte, erkannte er auch das Gesicht. Er drehte sich um, um zu sehen, wessen Hand sich jetzt auf seine Schulter legte. Sie gehörte Saskia. Und das verdross ihn mehr, als er gedacht hätte. Er würde später darüber nachdenken.

Im Atelier saß Vincent nun Fabien gegenüber und erwartete sein Urteil. Das aber kam nicht. Er bereute seinen Plan nicht, aber dass er Fabien hatte belügen müssen, belastete ihn. Er würde verstehen, wenn Fabien ihn aus der Truppe ausschließen und der Polizei melden würde.

Saskia saß ganz hinten am Klavier. Es schmerzte sie, Vincent so zu sehen. Das war allein ihre Schuld. Als Fabien, aus dem Krankenhaus kommend, Vincent besuchen wollte, erzählte sie ihm von ihren Befürchtungen. Und Fabien stimmte ihr zu. Und so waren sie gemeinsam zum Kriegsgefangenenlager gefahren, weil sie annahmen, ihn dort zu finden. Fabien wusste nicht, ob er noch eine andere Waffe besaß. An den Sprengstoff hatte er gar nicht gedacht.

In der Zwischenzeit war Vincent klar geworden, dass Saskia sein Vorhaben erahnt hatte. Sie wollte nicht, dass ihm etwas geschah. Aber sie ließ die beiden Männer allein und ging die Treppe zu ihrem Zimmer hinauf.

Fabien hatte noch immer keinen Entschluss gefasst. Er nestelte in seiner Tasche herum, in der das Blatt Papier steckte, das für Vincent alles verändern würde.

»Seit du mit dem Minenräumen angefangen hast, hast du vorgehabt, einen Deutschen zu töten …«

Vincent sah zu Boden.

»Nicht von Anfang an.«

»Du hast deinen Namen geändert, um untertauchen zu können. Und Vincent Devailly sollte an deiner Stelle angeklagt werden. Zwei Fliegen mit einer Klappe! Du tötest einen Deutschen, nein, verzeih, einen ganzen Packen Deutsche unter seinem Namen, und er wird statt deiner angeklagt. Das ist vorsätzlicher Mord!«

»Aus Leidenschaft. Ich tue es für Ariane.«

»Wenn die Richter dir das abnehmen, bist du frei, aber wenn sie rausfinden, dass du das Ganze geplant hast, kommst du nicht davon.«

Fabien konnte nicht zulassen, dass er sich weiter in diesen Irrsinn verbohrte. Er holte die Abschrift eines Briefes von Honoré d'Estienne d'Orves, dem Widerstandskämpfer, hervor.

»Weißt du, was er seiner Schwester geschrieben hat, kurz bevor er erschossen wurde? *Bitte versuche nicht, mich zu rächen* ... Begreifst du? ... Nein, natürlich verstehst du das nicht, aber du wirst es eines Tages begreifen, das verspreche ich dir ...«

Fabien ließ nicht locker. Er glaubte an die zweite Chance, an den Zweifel und die Einsicht. Nicht bei allen Menschen, aber Vincent war doch sicher dazu fähig?

Er wollte ihn von seinem Plan abbringen, aber auch nicht mit einer Moralpredigt kränken. Er hielt sich fern von den Gestaden der Vorwürfe, um unverhoffte Ufer anzusteuern. Er war Vincent nicht böse, und er brauchte ihn. Einen Arzt unter seinen Leuten zu haben, das konnte wertvolle Zeit sparen. Würde Vincent es hinbekommen, in den drei Monaten, die er noch bei ihnen war, eine mobile Gruppe von Ersthelfern aufzubauen? Fabien würde das nötige Material beschaffen. Alles hing von Vincents Antwort ab.

Mit diesem Vorschlag hatte Vincent nicht gerechnet. Und er war so durcheinander, dass er Ja sagte. Fabien lächelte. Er wusste, dass er Vincent in diesen drei Monaten retten konnte. Er hatte sich wieder im Griff.

»Hast du wirklich geglaubt, mit einem so simplen Trick

wie ein paar gefälschten Papieren das perfekte Verbrechen begehen zu können?«

»Ich weiß nicht, was Perfektion damit zu tun hat. Das Böse ist geschehen, und niemand wird je dafür zur Rechenschaft gezogen.«

»Du wirst also nie Frieden finden?«

»Das ist unmöglich.«

»Ich werde es dir zeigen, glaub' mir.«

Letztlich war es stärker als er. Fabien konnte Vincent einfach nicht böse sein. Er würde sich immer in ihn hineinversetzen. Schließlich war das auch seine Tragödie. Fabien verstand ihn, und wenn man jemanden versteht, dann akzeptiert man auch, wie er reagiert, selbst wenn man persönlich anders handeln würde. Und so hielt er ihm den Zettel hin, auf dem der Name eines Dorfes stand.

»Lukas hat mir das erzählt. Wenig zwar, aber wenn Ariane noch lebt, dann ist sie in Italien. Sicher in diesem Dorf. Im Aostatal.«

»Matthias konnte ihm das noch sagen?«

»Wahrscheinlich. Mehr weiß ich auch nicht. Er hatte nicht mehr viel Kraft zum Reden.«

Vincent heftete seinen Blick auf dieses eine Wort, als hätte Ariane es selbst geschrieben. Er zitterte. Fabien fühlte mit ihm. Seine leidenschaftlichen Gefühle rissen alles andere mit sich fort. Und so legte er Vincent die Hand auf die Schulter und umarmte ihn.

»Fahr los und such sie. Dann kannst du mit ihr zu uns zurückkommen.«

Saskia war auf dem Treppenabsatz im ersten Stock stehen geblieben, um zuzuhören. Nun zog sie sich leise in ihr Zimmer zurück. Sie ertappte sich dabei, wie die Angst zurückkehrte. Der Welt wieder allein gegenübertreten zu müssen. Und dann meldete sich tief drin noch eine andere

Angst, heimlicher und verstohlener. Diese Angst drängte sie mit aller Macht zurück. Sie würde nicht leiden. Sie hatte nicht das Recht dazu. Und wenn man es recht überlegte, auch keine Lust. Um der Liebe, der Freundschaft willen zu leiden, war ja nicht verboten, aber sie fand es einfach würdelos. Sie durfte nur unter der Abwesenheit ihrer Lieben leiden. Wieder schöpfte sie aus dieser Fähigkeit, nicht für etwas zu leiden, was den Schmerz nicht wert war, eine Kraft und ein Selbstvertrauen, die sie überraschten und zugleich beruhigten.

Die beiden Männer traten auf die Straße hinaus. Vincent hatte diesen Moment so lange herbeigesehnt, dass er nicht länger warten konnte. Er würde noch heute Nacht losfahren.

Vor ihnen stand Max' Jeep. Fabien warf Vincent die Schlüssel zu. Der wusste nicht, wie er ihm seine Dankbarkeit beweisen sollte. Aber das war auch gar nicht nötig. Ein Blick genügte. Das war der Vorteil, wenn man gemeinsam sein Leben riskiert hatte.

Vincent fuhr die ganze Nacht durch. Die Ortsschilder flogen nur so an ihm vorbei: Marseille, Ventimiglia, Sanremo, Savona, Turin ... Ein Gewitter, ein herrliches Frühlingsgewitter, ging über ihm nieder und kündigte die Unwetter des Sommers an. Es tat ihm gut zu spüren, dass die Natur selbst im Einklang mit seinen inneren Stürmen stand. Der schwarze Himmel, der Donner, die Blitze gaben seiner Leidenschaft deutlicher Ausdruck als jedwedes Wort, mit der gleichen Intensität, der gleichen Glut. Das himmlische Orchester war genau die richtige Hintergrundmusik zu seinem Wiedersehen mit Ariane.

Er war so gerast, dass er einen Moment lang anhalten musste, durchatmen und den Moment nutzen, der allein ihm gehörte. Was würde Ariane sagen, wenn sie ihn wiedersah? Er hatte versucht herauszufinden, warum sie verschwunden war, welchen Stempel der Krieg ihr aufgedrückt hatte. Er wusste nicht, was bei diesem Fest wirklich passiert war, wie weit die erlittene Niedertracht gegangen war.

Wie hatte Ariane verarbeitet, was man ihr zugefügt hatte? Wollte sie immer noch leben, aus vollen Zügen, so wie früher? Oder war sie eine Gejagte geworden?

Doch kein Hindernis war für sie beide zu groß. Ganz egal, wie viel Zeit sie brauchen würden, um es zu überwinden. Ihr Wiedersehen würde unvergesslich werden. Sie konnten den Faden ihrer Liebe wieder dort aufnehmen, wo er zerrissen worden war, mit der gleichen Leidenschaft und anschließenden Mattigkeit, mit dem Blut, das unter der zarten Haut pulsierte, auf der Innenseite der Arme und der

Schenkel. Sie würden nackt zwischen frisch gewaschene Laken gleiten. Er würde sie im Morgengrauen zum Strand tragen, um die Sonne zu betrachten, die sich den wenigen Auserwählten enthüllte. Und sie würden sich siegreich fühlen, ein für alle Mal.

Sein Herz schlug bis zum Hals, und doch ... Trotz des Films in seinem Kopf, der ihm vorspielte, wie Ariane und er sich in die Arme fallen würden, ungeduldig und heiß, verspürte er doch nicht die Euphorie, die er erwartet hatte. Er würde Ariane unter allen Umständen lieben, auch wenn sie sich verändert hatte, er würde geduldig sein und sie nur umso lieber haben. Aber sie? Würde sie auch ihn lieben? Auch er hatte sich verändert und konnte nichts dagegen tun.

Vor dem Krieg war er locker gewesen. Kein Problem konnte seinen Geist in die Knie zwingen. Egal, welche dunkle Wolke über ihm aufzog, er verscheuchte sie mit einem Lächeln. Doch er war nicht mehr derselbe. Er hatte Angst vor dem Ernst, der ihn nun ausmachte. Seine Bitterkeit, die Desillusionierung, was die Menschheit anging, sein leidenschaftliches Verlangen nach Rache: Ariane würde es sofort sehen. Vor ihr konnte er nichts verbergen.

Doch der Regen wusch seine Zweifel hinweg. Er war von Sinnen. Die schlaflose, finstere Nacht trübte seinen Verstand.

Endlich kam er oberhalb des Dorfes an, das sich tief ins Tal schmiegte. Und er wusste, dass Ariane hier eine Zuflucht gefunden hatte, die zu ihr passte. Die Häuser, auf die er hinuntersah, hatten alle diese schönen Schieferdächer, ein riesiges Puzzle aus Grau und Beige, dessen Unebenheiten im Regen glitzerten. Ein hartes mineralisches Universum, das mit den nahen Hügeln harmonierte, stark wie der Fels.

Sie würde diese jahrhundertealte Ansammlung von Steinen, Bäumen und Pflanzen lieben, die an den Häusern emporrankten, kaum hatten sie eine schmale Ritze zwischen Mauer und Bürgersteig gefunden, um ihre Wurzeln in die Erde zu senken. Und die Katzen, die, man weiß nicht wie, überlebt und sich vermehrt hatten. Die jungen Tiere lugten hinter jeder Straßenecke hervor und jagten die Regentropfen. Sie waren die unstrittigen Vorboten eines stärkeren und leichteren Lebens und all der Versprechen, die es bereithielt.

Er ließ den Wagen am Eingang zum Dorf stehen, als wollte er es nicht in seiner Jahrhundertruhe aufstören.

Dann durchstreifte er die mit großen Steinplatten gepflasterten Gassen, die im Regen glänzten. Und er suchte nach einem Zeichen, das ihm verriet, wo Ariane Unterschlupf gefunden hatte.

Frauen traten aus den Türen, um die feuchte Luft nach dem Schauer zu genießen, um sich lebendig zu fühlen und den Duft der Freiheit zu spüren. Ihre anliegenden Kleider, die feinen Sandalen an den nackten Füßen, die Kämme, mit denen sie ihr langes Haar hochsteckten, alles war schön an diesen vorsichtigen, scheuen Frauen, die sich erst einmal nach allen Seiten umsahen, bevor sie auf die Straße traten, als wollten sie kontrollieren, ob auch keine Gefahr drohte. Die Kämpfe hatten bis Ende April gedauert und waren schwer gewesen. Nun war Mai, und die Traumata schmerzten immer noch.

Wen sollte Vincent fragen, ob er Ariane gesehen hatte? Nach dem 1. Weltkrieg waren viele von hier nach Frankreich zum Arbeiten gekommen. Sie würden ihn verstehen und seine Sprache sprechen. Aber er sah überall nur Frauen, junge Frauen, weniger junge mit braungebrannter Haut, kleine Mädchen, ein Volk von Frauen, das zusammenhalten musste, um die Übergriffe von allen Seiten zu überstehen. Er stellte sich vor, dass Ariane keine Schwierigkeiten gehabt hatte, im Kreis dieser Frauen zu verschwinden. Sie war ja immer schon mit allen gut ausgekommen. Aber Vincent war ein Mann, ein Fremder. Die Frauen beäugten ihn misstrauisch. Sicher würden sie ihm nichts sagen.

Das Grau des Himmels war in ein morgendliches Blau übergegangen. In dieser reinen Luft, die ein leichter Wind durchzog, eilten die Frauen ins Waschhaus. Drei steinerne Mauern hielten es trocken, während eine Schieferdecke nur knapp über dem Kopf gegen Regen schützte. Von dort her drang munteres Geplauder. Andere nutzten das gute Wetter, um ihre frisch gewaschene Wäsche am Fenster zum Trocknen aufzuhängen.

An Drähten, die von Haus zu Haus gespannt waren, flatterten und tanzten bald geblümte, getupfte, gestreifte Kleider fröhlich in der Sonne. Der Wind zeigte sich launisch heute. Die Ärmel wehten wild durcheinander, fuchtelten um die zugeknöpften Blusen. Die Kleider führten einen wilden Tanz auf. Sie schüttelten, drehten sich um sich selbst und hingen dann atemlos herab, nur um im nächsten Moment ihren irren Reigen wieder aufzunehmen.

Eines führte den Korso an, tanzte heftiger und leichtfüßiger als alle anderen. Es schmiegte sich in den Wind, stieg auf, rollte sich ein und schaukelte fröhlich am Draht …

Vincent blieb wie angewurzelt stehen: Dieses Kleid hatte Ariane gekürzt, um daraus den Schal zu machen, den er um den Hals trug. Er steuerte auf das Haus zu, zu dem der Draht führte. Einen Augenblick blieb er stehen und betrachtete die Fassade. Nachdem er sich monatelang nach dieser Begegnung gesehnt hatte, hatte er nun Angst, bei Ariane nicht willkommen zu sein.

Aber alle seine Fragen würden sich von selbst beantworten, sobald er sie sah. Er würde wieder seinen richtigen Namen annehmen, um sein Leben mit ihr neu zu beginnen. Sie würden reisen, wenn sie das wollte. Sie würden glücklich sein. Ob Ariane seine Nähe spürte, so wie früher in Marseille, als sie immer wusste, wann er sie in der kleinen, ihrer heimlichen Liebe gewidmeten Wohnung treffen würde? In dem schönen Haus aus dem vorigen Jahrhundert gingen jeden Tag viele Menschen ein und aus. Doch selbst wenn er auf Zehenspitzen ging, um kein Geräusch zu machen, sobald er die Treppen bis in den obersten Stock hinaufgestiegen war und vor ihrer Wohnung stand, ging unweigerlich die Tür auf, und Ariane warf sich in seine Arme.

Und tatsächlich öffnete sich an jenem warmen Tag im Mai die Tür wie früher, und Ariane stand vor ihm. Aber sie warf sich nicht in seine Arme. Stattdessen drückte sie ein kleines Kind an die Brust.

Blond mit großen hellgrünen Augen. Es hätte Vincents Kind sein können, aber es war nicht älter als ein Jahr. Vincent erstarrte zur Salzsäule. So oft hatte er davon geträumt, Ariane in die Arme schließen zu können, aber dieses Kind stand zwischen ihnen, schärfer als Artus' Schwert, das Lancelot und Guinevere trennte. Was war geschehen? Er wagte nicht zu fragen. Es schien auf der Hand zu liegen. Nicht zu übersehen aber war, dass Ariane dem Kind nicht die geringsten Vorwürfe machen würde, nicht einmal den, dass ein Schatten über seiner Existenz lag. Sie liebte es bedingungslos.

Ariane lächelte ihn an. Sie freute sich, ihn zu sehen. Aber schon daran, wie sie seinen wahren Namen aussprach – Hadrien –, konnte er hören, dass sich damit für sie nicht mehr die Magie von einst verband. Sie führte ihn in ein kleines Zimmer, in dem sich offensichtlich fast ihr ganzes Leben abspielte. Die rohen Steinmauern, die schlichten Möbel ... Er hätte vermutlich dasselbe Haus ausgesucht wie sie, so wie es Ariane bestimmt im Atelier gefallen würde. Sie setzte ihren Sohn in einen höheren Stuhl und band ihn mit einem Schal an der Rückenlehne fest, damit er nicht herunterfallen konnte. Dann füllte sie Minzblätter in eine Teekanne, die sie am Blumenkasten vor dem Fenster schnitt, und goss sie mit heißem Wasser auf. Sie nahm sich Zeit. Vermutlich überlegte sie sich, was sie ihm sagen würde und wie. Vincent brach das Schweigen, aber er wollte nicht als Erster von dem Kind anfangen.

»Ich habe deinen Eltern nicht gesagt, dass ich komme ...«

»Das war gut.«

»Sie haben Angst, dass …«

»Dass ich tot bin? Das wäre vielleicht besser.«

»Du weißt nicht, was du sagst.«

»Du auch nicht.«

Sie betrachtete ihr Kind: blond, schon fast weiß. Ein Blond, das aus dem Norden kam, nicht das rotschimmernde Blond, das seine Wärme von der Sonne des Mittelmeers bekam. Nein, das durchscheinende Blond der bleichen Sonne Deutschlands, das die Wimpern irisieren lässt und das Gesicht in ein metallisches Licht taucht. Mit einem bezaubernden, leisen Brabbeln und ohne zu quengeln signalisierte ihr Sohn, dass er jetzt Hunger hatte. Sie nahm ihn auf den Arm und zog sich in den hinteren Teil des Zimmers zurück, um ihm die Brust zu geben. Vincent durfte ihren Rücken bewundern, diesen faszinierenden Schwung, die madonnenhaften Schultern, die graziöse Geste, mit der sie ihr Kind auf dem Arm hielt und ihm ihr Gesicht zuwandte. Diese weibliche Geste aus unvordenklichen Zeiten, die er bei da Vinci und Raffael so sehr liebte. Und jetzt stand er außerhalb des Bildes.

Sollte Ariane nach Frankreich zurückkehren, würde sie wohl kaum begeistert empfangen werden. Sie hatte recht. Es war besser, für tot gehalten zu werden. Andernfalls würde man sie nur in den Dreck ziehen. Er konnte förmlich hören, was man ihr entgegenschreien würde. Ein Kind von einem Deutschen … Ein unverzeihlicher Makel.

Nur dass Ariane nichts Böses getan hatte. An ihr war ein Verbrechen begangen worden, das niemand als solches ansah, schon gar nicht als Kriegsverbrechen. Eine jener Vergewaltigungen, die als minderer Kollateralschaden galten. Schließlich war dabei kein Mann gefallen. Nur eine Frau, die stürzt und sich sehr schnell wieder erhebt unter der Last, die auf ihre Seele drückt.

In Italien würde man ihr keine Fragen stellen, in Frankreich schon.

Er würde für sie kämpfen. Wenn Ariane nicht nach Frankreich zurückwollte, dann würde er eben mit ihr in Italien bleiben. Oder sie würden woanders hinziehen, egal wo. Sie musste nur einfach das Glück wieder annehmen. Er wartete, bis sie ihrem Kleinen die Brust gegeben hatte, dann schilderte er ihr seine Pläne.

»Ariane. Ich werde ihn lieben wie meinen Sohn. Für mich ändert das gar nichts. Und für deine Eltern auch nicht, da bin ich mir sicher.«

»Ich muss sie beschützen. Das ist das Letzte, was sie brauchen.«

»Aber sie brauchen dich.«

»Jetzt nicht mehr.«

»Jeder wird dich verstehen. Es war schließlich nicht dein Fehler.«

Ariane zögerte keine Sekunde, und ihre Antwort erschlug ihn beinahe.

»Es war kein Fehler …«

Vincent löste den Schal um seinen Hals und legte ihn auf den Tisch, als müsste er sich aus einer Schlinge befreien, die ihn zu ersticken drohte.

Das Kind schlief ein. Ariane brachte es ins Schlafzimmer, um es in sein Bett zu legen.

Er stand auf und trat hinaus auf die Straße. Er musste kurz frische Luft schnappen. In seinem Kopf tobte ein Sturm. Eigentlich müsste er glücklich sein: Ariane hatte nicht gelitten. Sie hatte gewählt. Und geliebt. Was hatte er sich nur gedacht? Dass sie auf ihn warten würde, die ganzen Jahre? Zuletzt hatte es nicht einmal mehr Post aus Deutschland gegeben. Sie wusste nicht einmal, ob er noch am Leben war.

Wenn er ehrlich war, hatte auch er andere Frauen angesehen. Die Frau vor dem Rekrutierungsbüro mit den Margeriten-Ohrringen, dem leichten Kleid und dem Buch von Camus. Léna im Café, die alle Männer handzahm machte. Vincent war da so lange keine Ausnahme gewesen, bis er mitbekommen hatte, wie Fabien sie ansah. Im Lager hatte es einen schier um den Verstand gebracht, dass es keine Frauen gab. Für einen Soldaten, der schon lange in Gefangenschaft war, war es unmöglich, beim Anblick einer Frau nicht sofort an ihren Körper oder ihre Haut zu denken. Aber all das zählte nicht.

Er ordnete seine Gedanken. Sicher, auch er hatte den Frauen nachgeschaut, aber er hatte sich dabei nichts wirklich vorgestellt, niemals. Und doch, am Strand, im Meer, im Mondlicht, in der Nacht, als er mit Saskia baden war … Aber nein. Saskia, das war etwas völlig anderes. Damals dachte er immer noch an Ariane. Jetzt war er sich nicht mehr sicher.

Im Lager hatte er sich an die Idee geklammert, dass er und Ariane stärker waren, dass sie wieder von vorn beginnen würden. Dass nichts und niemand, schon gar nicht die Nazis, den Lauf ihres Schicksals beeinflussen könnte. War er so verrückt zu glauben, dass man die Zeit anhalten konnte, wenn man es nur wollte?

Daher war er einerseits wütend auf Ariane, andererseits auch wieder nicht. Ariane war eine freie Frau, und in ihrer Freiheit hatte sie sich verliebt.

Ja, aber … in einen Deutschen? Ihm schien das undenkbar. Und doch hatte er sich das schon einmal vorgestellt, mit Matthias. Aber nein, er hatte das nie wirklich geglaubt. Sein Verstand hatte sich Sachen ausgedacht, einfach weil er keine Antwort bekam. Und damals, als er mit Lukas im Archiv des Schlosses gewesen war, hatte der ihm versichert, dass Matthias für Ariane ein Freund war, nicht ihr Liebhaber. Doch was konnte Lukas schon wissen?

Ariane hatte sicher eine Erklärung. So konnte es einfach nicht enden. Sie würde Worte finden für das, was er nicht verstand. Genau. Sie musste ihm das erklären. Er war einfach zu müde, zu durcheinander von dem Regen, dem Gewitter und der nächtlichen Fahrt bis nach Italien.

Und so ging er wieder ins Haus. Sie wartete auf ihn, stand ihm genau gegenüber.

»Ich dachte, du weißt es. Ich hatte Irène gebeten, dir alles zu sagen.«

»Ich habe sie nicht gesehen …«

»Es tut mir so leid.«

»Das muss es nicht.«

Er hörte sich Worte sagen, die er selbst nicht glaubte.

»Hör zu, wir können trotzdem von vorne anfangen. Was auch immer passiert ist, das ändert nichts.«

»Nicht für mich. Das wäre eine Lüge.«

Von welcher Lüge redete sie bloß? Mit ihm zusammen zu sein wäre eine Lüge? Der Deutsche lebte also noch? War er etwa mit ihr geflohen? Zum ersten Mal, seit er Ariane kennengelernt hatte, verstand er sie nicht auf Anhieb.

Wie er es schon so oft bei ihr erlebt hatte, wich sie auch jetzt aus. Sie versuchte, das Gespräch in unbeschwertere Bahnen zu lenken, um nicht wehmütig zu werden.

»Erzähl mir von dem Russen.«

»Von dem Russen?«

»Von dem, den du verarztet hast. Du hast in deinen Briefen von ihm geschrieben.«

Natürlich wusste Vincent genau, welchen Russen Ariane meinte, aber er wollte keine alten Erinnerungen aufwärmen.

»Ich kann dir nicht viel mehr erzählen, als ich dir schon geschrieben habe.«

»Ah ja! Aber jetzt gibt es ja keine Zensur mehr.«

»Ich weiß nicht, wie die Geschichte ausging.«

»Aber ich kenne den Anfang nicht. Ich habe ja nicht alle Briefe bekommen.«

Und so begann Vincent ihr zu erzählen: Die Nazis waren gerade dabei, wieder einmal auf einen Gefangenen einzuprügeln, wie es im Lager häufig geschah. An jenem Tag hatte es einen jungen Russen erwischt. Sie hatten sich regelrecht in Rage gesteigert. Ohnehin wurden die Russen am meisten misshandelt. Die Offiziere hatten ihm mit ihren Gewehrkolben Rippen und Wirbel gebrochen und ihn dann zum Sterben liegen lassen.

Die drückende Atmosphäre ließ Gefangene und Wachen gleichermaßen den Mund halten. Als Vincent neben den Russen treten wollte, hielt ihn der deutsche Arzt, mit dem er zusammenarbeitete, zurück. Vincent aber machte mit einem Blick deutlich, dass er nicht einfach zusehen würde.

Einer der Wachmänner brüllte ihn an, sich sofort in seine Baracke zu verziehen. Vincent aber kniete neben dem Sterbenden nieder. Dann wiederholte er in untadeligem Deutsch, das er während der Gefangenschaft verfeinert hatte, den Eid, den er als Arzt abgelegt hatte und verlangte, diesen Mann behandeln zu dürfen, während alle totenstill um ihn herumstanden.

Die Nazis hatten Vincent gehasst, weil er sich ruhig und gefasst ihrer Untat widersetzte. Sie spuckten aus, während er sich über den Mann beugte, der auf der Erde lag, doch ihre Vorgesetzten befahlen, Vincent machen zu lassen: Es interessierte sie, wie Vincent das machen wollte – einen dermaßen zermalmten Körper zu heilen. Nicht etwa aus Mitleid. Nein, es war die Neugier, die sie trieb.

Es war nicht mehr viel zu machen, aber Vincent versuchte es.

In der Krankenstation schnitt er vorsichtig alle Kleider des Russen auf, um ihn abzuhorchen. Dann desinfizierte er die Wunden und richtete die gebrochenen Knochen wieder ein, bevor er einen Verband oder, wo nötig, einen Gips anlegte. Er hatte das Gefühl, den Körper des jungen Soldaten neu zu modellieren, als würde er eine Tonstatue anfertigen. Anschließend hatte er einen ganzen Tag und eine Nacht damit zugebracht, aus Holz ein bewegliches Gestell zu bauen, dessen einzelne Elemente durch ein geschicktes Geflecht aus groben Schnüren zusammengehalten wurden. Dieses Ersatzskelett hatte den Russen mehrere Monate lang geschützt, bis der Schwerverletzte sachte seine Hand bewegen konnte, dann den Arm und zuletzt, wenn auch mit großer Mühe, den Brustkorb. Schließlich hatten sie beide gehofft, dass er vielleicht doch überleben würde.

Im immer gleichen Verlauf der Tage erwies sich Vincents Einfallsreichtum als das beste Gegenmittel gegen die Langeweile im Lager. Manche Soldaten schlossen sogar Wetten ab, ob Pinocchio, wie man den Russen mittlerweile nannte, wieder zum Leben erwachen würde. Anfangs waren ihre Witze noch gehässig, aber nach einigen Monaten nötigte Vincents Sturheit ihnen Respekt ab. Man hatte Häftlinge schon für weit weniger in den Tod geschickt, aber die Neugier ist eben eine starke Triebkraft.

Der Russe sprach weder Französisch noch Englisch. Und Vincent konnte kein Russisch. Aber trotzdem gelang es den beiden, sich zu verständigen. Der Blick, den der Verletzte auf ihn richtete, nahm Vincent beinahe den letzten Zweifel. Nur einer war ihm geblieben, und diesen teilte er jetzt mit Ariane:

»Aber weißt du, ich werde nie erfahren, ob er gerettet wurde. Ich bin vorher geflohen.«

Vincent musste ihr nicht sagen, dass er ihretwegen ausgebrochen war. Das war ihr sofort klar gewesen.

»Vielleicht hat sich ja dann der Arzt um ihn gekümmert, mit dem du zusammengearbeitet hast.«

»Ich hoffe es.«

»Ich bin mir sicher. Und ich glaube, du hast mit dem Russen auch dich selbst gerettet.«

»Ich weiß nicht einmal, ob er heute überhaupt noch gehen könnte.«

Dass er diese Behandlung nicht zu Ende geführt hatte, war für Vincent schmerzlich. Aber Ariane hatte ihn von einem anderen Schmerz ablenken können, dem Schmerz über das Ende ihrer Beziehung. Sie wusste immer noch, was Vincent zu schaffen machte. Sie hatte in seinen Briefen zwischen den Zeilen gelesen.

»Ich konnte meinen Plan auch nicht ausführen. Stell dir mal vor: Ich wollte den wichtigsten Mann der Kommandantur umbringen.«

»Das wundert mich gar nicht. Ich habe davon gehört: eine Digitalinvergiftung.«

»Dann weißt du ja schon, dass ich keinen Erfolg hatte. Dabei schien es mir so simpel, das mit dem Digitalin. Du weißt ja auch, dass die Wirkung durchschlagend sein kann, aber damals ist nichts so gelaufen, wie ich dachte.«

Sie wollte ihm das nicht zeigen, aber tatsächlich hatte sie Tränen in den Augen.

»Ich wollte unbedingt etwas tun. Ich war ziemlich wütend auf mich, weil ich es nicht geschafft habe.«

»Na ja, du hast es wenigstens versucht.«

»Nachdem die Sache schiefgegangen war, hätte ich mit meiner Anwesenheit alle möglichen Leute in Gefahr gebracht. Da war es besser zu fliehen ...«

Dieses Scheitern war schmerzlich, aber nun war es an der Zeit, das Leben wieder aufzunehmen oder einfach nur zu überleben. Ariane erzählte ihm von ihrem Krieg, er ihr von dem seinen: seine Flucht, sein Plan, sein Engagement beim Minenräumen, seine geänderte Identität. Ariane fand, dass »Vincent« zu ihm ohnehin besser passte als »Hadrien«, der römische Kaiser, der schließlich zu einem grausamen Herrscher wurde. Sie würde es an seiner Stelle versuchen, einfach mal so. Wenn jetzt alle ein neues Leben anfingen, da konnte er wohl wenigstens seinen Vornamen ändern.

Vincent konnte sich des Gedankens nicht erwehren, dass mit dem, was sie gerade hier machten, jede Liebe endete: jedes tiefschürfende Gespräch zu vermeiden und das geliebte Wesen nicht mehr bei seinem Vornamen zu nennen. Denn sonst hätte man vielleicht den Zauber, der sich damit verband, zu neuem Leben erweckt. Zwischen Ariane und Hadrien war alles vorbei.

Ihr Sohn fing an zu weinen. Ariane stand auf. Vincent folgte ihr ins Schlafzimmer. Sie nahm ihn auf den Arm und ging mit ihm im Zimmer herum, um ihn zu beruhigen.

»Wie heißt er denn?«

»Louis, wie sein Großvater.«

Vincent war überwältigt vom Bild Arianes, die mit ihrem Kind auf der Hüfte durchs Zimmer ging, von ihren schlanken Beinen und dem leisen Geräusch ihrer nackten Sohlen auf dem Stein. Wie oft hatte er doch im Atelier davon geträumt. Doch er wandte den Blick ab, um sie nicht in Verlegenheit zu bringen.

Erst in diesem Moment fielen ihm die Zeichnungen auf. Unaufdringliche Bilder auf einem Regal mit medizinischen Fachbüchern und Romanen. Zeichnungen von Ariane, die ihre Eigenart sehr gut einfingen: wie sie mit zur Seite geneigtem Kopf las, wie sie mit angezogenem Knie oder untergeschlagenen Beinen im Sessel saß, wie sie sich mit gedrehtem Rücken lang ausstreckte. Und dann die Porträts, elegant, meisterlich, verliebt. Und Vincent erkannte den Strich. Er hatte viele ähnliche Zeichnungen in Händen gehalten.

»Hat Lukas dich gezeichnet?«

Ariane richtete sich auf der Stelle auf.

»Kennst du ihn?«

In diesem Moment begriff Vincent, was er sich niemals hätte vorstellen können.

»Er ist es also …«

Ihr Blick sagte alles. Ariane und er waren wie Zwillinge. Sie würden immer alles voneinander wissen. Sie hatten sich geliebt, weil ihre Zwillingsnatur sie gefesselt hatte. Kein Wunder also, dass sie sich zur selben Person hingezogen fühlten. Ihm ging André Bretons Wort vom »objektiven Zufall« nicht aus dem Kopf. Vincent hatte es nie für möglich gehalten, Zufall und Notwendigkeit zusammen zu denken, und doch war ihm genau das hier begegnet, lebendig und mitreißend.

Lukas war nicht wie die anderen Soldaten: Natürlich war das Ariane nicht entgangen, ebenso wie sie Lukas aufgefallen war.

Lukas hatte sie beide magnetisch angezogen und in ihrem Leben eine schicksalhafte Rolle gespielt, weil er all das verkörperte, was sie schätzten. Hatte Vincent sich nicht schon oft gefragt, ob er in anderen Zeiten, unter einem anderen Himmel, nicht Lukas' Freund geworden wäre?

Ariane bat ihn um Verständnis, und er hörte sich sagen, dass er begreifen und akzeptieren würde. Sie beide hatten nicht den Krieg überlebt, um der Tragödie weitere Akte hinzuzufügen. Das Chaos, das sie durchlebt hatten, musste wenigstens für eines gut sein: Größe zu zeigen, indem sie Rimbauds Aufforderung folgten und die Liebe neu erfanden.

Und so erzählte er ihr, was es Neues von Lukas gab, zumindest das, was er von Fabien erfahren hatte, aber natürlich reichte ihr das nicht. Sie wollte mehr wissen. Wie wurden die Gefangenen behandelt? War er bei der Verhaftung verletzt worden? Und welches Risiko ging er ein, wo er sich doch zum Minenräumen gemeldet hatte? Hatte Vincent ihn als verzweifelt, zuversichtlich, gefestigt, schwankend, einsam, gut genährt, gesund wahrgenommen …? Was hatten die Ärzte gesagt? Würde er durchkommen?

Vincent spürte, dass Ariane immer noch Taktgefühl bewies, indem sie sich nicht nur nach Lukas, sondern auch nach ihm erkundigte. Sie hatte Angst um Lukas, weil er im Krankenhaus vielleicht nicht gut versorgt wurde, aber auch um Vincent, weil er beim Minenräumtrupp war. Sie hätte sich gewünscht, dass die Gefangenen nicht zu solchen Arbeiten eingeteilt würden. Und sie redete Vincent gut zu, wieder als Arzt zu arbeiten. Sie bewunderte Lukas für seinen Fluchtversuch, aber auch Vincent für seine gelungene Flucht.

Schließlich ließ er sich von ihr nicht mehr unterbrechen: Er konnte stundenlang von Lukas erzählen. Vincent merkte, dass er über ihn viel mehr zu berichten hatte als nur die paar Informationen über seinen Gesundheitszustand. Lukas war ein zentraler Bestandteil seines Plans gewesen, Ariane wiederzufinden oder sie zu rächen. Er hatte ihn unablässig beobachtet, abgeschätzt und beurteilt. Er sah ein, warum Ariane seine Nähe gesucht hatte. Und er würde sofort ins Krankenhaus gehen und auf ihn aufpassen. Er würde Lukas nicht im Stich lassen.

Sie redeten den ganzen Tag und einen Teil der Nacht.

Am Morgen versprach er ihr, wiederzukommen und ihr Neuigkeiten von Lukas zu bringen.

Das Geheimnisvolle der Jahre ohne ihn ließ Ariane noch verführerischer erscheinen. Aber sobald sein Schmerz einmal aufgehört hätte, würde er spüren, dass zwischen ihnen nicht mehr dieses knisternde Verlangen bestand, diese magnetische Anziehung, die sie einander ganz automatisch in die Arme getrieben hatte. Das sie zu jeder Stunde in jeder gemeinsam verbrachten Nacht geweckt hatte. Wie sich das Farbenspiel eines Kristalls ändert, wenn man ihn im Licht dreht, blieb seine Liebe bestehen, doch hatte sie eine andere Tönung angenommen.

Manche verloren den Krieg, Vincent hatte den Nachkrieg verloren. Er bedauerte, dass er diese wunderbare Zeit voller Versprechungen mit Racheplänen vergeudet hatte und damit auch noch völlig falschgelegen hatte. Alle Pläne, die er ausgearbeitet und sorgfältig inszeniert hatte, diese grandiosen geistigen Schachpartien, die er seit seiner Flucht aus dem Lager durchgespielt hatte, der Diebstahl der Waffe, die Flucht, die Meldung zum Minenräumen, das Verbergen seiner wahren Identität – wie Bauern, die er vorsichtig übers Feld schob. Seine gezielten Blicke, die wohlabgewogenen Sätze, die verteilten Zigaretten, die Art, sie zu halten, Feuer zu geben, jedes künstliche Lächeln … All das hatte er vorher hundert Mal durchkalkuliert. Jeder Tag mit den Deutschen, dessen Ablauf er am Abend analysiert hatte. Jede Nacht der Kampf mit der Schlaflosigkeit und der Versuch, sich zu beruhigen, um ein wenig Erholung zu finden: Seine Befreiung war in seiner Besessenheit untergegangen.

Alles, was er Ariane gesagt hatte, die Nacht, der Tag, die Vernunft, die Anstrengungen – nichts half. Als Vincent aus Italien zurückkam, war er sicher, nie wieder glücklich sein zu können. Die blühenden Mandelbäume trafen ihn unvermittelt.

Wann hatten sich denn die dicken Knospen in Blüten von zartestem Rosa verwandelt? Er hatte es nicht bemerkt. Nun, im Auto, zog die Landschaft an seiner Windschutzscheibe vorbei wie die leuchtenden Farben eines Films, der sich nicht ausschalten ließ. Es war, als sehe er alles zum ersten Mal, und er konnte den Blick nicht mehr abwenden. Er kurbelte das Fenster herunter, und hatte nun zum Bild auch noch die Geräusche, die Gerüche und den Wind.

In Deutschland hatte er vergessen, wie schnell in Südfrankreich die Jahreszeiten wechseln. Dass es nicht nur die Wintermonate gibt. Er entdeckte erst jetzt wieder, dass die Natur nicht immer so roh war, mit einer Erde, die klumpig und dick an den Schuhen kleben blieb und wie die Fußketten der Sklaven das Gehen mühsam machte. Mit einer Kälte, die einem bis ins Mark drang. Mit ausgehungerten Baumskeletten, die sich der nebligen Sonne entgegenreckten. Hier fegten blaue Winde den Himmel frei und die blühenden Zweige der Bäume tanzten mit einer sanften Brise. Das Meer lockte, der Frühling rief, ein Vogel beobachtete einen aus dem Augenwinkel. Eine Katze strich um die Beine.

In Hyères, Ramatuelle oder Saint-Tropez hätte er die ersten zaghaften Alpenveilchen bewundern können, die im April zu blühen begannen. Aber Vincent hatte für all das kein Auge gehabt. Nur den Granatapfelstrauch in Saskias Garten hatte er wahrgenommen. Doch die Mandelbäume hätte er nicht übersehen dürfen.

Aber ihm blieben ja noch ein Teil des Mais und seiner Herrlichkeit. Juni, Juli und August würden ihm folgen, berauschend und sinnlich. Die Sommermonate, in denen man sich verliebt oder untergeht und Schiffbruch erleidet. Die Monate, in denen man Tag und Nacht gleich erlebt. Ja, nun zählte nichts mehr außer dem Sommer. Der bald anbrechen würde. Der erste Sommer nach dem Krieg.

Die Mädchen und die Frauen, die ihren Töchtern ähnelten, wirbelten in ihren leichten Kleidern durch die Stadt und schenkten der Welt ihr Lächeln. Es würde schwer werden, da noch traurig zu sein. Wider die Zeit. Es machte ihm nichts aus, gegen den Strom zu schwimmen, aber er hätte es sich selbst übel genommen, die Freude der anderen zu trüben.

In Marseille schaute er in der Wohnung an der Place Castellane vorbei. Er hielt sich nicht lange dort auf, sondern packte nur seine Sachen in einen kleinen Koffer und dachte dabei an das Atelier, das er in Hyères gemietet hatte. Daran, wie die Sonne durch seine Fenster schaute, wie das Leben sich in jedes der Zimmer eingeschlichen hatte.

Als Vincent gerade seine Bibliothek durchsah, um die Bücher einzupacken, die er doppelt hatte, hörte er, wie die Post, die die Concierge durch den Briefschlitz warf, mit einem gedämpften Geräusch auf den Boden fiel.

Dieser leise und diskrete Laut, den er fast vergessen hatte, berührte ihn tief.

Die Concierge hatte ihn vermutlich gesehen und nicht stören wollen. Er öffnete die Tür, um sie zu grüßen. Und er sagte ihr, er habe Ariane versprochen, dass sie hier wohnen könnte, wenn sie zurückkäme. Die Hausmeisterin möge sich bitte daran nicht stören.

Sobald er wieder allein war, sah er die Briefe durch. Zwei kamen aus Kassel, der Stadt, in der er als Kriegsgefangener interniert gewesen war.

Der erste stammte von dem deutschen Arzt und war bald nach seiner Flucht aufgegeben worden. Er hatte Vincents Anschrift von der Lagerverwaltung bekommen und wollte ihm berichten, wie es dem Russen ging: Er hatte ihn aus seinem Stützgestell herausgeholt, den Gips abgenommen und würde nun eine Rehabilitation versuchen. Er sei diesbezüglich zuversichtlich.

Der zweite Brief kam von dem Russen selbst. Offensichtlich hatte er ihn übersetzen lassen. Das Lager war von den Amerikanern befreit worden. Und der Mann bedankte sich bei ihm mit einer Leidenschaft, wie sie nur Slawen kennen. Er würde ihn niemals vergessen. Sollte er eines Tages nach Moskau kommen, würde er dort einen Bruder finden.

Diese Briefe kamen wie ein Wunder. Vincent setzte sich, um die Neuigkeiten zu verarbeiten.

Ariane hatte recht. Indem er den Russen gerettet hatte, hatte er sich selbst gerettet. In jedem Fall fing er an, sich zu erinnern, wer er wirklich war.

Er nahm Papier und einen Stift zur Hand. Dann schrieb er einen Brief. Er würde etwas tun, was er sich vorher nicht haarklein überlegt hatte. Vielleicht würde er es später bedauern und sich dann dafür schämen, aber in diesem neuen Mut lag ganz sicher sein einziges Heil …

Er ging ins Krankenhaus, um Lukas zu besuchen. Vorher sprach er noch mit den Ärzten und hörte voller Erleichterung, dass dessen Vitalwerte sich deutlich verbessert hatten. Louis würde seinen Vater kennenlernen. Man erlaubte Vincent auch, mit Lukas zu sprechen.

Als er ins Krankenzimmer trat, war Lukas wach. Er versuchte, sich im Bett aufzurichten. Es war ihm peinlich, im Liegen mit Vincent zu reden. Vincent half ihm.

»Hast du sie gefunden?«

»Ja. Es geht ihr gut. Deinem Sohn übrigens auch. Er heißt Louis. Aber das weißt du vielleicht ja schon?«

Lukas brachte kein Wort heraus, seine Gefühle übermannten ihn. Das Glück schien so einfach und doch so unerreichbar. Vincent erzählte ihm von seiner Fahrt nach Italien, dann fragte er Lukas rundheraus:

»Warum hast du Fabien gesagt, wo sie ist?«

»Ich dachte, dass es ihr mit dir vielleicht besser geht. Wie soll sie denn mit einem Kriegsgefangenen leben? Ich habe ihr ja nichts zu bieten.«

»Wolltest du nicht abhauen und zu ihr?«

»Schon. Aber daraus wird jetzt wohl nichts mehr. Weißt du, was mit Leuten passiert, die zu fliehen versuchten?«

Ja, das wusste Vincent.

»Und wie geht es jetzt weiter mit mir?«

»Ich habe mit dem Arzt gesprochen. Du kommst durch.«

Lukas senkte den Blick.

»In Wirklichkeit wusste ich nicht, was sie will. Wir haben im Lager schon seit Monaten keine Post mehr bekommen.«

Vincent holte den Brief aus der Tasche, den Ariane ihm mitgegeben hatte.

»Hier.«

Lukas wagte nicht, ihn vor Vincents Augen zu lesen.

»Sie wartet auf dich.«

»Das ist nicht gut. Es wird Jahre dauern, bis sie uns freilassen.«

Lukas' Augen trafen sich mit den seinen, und die Intensität dieses Blickes tat Vincent weh. Plötzlich sah er ihn mit den Augen Arianes.

Er versprach ihm, bald zurückzukommen. Er würde Fotos von Louis machen, damit Lukas sehen konnte, wie sehr der Kleine seinen Eltern ähnelte. Dann gab er ihm die Fotos, die er von Ariane noch hatte. Als Lukas sie ansah, wirkte er schon fast geheilt.

Vincent hatte sich zu viel zugemutet, und das Lächeln von Lukas tat ihm stärker weh, als er gedacht hatte. Er war kein Heiliger, aber er wusste auch, dass sich mit der Zeit alles geben würde.

Am Abend suchte er Fabien im Château des Eyguières auf. Raymond Aubrac war gekommen, um den Minenräumern eine gute Nachricht zu bringen: Mittlerweile war ihr Status gesichert. Das war der gerechte Lohn für ihre Opferbereitschaft und die Anerkennung, auf die alle gewartet hatten. Es war nur noch eine Frage von Tagen, bis der Beschluss im *Journal officiel* veröffentlicht wurde und in Kraft trat. Und auf dem Grabstein ihrer Toten, auf Enzos, Thibaults, Toms, Henris und Huberts Grab würde stehen: *Gestorben für Frankreich. Auf dem Feld der Minen.*

Der Krieg war vorbei. Aber nicht für die Minenräumer und noch weniger für die Kriegsgefangenen.

Mehr denn je stand fest, dass die deutschen Häftlinge bleiben würden, um beim Entminen zu helfen. So lange, bis alles gesäubert war. Und in dieser Hinsicht hatten sich die Vorhersagen nicht geändert: Das würde gut zehn Jahre dauern.

Vincent nahm Fabien beiseite. Er wollte wissen, ob immer noch galt, dass deutsche Häftlinge, die Mut und Engagement gezeigt hatten, vorzeitig entlassen werden konnten. Nachdem ihm Fabien das bestätigt hatte, gab Vincent ihm den Brief für Aubrac, den er nach seiner Rückkehr aus Italien geschrieben hatte.

Darin erklärte er ausführlich, warum er von Lukas eine so gute Meinung hatte. Er erläuterte die entscheidende Rolle, die dieser dank seiner Kenntnisse über die deutschen Minen bei der Sicherung des Château des Eyguières gespielt hatte.

Fabien lächelte, als er den Brief las. Er stand da ganz auf Vincents Seite. Sie zeigten Aubrac die Pläne, die Lukas gezeichnet hatte und die immer noch am Eingang zum Schlosspark auf großen Schildern prangten. Seinetwegen hatten sie das Schloss überhaupt erst betreten können, wo sie die Verlegepläne für sämtliche Minen in der Region gefunden hatten, was ihre Arbeit enorm vereinfachen würde. Wenn es einen Kriegsgefangenen gab, der eine vorzeitige Freilassung verdiente, dann war das Lukas. Sie betonten, wie wichtig das in ihren Augen war. Und Aubrac versicherte ihnen, er würde sich persönlich darum kümmern.

Vincent legte seine Hand auf Fabiens Schulter und versprach ihm, dass er bleiben würde. Schließlich war er mittlerweile Spezialist für Kriegsverletzungen. Und zu solchen kam es beim Minenräumen eben immer noch. Fabien wollte wissen, ob es ihm gut ging. Vincent bejahte.

Als er später beim Atelier ankam, hörte er, wie Saskia bei offenem Fenster Klavier spielte. Vincent setzte sich auf das Mäuerchen vor dem Haus und hörte ihr zu. Er glaubte, sie habe ihn nicht gesehen. Saskia hatte gespürt, dass er da war, stellte sich aber ahnungslos. Sie blieb ganz ruhig und konzentriert. Offensichtlich hatte sie den Klavierstimmer diesmal furchtlos hereingelassen, denn das Instrument klang nicht mehr falsch.

Die Sonne stand genau im richtigen Winkel zum Fenster, um Klavier und Saskia mit Licht zu überfluten, in das der Schatten der Akazien und Glyzinien ein filigranes Netz zeichnete. Vincent hätte ihr stundenlang lauschen können. Die Musik erfüllte die ganze Straße. Sie wusch Schritt für Schritt sein Bedauern fort, und mit einem Mal schien er an andere Dinge denken zu können. An die spannendsten Pläne und Vorhaben. Die Begegnung mit Ariane in Italien hatte ihm eine tiefe Wunde zugefügt. Die Klavier spielende Saskia hingegen ließ ihn an überwältigende Freuden glauben, die im Vorübergehen alles mit sich rissen.

Als sie zu Ende gespielt hatte, wandte Saskia sich zu ihm um und schenkte ihm ein hinreißendes Lächeln, das er so nicht an ihr kannte. Es sagte ihm unmissverständlich, dass auch sie um und gegen alles kämpfen würde. Dass sie nichts vergessen und für immer Widerstand leisten würde.

Unbesiegbar sein, um sich im anbrechenden Sommer für eine neue Zeit öffnen zu können.

»Und? Hat es Ihnen gefallen?«

NACHWORT

Wer hätte 1870, 1914 oder 1939 an eine Versöhnung zwischen Frankreich und Deutschland geglaubt? Besser noch: Wer hätte vorhersagen können, dass die Freundschaft zwischen diesen beiden Ländern für Europa eine treibende Kraft, ein Fundament sein würde?

Viele Romane haben sich der großen Konflikte unserer Geschichte angenommen, um von enormen Herausforderungen zu erzählen: Wie kann man den Krieg gewinnen? Was lernt man aus Kriegen? Die Nachkriegszeit gerät darüber mitunter in Vergessenheit. Doch die Herausforderung ist hier genauso groß: Wie lässt sich der Frieden gewinnen? Wie kann man ihn dauerhaft etablieren, ihn zur ernsthaften und notwendigen Selbstverständlichkeit machen? Diese widersprüchliche Zeit, dieser unverzichtbare Prozess verdient, nicht übergangen zu werden.

Die Kämpfe waren noch nicht einmal beendet, da arbeiteten Franzosen und Deutsche in den Minenräumkommandos erstmals Hand in Hand. Selbstverständlich war das nicht: Wie konnte man Menschen zur Zusammenarbeit bewegen, die einander hassten? Entgegen allen Erwartungen geschah dieses Wunder: Die Historikerin Danièle Voldman, die in Bezug auf die Minenräumer eine großartige Arbeit geleistet hat, wies als Erste darauf hin, dass Franzosen und Deutsche in diesen Gruppen, die das Land wiederherstellen sollten, sich kennen- und schätzen lernten. Nach Abschluss der Arbeiten schrieben sich viele der Beteiligten, teilweise bis an ihr Lebensende.

Es gab deutsche Gefangene in Frankreich und davor Franzosen, die in deutschen Lagern festgehalten wurden.

Mein Großvater, der Militärarzt, gehörte dazu. In einem Lager für Offiziere in Kassel.

Die Erfahrung des Gefangenseins hat ihn verändert, wie es auch meinem Großonkel geschah, der fünf Mal ausbrach und fünf Mal wieder gefangen genommen wurde. Diese wunderbaren und großzügigen Männer waren ihr Leben lang von einer tiefen Melancholie befallen. Bei Familienfesten sah ich ihnen zu, wie sie hinausgingen, um gemeinsam eine Zigarette zu rauchen, versunken in ihren Gedanken, unfähig, jemals ganz da zu sein.

Die Briefe zu lesen, die mein Großvater während seiner Haft geschrieben hat, hat mich zutiefst bestürzt. Aber erst beim Schreiben dieses Buches habe ich etwas begriffen, das ich mir vorher nie erklären konnte und das mir heute sonnenklar vor Augen steht.

Als er als Arzt wieder ins Zivilleben zurückkehrte, erklärte er sich bereit, neben seiner Praxis auch noch die Häftlinge in seiner Stadt zu versorgen. Er ging auf Krankenbesuch, ganz egal, wann man ihn rief. Zum einen, weil er ein Engagement eingegangen war: Wann immer ein Häftling das Gefängnis verließ, konnte er sich bei meinem Großvater melden. Dort bekam er einen Gutschein, für ein Essen in einem Restaurant, mit Wein und einer Schachtel Zigaretten. (Andere Zeiten, andere Sitten: Mein Großvater war ebenfalls Raucher.) Das erste Essen als freier Mann. Eine wunderbare Idee, auf die ich persönlich wirklich hätte verzichten können. Ich war nicht besonders mutig und mich als Kind einem Ex-Häftling gegenüber zu finden, machte mir Angst …

Der Freiheitsentzug, der Hunger, die Demütigungen und das Leben ohne Menschen, die man liebt, können eine Persönlichkeit radikal verändern. Doch das Erhabenste hält mitunter stand. Für ihn stand die Erhaltung des Lebens an vorderster Stelle. Ich habe das bei verschiedenen Gelegenheiten bemerkt. Er gehörte zu denen, die andere heilen wollten, selbst in der Nacht, selbst ohne Bezahlung. Selbst wenn er damit sein eigenes Leben in Gefahr brachte: Der Russe, den Vincent verarztet, war der junge Mann, den mein Großvater im Lager gerettet hat, obwohl die Nazis ihm das verboten hatten. Nach der Befreiung hat der Russe ihm jedes Jahr zu Weihnachten ein Zeichen seiner Dankbarkeit geschickt.

Diese Geschichte ist Teil all der Geschichten, die mein Großvater beziehungsweise meine Familie erlebt haben und die ich, ihnen zu Ehren, verflochten habe. Sie erklärt, wie ich glaube, was persönlicher Mut ist und was die Berufung eines Arztes.

Was Saskia angeht, so sitzt sie im Buch Vincent im Bus gegenüber. Denn ich habe verstanden, dass es meine Aufgabe ist zu erzählen, was sie mir eines Abends in der wirklichen Welt von Angesicht zu Angesicht offenbart hatte.

Ich kannte sie noch nicht einmal gut, als sie beschlossen hatte, mit mir zu reden. An einem Winterabend in der Küche, wobei ein Teil ihrer Familie anwesend war. Ich war sozusagen das fünfte Rad am Wagen, denn ich war ihr nur zufällig begegnet. Ich weiß nicht mehr, worüber wir gesprochen haben, auf jeden Fall über nichts, was mich auch nur ansatzweise vorbereitet hätte auf das, was sie mir plötzlich erzählte. Von ihrer Verhaftung und ihrer Zeit im Lager. Ich werde mich mein Leben lang an diesen eindringlichen Blick erinnern, der mich nicht mehr losließ. Und an ihre Empörung, die mit jedem Wort über die Vergangenheit stieg. Mit der Zeit kamen immer mehr Leute, um ihr zuzuhören: Sie hatte noch nie über all das gesprochen. Sie war eine fast schamhafte Frau, die immer wohlwollend lächelte und das Leben liebte. Aber auch sie zeigte diese ironische Distanz, wenn sie miterlebte, wie jemand sich wegen einer Kleinigkeit beschwerte. Sie war sechzehn, als die Vichy-Milizen kamen, um sie und ihre Familie zu verhaften. Ich weiß nicht, aus welchem Grund. Sie war die Einzige, die einen gefälschten Ausweis auf den Namen Jacqueline Dulac hatte, wenn ich mich recht erinnere. Ihre Mutter versuchte noch, sie zu retten, indem sie sagte, dass sie nicht ihre Tochter sei. Aber sie glaubte, sie dürfe ihre Mutter nicht verlassen, wenn sie sie retten wollte, und warf den falschen Ausweis weg. Sie war in Frankreich zur Welt gekommen, sechzehn Jahre alt und nicht besonders groß – was sie nie war. Und doch legte sie einen außergewöhnlichen Mut an den Tag. Anders als meine Heldin konnte sie ihre Mutter drei Jahre lang beschützen. Sie versteckte sie einfach, wenn es um besonders anstrengende Arbeiten ging. Sie ergatterte für sie einen warmen Mantel für den Winter. Sie schützte sie trotz ihrer zerbrechlichen Gestalt und konnte sie so retten. Ihr Vater und seine drei Brüder wurden in einem anderen Lager ermordet.

Als sie nach Frankreich zurückkamen, war ihre Wohnung geplündert worden. Und die Stadt Paris verlangte die Miete für die Zeit im Lager.

Als sie diese Geschichte erzählte – warum sie sich dafür entschieden hat, weiß ich bis heute nicht –, schwiegen alle Umstehenden, während es allmählich dunkel wurde. Ihre Geschichte fand erst mitten in der Nacht ein Ende, aber niemand stand auf, um Licht zu machen. Unmöglich, wir waren aus der Zeit gefallen. Sie warf eine Last ab, einen Zorn, eine Empörung, die sie jahrelang mit sich getragen hatte. Auch sie wirkte manchmal müde, erschöpft, auch wenn sich die Worte von selbst einzustellen schienen. Aber sie erzählte nicht all ihre Erfahrungen aus dem Lager, aus Schamgefühl, wie man spürte. Vergessen aber hatte sie nichts. Alles war tief ins Gedächtnis eingebrannt. Und von da an auch in das meine. Als sie berichtete, im Hotel Lutétia habe man ihr fünf Franc in die Hand gedrückt und gesagt: »Nehmen Sie und machen Sie keine Geschichten«, kam in meinen Augen die Zeit zum Stillstand. Sie ließ meinen Blick nicht los, weil sie diese Empörung teilen wollte. Sie hat diesen Satz mehrfach wiederholt. Wie die Tätowierung, die sie nie wegmachen ließ, war dieser Satz ihr Brandmal geworden.

Sie hat mich nie verlassen. Ich denke immer noch an sie. Und ohne dass es so geplant war, hat sie ihren Platz in dieser Geschichte eingenommen. Nun war es an mir, sie zu erzählen.

DANKSAGUNG

An Patrice Hoffmann, den Magier, der dieses Buch, kaum war es geschrieben, in alle Welt brachte, angefangen bei den Vereinigten Staaten. Und der mir erlaubt hat, es trotz meiner Verunsicherungen zu beenden. Ich bin mir meines Glücks bewusst, mit Ihnen gearbeitet zu haben.

An Sylvie Banoun, geduldige und anspruchsvolle Leserin voller Zugewandtheit.

An Isabelle Carrière, für deine unerschütterliche Unterstützung.

An Céline Leray-Fribault, für all die Energie und die Seelenstärke: Ich weiß, was ich dir schuldig bin …

An Fanny, für alles und noch mehr.

An Stéphane Jardin, weil du daran geglaubt hast.

An Cristina de Stefano, deren Anmerkungen unentbehrlich waren. Eine der wunderbaren Begegnungen, die das Salz des Lebens ausmachen.

An Muriel Beyer, die mich in ihr Haus aufgenommen hat.

An Dana Burlac, für das, was sie ist: eine leidenschaftliche Frau voll reiner Emotionen und einer Energie, die Berge versetzt.

An Flandrine Raab für ihre ebenso essenzielle Sensibilität.

An Elliott Erwitt, der erlaubt hat, dass sein Foto auf den Umschlag der französischen Ausgabe kommt. Ich wollte einen Mann am Strand, der das Meer nicht sehen kann, weil er nur an seine verlorene Liebe denkt. Wer hätte dieses Foto machen können? Nur er. Er soll wissen, dass es uns alle begeistert hat, uns an Wunder hat glauben lassen und uns glücklich gemacht hat.

An Manon Aubier vom Pressebüro der Stadt Ramatuelle und die beiden engagierten Archivmitarbeiter Caroline Martine (Ramatuelle) und Hélène Riboty (Saint-Tropez). Sie haben mir voller Freundlichkeit ihre Akten zur Verfügung gestellt und mich in eine Zeit und deren Geisteszustand eingeführt, während sie mir gleichzeitig lauter nützliche Dokumente herausgesucht haben. Die Archive sind der sensibelste Teil der Dokumentation und liefern die unerwartetsten Fakten. So verdanke ich ihnen beispielsweise das Fischen mittels Handgranaten, das von einem eifrigen Denunzianten gemeldet worden war …

An Guillaume Müller-Labé. Und an Sophie Loria, die am Strand den gesamten Text gelesen und mit mir diskutiert hat, auch wenn es nur um ein Komma ging. Eine höchst präzise Aufmerksamkeit.

QUELLEN

Die für mich wichtigsten waren:

Où la mémoire s'attarde von Raymond Aubrac, Paris 1996, erschienen im Verlagshaus Odile Jacob.
Le déminage de la France après 1945, von Danièle Voldman, Paris 1998, erschienen im Verlagshaus Odile Jacob. Das grundlegende Werk über die Arbeit der Minenräumkommandos.
Les prisonniers de guerre allemand, Doktorarbeit von Fabien Theofilakis, Paris 2014, erschienen im Verlagshaus Fayard.
Hitlers »Mein Kampf« – Geschichte eines Buches, eine ausgezeichnete Studie von Antoine Vitkine, Hamburg 2015, im Verlag Hoffmann und Campe. Ebenfalls erwähnenswert ist sein im Internet verfügbarer Dokumentarfilm *Magda Goebbels – la première dame du IIIème Reich* von 2017.
La France libérée (1944–1947), von Michel Winock, Paris 2024, erschienen im Verlagshaus Tempus Perrin.
Essenziell sind des Weiteren die Zeugnisse der Zeitzeugen Charlotte Delbo, Primo Levi, Robert Antelme, Simone Weil, Marceline Loridan und Ginette Kolinka.
Sowie – aus auf der Hand liegenden Gründen – alle Bücher von Pierre Assouline, weil er nichts verwässert und alles will: die historische Präzision ebenso wie die literarische Inspiration.
Die *Kriegstagebücher* von Ernst Jünger.
Die Welt von Gestern. Erinnerungen eines Europäers, von Stefan Zweig, Frankfurt a.M. 2017, erschienen

beim S. Fischer Verlag. Das Zeitzeugnis eines Visionärs, das ich immer wieder gelesen habe.

Lettres à un ami allemand, von Albert Camus, Paris 1991, erschienen im Verlagshaus Gallimard. Sie haben mich während der Abfassung dieses Buches durchweg begleitet.